Danielle Steel

AZ UDVARHÁZ

A fordítás az alábbi kiadás alapján készült:
Danielle Steel: The Cottage
Published by Delacorte Press
Random House, Inc., New York
Copyright © 2002 by Danielle Steel
Jacket design by Jorge Martínez
and Andrew M. Newman
Author's photograph © Brigitte Lacombe

Fordította *Sóvágó Katalin*

A fedél magyar változata *Szakálos Mihály* munkája

Hungarian edition
© by Maecenas Könyvkiadó, 2003

Hungarian translation
© by Sóvágó Katalin, 2003

Csodálatos gyermekeimnek,
Beatie-nek, Trevornak, Toddnak, Samnek, Nicknek,
Victoriának, Vanessának, Maxxnek, Zarának,
Életem napsugarainak,
Mindennapjaim örömeinek,
Támaszaimnak,
Reménységeimnek,
Akik megvigasztalnak a bánatban, és
Világítanak nekem a sötétségben.
Ti vagytok az én boldogságom,
És ha majd szülők lesztek,
Legyetek olyan szerencsések, amilyen én vagyok,
amiért szerettek, és szerethetlek benneteket.

Szívem minden szeretetével:
Anyu /d.s.

1.

Abe Braunstein kifordult a végeérhetetlen felhajtó utolsó kanyarjából, és ott magasodott előtte napfényben csillogó, elegáns manzárdtetejével az Udvarház, a lenyűgöző, franciás kúria, amelytől akármelyik vezetőnek elállt volna a lélegzete, ha az illetőt nem Abe-nek hívják. Legalább tucatszor járt már a fényűző villában, amely az utolsó legendás hollywoodi paloták közé tartozott. Azokra a századvégi rezidenciákra emlékeztetett, amelyet az Astorok és a Vanderbiltek emeltettek maguknak a Rhode Island-i Newportban. Ennek stílusa a tizennyolcadik századi francia kastélyokét utánozta. Pompás, nagystílű, kecses és könnyed volt az utolsó tégláig. 1918-ban építették Vera Harpernek, a némafilm egyik dívájának, ama kevés korai csillagok egyikének, akiket elkísért a szerencse. Vera több előnyös házasságot kötött, és 1959-ben, dús élete estéjén az Udvarházban érte a halál. Cooper Winslow egy évvel később vásárolta meg a birtokot. Mivel Verának nem voltak gyerekei vagy örökösei, a katolikus egyházra hagyta mindenét, az Udvarházat is beleértve. Cooper már akkor is csinosnak számító összeget fizetett a villáért, mert éppen karrierjének legszédületesebb szakaszában tartott. A vásárlás nem csekély feltűnést keltett. Hogy ilyen kastélya legyen egy huszonnyolc éves fiatalembernek, akkor is, ha az a fiatalember a mozi egyik legvakítóbb csillaga! Coopot azonban nem feszélyezte a fejedelmi környezet. Megnyugtatta a tudat, hogy ő felér a házához.

Bel Air szívében állt az Udvarház, tizennégy hektáros, kifogástalanul ápolt park közepén, amelyhez teniszpálya, kék-arany mozaikkal kikövezett, hatalmas úszómedence és számos szökőkút tartozott. A parkot versailles-i mintára tervezték. Páratlan rezidencia volt, magas mennyezetű szobáinak többségét olyan freskók díszítették, amelyekhez Franciaországból szerződtették a festőket. Az ebédlőnek és a könyvtárnak faburkolata volt, a szalon faragványait és parkettáját egy francia kastélyból hozatták. Mesés hátteret adott Vera Harpernek, és mesés otthona volt Cooper Winslow-nak. Abe Braunstein annak az egynek örült, hogy Cooper Winslow cakompakk megvásárolta 1960-ban. Igaz, azóta kétszer is vett föl rá jelzálogot, de az nem csökkentette az Udvarház értékét. Messze a legbecsesebb ingatlan volt Bel Airben, az ára úgyszólván fölbecsülhetetlen. Nincs is hozzá fogható ház a környéken, illetve tulajdonképpen sehol, kivéve talán Newportot, de ennek az értékét magasra fölhajtja a Bel Air-i elhelyezkedés, noha mostanra már ráférne itt-ott a tatarozás.

Abe kiszállt az autójából. Két kertész gyomlált a nagy szökőkút körül, kettő egy közeli virágágynál dolgozott. Abe rögtön elhatározta, hogy a kertészek létszámát minimum meg kell felezni. Ahová csak nézett, számokat látott, és dollárokat, amint repülnek kifelé az ablakon. Úgyszólván centre tudta, mibe kerül Winslow-nak ez a ház. Vérlázító összegnek tekintette volna bárki, főleg Abe. Hollywood legfényesebb csillagainak legalább a fele Abe-bel könyveltetett, aki régóta megtanulta, hogy ne hápogjon, föl se szisszenjen, egyetlen gesztussal se árulja el, mennyire megbotránkoztatja az, amit ezek elszórnak házakra, autókra, a barátnőik bundáira, briliáns nyakláncaira. De Cooper Winslow megkontrázhatatlan volt. Abe szerint többet költött, mint Faruk

8

király. Majdnem fél évszázada úgy dobálta a pénzt, mintha a fán nőne, holott több, mint húsz éve nem kapott főszerepet valamire való filmben. Az utóbbi tíz évben apró karakterszerepekre fanyalodott, meg villanásnyi epizódokra, amelyekért igen keveset fizettek. Filmtől, szereptől, jelmeztől függetlenül mindig ugyanazt játszotta: az igéző, varázslatos, tüneményesen jóképű Casanovát, az utóbbi időben pedig az ellenállhatatlan, korosodó világfit. Ám lehetett akármilyen ellenállhatatlan a vásznon, egyre kevesebb szerep jutott neki. Sőt, az az igazság, hogy ezen a napon, amikor Abe becsenget a főbejáratnál, és várja, hogy valaki ajtót nyisson, immár két éve annak, hogy Coopert egyáltalán nem kérik föl filmszerepre, noha ő fennen hirdeti, hogy naponta tárgyal rendezőkkel és producerekkel új filmekről. Abe azért jött, hogy tiszta vizet öntsön a pohárba, és kategorikusan közölje, miszerint a jövőben radikálisan csökkenteni kell a kiadásokat. Coopot öt éve tartják ígéretekkel, és ő halmozza az adósságokat. Abe-et az se érdekelte, ha a színész a hentesének csinál reklámfilmeket, de Coopnak öszsze kell szednie magát, és dolgoznia kell, méghozzá minél előbb! Egyáltalán, nagyon sok mindenen kell változtatnia. Meg kell szorítania a nadrágszíjat, csökkentenie kell a személyzetét, el kell adnia néhány autóját, be kell szüntetnie a ruhák vásárolgatását, és utazásnál tartózkodnia kell a világ legdrágább szállodáitól. Vagy ezt teszi, vagy eladja a házat. Abe az utóbbit választotta volna.

Savanyú arccal ácsorgott szürke nyári öltönyében, amelyhez fehér inget és fehér-fekete nyakkendőt viselt. Zsakettes komornyik nyitott ajtót, és néma bólintással üdvözölte a könyvelőt. Livermore tapasztalatból tudta, hogy az ilyen könyvelői látogatások a lehető legcudarabb hangulatba taszítják a gazdáját, akinek olykor egy egész palack Cristal pezsgőre szüksége van, hogy visszanyerje szokott jó kedélyét, sőt néha egy doboz kaviárra is. Livermore haladéktalanul jégre is tette mindkettőt, mikor meghallotta Coop titkárnőjétől, Liz Sullivantől, hogy délben számíthatnak a könyvelőre.

Liz, aki addig a faburkolatos könyvtárban várakozott, a csengő hallatán mosolyogva lépett ki az előtérbe. Reggel tíz óta rendezgette a papírokat a megbeszélésre, és előző este óta követ érzett a gyomrában. Már tegnap megpróbálta beadagolni Coopnak, miről lesz szó, de a férfi alig figyelt rá a sok dolgától. Előkelő összejövetelre volt hivatalos, és indulás előtt okvetlenül hajat vágatni, masszíroztatni, szundítani akart. Ma reggel még nem látta. Mikor megérkezett, Coop már távozott, mert a Beverly Hills Hotelban reggelizett egy producerrel, aki telefonált neki, hogy esetleg volna egy filmszerep. Coopot nehéz volt utolérni, főleg, ha rossz hírt, vagy valami kellemetlenséget kellett beadagolni neki. Volt valami már-már kísérteties hatodik érzéke, amely finom behangolású, szuperszonikus radarként figyelmeztette azokra a dolgokra, amelyeket nem akart hallani, és ilyenkor könnyedén kitért, mintha becsapódó rakéták elől ugorna félre. Ezt azonban most meg kell hallgatnia. Liz megígértette vele, hogy délre itthon lesz, ami Coopnál inkább két órát jelentett.

– Szervusz, Abe, isten hozott – mondta melegen. Bő khaki színű nadrágot, fehér pulóvert, gyöngysort viselt, amelyek egytől-egyig rosszul álltak neki, mert Liz eléggé elterebélyesedett a huszonkét év alatt, amióta Coopnak dolgozott, bár kedves arcát, természetes szőke haját máig megőrizte. Kimondott szépség volt, amikor Coop felfogadta, szakasztott olyan, mint egy Beck samponreklám.

Szerelem volt az az első látásra, ha nem is fizikailag, legalábbis nem Coop részéről. A színész klassznak találta Lizt, méltányolta fáradhatatlan hatékonyságát, anyáskodó gondoskodását. Coop negyvennyolc éves volt, amikor alkalmazta, Liz harminc. Az istenítő rajongáshoz, amellyel körülvette a férfit, az utóbbi években még titkolt, reménytelen szerelem is elegyedett. Az utolsó csepp vérét is odaadta volna, hogy Cooper Winslow élete olajozott gépezetként működjön. Ha kellett, dolgozott napi tizennégy órában, hetente hét napon át. Mindeközben elfelejtkezett a házasságról és az anyaságról, de önként hozta ezt az áldozatot, és még mindig az volt a véleménye, hogy Coopért megérte. Időnként borzasztóan aggódott érte, főleg az utóbbi időben. Cooper Winslow-nak nem számított a valóság, jelentéktelen bosszúságnak tekintette, mint a körülöttünk zümmögő szúnyogot, és kerülte, ha csak tehette. Ez többnyire, illetve csaknem mindig sikerült is neki. Coop csak azt hallotta meg, amit hallani akart, vagyis a jó híreket. A maradékot kirostálta, mielőtt elérhetett volna a füléig vagy az agyáig. Eddig nem lett belőle baj. Ám Abe azért jött ide ma, hogy rázúdítsa az igazságot, ha tetszik Coopnak, ha nem.

– Szervusz, Liz. Itt van? – kérdezte komoran. Utált Cooppal tárgyalni, aki minden szempontból a szöges ellentéte volt.

– Még nem – mosolygott barátságosan a titkárnő, visszavezetve Abe-et a könyvtárba, ahol a két férfira várakozott. – De most már bármely percben jöhet. Egy főszerepről tárgyalt.

– Miben? Egy rajzfilmben? – A diplomatikus Liz nem válaszolt. Ki nem állhatta, ha gorombán beszéltek Coopról, de azzal is tisztában volt, mennyire bőszíti a színész viselkedése Abe-et.

Coop semmiben sem hallgatott a könyvelőjére, és ingatag anyagi helyzete az utóbbi években egyszerűen katasztrofálissá fajult. „Ez nem mehet tovább így", ezek voltak Abe utolsó szavai tegnap, amikor Lizzel beszélt telefonon. Erre idejön szombaton az üzenettel, és mérhetetlen dühére azt kell látnia, hogy Coop késik, szokása szerint. Mindig késik. És az emberek mindig megvárják, mert ő az, aki, és elragadó tud lenni, ha akar. Még Abe is megvárja.

– Kérsz valamit inni? – kérdezte Liz mint háziasszony. Livermore fapofát vágott. Minden helyzetben tökéletesen kifejezéstelen volt az arca. Ez megfelelt a szerepének. A pletyka szerint Coopernak egyszer-kétszer sikerült odáig hergelnie, hogy a komornyik tényleg elmosolyodott. De mivel ezt senki sem látta, az eset megmaradt a legendák tartományában, akármennyit esküdözött Cooper, hogy valóban sor került rá.

– Nem, köszönöm! – felelte Abe majdnem olyan jeges arccal, mint a komornyik, de Liz azért látta, hogy sebesen hatalmasodik el rajta az ingerültség.

– Akkor jeges teát? – Igazán megható volt az a naiv igyekezet, amellyel szerette volna jobb kedvre deríteni a könyvelőt.

– Az finom lenne. Szerinted mennyit fog késni? – Még csak öt perccel múlt tizenkettő, de Coopernak semmi, hogy egy-két órát késsen. Aztán majd beállít valami hihető kifogással, és mosolyog hozzá azzal az elbűvölő mosolyával, amitől el szoktak gyengülni a nőszemélyek. Csakhogy Abe nem nőszemély.

– Reméljük, nem sokat. Ez most csak előzetes megbeszélés. Odaadják neki a forgatókönyvet, hogy elolvashassa.

– Minek?

Az utóbbi időben Coop már csak néma szerepeket kapott: premierekre érkezett, vagy premierekről távozott, esetleg disztingvált bárokban ölelgetett lányokat. A forgatásokon ugyanolyan elragadó

12

volt, mint a valóságban, úgyhogy még ma is legendaszámba ment, micsoda mellékeseket csikar ki magának minden szerződéssel. Máig sikerült kialkudnia, hogy megtarthassa a jelmezeit, amelyeket kedvenc párizsi, londoni és milánói szabóival készíttetett. És ha még beérte volna ezzel! De ahová csak ment, újabb ruhákat vásárolt, Abe nagy keserűségére, azonkívül még régiségeket, metszett kristályt, fehérneműt, és észbontóan drága műtárgyakat otthonának díszítésére. A számlák pedig Abe asztalára kerültek, a legújabb Rolls számlája mellé. A pletyka szerint Coop most egy korlátozott példányszámban készült, turbómotoros, félmillió dolláros Bentley Azure sportkocsira vetett szemet, ami jól illett volna a garázsban álló két Rollshoz, a sportkocsihoz meg a szedánhoz, és a rendelésre gyártott Bentley limuzinhoz. Coop nem fényűzésnek, hanem az élet tartozékának tekintette a drága gépkocsikat és ruhatárat. Ez a lényeg, a többi csak a hab a tortán.

Egy inas két pohár jeges teát hozott ezüsttálcán a konyhából. Livermore eltűnt. Még ki se ment a szobából a fiatalember, amikor Abe komor pillantást lövellt Lizre.

– A személyzetet pedig lapátra kell tenni, méghozzá ma! – Az inas aggodalmasan hátranézett. Liz észrevette, és bátorítóan mosolygott rá.

Az ő dolga volt, hogy őrizze a házban a jó kedélyt, és fizesse a számlákat, már amit tud. Fontossági listájának mindig az elején szerepelt a személyzet bére, de időnként még az is elcsúszott egykét hónapot. Az alkalmazottak megszokták. Maga Liz fél éve nem kapott fizetést, amit egy kicsit bajos volt megértetnie a vőlegényével. Coop mindig fizetett utólag, ha készített egy reklámot, vagy kapott egy kis szerepet valamilyen filmben. Liz megengedhette magának, hogy türelmes legyen. Cooppal ellentétben, neki volt spórolt pénze. Sose volt ideje költekezni, nagyon mértéktartóan élt, Coop pedig bőkezűen adott, ha tudott.

– Talán fokozatosan kellene leépítenünk őket, Abe. Nem lesz könnyű nekik.

– Liz, te is tisztában vagy vele, hogy Coop nem tud fizetni. Azt fogom tanácsolni neki, hogy adja el az autókat és a házat. A kocsikért nem kap sokat, de ha a házat eladja, kifizethetjük a jelzálogot, az adósságokat, és abból, ami fennmarad, Coopnak tisztességes megélhetése lesz. Vásárolhat egy lakást Beverly Hillsen, és megint pénzénél lesz. – Ami évek óta nem fordult elő vele.

Csak hát a ház úgy hozzátartozott Coophoz, mint a keze, a lába vagy a szeme. A szíve volt. Összenőttek több, mint negyven év alatt. Coop inkább meghal, mint hogy eladja az Udvarházat. Liz azt is bizonyosra vette, hogy a színész az autóitól sem fog megválni. Egyszerűen el sem tudja képzelni, hogy mást is vezethessen, mint Rollst vagy Bentleyt. Azonosult az imázsával. A legtöbb embernek fogalma sincs, hogy anyagilag milyen kutyaszorítóban van Coop. Legföljebb azt hiszik róla, hogy trehányul fizeti a számláit. Pár éve adódott egy kis probléma az adóhivatallal, de Liz gondoskodott róla, hogy rögtön befizessék adóba egy Európában forgatott film teljes jövedelmét, és ilyesmi azóta sem fordult elő. Csak most ne lenne olyan kemény az élet. Coop azt hajtogatja, hogy egyetlen igazi filmre lenne szüksége. Liz, mint egy visszhang, ugyanezt mondta Abe-nek. Huszonkét éve feltétel nélkül védelmezte a színészt, bár az olyan felelőtlenül viselkedett, hogy a titkárnőjének egyre nehezebb volt védenie. De Coop már ilyen volt. Abe-et mindenesetre fárasztotta.

– Hetvenéves! Két éve nem játszott, húsz éve nem kapott egy tisztességes szerepet! Ha több reklámot csinálna, az segítene, de még az sem lenne elég. Ez nem mehet így tovább, Liz! Ha nem takarítja el ezt a dzsuvát, méghozzá hamarosan, akkor a börtönben köt ki! – Liz több, mint egy éve kölcsönökből törlesztette a kölcsönöket. Abe tombolt. Voltak olyan számlák is, amelyek kifizetetlenül maradtak. De hogy Coopot börtönbe csukják, az mégis képtelenség.

Egy órakor Liz megkérte Livermore-t, hogy hozzon Mr. Braunsteinnek egy szendvicset. Abe akkor már tüzet fújt. Eszeveszetten dühös volt Coopra, kizárólag szakmai büszkesége tartotta még az Udvarházban, mert el akarta végezni, amiért jött, akár segít Coop, akár nem. Érthetetlen, hogy bírta Liz évtizedekig! Braunstein mindig arra gyanakodott, hogy viszonyuk van, és nagyon meglepődött volna, ha megtudja, hogy szó sincs ilyesmiről. Ennél Coopnak és Liznek is több esze volt. A titkárnő imádta a munkáltatóját, de egyszer sem feküdt le vele. Nem mintha Coop kérte volna. Voltak kapcsolatok – köztük a kettejüké –, amelyeket szentnek tekintett, és a világért sem szennyezett volna be. Végül is ő úriember volt, minden körülmények között.

Abe fél kettőkor lenyelte az utolsó morzsát, de Liz már korábban szóba hozta a Dodgerst, a könyvelő kedvenc csapatát. Tudta, hogy Braunstein rajong a baseballért, és Liz ugyancsak értett hozzá, hogy az emberek jól érezzék magukat a társaságában. Abe úgyszólván el is felejtette az időt, azt se hallotta, mikor megcsikordultak a felhajtó kavicsai a kocsikerék alatt. Liz viszont rögtön megfordult.

– Itt is van! – Úgy mosolygott Abe-re, mintha a Háromkirályokat jelentené be.

Most is igaza lett. Coop a Bentley Azure sportkocsival jött, amelyet a kereskedő több hétre kölcsönzött neki. Pazar jármű volt, tökéletesen illett

15

a vezetőjéhez. A *Bohémélet* zengett a CD-lejátszóból, miközben Coop leírta az utolsó kanyart, és megállt a ház előtt. Lélegzetelállítóan jóképű férfi volt, élesen metszett vonásaival, árkolt állával. Sötétkék szeme, sima, fehér bőre volt, sűrű haját olyan tökéletesen vágták és fésülték, hogy még a nyitott sportkocsiban sem borzolódott föl egyetlen ezüstös hajszál sem. Cooper Winslownak mindig a helyén volt az utolsó hajszála is, mert minden részletében maga volt a megtestesült tökély, férfiasság, elegancia. Mindehhez rendkívüli fesztelenség járult: ritkán jött ki a béketűrésből, szinte sose látszott idegesnek. Olyan körültekintően tanulmányozott tudatossággal árasztotta magából az arisztokratikus kifinomultságot, ami már egészen természetesnek tűnt. Jó nevű, régi, tökéletesen elszegényedett New York-i famíliából származott, de a maga emberségéből lett valaki.

Fénykorában csupa előkelő úrifiút játszott, afféle modern Cary Grantet, Gary Cooper-i külsővel. Sose játszott se gazembert, se faragatlan fatuskókat, kizárólag makulátlanul öltözködő aranyifjakat és ellenállhatatlan hősöket. A nők szerették kedves tekintetét. Nem volt egy komisz porcikája, sose viselkedett aljasul vagy kegyetlenül. Partnerei még akkor is imádták, még azután is, hogy szakítottak vele, mert Coopnak mindig sikerült kimódolnia, hogy a nők hagyták el, ha elege lett belőlük. Zseniálisan értett az asszonyokhoz, és a legtöbb nő, akivel viszonya volt, szeretettel beszélt róla, mert szórakoztatónak találta. Mindent olyan kellemes eleganciával intézett, legalábbis addig, amíg tartott a kapcsolat. Hollywoodnak úgyszólván az összes díváját összepletykálták vele, Coopernak azonban hetvenéves koráig sikerült kicseleznie azt, amit ő „hálónak" hívott. Rajta egyáltalán nem látszott a kor. Megmaradt örök agglegénynek és világfinak.

Rendkívüli gondot fordított magára, és simán elment volna ötvenöt évesnek, ahogy kilépett a pazar autóból, blézerében, szürke nadrágjában, Párizsban csináltatott, kifogástalanul keményített-vasalt, kék ingében. Széles vállú, hosszú lábú férfi volt, majdnem százkilencven centiméteresre nőtt, ami ugyancsak ritkaság Hollywoodban, ahol a bálványok többsége alacsony. Mosolyogva intett a kertészeknek, kivillant hibátlan fogsora, és egy nő azt is észrevette volna, hogy a keze is nagyon szép. Cooper Winslow maga volt a tökéletes férfi, kétszáz mérföld átmérőjű vonzáskörrel. Nem csak az asszonyokat, de a férfiakat is megdelejezte. Csak arról a néhány emberről – köztük Abe Braunsteinről – pergett le a bűbája, akik jól ismerték. Mindenki más ellenállhatatlannak találta azt a mágneses sugárkoszorút, amitől muszáj volt megfordulni és ámulattal mosolyogni, ha máson nem, hát azon, hogy milyen páratlan külsejű ez a férfi!

Livermore is észrevette közeledő gazdáját, és ajtót nyitott.

– Milyen jól néz ki, Livermore! Meghalt netán valaki? – Mindig ugratta komornyikját, akinek zord képét kihívásnak tekintette. Úgy érezte, okvetlenül meg kell nevettetnie. Négy éve szolgált nála Livermore, Cooper mélységes megelégedésére. Kedvelte komornyikja kimérten méltóságteljes viselkedését, hatékonyságát, stílusát. Livermore pont azt a zománcot adta meg az Udvarháznak, amit Coop elvárt. Azonkívül kifogástalan rendben tartotta a ruhatárát, ami az egyik legfontosabb része volt a munkakörének.

– Nem, uram. Miss Sullivan és Mr. Braunstein a könyvtárban vannak. Most fejezték be az ebédet. – Azt nem tette hozzá, hogy tizenkét óra óta várnak. Coopert úgyse érdekelte volna. Fizetett alkalmazottnak tekintette Abe Braunsteint, aki, ha megvá-

17

rakoztatják, legföljebb a várakozási időt is hozzácsapja a számlához.

Hosszú léptekkel, széles mosollyal sietett be a könyvtárba, és úgy nézett Abe-re, mintha egy közös csínytevésre emlékezne. Abe nem volt vevő a mosolyra, de nem tehetett ellene. Cooper Winslownak megvolt a maga tempója.

– Remélem, tisztességes ebédet kaptatok! – mondta, mintha nem is késett volna két órát. Viselkedése általában annyira meghökkentette az embereket, hogy mindent elfelejtettek, és megbocsátották a késlekedést. De Abe most nem engedte, hogy eltereljék a figyelmét. Egyenesen a tárgyra tért.

– A pénzügyeidről kell beszélnünk, Coop. Meg kell hoznunk bizonyos döntéseket.

– Csakis! – nevetett Cooper. Leereszkedett a díványra, és keresztbe tette a lábát. Tudta, hogy Livermore másodperceken belül szervírozza a pohár pezsgőt. Kedvenc itala volt a márkás Cristal, épp a tökéletes hőmérsékletűre hűtve. Több tucat láda Cristalt tárolt a pincéjében, más híres francia fajborok társaságában. Ízlése és pincéje egyaránt legendás volt. – Adjunk Liznek emelést! – mondta napsugaras mosollyal, amitől a titkárnőnek majd megszakadt a szíve, hiszen okvetlenül közölnie kellett a rossz híreket. Egész héten attól a pillanattól rettegett, amikor majd el kell mondania őket, és egészen mostanáig halogatta.

– Ma kirúgom a személyzetedet! – közölte Abe különösebb köntörfalazás nélkül. Cooper fölnevetett, Livermore szenvtelenül kivonult a könyvtárból. Mintha semmi sem történt volna. Cooper ivott egy korty pezsgőt, majd letette a poharat egy márványasztalra, amelyet Velencében vásárolt, amikor egyik barátjának a palazzóját eladták.

– Végre valami új! Hogy jutott eszedbe? Nem inkább keresztre kellene feszítenünk őket? Vagy lőjük talán agyon őket? Minek rugdosnánk, ez olyan kispolgári!

– Komolyan beszélek. Menniük kell. Most fizettük ki háromhavi elmaradt bérüket. Ezt nem tehetjük meg még egyszer. – Hirtelen valami panaszos zönge lopózott a könyvelő hangjába, mintha tudná, hogy akármit tesz vagy mond, Coop úgyse veszi komolyan. Abe mindig úgy érezte, hogy mikor Cooperral beszéli, valaki lekeveri a hangját. – Ma felmondok nekik. Még két hétig dolgozhatnak nálad. Egy szobalányt hagyok.

– Csodálatos! Tud legalább öltönyt vasalni? Melyiket hagyod meg? – Három szobalánya volt, egy szakácsa és egy inasa, aki felszolgálta az ebédet. Volt azonkívül Livermore, a komornyik, nyolc kertész és egy részidős sofőr, aki a fontos eseményekre fuvarozta. Népes személyzet kellett ehhez a hatalmas házhoz, bár a legtöbbjüket nélkülözhette volna. Csak hát szerette, ha kiszolgálják.

– Paloma Valdezt. Ő a legolcsóbb – felelte a gyakorlatias Abe.

– Az melyik? – Coop Lizre pillantott. Nem emlékezett ilyen nevűre. Két szobalánya francia volt, Jeanne és Louise, igen, őket ismerte. De Palomáról fogalma sem volt.

– Az a kedves salvadori asszony, akit múlt hónapban fogadtam fel. Azt hittem, tetszik neked! – mondta Liz olyan hangon, mintha egy gyerekkel beszélne. Coop zavartan nézte.

– Én azt hittem, Maríának hívják, legalábbis így szólítottam, és ő nem tiltakozott. Egyedül nem vezetheti el a házat. Nevetséges! – tiltakozott derűsen. Nem látszott, hogy kizökkentette volna a hír.

– Nincs más választásod – mondta Abe nyersen. – Lapátra kell tenned a személyzetet, el kell adnod az autókat, és egy évig nem szabad vásárolnod semmit, az égvilágon semmit, se autót, se egy öltönyt, se egy pár zoknit, de még egy lábtörlőt se! Utána esetleg megpróbálhatod föltornászni magad a lyukból, amelyikbe belemásztál. Szeretném, ha eladnád a házat, vagy legalább kiadnád a kapusházat, esetleg még a főépület egy részét, mert abból bejönne valami pénz. Liztől hallom, hogy sose használod a vendégszárnyat, tehát bérbe adhatod. Valószínűleg magas bérleti díjat kaphatnánk érte, és a kapusházért is. Úgyse használod egyiket se. – Abe, aki nagyon lelkiismeretes volt a munkájában, alaposan megfontolta a kérdést.

– Sose tudhatom, mikor érkeznek látogatóim. Ez nevetséges, hogy kiadjam a ház egy részét! Akkor már miért nem alakulunk át panzióvá, Abe? Vagy bentlakásos iskolává? Mondjuk felsőbb leányiskolává? Sajátságos ötleteid vannak! – Roppant jól mulatott, és persze esze ágában sem volt ilyet tenni. Abe gyilkos tekintettel mérte végig.

– Azt hiszem, te nem fogod fel, milyen helyzetben vagy. Ha nem fogadod meg a tanácsaimat, hat hónap múlva mindenestül el kell adnod az Udvarházat! A csőd szélén állsz, Coop.

– Nevetséges! Mindössze egy szerepre lenne szükségem, egy igazi nagy filmben. Épp ma kaptam egy klassz forgatókönyvet! – dicsekedett büszkén.

– Mekkora szerep? – kérdezte Abe irgalmatlanul. Ismerte a csíziót.

– Még nem tudom. Szó van róla, hogy engem is beleírnak. A szerep akkora lesz, amekkorát akarok.

– Nekem ez úgy hangzik, mint egy rövid karakterszerep – mondta Abe. Liz összerándult. Gyűlölte, ha valaki kegyetlenkedett Cooppal. Ő pedig mindig olyan kegyetlennek találta a valóságot, hogy sose figyelt rá. Kizárta magából. Azt akarta, hogy minden perc legyen kellemes, mulatságos, könnyű és gyönyörű. Az ő élete valóban az is volt. Igaz, nem tudta megfizetni az árát, de ez nem akadályozta meg abban, hogy ne úgy éljen, ahogy neki tetszik. Sose habozott, ha vásárolhatott egy új autót, rendelhetett fél tucat öltönyt, vagy vehetett egy szép ékszert egy nőnek, és az emberek mindig szívesen kötöttek üzletet vele. Kitüntetésnek tekintették, ha Cooper Winslow használja vagy viseli az árujukat. Úgy gondolták, előbb-utóbb majd csak fizet értük, ő pedig fizetett is, ha tudott. Valahogy a számlák sose maradtak kifizetetlenül, hála Liznek.

– Abe, te is tudod, csak egy nagy film kell, és megint annyi pénzünk lesz, mint a pelyva. Már a jövő héten tízmillió dollárt kaphatok egy filmért! Vagy akár tizenötmilliót! – Cooper álomvilágban élt.

– Egyet, ha szerencséd van. Vagy inkább ötszázezret, esetleg háromszázat vagy kétszázat. Coop, neked már nem esik le a nagy pénz. – Épp csak azt nem mondta, hogy Cooper Winslow-nak már bealkonyult. Azt még Abe is tudta, hogy van egy határ, amelyet nem léphet át. De akkor is az az igazság, hogy Coop ugyancsak szerencsésnek tarthatja magát százezer, jó esetben kétszázezer dollárral. Akármilyen jóképű, akkor is túl öreg egy főszerephez. Annak az időnek vége. – Többé nem számíthatsz a talált pénzre. Ha közlöd az ügynököddel, hogy dolgozni akarsz, szerezhet néhány hirdetést, ötvenezer dollárért darabját, esetleg százezerért, ha menő a termék. De a nagy lét ne várd tovább. Mindenképpen spórolnod kell. A jövőben ne dobáld a pénzt, csökkentsd a minimumra a személyzetet, add ki a kapusházat meg a főépület egy részét, és akkor egy pár hónap múlva ismét áttekintjük a helyzetet. Ismétlem, ha nem ezt teszed, még az év vége előtt el kell adnod az Udvarházat. Részemről ezt látom jónak, de Liz úgy gondolja, hogy mindenképpen maradni akarsz.

– Hogy mondjak le az Udvarházról? – Cooper

még harsányabban hahotázott. – Még egy ilyen bolond ötletet! Több, mint negyven éve lakom benne!

– Hát pedig ha nem szorítasz a nadrágszíjon, akkor valaki más fog benne lakni. Nem titok, Coop, már két éve megmondtam.

– Igen, megmondtad, és még mindig itt vagyunk, nemde? Nem mentem csődbe, nem kerültem börtönbe. Nem kellene hangulatjavítókat szedned, Abe? Talán rózsásabban látnád tőlük az életet. – Mindig mondta Liznek, hogy Abe úgy fest, akár egy temetkezési vállalkozó, még úgy is öltözik. Nem mondta ki, de azt is erősen helytelenítette, hogy a könyvelője februárban nyári öltönyt visel. Bosszantották az ilyen dolgok, de nem akarta zavarba hozni Braunsteint a megjegyzéseivel. Abe legalább azt nem javasolta, hogy a ruhatárát is adja el! – Komolyan gondoltad, amit a személyzetről mondtál? – Lizre pillantott, aki együttérzőn nézte. Tudta, hogy Coop kényelmetlenül fogja érezni magát, és ez előre fájt neki.

– Szerintem Abe-nek igaza van. Borzasztó sok pénzed megy el a bérekre, Coop. Talán spórolnod kellene egy kicsit addig, amíg ismét elkezdenek bejönni a pénzek. – Mindig igyekezett segíteni, hogy Coop megvalósíthassa az álmait. Szüksége volt rájuk.

– Hogy vezethetné el ezt a házat egy szál salvadori nő? – kérdezte Coop, és egy pillanatra őszintén meglepődött. Ez teljes képtelenségnek tűnt, legalábbis neki.

– Nem kell vezetnie az egészet, ha bérbe adod egy részét – mondta Abe gyakorlatiasan. – Ez legalább egy problémát megold.

– Coop, két éve nem használod a vendégszárnyat, a kapusház majdnem három éve le van zárva. Nem hinném, hogy komolyan nélkülöznéd bármelyiket is – mondta Liz gyengéden. Olyan volt a hangja, mint egy anyáé, mikor arra próbálja rábeszélni a gyerekét, hogy adja oda valamelyik játékát a szegényeknek, vagy egye meg a húst.

– De minek engednék be idegeneket a házamba? – értetlenkedett Cooper.

– Azért, mert meg akarod tartani a házat – felelte konokul Abe –, másképp pedig nem leszel képes. Halálkomolyan beszélek, Coop!

– Hát majd meggondolom – felelte révetegen Cooper. Nem értette az elgondolást. Fel se tudta fogni, milyen élete lenne segítség nélkül. Nem tűnt valami mulatságosnak. – Gondolom, azt is elvárod, hogy magam főzzek magamra! – tette hozzá, mint akinek ez az utolsó csepp a poharában.

– A hitelkártyáidból ítélve, úgyis minden este házon kívül vacsorázol. Nem fog hiányozni a szakács. Se a többi. Ha elfajulnának a dolgok, kihívathatunk egy takarítószolgálatot.

– Elbájoló! Akkor már miért ne biztonsági őrt? Vagy talán feltételesen szabadlábra helyezett bűnözőket? Az működne csak! – A szeme már megint olyan vásottan csillogott. Abe kétségbeesett.

– Elhoztam a csekkjeiket és a felmondóleveleiket – mondta sötéten. Okvetlenül meg akarta értetni Cooperral, hogy itt csakugyan elbocsátások lesznek. Nem megy másképp.

– Hétfőn majd beszélek egy ingatlanközvetítővel – szólalt meg halkan Liz. Nagyon nem szívesen zaklatta föl Coopot, de erről akkor is tudnia kell. Ezt nem teheti meg úgy, hogy előzőleg ne figyelmeztetné a színészt. Ő egészen jó ötletnek találta, hogy bérbe adják a két lakrészt. Coopnak nem fog hiányozni a hely, viszont toronymagas bérleti díjat kérhetnének. Abe igazán ügyes dolgot talált ki. És ez még mindig kevésbé fájdalmas, mintha Coopnak el kellene adnia az Udvarházat.

– Jó, jó! Csak arra legyen gondod, hogy ide ne hozz valami sorozatgyilkost! És ne gyereket, vagy ugató kutyát, az isten szerelmére! Kizárólag női albérlőket szeretnék, méghozzá csinosakat! Tulajdonképpen nekem kellene behívnom őket előzetes elbeszélgetésre! – mondta csak félig tréfásan. Liz úgy találta, hogy munkáltatója kizárólagos ésszerűséget tanúsít, amikor nem csap hűhót. Minél előbb meg kell találni a bérlőket, mielőtt Cooper visszakozna.
– Ennyi az egész? – kérdezte Abe-től. Felállt, és intett, hogy most már elég. Egy kortyra kiadós adagot kapott a valóságból, és most már azt szerette volna, ha Abe távozna.
– Egyelőre – felelte Abe, aki ugyancsak fölállt. – Komolyan beszéltem, Coop! Ne vásárolj *semmit!*
– Megígérem. Gondom lesz rá, hogy kilyukadjon az összes fuszeklim és fehérneműm. Meg is nézheted, ha legközelebb jössz.
Abe nem felelt. Az ajtóhoz sietett, átnyújtotta Livermore-nak a hozott borítékokat, és megkérte, hogy ossza ki őket a személyzetnek. Két hét múlva távozniuk kell.
– Jaj, de kellemetlen kis ember! – mosolygott Cooper, miután Abe behúzta maga után az ajtót. – Ugyancsak szomorú gyerekkora lehetett, hogy így gondolkozik. Fiúként valószínűleg a legyek szárnyát tépkedte ki. De szánalmas! Valaki igazán elégethetné az öltönyeit!
– Jót akar, Cooper. Igazán sajnállak, elég rázós megbeszélés volt. Megteszek minden tőlem telhetőt, hogy a hátralevő két hétben betanítsam Palomát. Majd szólok Livermore-nak, hogy mutassa meg neki, hogyan kell rendben tartani a ruháidat.
– Beleborzongok, ha elgondolom az eredményt! Paloma nyilván a mosógépbe gyömöszöli az öltönyeimet. Talán át kellene állnom egy másik imázsra! – Kissé mintha mulattatónak találta volna a gon-

24

dolatot. – Az biztos, hogy nagy csend lesz nálunk, ha nem marad más, mint te, én és Paloma vagy María vagy hogy a csudába hívják. – Észrevette, hogy Liz furcsán néz rá. – Mi baj? Csak nem kötött Abe a te talpadra is útilaput? – Egy pillanatra olyan halálosan rémült lett a tekintete, hogy Liznek majd megszakadt a szíve a láttán. Örökkévalóságnak tűnő idő után tudott csak válaszolni:

– Nem, Coop, nem dobott ki... magamtól megyek – suttogta. Ezt tegnap közölte a könyvelővel; Abe kizárólag ezért nem tette őt is lapátra.

– Ne csacsiskodj! Inkább eladom az Udvarházat, Liz, mint hogy te is elmenj. Inkább magam sikálom a padlót, csak maradj!

– Nem arról van szó... – Könnyek csillogtak a titkárnő szemében. – Férjhez megyek, Coop.

– *Mit* csinálsz? Kihez? De csak nem ahhoz a nevetséges fogászhoz San Diegóban! – Ez öt éve történt, de Coop nem tartotta számon az ilyesmit. El sem tudta képzelni, hogy elveszítheti Lizt, az meg végképp nem jutott eszébe, hogy a titkárnője férjhez is mehet. Liz végül is ötvenkét esztendős, és nem csak úgy tűnt, hogy mindig a közelében élt, de Coopnak úgy tetszett, hogy itt is marad. Liz az ő családja.

Könnyek peregtek a titkárnő arcán.

– Egy San Franciscó-i tőzsdei alkuszhoz.

– Hát az meg mikor jött be a képbe? – háborodott föl Cooper.

– Körülbelül három éve. Sose gondoltam rá, hogy összeházasodhatunk. Tavaly beszéltem is róla neked. Valahogy úgy képzeltem, hogy megmaradunk a randevúzásnál. De ő az idén visszavonul, és utazgatni akar velem. A gyerekei felnőttek, és választás elé állított: most, vagy soha, én pedig azt gondoltam, addig kell megragadnom az esélyt, amíg még van.

– Milyen idős? – kérdezte Coop elszörnyedve. A mai napban ez volt az a rossz hír, amelyre egyáltalán nem számított. Ez valóban megrázta.

– Ötvenkilenc. Igazán szépen boldogult. Van egy lakása Londonban és egy nagyon kedves háza San Franciscóban, amit most adott el. Nob Hillre fogunk költözni.

– San Franciscóban? Meg fogsz halni az unalomtól, vagy eltemet egy földrengés! Meg fogod utálni, Liz! – Cooper még mindig szédelgett az ütéstől. Nem tudta elképzelni az életét a titkárnője nélkül. Liz az orrát fújta, és egyfolytában sírt.

– Talán igen. Talán futva jövök vissza hozzád. De úgy gondoltam, hogy legalább egyszer férjhez kell mennem. Hogy elmondhassam: én is megtettem. De akárhol legyek, Coop, te bármikor felhívhatsz.

– Ki fog nekem asztalt foglalni, ki tárgyal az ügynökömmel? Azt ne mondd, hogy Paloma, vagy hogy az ördögbe hívják!

– Az ügynökségnél megígérték, hogy mindent elintéznek, amit tudnak. Abe irodája elvállalja a könyvelést. Nekem tényleg nem marad itt tennivaló. – Legföljebb az, hogy fogadja a barátnők telefonjait, és ellássa a sajtóügynököt friss adatokkal, főleg arról, kivel jár éppen Coop. Most majd magának kell telefonálnia. Merőben új élmény lesz neki. Liz árulónak érezte magát.

– Szereted ezt a hapsit, Liz, vagy csak pánikba estél? – Mindezekben az években egyszer se fordult meg a fejében, hogy a titkárnője is szeretne férjhez menni. Sose említette, Coop meg sose firtatta Liz szerelmi életét. Legföljebb Liz említette nagynéha, ha éppen volt ideje randevúzni. Egyébként annyi munkát adott neki Coop beszerzéseinek, találkozóinak, partijainak, utazásainak szervezése, hogy egy éve szinte alig látta leendő férjét; az alkusz végül is ezért állt a sarkára. Önimádó, énközpontú alaknak tartotta Cooper Winslow-t, és meg akarta menteni tőle Lizt.

– Szeretem. Jó ember, és rendes hozzám. Vigyázni akar rám, és két nagyon kedves lánya van.

– Mennyi idősek? Nem tudlak elképzelni gyerekes anyának, Liz.

– Az egyik tizenkilenc, a másik huszonhárom. Őszintén kedvelem őket, és úgy tűnik, én is tetszem nekik. Egész kicsik voltak, mikor az anyjuk meghalt, Ted maga nevelte fel őket. Príma munkát végzett. Az egyik lánya New Yorkban dolgozik, a másik a Stanford orvosi előkészítőjén tanul.

– Ezt nem tudom elhinni! – Cooper teljesen öszszetört. Hirtelen katasztrófába fulladt a nap. Már el is felejtette, hogy bérbe akarta adni a kapusházat és a vendégszárnyat. Most csak azzal tudott törődni, hogy el fogja veszíteni Lizt. – Mikor mész feleségül hozzá?

– Két hét múlva, mindjárt azután, hogy innen kiléptem. – Ahogy ezt mondta, rögtön kitört belőle megint a sírás. Váratlanul még neki is borzasztónak tűnt ez a házasság.

– Akarsz itt esküdni? – kérdezte a nagylelkű Cooper.

– Napában lesz, egy barátunk házában – felelte Liz könnyezve.

– Iszonyúan hangzik. Nagy lakodalmat csaptok? – Coopot mintha szélütés érte volna. Erre azért nem számított.

– Nem. Csak mi leszünk ott, a két lány és az a házaspár, akiknek a házában esküszünk. Ha nagyobb esküvőm lenne, okvetlenül meghívtalak volna, Coop. – Liznek még csak arra sem volt ideje, hogy kitervelje a saját esküvőjét. Minden energiáját lekötötte Cooper. Ted viszont nem akart tovább várni. Tudta, hogy ha megteszi, Liz végül nem hagyja ott a színészt, akiért felelősnek érzi magát.

– Mikor határoztátok el?

– Kábé egy hete. – Ted átjött a hétvégén, és ultimátumot adott. Döntésük épp összhangban volt Abenek azzal az elhatározásával, hogy mindenkit lapátra tesz. Liz tulajdonképpen tudta, hogy szívességet tesz Coopnak, aki a jövőben úgysem alkalmazhatná. De akkor is borzasztó nehéz lesz a búcsú. Szívszakasztó és elképzelhetetlen, hogy itt kell hagynia a színészt. Olyan ártatlan, gyámoltalan a maga senkiéhez se fogható módján! Liz pedig mérhetetlenül elkényeztette huszonkét év alatt az anyáskodó gondoskodással. Előre tartott a San Franciscó-i álmatlan éjszakáktól, amikor Cooperért kell aggódnia. Iszonyú nagy változás lesz mindkettejüknek. Cooper pótolta számára a soha meg nem kapott gyerekeket, akikről néhány éve végképp lemondott.

Cooper még akkor sem tért magához, amikor Liz elment. Távozása előtt még fölvette a telefont. A huszonkét éves Pamela volt az, Coop legújabb szívszerelme, aki még a színész mércéje szerint is fiatalnak számított. Modell volt, aki színésznő akart lenni. Annak a reklámfilmnek a forgatásán ismerkedtek meg, amelyet Coop a GQ-nak csinált. A cég fél tucat modellt fogadott fel, hogy rajongó arccal álljanak Cooper mögött, és a fél tucatból Pamela volt a legcsinosabb. Körülbelül egy hónapja randevúzgattak, Pamela fülig szerelmes volt a férfiba, aki a nagyapja lehetett volna, bár szerencsére nem látszott annyinak. Ma este az Ivybe terveztek vacsorát; Liz emlékeztette a férfit, hogy el ne felejtse fölszedni Pamelát fél nyolckor. Cooper megölelgette, és biztatta, hogy jöjjön csak vissza hozzá, ha elege lesz a házasságból. Titokban remélte, hogy Liz ezt fogja tenni. Úgy érezte, mintha a húgát és a legjobb barátját veszítené el.

Liznek újra csak eltört a mécsese, mikor már a kocsijában ült. Szerette a vőlegényét, de nem tudta elképzelni az életét Coop nélkül. Az évek során a színész lett a családja, a legjobb barátja, a fivére, a fia, a hőse. Imádta. Minden bátorságára és erejére szüksége volt, hogy igent mondjon Tednek, aztán pedig tájékoztassa a döntéséről Coopert. Egy hete alig aludt, és ennek volt a betege egész délelőtt, amíg Cooper haza nem jött. Igazán hálás lehet Abe-nek, hogy itt volt, és elterelte a figyelmét. Amikor kifordult a főkapun, majdnem karambolozott. Rongyokban lógtak az idegei. Coopert elhagyni olyan lesz, mint zárdába vonulni, vagy kiszakadni az anyaméhből. Már csak abban reménykedett, hogy helyesen döntött.

Coop a könyvtárban állt, amikor titkárnője elhagyta az Udvarházat, és töltött magának még egy pohár pezsgőt. Ivott egy kortyot, majd kezében a pohárral, lassan felsétált a hálószobájába. Útközben találkozott egy alacsony asszonnyal, aki fehér formaruhát viselt. A ruha elején jókora pecsét éktelenkedett. Paradicsomfolt lehetett, vagy talán leves. Az asszony, aki hosszú varkocsba fonta a haját, zajosan porszívózta a lépcsőt, és napszemüveget viselt. Cooper a napszemüvegre figyelt föl.

– Paloma? – kérdezte óvatosan, mintha először látná. Bár most se látta volna. Ocelotmintás tornacipő volt rajta. Iszonyat!

– Igen, Mr. Vénló. – Paloma rendkívül önálló hölgynek tűnt. Nem vette le a napszemüvegét, a sötét lencsék mögül kémlelte a gazdáját. Képtelenség volt megállapítani, mennyi idős. Cooper középkorúnak saccolta.

– Winslow, Paloma. Balesete volt? – A pecsétre célzott. Úgy festett, mintha egy pizzát vágtak volna Palomához.

– Eszpagetti volt ebédre. Ráejtettem a kanalamat az egyenruhámra. És itt nincs másik.

– Gusztusos látvány – jegyezte meg Coop. Még

mindig nem tért magához a Liz távozása fölötti megrázkódtatásból. Ugyan milyen lesz a ruhatára, ha ez a nő visel gondot rá?

Paloma mereven bámulta a hálószoba csukódó ajtaját, aztán égnek emelte a pillantását. Ez volt az első alkalom, hogy szóra méltatta a gazdája, akiről Paloma keveset tudott, és akit igen kevéssé kedvelt. Olyan nőkkel járt, akiknek az apja lehetett volna, és senki sem érdekelte saját magán kívül. A salvadori nő semmit sem talált benne, amit szeretni lehetett volna. Rosszalló fejcsóválással folytatta a porszívózást. Ő sem örült a kilátásnak, hogy kettesben lesz a házban a színésszel. Nagyon pechesnek tartotta magát, amikor megtudta, hogy ő lesz az egyetlen, akit nem rúg ki a könyvelő. Persze nem vitatkozott. Egy csomó rokona volt Salvadorban, akiket támogatnia kellett, és szüksége volt a pénzre, még akkor is, ha ilyeneknél kellett megkeresnie, mint ez a színész.

2.

Mark Friedman majd belehalt, mikor az utolsó papírt is aláírta az üres házban, ahol rajta kívül csak az ingatlanügynök tartózkodott. A ház még csak három hete került ki a piacra. Szép pénzt kaptak érte, bár ez Markot egyáltalán nem érdekelte. Nézte a kopár falakat, a kiürített szobákat, amelyben tíz éve élt a családjával, és úgy érezte, szertefoszló álmainak utolsó rongyait látja.

Meg akarta tartani a házat, itt akart lakni, de Janet, ahogy New Yorkba érkezett, rögtön megüzente, hogy adja el. Mark ekkor értette meg, hogy a felesége, bármit mondott is az előző hetekben, sose fog visszatérni. Pedig bizonykodott, hogy mindössze két hétig lesz távol. Aztán az ügyvédek is kapcsolatba léptek egymással, és Mark élete öt hét alatt széthullott. A bútor már útban van New Yorkba. Az utolsó darabig odaadta az asszonynak meg a srácoknak, átköltözött az irodájához közeli szállodába, és minden reggel azzal ébredt, hogy bár lenne halott. Tíz éve laktak Los Angelesben, és tizenhat éve kötöttek házasságot.

A negyvenkét éves, magas, szikár, szőke, kék szemű Mark még öt hete is azt hitte, hogy boldog házasságban él. A jogi karon ismerkedett meg Janettel. Diploma után összeházasodtak, és Janet szinte azonnal állapotos lett. Jessica, aki most tizenöt, az első házassági évfordulójukon született. Jason tizenhárom éves. Mark adóügyi tanácsadó volt egy fontos ügyvédi irodánál, amely tíz éve irányította át New Yorkból Los Angelesbe. Először nehezükre esett az alkalmazkodás, de aztán megszerették a várost. Janet és a gyerekek még meg sem érkeztek, amikor Mark alig pár hét alatt megtalálta Beverly Hillsben a tökéletesen megfelelő házat, tágas hátsó udvarral, apró úszómedencével. Az új tulajdonosok minél előbb szeretnének beköltözni, mert hat hét múlva várják az ikreiket. Mark még egyszer körbejárta a házat, és azon tűnődött, hogy ennek a házaspárnak az élete még csak most kezdődik, míg az övé már véget is ért. Még mindig nem tudta elhinni, ami vele történt.

Hat hete még boldog házasember volt, világszép, imádott feleséggel, élvezettel végzett munkával, szép házzal, két pazarul sikerült gyerekkel. Az anyagi gondok elkerülték őket, kicsattantak az egészségtől, eddig semmi rossz nem történt velük. Hat héttel később a felesége elhagyja, a ház sehol, a család New Yorkban lakik, és Mark Friedman válófélben van. Ez túl sok ahhoz, hogy elhiggye.

Az ügynök hagyta, hadd bolyongjon a kopár szobákban. Mark semmi másra nem tudott gondolni, mint a közös boldogságra, amit együtt éltek át ezek között a falak között. Ő nem látta, hogy bármi baj lenne a házasságukkal, és azt még Janet is bevallotta, hogy boldog volt a férjével.

– Nem tudom, mitől történt! – gyónta könnyek között. – Talán unatkoztam... talán vissza kellett volna mennem dolgozni Jason születése után... – Ám Mark egyiket sem találta elegendő indoknak ahhoz, hogy el kelljen hagyni őt egy másik férfi kedvéért. Janet öt hete bevallotta, hogy belebolondult egy New York-i orvosba.

Másfél éve Janet anyja súlyosan megbetegedett. Először szívrohamot kapott, aztán övsömört, végül agyvérzést. Janet hét végeérhetetlen hónapon át ingázott New York és Los Angeles között. Összeroppant apján fokozatosan elhatalmasodott az Alzheimer-kór, az anyja egyik betegségből zuhant a másikba. Janet távollétében Mark vette át otthon az anya szerepét. Első alkalommal, a szívroham után Janet hat hétig volt távol, de naponta háromszor-négyszer felhívta a férjét, aki semmire sem gyanakodott. Mint Janet elmagyarázta, nem is azonnal történt meg a dolog. Fokozatosan szeretett bele az anyja orvosába, aki nagyszerű ember, csodálatosan együttérző, kedves és kíméletes. Egy este úgy adódott, hogy együtt vacsoráztak, és az lett a kezdet.

Egy éve folytattak viszonyt, amely, mint Janet mondta, súlyos lelki válságot okozott neki. Abban a hitben élt, hogy majd csak túljut rajta, futó szeszély az egész. Biztosította Markot, hogy többször is próbált szakítani, de annyira összenőttek, hogy az már valóságos megszállottság. Adammel lenni, magyarázta Marknak, olyan, mint rákapni egy drogra. Mark fölvetette, hogy talán próbálkozzon meg pszichiáterrel, és menjenek el házassági tanácsadásra, de ezt Janet mereven elutasította. Ő már döntött, bár akkor ezt nem közölte a férjével. Annyit mondott, hogy vissza akar költözni New Yorkba, aztán majd meglátják, hogyan alakul az életük. Ki kell lépnie a házasságból, legalábbis egy időre, hogy tárgyilagosan mérlegelhesse az új kapcsolatát. De mihelyt New Yorkba ért, rögtön közölte a férjével, hogy válni akar, Mark adja el a házat, szüksége van a vételár felére, hogy lakást vásárolhasson New Yorkban. Mark a hálószoba falát bámulta, és utolsó beszélgetésükre gondolt. Még sose volt ilyen árva és elveszett. Oda minden, amiben hitt, amire támaszkodott, amit állandónak gondolt. És az benne a legszörnyűbb, hogy sose követett el semmi roszszat, ő legalábbis így vélte. Talán túl keményen dolgozott, talán ritkán vitte el vacsorázni a feleségét, de így is harmonikus életük volt, és az asszony sose panaszkodott.

Mark életének az volt a legszörnyűbb napja, amikor Janet bevallotta, hogy mást szeret. Ennél alig valamivel kevésbé volt szörnyű az a nap, amikor közölték a gyerekekkel, hogy a jövőben külön fognak élni. A gyerekek tudni akarták, elválnak-e. Mark őszintén azt felelte, hogy erre nem adhat egyértelmű választ. Ma már megértette, hogy Janet akkor is tudta, mindössze nem akarta megmondani se a férjének, se a gyerekeinek.

A srácok vigasztalhatatlanul sírtak. Jessica kezdetben, különösebb ok nélkül, az apját hibáztatta. Nem értették, a tizenöt és a tizenhárom éves fejükkel még kevésbé értették, mint Mark. A férfi legalább tudta, miért hagyja el a felesége, de a gyerekek egyszerűen nem találtak magyarázatot rá. Sose hallottak veszekedést vagy nézeteltérést, és valóban ritkán is fordult elő ilyesmi, legföljebb olyan kérdéseken, hogy milyen díszeket akasszanak a karácsonyfára. Mark egyszer kapott dührohamot, amikor Janet totálkárosra zúzta az új autóját, de akkor is elnézést kért később, és azt mondta, örül, hogy a feleségének nem esett baja. Mark jó természetű férfi volt, Janet tisztességes asszony, mindössze arról volt szó, hogy Adam több izgalmat kínált, mint Mark. Janet elbeszélése szerint negyvennyolc éves volt, kiterjedt klientúrával, vitorlás hajót tartott Long Islanden, és négy évig szolgált a békehadtestben. Érdekes barátai voltak, és mozgalmas élete. Elvált, sose születtek gyerekei, mert a felesége meddő volt, örökbe fogadni meg nem akartak. Valósággal lázba hozta, hogy Janetnek vannak gyerekei, sőt, ő is akart tőle kettőt, bár Janet ezt egyelőre nem kötötte a srácok vagy a férje orrára. Jessica és Jason még egyáltalán nem ismerték Adamet. Az asszony akkorra halasztotta a megismerkedést, ha majd kialakul a New York-i életük. Mark gyanúja szerint nem óhajtotta tájékoztatni a gyerekeket, hogy Adam miatt hagyja el a férjét.

Ő viszont unalmasnak tartotta magát. Szerette és értette a szakmáját, de az adótanácsadás nem olyasmi, amiről hosszan lehetne diskurálni egy feleséggel. Janetet a büntetőjog vagy a kiskorúak jogi képviselete érdekelte, de az adózás jogszabályait őrjöngve unta. Hetente többször teniszeztek, moziba jártak, sok időt töltöttek a srácokkal, együtt vacsoráztak a barátaikkal, szóval ilyen kellemes, egyszerű életük volt. Hát most már nem volt kellemes. Marknak az utóbbi öt hétben mintha kést forgattak volna a zsigereiben. Mostanában kezdett pszichiáterhez járni, az orvosa javaslatára, akit azért hívott fel, hogy kérjen valamit álmatlanság ellen. Az élet pokollá lett. Hiányzott az asszony, hiányoztak a gyerekek, hiányzott az, ami volt. Szempillantás alatt oda lett minden. Megy utánuk a ház is.

– Készen van, Mark? – érdeklődött tapintatosan az ügynök, bedugva a fejét a hálószoba ablakán. Friedman révetegen bámult a semmibe, mélyen elmerülve gondolataiban.

– Ja, totál – felelte a férfi. Még egy pillantást vetett a hálószobára, mielőtt kijött volna. Mintha egy elveszett világtól, egy régi baráttól búcsúzna. Követte a nőt, ki a házból. Az ügynök zárta be az ajtót, mert nála volt az összes kulcs. Már be is fizették a vételárat Mark számlájára, és ő megígérte, hogy a felét átutaltatja Janetnek. Szép pénzt kapott a házért, bár őt ez egy csöppet sem érdekelte.

– Nem akarná, hogy keressek magának is valamit? – reménykedett az ügynök. – Igazán remek kis házakat tudok fönt a dombok között. Ami a Hancock Parkban van, az valódi gyöngyszem! Itt is tudok néhány kellemes lakást. – Február épp az alkalmas idő a lakásvásárlásra. A vakációs uborkaszezon véget ért, tavasszal mindig felbukkantak főnyeremények az ingatlanpiacon. A ház vételárából bőven futná. Még megfelezve is több, mint elég egy szép új lakásra. Főleg ha valakinek ilyen jó állása van. Marknak nem is a pénzzel volt gondja, csak minden mással.

– Megvagyok én a szállodában – felelte Friedman, és beült a Mercedesébe, miután ismételten köszönetet mondott az ügynöknek. Príma munkát végzett, zökkenő nélkül, rekordidő alatt nyélbe ütötte az üzletet. Mark szinte jobban szerette volna, ha a nő nem ilyen ügyes, vagy elpuskázta volna az adásvételt. Még nem készült föl rá, hogy továbblépjen. Ezt még meg kellett volna beszélnie a pszichiáterével. Életében először fordult pszichiáterhez, és ez igazán kellemes pasasnak látszott, de Mark kételkedett benne, hogy segíteni tudna rajta. Esetleg képes lesz majd aludni, de mit kezdjen az élete többi részével? Akármit beszéljenek a terápián, Janet és a gyerekek akkor sincsenek itt, nélkülük pedig nincs élet. Nem is kell. A családját akarta. Janet most már a másé, és talán a gyerekek is jobban fogják szeretni azt az embert. Iszonyú gondolat volt. Soha nem élt még át ehhez fogható reménytelenséget.

Visszahajtott az irodájába, és délben már az asztalánál ült. Lediktált egy csomó levelet, átnézett néhány jelentést. Délután megbeszélése volt. Nem vette a fáradságot, hogy ebédeljen. Öt hét alatt öt kilót fogyott, de az is lehet, hogy hatot. Már csak annyi telt tőle, hogy gépiesen tette egyik lábát a másik elé, miközben igyekezett nem gondolkozni. Éjszaka úgyis eleget gondolkozott, amikor rázúdultak az emlékek. Ismét hallotta Janet szavait. A gyerekekre gondolt. Hogy sírtak! Mark minden este beszélt velük telefonon, és megígérte nekik, hogy néhány héten belül meglátogatja őket. A húsvéti szünetben az Antillákra akarta vinni a srácokat, akik majd nyáron is átjönnek LA-be, de egyelőre sehol sem tudná elhelyezni őket. Nem is akart erre gondolni, mert azonnal elfogta a rosszullét.

Délután megbeszélés volt az új adótörvényekről, amelyen részt vett Abe Braunstein is. A könyvelő megdöbbent. Mark úgy nézett ki, mint aki végzetes betegségben szenved. Mindig fitt és fiatalos volt, kicsattant az egészségtől, és olyan derűt árasztott magából, hogy negyvenkét éves fővel is egy kedves kölyökre emlékeztetett. Most meg olyan, mint aki fél lábbal már a sírban áll.

– Nincs neked valami bajod? – kérdezte Abe nyugtalanul.

– Ugyan, kutyabajom – felelte Mark révetegen. Ónszürke, beesett volt az arca. Braunstein őszintén aggódott.

– Olyan vagy, mint aki súlyos betegségen esett át. Sokat fogytál. – Mark bólintott, de nem válaszolt, a megbeszélés után fajankónak érezte magát, amiért szó nélkül hagyta Abe aggodalmait. A pszichiátere után Abe lenne a második, akinek szólna a bajáról. Hogy másnak is elbeszélje, ahhoz nem volt bátorsága, vagy gyomra. Túlságosan megalázó lett volna, annyira pancsernek tűnt volna tőle. De attól is félt, hátha azt gondolnák az emberek, hogy ő volt piszok Janethez. Ezt tisztáznia kellett. Egyszerre szeretett volna nyüszíteni és bebújni valahová a föld alá.

– Janet elment – közölte tömören, miközben majdnem hat órakor távoztak a megbeszélésről. Felét se hallotta annak, ami elhangzott. Abe ezt is megjegyezte magának. Friedman úgy festett, mint aki most jött vissza a másvilágról. Abe először nem is értette, mit mond.

– Utazni? – kérdezte zavartan.

– Nem, örökre – válaszolta Mark sötéten. Ennek ellenére megkönnyebbülés volt, hogy kimondhatja végre az igazságot. – Három hete New Yorkba költözött a srácokkal. Most adtam el a házat. Elválunk.

– Szomorúan hallom – mondta Abe őszinte sajnálattal. Szegény ördög, hogy össze van törve! Viszont fiatal, talál majd magának más feleséget, akár még srácai is lehetnek. Hogyne, egy ilyen jóképű hapsinak! – Hát ez kemény. Nem is hallottam. – Csakugyan nem tudott róla, noha sokat dolgozott Mark cégének, de ha beszélgettek, általában csak az adóügyi törvényekről vagy az ügyfeleikről. A magánéletükről nem esett szó. – Most hol laksz? – Ez vicces, hogy a férfiak mindig azt kérdezik egymástól, mit csinálnak, és nem azt, hogy mit éreznek.

– Szállodában, innen két sarokra. Elég lepra, de pillanatnyilag megfelel.

– Nincs kedved eljönni és harapni valamit? – Abe-et várta otthon a felesége, viszont Mark nagyon úgy festett, mint akinek szüksége van egy barátra. Szüksége is volt, de túlságosan pocsékul érezte magát, hogy bárhova is menjen. A ház volt az utolsó csepp a pohárban. Kézzel foghatóan bizonyította, hogy az ő családi életének örökre vége.

– Kösz, nem. – Sikerült kikényszerítenie magából egy mosolyt. – Esetleg máskor.

– Majd felhívlak – ígérte Abe, és elment. Nem tudta, kinek a hibája a válás, de látta Markon, hogy mélységesen boldogtalan. Nyilvánvaló, hogy nincsen senkije. Az asszonynak lenne? Elég klassz csaj. Pont olyanok voltak, mint az amerikai álompár, mindkettő szőke, kék szemű, a srácaik simán paszszoltak volna valamelyik plakátra, amelyik az amerikai életformát reklámozza, és mintha egy középnyugati tanyáról jöttek volna, holott Mark és Janet egymástól alig pár saroknyira nőttek fel New Yorkban. Ugyanazokra a gimnáziumi össztáncokra jártak, valahogy mégse találkoztak. Janet a Vassaron tanult, Mark a Brown Egyetemen, és csak a Yale jogi fakultásán ismerkedtek meg. Életük maga volt a tökély. Hát ez sincs többé.

Mark nyolcig maradt az irodájában, tologatta a papírokat az íróasztalán, majd végül csak visszatért a szállodába. Gondolt rá, hogy útközben bekap egy szendvicset, de nem volt éhes. Most se volt éhes. Pedig megígérte az orvosának és a pszichiáterének, hogy megpróbál enni. Majd holnap. Most nem akar mást, mint ágyba bújni és bámulni a tévét. Esetleg aludni.

Arra nyitott be, hogy cseng a telefon. Jessica telefonálta, hogy jó napja volt az iskolában, jelest kapott egy tesztre. Ezzel együtt utálja az új iskoláját. Jason is utálja. Megviselte őket a változás. Jason focizott, Jessica bekerült a hokicsapatba. De akkor is, mondta, New Yorkban minden fiú genya. Továbbra is az apját hibáztatta mindenért, amit nem értett a válással kapcsolatban.

Mark nem mondta, hogy eladta a házat, csak annyit ígért, hogy hamarosan utazik New Yorkba, és addig is adják át üdvözletét a maminak. Aztán letette a kagylót, ült az ágyban, meredt a tévére, és némán peregtek az arcán a könnyek.

3.

Jimmy O'Connor kisportolt, szikár, erős alakjához széles váll és izmos karok társultak. Teniszezett, golfozott. A Harvardon a jéghokicsapatban játszott. Kiváló sportoló volt már az iskolában is, és máig az maradt. Azonkívül príma ember volt. A UCLA-n doktorált pszichológiából, miközben önkéntesként dolgozott a Wattsben*. A következő évben szociális munkából szerzett oklevelet, és azóta se vált meg a Wattstől. Harminchárom éves korára megvolt a boldog élete, a foglalkozása, amit szeretett, és amely mellett még mindig jutott egy kis idő a sportra. Futball- és szoftballcsapatot szervezett a kölyköknek, akikkel foglalkozott. Gyerekeket helyezett el gyámszülőknél, kimentette őket olyan családokból, ahol verték, zaklatták, vagy szexuálisan bántalmazták őket. Maga rohant az ambulanciára olyan gyerekekkel, akiket leöntöttek lúggal, vagy megégették őket, és nem is egyszer hazavitte őket magához, amíg nem talált megfelelő gyámokat. Azok, akikkel együtt dolgozott, azt mondták rá, hogy arany szíve van.

Jimmy tipikus fekete ír volt: hollófekete haj, elefántcsontszín bőr, mélysötét szem, és olyan érzéki száj, aminek a mosolyától rögtön eldobták magukat a nők. Maggie is. Margaret Monaghan. Mindketten

---

* Wattsnek hívják Los Angeles néger szegénynegyedét, ahol az 1960-as években halálos áldozatokat is követelő zavargások voltak. (*A ford.*)

bostoniak voltak, a Harvardon ismerkedtek meg, és diploma után együtt utaztak el a nyugati partra. Másodéves koruk óta együtt éltek. Hat éve bementek a városházára, és összeházasodtak, bár ennek az útnak minden centiméterét végigdohogták. Leginkább azért tették, hogy a szüleik szálljanak már le róluk. Fennen hangoztatták, hogy nekik ugyan mindegy, aztán kelletlenül bevallották egymásnak, hogy a házasság nem csak oké, de jó is.

Maggie egy évvel volt fiatalabb a férjénél, a legklasszabb nő, akit Jimmy valaha ismert. Széles e világon nem volt hozzá fogható. Neki is pszichológiából volt kisdoktorija, és fontolgatta, hogy megszerzi a nagydoktorit, bár ezt egyelőre nem döntötte el. A férjéhez hasonlóan hátrányos helyzetű gyerekekkel dolgozott. Azt mondta, ezekből fogadjanak örökbe egy csomót, ne is legyenek saját srácaik. Jimmy egyke volt, Maggie a legidősebb kilenc testvér között. Törzsökös ír családból származott, akik Cork megyéből vándoroltak ki Bostonba. A szülei még Írországban születtek, és zsíros tájszólással beszéltek, amit Maggie kifogástalanul utánozott. Jimmy családja már négy nemzedék óta elhagyta az óhazát. Távoli atyafiságban álltak a Kennedyekkel, amiért Maggie nem győzte zrikálni a férjét, mihelyt megtudta. „Zsúrfiúnak" csúfolta érte. Nem mintha bárkinek is kikürtölte volna ezt az információt, csak szerette szurkálni Jimmyt, aki külön imádta ezért. Maggie villámlóan eszes volt és pimasz és gyönyörű és bátor; a haja lángvörös, a szeme zöld, minden porcikája szeplős, a megálmodott ideál, Jimmy életének szerelme. Nem volt semmi, amit a férje nem imádott volna rajta, kivéve talán, hogy Maggie nem tudott főzni, és nem is akart megtanulni, ezért Jimmynek kellett vállalnia a feladatot. Büszke volt rá, hogy egészen tisztességes szakács.

A konyhában csomagolta a serpenyőket, amikor

csengetett és bejött a gondnok. Harsány üdvözlést kurjantott, tájékoztatásul, hogy itt van. Nem szívesen tört be Jimmyhez, de meg kellett mutatnia a lakást. Pici fészek volt Venice Beachen, ahol imádtak lakni. Maggie boldogan görkorcsolyázott az utcán, mert itt mindenki azt tette. És nagyon szerették a partot.

Jimmy előző héten adta föl a hirdetést, és a hónap végén akart költözni. Nem tudta, hova. Csak itt ne legyen! Akárhol, csak itt ne!

A gondnok egy fiatal párnak akarta megmutatni a lakást, akik nemrég házasodtak össze. Farmert, pulóvert, szandált viseltek, roppant fiatalnak és ártatlannak látszottak. A húszas éveik elején járhattak, most végezték el a főiskolát, és a Középnyugatról érkeztek. Imádták LA-t, és fölöttébb tetszett nekik a lakás. Az egész városból Venice-t tartották a legtöbbre. A gondnok összeismertette őket Jimmyvel, aki kezelt, bólogatott, aztán folytatta a csomagolást, és rábízta a fiatalokra, hogy nézzék meg a kicsi és nagyon rendes lakást. Volt benne egy apró nappali, egy parányi háló, amibe épphogy elfért az ágy, egy akkora fürdőszoba, amelyet két ember kizárólag egymás nyakában ülve használhatott, és a konyha, amelyben Jimmy csomagolt. Nekik ez megfelelt, tágasabb térre nem is volt szükségük. Maggie ragaszkodott hozzá, hogy ő állja a bérleti díj felét, és ennél többet nem tudott volna fizetni. Csuda konok bírt lenni az ilyesmiben. Ismeretségük első napja óta megfelezték a költségeiket, még akkor is, mikor már házasok voltak.

– Én nem leszek kitartott nő, Jimmy O'Connor! – közölte Maggie, híven utánozva szüleinek tájszólását. Fürtjei tűzként lobogták körül az arcát. Jimmy azért akart gyerekeket, hogy tele legyen a ház gyufafejűekkel. Az utóbbi hat hónapban komolyan fontolgatták, hogy belevágnak a gyerekcsinálásba, de Maggie örökbe is akart fogadni, hogy jobb életet adhasson a srácoknak annál, amit kaptak a sorstól.

– Mit szólnál egy hat plusz hathoz? – ugratta Jimmy. – Hat saját, hat örökbe fogadott. Te melyik csapatot akarod eltartani? – Maggie bevallotta, hogy a gyerekek eltartását hajlandó lesz Jimmyre bízni, legalábbis némelyikét. Annyit nem engedhetett meg magának, amennyit szeretett volna, de sokszor beszéltek róla, hogy öt vagy hat kellene.

– Gáztűzhely van? – kérdezte mosolyogva a szép lány, a reménybeli lakó. Jimmy szótlanul bólintott.

– Szeretek főzni. – Erre most azt kellett volna felelni, hogy ő is szeret, de Jimmynek nem volt kedve társalogni. Bólintott, folytatta a csomagolást. A házaspár öt perccel később távozott. A gondnok bekiáltott, hogy köszönöm, aztán becsukta az ajtót, és utána már csak a fojtott hangok hallatszottak a folyosóról. Vajon kiveszik a lakást? Számít? Valaki majd csak kiveszi. A lakás jó, a ház tiszta, a kilátás szép. Maggie ragaszkodott a jó kilátáshoz, bár ez megterhelte a költségvetését, de mi értelme Venice-en lakni, ha nincs kilátás, kérdezte tájszólásban, amit gyakran használt, mert abban nőtt fel. Jimmyt nagyon mulattatta. Időnként, ha elmentek egy pizzára, Maggie egész este adta az írt, és mindenkit lóvá is tett. Magától tanult meg skótul. És franciául. És kínaiul is meg akart tanulni, hogy foglalkozhasson a bevándorlók gyerekeivel.

– Nem valami barátságos – suttogta az egyik új lakó a fürdőszobában, ahol összegyűltek a megbeszélésre. Elhatározták, hogy kiveszik a lakást. Megengedhették maguknak, és tetszett nekik a kilátás, akkor is, ha a szobák aprók voltak.

– Jó ember ez – védte a gondnok, aki mindig kedvelte a házaspárt. – Nehéz időket élt át – fogalmazott óvatosan, maga se tudva, elmondja-e, de hát előbb-utóbb úgyis meghallják valakitől. A házban

42

mindenki szerette O'Connorékat. A gondnok sajnálta, hogy Jimmy elmegy, de megértette. A helyében ő is ezt tette volna.

– Talán kitették, vagy felkérték a távozásra? – érdeklődtek az új lakók. Olyan boldogtalannak, majdnem ellenségesnek látszott, ahogy csomagolt.

– Gyönyörű fiatal felesége volt, szédületes lány. Harminckét éves, lángvörös hajú, az esze, mint a borotva.

– Szakítottak? – kérdezte ártatlanul a fiatalaszszony, aki kezdett egy kicsit fölengedni, mert elsőre majdnem megijedt Jimmytől, olyan ádázul csomagolta a tepsijeit egy kartonpapír dobozba.

– Meghalt. Egy hónapja. Iszonyú dolog. Agydaganattól. Néhány hónapja elkezdett fájni a feje, de azt mondta, migrén. Három hónappal ezelőtt bevitték a kórházba, hogy megvizsgálják, csináltak tomográfiát, szkennelést, mit tudom én, amit ilyenkor szoktak, egy csomó tesztet. Daganatot leltek az agyában, próbálták kioperálni, de túl nagy volt, és már szóródott. Két hónap alatt elvitte. Azt hittem, a férje is utánahal. Még sose láttam két embert, akik ennyire szerették egymást. Folyton nevettek, dumáltak, bolondoztak. Mr. O'Connor a múlt héten szólt, hogy elmegy, mert ez itt elviselhetetlenül szomorú. Nagyon sajnálom érte, hiszen olyan jó ember.

– De borzasztó! – mondta a fiatalasszony. Az ő szemét is csípték a könnyek. Ezt a szörnyűséget! Milyen boldognak és szerelmesnek látszottak azokon a képeken, amelyekkel tele volt a lakás! – Micsoda megrendülés lehetett!

– Nagyon bátor asszony volt. Egészen az utolsó hétig eljártak sétálni, a férje főzött rá, egyszer levitte a partra, mert azt igen szerette. Sokáig fog tartani, amíg Mr. O'Connor túlteszi magát rajta, már ha egyáltalán. Ilyen nőt biztos nem fog találni. – A köztudottan és szeretetre méltóan darabos természetű gondnok egy könnycseppet morzsolt el a szeme sarkában, majd levezette a két fiatalt a földszintre. Késő délután egy cédulát csúsztatott be az ajtó alatt, hogy a fiatal pár kivette a lakást.

Jimmy mereven bámulta az értesítést. Ezt akarta, tudta, hogy ezt kell tennie, de nem volt hova mennie. Már nem is érdekelte, hol lakik. Elalszik ő az utcán, hálózsákban. Talán így lesznek az emberek hajléktalanok, mikor már nem érdekli őket, hogy hol laknak, vagy egyáltalán laknak-e. Miután Maggie meghalt, arra gondolt, megöli magát: egyetlen szó és hang nélkül belesétál az óceánba. Hatalmas megkönnyebbülés lett volna. Órákig ült a parton, és ezen töprengett. Akkor egyszerre mintha Maggie szólt volna hozzá: ne legyen már ilyen lekvár, talán dühíteni akarja? Még a zsíros kiejtést is hallotta. Alkonyatkor visszament a lakásba. A díványra vetette magát, órák hosszat sírt és jajgatott.

Este megjöttek a családjaik Bostonból. A következő két nap elment a virrasztással és a temetéssel. Jimmy nem volt hajlandó Bostonban eltemettetni a feleségét. Maggie azt mondta, vele akar maradni Kaliforniában, ő tehát ide temettette. A rokonok távozása után ismét egyedül maradt. Maggie szüleit, öccseit, húgait porba sújtotta a veszteség. De senki se volt olyan kétségbeesett, mint Jimmy, mert csak ő tudta, ki volt ez az asszony, és ő mit veszített vele. Maggie volt az ő egész élete. Jimmy feltétlen bizonyossággal tudta, hogy nem lesz más nő, akit ennyire tudna szeretni. Nem is tudta elképzelni, hogy még egy nő elférjen az életében. Ki lehetne olyan, mint Maggie? Kiben van annyi tűz, láng, szellem, öröm és bátorság? A legbátrabb ember volt, akit ismert. Nem félt még a haláltól se, tudomásul vette a sorsát. Jimmy volt az, aki zokogva könyörgött Istenhez, ő volt az, aki rettegett, aki fel se tudta fogni az életet a felesége nélkül. Elképzelhetetlen, elvi-

44

selhetetlen, kibírhatatlan! És most itt áll. Maggie egy hónapja ment el. Hány hét jön még? Hány nap? Hány óra, amelyben tört gerinccel kell kúsznia a földön, amíg meg nem hal?

A Maggie halálát követő héten visszament dolgozni, ahol mindenki úgy bánt vele, mint a hímes tojással. Teljes munkaidőben foglalkozott a kölykökkel, de nem volt már az életében se lendület, se öröm. Nem is élet volt. Csak kellett egy ösvény, amelyen rakhatja egyik lábát a másik elé, hogy vehesse továbbra is a levegőt, és felébredjen minden reggel, csak azt nem tudta már, hogy miért.

Egy része örökre itt akart maradni a lakásban, a másik azt se bírta, hogy még egyszer Maggie nélkül kelljen ébrednie. Tudta, hogy távoznia kell innen. Mindegy, hová, csak innen el! Felhívta azt az ingatlanközvetítőt, amelynek a nevét egy hirdetésen látta. Egy ügynökük se volt bent. Meghagyta a nevét meg a telefonszámát, majd folytatta a csomagolást. De mikor Maggie rekeszéhez ért a gardróbban, úgy érezte, maga Mike Tyson húzott be neki egyet a szekrényből. Elakadt a lélegzete, a kíméletlen valóság kipréselte a levegőt a tüdejéből, a vért a szívéből. Földbe gyökerezett a lába. Érezte a felesége parfümjét, és úgy érezte maga mellett Maggie-t, mintha a felesége ott lenne a szobában.

– Most mi a jó büdös francot csináljak? – mondta ki fennhangon. Könnyek szöktek a szemébe, és az ajtófélfába kellett kapaszkodnia. Mintha egy emberfölötti erő taglózta volna le, és ő alig bírt fölegyenesedni a megsemmisítő csapás után.

– Hát menj tovább, Jimmy! – válaszolta a fejében a hang. – Úgysem szállhatsz ki. – Még a corki tájszólást is hallotta.

– Aztán miért nem? – Azért, mert Maggie sem tette. Sose adta fel. Verekedett az utolsó percéig. A halála napján is hajat mosott, kirúzsozta a száját,

45

és azt a blúzát vette föl, amelyet a férje a legjobban szerette. Sose adta fel. – Nem akarok továbbmenni! – ordította oda a hangnak, amelyet csak ő hallott, az arcba, amelyet sose lát többé.

– Márpedig úgy fogsz tenni, mintha élnél! – hallotta olyan kristálytisztán, hogy nevetnie kellett, miközben bámulta a könnyein át a felesége ruháit.

– Jól van, Maggie, jól van! – Sorra kiszedegette, összehajtogatta a ruhákat, és olyan gondosan helyezte bele őket egy dobozba, mintha a tulajdonosuk egyszer még visszajöhetne értük.

4.

Vasárnap Liz visszajött az Udvarházba, hogy találkozzon az ingatlanügynökkel. Szombaton Cooper beleegyezett, hogy bérbe adja a kapusházat és a vendégszárnyat. Liz minél hamarabb lépni akart, még mielőtt a színész meggondolná magát. Coopernak egyáltalán nem lesz mindegy a lakbérből származó jövedelem, és a titkárnő, mielőtt távozott volna, mindent meg akart tenni érte, amit tehetett.

Tizenegyre beszélte meg a találkozót az ügynökkel. Coop nem volt az Udvarházban. Pamelát, a huszonkét éves modellt vitte villásreggelizni a Beverly Hills Hotelba. Azt is megígérte a lánynak, hogy másnap vásárolni viszi a Rodeo Drive-ra.

Pamela bomba nő, de nincs egy rongya, amit fölvegyen. Coopnak pedig az volt az egyik specialitása, hogy kényeztesse a nőket. Boldogan vásárolt nekik. Abe-t a szívroham kerülgette a számláktól, de Coopot ez sose érdekelte. Viszi Theodore-hoz, Valentinóhoz, Diorhoz, Ferréhez, mindenkihez, ahova csak akarja Pamela, utána pedig irány Fred Segal. Belekerül ötvenezer dollárjába, bár több is lehet, főleg, ha megállnak Van Cleefnél vagy Cartiernél, mármint ha Coop tekintete megakad valamin a kirakatban. Pamela ugyan nem fogja mondani, hogy ennyi bőkezűség már túlzás. Egy huszonkét éves oklahomai lánynak Coop maga volt a megtestesült álom.

– Meg vagyok lepve, hogy Mr. Winslow hajlandó albérlőket kerülgetni, különösen a főépületben! – jegyezte meg az ügynök, amikor Liz bevezette a vendégszárnyba. Örült volna valami zaftos pletykának, amit föltálalhat a leendő lakóknak. Liznek ez egyáltalán nem tetszett, de ezt nem úszhatták meg, ha már rászánták magukat, hogy kiadják a lakrészeket. Ki voltak szolgáltatva a mások véleményének, és az emberek eleve kíméletlenek a filmcsillagokhoz, egyáltalán minden hírességhez. Benne van a pakliban.

– A vendégszárnynak külön bejárata van, tehát nem is találkozhatnak Cooppal. Ő pedig olyan sokat utazik, szerintem azt se fogja észrevenni, hogy idegenek tartózkodnak a házban. Még jól is jön neki, ha az emberek tudják, hogy mások is laknak a házban, különben a távollétében betörésekkel és mindenféle más kellemetlenségekkel kellene számolnia. A lakók fogják garantálni a biztonságot! – Ez olyan újszerű és logikus szempont volt, hogy az ügynök nem is gondolt rá. Ennek ellenére gyanakodott, hogy többről lehet itt szó. Cooper Winslow évek óta nem játszott főszerepet igazi nagy filmben. Az ügynök már nem is emlékezett, miben látta utoljára, bár az igaz, hogy Winslow még mindig fényes csillagnak számít, és ha beteszi valahova a lábát, ott mindenki őrá figyel. Hollywood legendáriumába tartozik, ami feltétlenül elő fogja segíteni, hogy bérbe adhassák a két lakrészt, és tetemes bérleti díjat vasaljanak be értük. Cooper olyan vonzerő, ami országszerte, ha ugyan nem világszerte egyedülállóvá teszi az albérletet. Egy kis szerencsével a bérlők akár még láthatják is egy pillantásra a teniszpályán vagy az úszómedencénél. Ezt is bele kell majd írni a hirdetésbe.

Nyikorogva feltárult a vendégszárny ajtaja, és Liz már bánta, hogy előzőleg nem rendelt ide egy takarítóbrigádot. De nem volt elég idő, és ő sietni akart. Ezzel együtt is kedvező benyomást keltett a gyönyörű szárnyépület. Magas mennyezetű szobái voltak, mint a ház többi részének, amelyekből elegáns franciaablakok vezettek a kertbe. Tartozott hozzá egy élősövénnyel szegélyezett, szép terasz, amelynek antik márványasztalait és padjait Coop vásárolta évekkel ezelőtt Olaszországban. A bájos francia régiségekkel zsúfolt nappaliból irodának is használható, apró dolgozószoba nyílt, és egy rövid lépcső vezetett egy világoskék szaténnal kárpitozott, tükrös francia art deco bútorokkal berendezett, hatalmas hálószobába.

A hálószobához egy hasonlóan hatalmas, fehér márvány fürdőszoba csatlakozott, valamint egy öltözőszoba, benne annyi gardróbszekrény, ami a legtöbb embernek sok is lett volna, kivéve persze Coopot. A nappali másik oldalán két kicsi, de célszerű hálószobába lehetett jutni, amelyeket tarka virágos kretonnal kárpitoztak, és francia stílbútorokkal rendeztek be. Tartozott a vendégszárnyhoz egy elbűvölő, rusztikus konyha, nagy ebédlőasztallal, amelyet az ingatlanügynök egészen provence-i ízlésűnek talált. Ebédlő nem volt, de mint Liz rámutatott, nem is igazán volt rá szükség, hiszen a nappali akkora, hogy akár be is lehet állítani egy asztalt, vagy ehetnek a bérlők a gyönyörű, régi, festett csempékkel burkolt, lakályos, kedves, kellemes konyhában, ahol csempézett, vaskos, öreg, öntöttvas francia tűzhely áll a sarokban. Szóval tökéletes lakás ez, Bel Air legszebb ingatlanában, kijárással a teniszpályához és az úszómedencéhez.

– Mennyit akar érte? – Az ingatlanügynök szeme felcsillant az izgalomtól. Sose látott jobb lakást, ezt még egy másik filmsztár is kibérelheti, ha másért nem, a presztízs kedvéért; talán olyasvalaki, aki forgatni érkezik a városba, vagy egy évet tölt LA-ben. Főnyeremény, hogy még be is van rendezve! Méghozzá micsoda bútorokkal! Némi vágott virágtól, egy kis portörléstől máris életre kel a vendégszárny. Majd ezt is elintézteti.

– Maga mennyit javasol? – kérdezte Liz bizonytalanul. Évek óta nem fordult meg az ingatlanpiacon; jómaga több, mint húsz éve ugyanabban a szerény lakásban élt.

– Havonta minimum tízezerre gondoltam. Sőt talán tizenkettőre. Megfelelő bérlőnél fölsrófolhatjuk tizenötre, de semmi esetre se mehetünk tíz alá. – Ez tetszett Liznek. Ha még a kapusházba is kerül bérlő, ez egész szép havi tartalékot jelent Coopnak, feltéve, ha kivehetik a kezéből a hitelkártyáit. Komolyan aggódott, hogy milyen csínyeket fog elkövetni a színész az ő távozása után, amikor nem lesz senki, aki szemmel tartsa, vagy megpirongassa, ha arra lenne szükség. Nem mintha ő annyira kézben tudta volna tartani, legföljebb figyelmeztethette, hogy ennél már ne menjen tovább.

Miután Liz becsukta a vendégszárny ajtaját, áthajtottak a birtok északi végébe, ahol a magányos kapusház megbújt egy titokzatos kertben. Ugyancsak távol esett a főkaputól, és annyi zöld növény vette körül, hogy egymagában külön ingatlannak látszott a repkénnyel befuttatott, elbűvölően hangulatos, bájos kis kőépület, amely mindig az angliai tanyákra emlékeztette Lizt. Belül terméskő falak váltakoztak elegáns faburkolattal. Két világot egyesített magában a kapusház, amelyek nagyon távol estek a vendégszárny franciás eleganciájától.

– Tüneményes! – lelkesedett az ingatlanközveti-

49

tő, miközben elhaladtak a rózsakert mellett. – Mintha nem is ebben a világban lennénk!

A jó beosztású ház gerendás mennyezetű, kicsi szobáit nehézkesebb, angol bútorokkal rendezték be. Volt köztük egy mutatós, hosszú bőrdívány, amelyet Coop egy angol klubtól vásárolt. A rendkívül barátságos nappaliba óriási kandallót építettek. A tágas, rusztikus konyha falán régies felszerelések lógtak. Az emeleti két hálószobát csíkos kelmékkel kárpitozták, és III. György stílusú bútorokkal rendezték be, amelyeket Coop gyűjtött egy ideig. Az elegáns kis ebédlő tálalóasztalán antik ezüst csillogott. A pohárszékek gyönyörű porcelánokat rejtettek. Tökéletes kis angol tanya volt, mintha nem is Bel Airben lett volna. Közelebb esett a teniszpályához, mint a főépület, amelynek vendégszárnyából viszont úgyszólván be lehetett lépni az úszómedencébe. Tehát mindkét helynek megvolt a maga előnye, kényelme, stílusa.

– Hát ez maga a tökéletes bérlet! – mondta őszinte elragadtatással az ügynök. – Szívesen laknék itt magam is!

– Én is sokszor gondoltam rá – mosolygott Liz. Egyszer megkérdezte Cooptól, kölcsönvehetné-e egy hétvégére, aztán végül mégse lett belőle semmi. A kapusház berendezését, a függönyöktől a porcelánon át a főzőeszközökig, a vendégszárnyéhoz hasonló, tökéletes ízléssel hangolták össze.

– Ezért is kaphatok legalább havi tízezret! – számítgatott élvezettel az ügynök. – Talán még többet is! Kicsi, de gyönyörű, és egyszerűen tündéri. – Egészen más hangulata volt, mint a fényűzőbb, előkelőbb vendégszárnynak, bár azt sem lehetett ridegnek nevezni, csak a mennyezetek voltak magasabbak, és jóval bőkezűbben mérték a nappali, a nagy hálószoba és a konyha alapterületét. Meseszép ingatlan volt mind a kettő, az ügynök bizonyosra vette, hogy egykettőre talál bérlőt. – Jövő héten szeretnék kijönni, és készíteni néhány fényképet. Meg se mutatom a többi ügynöknek! Utánanézek az irodában, hogy ki keres nálunk bútorozott lakást. Ilyen ingatlan nem minden napon kerül a piacra, és én a megfelelő bérlőket akarom megtalálni Coopnak!

– Az fontos is – mondta Liz komolyan.

– Vannak megkötések, amelyekről tudnom kell? – kérdezte az ügynök, miközben lefirkantotta noteszába az ingatlanok méretét, komfortszintjét, a szobák számát.

– Megmondom őszintén, Coop nem rajong a gyerekekért, és nagyon nem szeretné, ha megsérülne valami. Azt nem tudom, mit szólna egy kutyához, különben úgy vélem, elég, ha rendes ember az illető, és fizeti a bérleti díjat. – Azt elhallgatta, hogy a színész női albérlőket óhajt.

– A gyerekekkel vigyáznunk kell, nehogy panaszt tegyenek ellenünk a szakmai kamaránál diszkrimináció miatt! – figyelmeztette az ügynök. – De majd észben tartom, amikor megmutatom. Nagyon nívós, nagyon drága lakások, ami eleve kizárja a garázda elemeket. – Feltéve, ha nem rocksztároknak adják bérbe őket. Ezekkel a kevéssé kiszámítható egyénekkel az ingatlanügynöknek is meggyűlt már a baja, akárcsak mindenkinek.

Kevéssel déli tizenkettő után az ügynök távozott. Liz ugyancsak hazament, de előbb ellenőrizte, hogy rendben van-e minden a főépületben. A személyzet még mindig nem tért egészen magához a tegnapi felmondás óta, bár a fejlemény az összevissza fizetés miatt nem is érte túlságosan váratlanul őket. Livermore bejelentette, hogy átszegődik ahhoz az arab herceghez, aki hónapok óta üldözi, hogy neki dolgozzon. Délelőtt már telefonált is Monte Carlóba, hogy elfogadja az állást. Nem rendítette meg túlságosan, hogy meg kell válnia Cooptól, vagy ha igen, jól titkolta. Úgy tervezte, hogy egy héttel később utazik Dél-Franciaországba. Ez nagy csapás lesz Coopnak.

Pamela és Cooper késő délután tért haza. A villásreggeli hosszúra nyúlt; elüldögélték az időt a Beverly Hills Hotel úszómedencéje mellett, és Coop barátaival csevegtek, csupa-csupa hollywoodi sztárral! Pamela el se hitte, micsoda társaságba cseppent, és annyira megilletődött, hogy szinte szólni se bírt, amikor visszajöttek a szállodából az Udvarházba. Félóra múlva már be is bújtak az ágyba, amely mellett Cristal pezsgő hűlt a jeges vödörben. A szakács tálcán hozta a vacsorát az ágyba, és Pamela erőszakoskodott, hogy nézzék meg videón Coop két régi filmjét. Coop később hazavitte a lányt, mert kora reggel az edzőjéhez és az akupunktőréhez kellett mennie. Különben is szeretett egyedül aludni, márpedig időnként még egy szép fiatal lány is megzavarta a békés alvásban.

Reggel az ügynök összeállította a két ingatlan részletes anyagát, azután rávetette magát a telefonra, és felhívott több ügyfelet, akik nem mindennapi lakást akartak. Találkozót beszélt meg három agglegénnyel a kapusház dolgában, továbbá egy fiatal párral a vendégszárnyat illetőleg, akik nemrég érkeztek LA-be, és a házuk átépíttetése legalább egy, ha ugyan nem két évet vesz igénybe. Kevéssel később megcsörrent a telefon. Jimmy volt az.

Komolyan, csendesen elmagyarázta, hogy bérlakást keres. A hely nem érdekes, fő, hogy kicsi és könnyen kezelhető legyen. És legyen egy tisztességes konyhája. Mostanában nem főzőcskézett, de úgy sejtette, hogy egyszer még kedve szottyanhat rá. A sportolás mellett a főzés tartozott ama csekély számú dolgok közé, amelyek megnyugtatták. Az sem érdekelte, bútorozott-e a lakás. Neki és Maggie-nek megvoltak a legszükségesebb bútoraik, de egyikhez sem ragaszkodtak, úgyhogy Jimmy felől maradhatott raktárban az egész. Tulajdonképpen mégis jobb lenne a bútorozott lakás, mert ha más a berendezés, kevésbé emlékezteti a feleségére. Akkor nem vinne magával mást, mint a képeit. Maggie többi holmija dobozba került, hogy ne kelljen minden nap látnia.

Az ügynök megkérdezte, vannak-e kikötései a hellyel kapcsolatban. Nem voltak. Hollywood, Beverly Hills, LA, Malibu? Jimmy azt felelte, hogy szereti az óceánt. Bár az is Maggie-re emlékezteti, minden Maggie-re emlékezteti, de hát hol találjon olyat, ami nem emlékeztetné?

Miután a telefonáló nem firtatta az árakat, az ügynök úgy döntött, kockáztatni fog, és mesélt a kapusházról. Árat nem mondott, de részletesen leírta. Percnyi habozás után Jimmy azt felelte, hogy látni szeretné. Az ügynök délután ötre adott időpontot, majd megkérdezte, hogy melyik városrészben dolgozik.

– A Wattsben – vetette oda Jimmy, aki semmi különöset nem talált a dologban. Az ügynök meghökkent.

– Úgy? – Afroamerikai lenne? Ezt persze nem lehet megkérdezni tőle. De telik-e neki a bérleti díjra? – Van költségvetése, Mr. O'Connor?

– Nem igazán – felelte Jimmy halkan, majd az órájára pillantott. Rohannia kellett egy családhoz, hogy megbeszélje velük a két nevelt gyerekük dolgát. – Akkor ötkor találkozunk.

Az ügynök most már kételkedett benne, hogy a megfelelő bérlővel beszélt-e. Olyasvalaki, aki a Wattsben dolgozik, nem engedheti meg magának Cooper Winslow kapusházát. És mikor meglátta délután Jimmyt, gyanúja bizonysággá izmosodott.

Jimmy a viharvert Honda Civicen érkezett, amelyet Maggie nyaggatására vásárolt, bár ő jobban szeretett volna valami flancosabbat, ha már Kaliforniába költöznek, de a végén persze megint az lett, amit az asszony akart, hiába győzködte Jimmy, hogy a kaliforniai stílushoz hozzátartozik a menő autó. Drága kocsival, torkolta le Maggie, nem lehet az ő munkájukat végezni, akkor se, ha a férje ezerszer megengedheti magának. Még a barátaik elől is titkolták, hogy Jimmy régi és gazdag családból származik.

Kirojtosodott, egyik térdén szakadt farmert viselt, fakó harvardi pólót, amelyet tizenkét éve nyűtt, és kopott munkásbakancsot. Azoknál a családoknál, akikhez ő járt, gyakran előfordultak patkányok, és nem szerette volna, ha megharapnák. Ehhez a ruházathoz nem illett a tisztára borotvált arc, az intelligens, pallérozott fellépés, a gondozott haj. Érdekes ötvözete volt az ellentmondó elemeknek. Az ügynök végképp nem értett semmit.

– Mivel foglalkozik, Mr. O'Connor? – kérdezte társalgási hangon, miközben, délután immár negyedszer, kinyitotta a kapusházhoz vezető ajtót. Az első ügyfél kicsinyellette az ingatlant, a másik azt mondta, túlságosan eldugott, a harmadik tulajdonképpen társasházba költözött volna. Így tehát a kapusház tisztán és üdén várta leendő lakóját, bár az ügynök most már nem hitte, hogy Jimmy megengedhetné magának. Ugyan már, egy szociális munkás! De akkor is meg kellett mutatnia.

Ahogy előjöttek a sövény mögül, a nő hallotta, hogy az ügyfélnek elakad a lélegzete. Jimmy az írországi utazásokra gondolt, amelyeken Maggie-vel járt. És amint a nappaliba lépett, úgy érezte, Angliába vagy Írországba került. Tökéletes kis lakás volt egy magányos férfinak, mértéktartó, diszkrét szerénység áradt belőle. A konyha egészen felvillanyozta, tetszett neki a hálószoba is, de, mondta, főleg az tetszik, hogy mintha vidékre került volna a házzal. A délutáni ügyféllel ellentétben, neki a mostani hangulatában épp megfelelt a magányos lakás.

– A felesége nem akarná látni? – puhatolózott az ügynök tapintatosan. Nős-e vajon ez a fitt, jóképű ember? A pólójára pillantott. Tényleg a Harvardra járt, vagy a diszkontban vette a cuccot?

– Nem, a feleségem… – kezdte mondani Jimmy, aztán nem fejezte be a választ. – Én… majd egyedül laknék itt. – Még mindig nem bírta kimondani: „özvegy vagyok". Késként hasogatta a szívét, ahányszor megpróbálta. Az „egyedülálló" nevetségesen, hazugul hangzott. Néha még mindig azt szerette volna mondani, hogy nős. Ha lett volna karikagyűrűje, biztosan még most is viselte volna. De Maggie sose adott neki gyűrűt, azt pedig, amit ő viselt, vele temették el. – Tetszik – mondta halkan. Még egyszer végigjárta a szobákat, és kinyitogatta a szekrényeket. A birtokot kissé túlságosan is pompázatosnak találta. Ha esetleg hazahoz valakit a munkából, mondhatja majd neki, hogy ő a gondnok, vagy fizetésért gondozza a kertet?

Majd mesél, ha muszáj; épp elég gyakorlatot szerzett az évek során. Főleg azért tetszett neki a ház, mert tudta, hogy Maggie szeretné. Ez épp az ő stílusa, bár Maggie sose költözött volna ide, mert ennek a bérleti díjnak nem fizethetné a felét. Elmosolyodott a gondolatra, és a legszívesebben máris kivette volna a házat, de úgy határozott, alszik rá egyet. Megígérte az ügynöknek, hogy másnap felhívja.

– Szeretném átgondolni – mondta távozás közben. A nő bizonyosra vette, hogy csak a méltóságát próbálja menteni. A kocsiból, a ruházatból, a foglalkozásból ítélve úgyse engedhet meg magának ilyen lakást. Ettől függetlenül előzékenyen viselkedett vele, hiszen Mr. O'Connor igazán kellemes ember volt, azonkívül a nő elég régen dolgozott a szakmában, és hamar megtanulta, hogy sose lehet tudni, kivel kötünk üzletet. Néha a legkevésbé tiszteletre méltó, vagy a legnyomorúságosabb alakokról derül ki, hogy kapitális vagyonok örökösei.

Jimmy a kapusházon gondolkozott, miközben hazafelé hajtott. Elragadó kis lak, és micsoda békés menedék a világ elől! De jó lett volna itt lakni Maggie-vel! Zavarná vajon ez? Egyáltalán, mi a jó megoldás? Hova rejtőzhetne a bánat elől?

Hazaérve folytatta a csomagolást, hogy elterelje valamivel a figyelmét. A lakás már csaknem kiürült. Főzött magának levest, aztán csak bámult ki az ablakon.

Éjszaka alig aludt. Maggie-re gondolt. Vajon mit tanácsolna a felesége? Eredetileg azt tervezte, hogy valahol a Watts peremén vesz ki egy lakást. Okvetlenül praktikus megoldás lenne, a kockázatok pedig nem izgatták különösebben. Bár jó lenne akármilyen szimpla lakás, valahol LA-ben. De ezen az éjszakán nem tudta kiverni a fejéből a kapusházat. Megengedheti magának, és tudja, hogy Maggie is szeretné. Életében először nem érdemelne meg magától egy kis kényeztetést? Ez egészen jó sztori lenne, hogy a birtokon végzett munkákért kap engedményt a bérből, így lakhat a kapusházban, amelynek konyhája, nappalija, kandallója, kertje egyre jobban tetszett neki.

Másnap reggel nyolckor, borotválkozás után felhívta az ingatlanügynököt a mobilján.

– Kiveszem – mondta, és még mosolygott is közben! Hetek óta ez volt az első mosolya. Valósággal fellelkesítette a tökéletes kis lakás.

– Ki? – hüledezett az ügynök, aki egészen bizonyosra vette, hogy nem fog többet hallani erről az emberről. Vajon érthetően közölte vele a lakbért? – Havi tízezer dollár, Mr. O'Connor. Nem okoz problémát? – Ennél többet nem mert mondani, de máris kezdett attól tartani, hogy nehezebb lesz bérbe adni az ingatlant, mint hitte. Végül is elég szokatlan bérlemény, hiszen nem mindenki szereti az elszigeteltséget. Mr. O'Connort viszont mintha épp ez hódította volna meg.

– Szó sincs róla – nyugtatta meg Jimmy. – Csekkben vagy készpénzben tegyem le a foglalót? – Most, miután elszánta magát, semmi esetre sem akart lecsúszni a házról.

– Tulajdonképpen nem… illetve… előbb referenciákat kell kérnünk. – A törvény értelmében a legkevésbé esélyesnek látszó jelöltnél is el kellett végezni ezt az ellenőrzést. Az ügynök bizonyosra vette, hogy Mr. O'Connor ezen el fog vérezni.

– Csak mert akkor se szeretném elveszíteni, ha időközben jelentkezne valaki! – aggodalmaskodott Jimmy. Újabban nem tudta félvállról venni az életet. A közelmúltban vette észre, hogy könnyebben lesz ideges olyan dolgok miatt, amelyekre korábban ügyet sem vetett. Azelőtt Maggie szorongott kettőjük helyett, de most minden rá maradt.

– Természetesen fenntartom. Önnek elővásárlási joga van.

– Mennyi ideig tart egy ilyen vizsgálat?

– Mindössze néhány napig. A bankok mostanában kissé ráérősen végzik az ilyen hitelképességi ellenőrzéseket.

– Nézze, miért nem hívja föl a bankáromat? – Megadta a BofA magánbank vezetőjének nevét. – Talán fölgyorsítaná a folyamatot egy kicsit. – Ha az ügynök valóban telefonál a bankigazgatónak, minden úgy menne, mint a karikacsapás. Jimmy hitelképességéhez sohasem fért kérdés.

– Nagyon szívesen, Mr. O'Connor. Kaphatnék egy számot, amelyen utolérhetem nap közben?

Jimmy megadta az irodája számát. Arra kérte az ügynököt, hogy hagyjon üzenetet a hangpostában,

ha esetleg házon kívül lenne, és ő azonnal vissza-
hívja.

– Délelőtt bent leszek! – Egy tonna papírmunkát
kellett elintéznie.

Tízkor telefonált az ügynök. Az ellenőrzés úgy
zajlott le, ahogy Jimmy várta. A nő felhívta a ma-
gánbank igazgatóját, és alighogy kiejtette Jimmy
nevét, a bankár rávágta, hogy nincs semmi problé-
ma. Jimmy hitele kifogástalan volt. Hogy mennyi
van a számláján, azt nem árulhatják el; elég legyen
annyit mondani, hogy az egyenlege alapján a bank
ügyfélkörének élmezőnyében helyezkedik el.

– Csak nem házat vásárol? – kérdezte titkolt re-
ménykedéssel a bankár. Biztató jelnek tekintette
volna a közelmúltban történt tragédia után. És
Jimmy, ha akarja, nyugodtan meg is vásárolhatta
volna a kapusházat, telt volna rá a pénzéből.

– Nem, csak bérelni akar egy ingatlant, amely
meglehetősen drága – mondta az ügynök, csak a
biztonság kedvéért, hogy kizárjon minden félreér-
tést. – Havonta tízezer. Szükségünk lesz az első
meg az utolsó havi bérre, és egy huszonötezer dol-
láros letétre. – A bankár ismét megnyugtatta, hogy
ez nem okoz gondot. A nő ekkor már nem bírt to-
vább a kíváncsiságával, és feltette a kérdést, ame-
lyet máskor nem engedett volna meg magának: –
Tulajdonképpen ki ez az ember?

– Pontosan az, akinek mondja magát. James
Thomas O'Connor, az egyik legmegbízhatóbb ügy-
felünk. – Ezzel, aminél többet nem mondhatott,
még jobban felszította az ügynök érdeklődését.

– Kicsit aggódtam, mert egy szociális munkás,
ugye... nem mindennapi, hogy ekkora bérleti díjat
fizethessen.

– Nagy kár, hogy nincs több ilyen ember, mint ő.
Adhatok még valamilyen felvilágosítást?

– Nagy fáradság lenne, ha átfaxolnák nekünk?

– Egyáltalán nem. Állítsunk ki egy csekket Mr. O'Connor nevében, vagy személyesen fogja elintézni?

– Majd megkérdezem – mondta az ügynök. Visszahívta Jimmyt, elújságolta a jó hírt, hogy tekintse magát Cooper Winslow kapusháza bérlőjének, a kulcsokat megkaphatja, amikor akarja. Jimmy megígérte, hogy ebédidőben beadja a csekket az ingatlanügynökség irodájába. Hozzátette, hogy majd csak néhány hét múlva költözik be, miután végleg kiürítette a jelenlegi lakását. Minél tovább ott akart lenni, ahol Maggie járt. De most hirtelen lázba hozta a kapusház. Különben is, akárhova megy, Maggie-t is viszi magával.

– Remélem, sok örömet talál benne, Mr. O'Connor. Valóságos gyöngyszem az a ház. Azt is bizonyosra veszem, hogy kellemesnek találja Mr. Winslow társaságát.

Jimmy letette a kagylót, és azon kuncogott, mit szólna Maggie, ha hallaná, hogy egy filmsztár lesz a háziuruk. De most az egyszer megenged magának egy ilyen hóbortot. És a szíve mélyén tudta, hogy Maggie nem csak helyeselné, de vele együtt örülne is.

5.

Marknak végig kellett szenvednie egy újabb lidércnyomásos éjszakát. Alig aludt egy szemhunyást, úgy ment be reggel az irodába. Jóformán a következő percben megszólalt a telefon. Abe Braunstein volt az.

– Rémesen fájlalom, amit tőled hallottam! – sajnálkozott Abe. Tegnap este hirtelen eszébe jutott, hogy vajon nem kellene-e Friedmannek egy lakás. Nem lakhat örökké szállodában. – Támadt egy bolond ötletem. Nem tudom, keresel-e lakást, vagy mik az igényeid, de a piacon épp most jelent meg egy nem mindennapi ingatlan. Az egyik ügyfelem, Cooper Winslow, bérbe adja a háza vendégszárnyát. Eléggé bemanőverezte magát a kutyaszorítóba, de ez persze bizalmas információ! Gyönyörű telke és ehhez illő villája van Bel Airben. Bérbe adja a kapusházat és a vendégszárnyat. Tegnap jelentkeztek az első érdeklődők, de szerintem még szabad a vásár. Gondoltam, szólok, mert príma lakás lenne, olyan, mintha egy countryklubban élnél. Nem akarnád megnézni?

– Ezen még nem nagyon gondolkoztam – felelte Mark őszintén. Bár ez azért nem lenne mindennapi élmény. Bel Airben lakni, Cooper Winslow palotájában! Micsoda környezet lenne ez a srácoknak, ha majd átjönnek látogatóba!

– Ha akarod, beugrom érted ebédidőben, és kiviszlek. Érdemes megnézni, akár mint turisztikai látványosságot is. Úszómedence, teniszpályák, tizennégy hektáros kert a város kellős közepén!

– Szívesen megnézném. – Nem akart gorombáskodni Abe-bel, de nem volt abban a hangulatban, hogy lakásokat nézegessen, még Cooper Winslowét se. Ennek ellenére úgy vélte, mégis meg kell tennie, hátha jól jönne a srácoknak.

– Akkor fél egykor megyek érted. Telefonálok az ingatlanügynöknek, hogy ott várjon bennünket. Kicsit drága, de azt hiszem, megengedheted magadnak – somolygott mindentudón. Mark egyike volt a cég legjobban kereső munkatársainak. Szép hasznot söpör be az unalmas adózási jogszabályokból, bár Marktól semmi sem áll távolabb a hivalkodásnál. Mercedesszel jár, de ezt leszámítva rendkívül szerény, mértéktartó ember, mindig is az volt.

Friedman a délelőtt hátralevő részében nem is foglalkozott többé az Udvarházzal. Elég valószínűtlennek tartotta, hogy tetszésére lenne a vendég-szárny. De nem akart udvariatlanul viselkedni Abebel, és egyébként sem volt más dolga. Sokkal több ideje lett, amióta alig evett. Lógtak rajta a ruhái.

Abe pontosan érkezett, azzal a hírrel, hogy az in-gatlanügynök negyedóra múlva várja őket az Udvarháznál. Egész úton egy új adótörvényről be-szélgettek, és annyira belemerültek az érdekfeszítő kiskapuk elemzésébe, hogy Mark egészen megle-pődött, amikor megálltak az Udvarház fejedelmi főkapujánál. Abe ismerte a kódot, beengedte ma-gukat. Fák alatt kanyarogtak a kifogástalanul ápolt kertben, és amikor feltűnt a ház, Markból kitört a nevetés. El sem tudta képzelni, hogy ilyen helyen lakjon. Hiszen ez egy palota!

– Egek ura, Winslow tényleg itt él? – Márvány-oszlopok, márványlépcső, és egy akkora szökőkút, mint Párizsban, a Concorde téren!

– Vera Harpernek építették. Winslow több, mint negyven éve vásárolta meg. Egy vagyonba kerül a fenntartása.

– El tudom képzelni. Mekkora személyzetet tart?

– Eddig majdnem húszfőset. Két hét múlva már csak egyet a házban, hármat a kertben, jelenleg nyolcat. Úgy nevezi, hogy ez az én felperzselt föld taktikám, és egyáltalán nincs odáig a boldogságtól. Nagyon unszolom, hogy adja el az autókat is, ha netán szükséged lenne egy Rollsra vagy egy Bent-leyre. Érdekes pasas, de borzasztóan el van kényez-tetve. Utálok ilyet mondani, de ez a ház tökéletesen illik hozzá. Pillanatnyilag fegyverszünet van közöt-tünk.

Abe szöges ellentéte volt Coopnak: józan, föld-hözragadt, puritán, hiányzott belőle mindennemű sikk vagy stílus, de sokkal több részvét rejtőzött benne, mint Coop gyanította; ezért hozta ki Markot a házhoz. Sajnálta, segíteni akart rajta. Jómaga sose látta a vendégszárnyat, de elhitte Liznek, hogy szenzációs.

Az ingatlanügynök beengedte őket, és Mark fütytyentett. Ámulattal pillantott föl a magas mennyezetre, és tetszettek neki a franciaablakok. A kert elragadó volt. Friedman úgy érezte, mintha egy régi francia kastélyban járna. Szép volt a bútor is. A konyha ugyan kissé ósdi, de ez őt úgysem érdekelte, azonkívül ósdiságában is kellemes és barátságos, mint az ügynök rámutatott. Megmosolyogta a nagy hálószoba pompáját. Ő ugyan nem kék szaténnal rendeztetné be a hálószobáját, de arra az egy évre megfelelne, amíg kitalálná, mit kezdjen az életével. A hely biztonságos, itt nem kellene félteni a srácokat. Sok szólt az Udvarház mellett. Mark az utóbbi időben azon gondolkozott, hogy visszaköltözik New Yorkba, ahol közelebb lehetne a srácokhoz, de nem akart Janet nyakán lógni, azonkívül itt sok ügyfele van, akik számítanak rá. Semmiképpen sem akart elhamarkodott döntést hozni. Az elhamarkodott döntésektől többek között az kíméli meg az embert, ha van egy helye, ahol lakhat. Ismét lenne lakása, még ha nem is az övé. Valamint ez sokkal kevésbé nyomasztó egy szállodánál, ahol az álmatlan éjszakákon a lehúzott vécék zubogását és az ajtócsapkodást kell hallgatnia.

– Ez már valami! – mosolygott Abe-re. Falusi ártatlanságnak érezte magát, ha körülnézett. Fogalma sem volt róla, hogy így is lehet lakni. Neki igazán jól berendezett, kellemes háza volt, de a vendégszárny olyan, akár egy film díszlete. Ha más nem is, de bizonyosan vicces lenne itt lakni. A srácoknak is tetszene, ha majd átjönnek, főleg a teniszpályák és az úszómedence. – Örülök, hogy kihoztál! – mondta hálás mosollyal.

– Elgondolkoztam rajta tegnap este, és úgy véltem, egy szemlét megér. Örökké nem lakhatsz a hotelban.

Mark az összes bútort átengedte Janetnek. Egy gonddal kevesebb, hogy ez itt be van rendezve, méghozzá milyen csinosan. Sok szempontból maga a tökély.

– Mibe kerül? – kérdezte az ügynököt.

– Havi tízezer – vágta rá szemrebbenés nélkül a nő. – De ez páratlan. Sok ember tízszer ennyit is megadna érte. Az Udvarház, a vendégszárny egészen egyedi. A kapusházat ma reggel adtam ki egy nagyon rokonszenves fiatalembernek.

– Csakugyan? – kérdezte érdeklődve Abe. – Olyasvalakinek, akit ismerünk? – Hírességekre, filmsztárokra gondolt, akik az ő ügyfelei és Coop barátai voltak.

– Nos, nem. Szociális munkás. – Abe meghökkent.

– És megengedheti magának? – Coop könyvelőjeként neki is tudnia kellett az ilyen dolgokról. Nem akartak olyan albérlőt, aki majd nem lesz képes fizetni.

– Úgy tűnik. A BofA magánbank igazgatója szerint az egyik legmegbízhatóbb ügyfelük, amit beszélgetésünk után tíz perccel faxon is megerősített. Épp elindultam ide, amikor a lakó beadta a csekket az első és az utolsó havi bérről meg a foglalóról. Este viszem neki Venice Beachre a bérleti szerződést.

– Érdekes! – jegyezte meg Abe, aztán visszafordult Markhoz, aki a szekrényeket nyitogatta. Több volt belőle, mint amennyi neki kellett. Főleg a két kis hálószoba tetszett neki. Ez megfelelne a srácoknak! Elegáns, csillogó, mégis meghitt, és kifogástalanul ízléses.

A lakbéren töprengett, miközben körülnézett. Megengedhetné magának, már csak az a kérdés, hogy akar-e ennyit költeni a lakására. Mert ha akar, ez lesz életének első szertelensége. Na és, nem jött még el a szertelenkedés ideje? Janetnek szabad?

Csak úgy kisétált az ajtón, és ellejtett egy másik férfival. Végül is ő csak egy méregdrága lakást venne ki egy évre, de ez olyan bérlet lesz, amiben élvezet lakni. Ilyen békés helyen még az álma is visszatérhet. Munka után nagyokat úszhatna a medencében, talán teniszezhet is, ha talál egy partnert. Mert azt nem tudja elképzelni, hogy Cooper Winslow-t hívja ki egy meccsre.

– Szokott itthon lenni egyáltalán a házigazda? – kérdezte kíváncsian az ingatlanügynöktől.

– Rengeteget utazik, azért is akar lakókat, hogy legyen, aki állandóan a birtokon tartózkodik, nem csak a bejáró személyzet. – Abe rögtön felismerte a hivatalos szöveget. Ezt nyilvánvalóan Liz mondta az ingatlanközvetítőnek. Liz mindig olyan diplomatikus, annyira védi Coop jó hírét. Braunstein nem akarta közölni az ügynökkel, hogy két hét múlva már úgysem lesz itt személyzet.

– Logikus – bólintott Mark. – Ez így biztonságos – folytatta, bár Abe-től már értesült Cooper Winslow anyagi helyzetéről.

– Ön nős ember, Mr. Friedman? – érdeklődött tapintatosan az ügynök. Azt akarta kideríteni, hogy nincs-e a jelentkezőnek tíz gyereke, bár ez nem tűnt valószínűnek. Hogy pedig Coop tulajdon könyvelője hozza ide, az jelentősen egyszerűsíti az érdekelt felek munkáját. Nem lesz szükség tüzetes hitelképességi vizsgálatra.

– Öhm, nos… nem… válófélben vagyok. – Majd megfulladt, mire sikerült kimondania.

– A gyerekei önnel élnek?

– Nem, New Yorkban. – Azt hitte, megszakad a szíve. – Majd a lehető leggyakrabban járok oda, hogy találkozzak velük, mert ők csak a vakációjukban jöhetnek ide. Azonkívül tudja, milyenek a srácok, szeretnek minél közelebb lenni a barátaikhoz. Szerencsésnek mondhatom magamat, ha évente egyszer megnéznek maguknak – jegyezte meg szomorúan. Az ügynök, akit Liz figyelmeztetett, hogy Cooper nem rajong a gyerekes bérlőkért, megkönynyebbült. Itt a tökéletes jelölt, egyedülálló férfi, akinek a gyerekei más városban laknak, lehet, hogy nem is jönnek ide. Kívánhatni tökéletesebbet? Ha pedig Abe hozta magával, akkor ennek az embernek nyilvánvalóan nincsenek anyagi gondjai.

Mark éppen visszatérőben volt a nappaliba, mikor csak úgy kicsúszott a száján:

– Kiveszem! – Abe meghökkent, Mark sugárzott, az ügynök majd elszállt örömében. Piacra kerülésük első két napjában sikerült bérbe adnia Cooper két ingatlanát, méghozzá igen szép áron. Tízezer dollár épp a megfelelő összeg, Liz is azt mondta, hogy Cooper beéri ennyivel, és ő sem akarta magasabbra srófolni a bérleti díjat.

Mark valósággal ragyogott. Alig várta, hogy otthagyhassa a szállodát, és beköltözhessen. Az ügynök figyelmeztette, hogy erre még várnia kell néhány napig, amíg nem ellenőrzik a hitelképességét. Mr. Winslow titkárnője különben is szeretné végigtakaríttatni mindkét bérleményt hivatásos takarítóbrigáddal, mielőtt a bérlők beköltöznének.

– Azt hiszem, én már a hétvégén jövök! – örvendezett Mark, miután kezet ráztak az üzletre, és ő áradozva hálálkodott Abe-nek, amiért kihozta.

– Nem is számítottam ilyen gyors, eredményes és hatékony ügyintézésre – mosolygott Abe, miközben visszafelé gurultak a felhajtón. Azt várta, hogy Friedman vacillálni fog, és hosszasan rágódik a döntésen.

– Valószínűleg életem legnagyobb bolondsága, de időnként én is lehetek bolond – felelte Mark. Mindig olyan megfontolt, komoly, felelősségteljes volt. Vajon nem ezért hagyta ott Janet egy másik férfiért, aki nyilvánvalóan érdekesebb egyéniség? –

Köszönöm, Abe. Tetszik a lakás, és azt hiszem, a srácaimnak is tetszeni fog. Borzasztóan el leszünk kényeztetve, ha egy évig itt lakunk.

– Rád fér – jegyezte meg Abe részvéttel.

Este Mark felhívta Jessicát meg Jasont New Yorkban, és elmesélte, hogy kibérelte Cooper Winslow villájának vendégszárnyát.

– Az ki? – kérdezte Jason értetlenül.

– Valami vén fazon, aki akkor szerepelt a moziban, mikor apu még srác volt – magyarázta Jessica.

– Kábé – örvendezett Mark. – Lényeg, hogy klassz ház, amiben nekünk egy saját külön szárnyunk lesz, gyönyörű kertben, teniszpályával és úszómedencével. Szerintem ti is élvezni fogjátok, ha átjöttök.

– Nekem a régi házunk hiányzik – közölte Jason sötéten.

– Utálom ezt az iskolát! – vágott közbe Jessica. – A lányok mind gizdák, a srácok mind görények!

– Legyetek egy kicsit türelmesek – mondta Mark diplomatikusan. Nem ő számolta fel a házasságát, nem ő költöztette át a gyerekeket New Yorkba, ennek ellenére egyetlen bíráló megjegyzést sem tett Janetre. Nem lenne jó, ha a srácokra zúdítanák lappangó ellenségeskedésüket. – Időbe kerül, amíg az ember megszokik egy új iskolát. Különben is hamarosan megyek hozzátok. – Februárban egy hétvégét akart New Yorkban tölteni. Már lefoglalta a szállást márciusra Saint Barton, a gyerekek tavaszi szünetének idejére, és fontolgatta, hogy kibérel egy kis hajót is. Ki akart törni a kerékvágásból. – Hogy van mami?

– Jól, csak soha sincs itthon – panaszkodott Jason. Az új férfiról egy kukkot se szóltak, Mark ebből gondolta, hogy Janet még nem ismertette össze őket. Arra várhat, hogy leülepedjen a dolog. Épp hogy négy hete vannak New Yorkban, ami nem nagy idő, akkor is, ha Mark egy örökkévalóságnak érzi.

– Miért nem tarthatjuk meg a régi házunkat? – kérdezte siralmasan Jessica, és mikor az apja elmagyarázta, hogy éppen most adott túl rajta, mindkét gyerek sírva fakadt. Ez is egy olyan beszélgetés volt – egy a sok közül –, amely keserűségbe fulladt. Jessicának mintha folyton kellett volna valaki, akit hibáztathasson, és ez a valaki leginkább az apja volt. Meg se fordult a fejében, hogy az anyja akarja a válást, Mark pedig nem akart ujjal mutogatni. Arra várt, hogy Janet álljon ki, és vállalja a felelősséget. Eddig nem tette meg. Annyit mondott a gyerekeknek, hogy nem tudnak kijönni apuval. Ez hazugság. Nem volt az ő házasságukkal semmi baj, amíg meg nem jelent a színen Adam. Vajon milyen formában adagolja be Janet a gyerekeinek? Mint új ismerősét, akibe most botlott bele? Valószínűleg évekbe telik, mire a srácok megtanulják tisztán látni a helyzetet. Már ha egyáltalán. Ez is kétségbeejtő, hogy a fia és a lánya talán örökre őt kárhoztatják a válásért. De Marknak az volt az egyik legkomiszabb félelme, hogy a gyerekek is ugyanúgy belehibbannak Adambe, mint Janet, és elfelejtik őt. Háromezer mérföldre van tőlük Los Angelesben, és nem láthatja őket olyan sűrűn, mint szeretné. Már alig várta, hogy vakációzni mehessenek Saint Bartre. Azért választotta ezt a helyet, mert úgy gondolta, hogy elég szórakoztató lesz a gyerekeknek, és neki is.

Megígérte, hogy másnap is telefonál. Ahogy szokta. Este szólt a szállodában, hogy a hétvégén kiköltözik. Már alig várta. Szerette az új lakást. Az első kellemes dolog volt az életében, azóta, hogy Janet lebunkózta a hírrel. Öt hétig nem tért magához. Ma este azonban kiment, és bekapott egy hamburgert lefekvés előtt. Hetek óta először volt éhes.

Péntek este két bőröndbe csomagolta a holmiját, és szombaton reggel kihajtott az Udvarházhoz. Kinyitotta a kaput, mert ismerte a kódot. A vendégszárnyban ragyogó tisztaság fogadta. Mindent kiporszívóztak, letörülgettek, a bútorok csillogtak, a konyha, mint a patyolat, az ágyneműn friss huzat. Mark egy meglepően hosszú percig úgy érezte, hogy hazaérkezett.

Kicsomagolt, majd körüljárta a gyönyörű rendben tartott kertet. Kiment, élelmiszereket vásárolt, összecsapott magának egy könnyű ebédet, aztán kifeküdt az úszómedence mellé, és süttette magát a nappal. Remek hangulatban volt, amikor délután felhívta a gyerekeket New Yorkban, ahol már leszállt a szombati havas este. A srácok elég ingerültnek tűntek. Unták, hogy örökösen otthon ülnek. Jessicának ugyan volt programja estére a barátaival, de Jason azt mondta, neki nincs mit csinálnia. Hiányzott neki az apja, a házuk, a barátai, az iskolája. Úgy tűnt, semmit sem szeret New Yorkban.

– Légy már egy kicsit türelmes, öreg. Két hét múlva megyek hozzátok. Akkor majd kitalálunk valami csinálnivalót. Fociztál ezen a héten?

De Jason csak nyafogott.

– Itt sose lehet focizni, mert esik a hó! – Jason utálta New Yorkot. Kaliforniai gyerek volt, hároméves kora a nyugati parton élt, még csak nem is emlékezett arra, hogy New Yorkban született. Vissza akart menni Kaliforniába, mert még mindig azt érezte az otthonának.

Beszélgettek még egy darabig, aztán Mark letette. Utánanézett, hol tartják a dolgokat a konyhában, este videót nézett, amelyben, nagy mulatságára, Cooper Winslow is játszott egy statisztaszerepet. Kétségtelen, hogy jóképű ember. Vajon találkoznak majd? És mikor? Délután észrevett egy bekanyarodó Rolls Royce sportkocsit, de túlságosan messze volt, így csak egy ezüsthajú férfit látott, valószínűleg Coopot, és mellette egy csinos lányt az anyósülésen. Coop bizony sokkal izgalmasabb életet élt, mint ő. Mark, aki tizenhat évig volt hűséges férj, el se tudta képzelni, milyen érzés lenne ismét járni valakivel. Nem is kívánta. Túlságosan sok emlék, sok keserűség nyomasztotta, és a gyerekein kívül senkire sem tudott gondolni. Életében egyelőre nem jutott hely a nőknek. Illetve, ha jut is, az bizonyosan nem a szívében lesz. Hálásan dőlt le aludni, úgy aludt, akár a tej, és örömmel ébredt, mert azt álmodta, hogy a gyerekek is itt laknak. Az lenne a tökély. Bár ez is hatalmas javulás a szállodához képest. És két hét múlva találkozik a srácokkal! Erre már érdemes várni. Többre pillanatnyilag nincs is szüksége.

Reggelit akart készíteni, de meglepetésére a tűzhely nem működött. Elhatározta, hogy telefonál az ingatlanügynöknek, de nem izgatta igazán a dolog. Beérte narancslével és pirítóssal. Nem volt valami nagy konyhaművész, viszont a gyerekekre, ha majd itt lesznek, ő akart főzni.

Coop a főépületben hasonló felfedezésekre jutott. Szakácsa más állást talált, és még a héten kilépett. Livermore már távozott. A két szobalány távozása a következő héten volt esedékes; pillanatnyilag házon kívül töltötték a hétvégét. Az inas már munkába is állt egy másik helyen. Paloma a hétvégeken szabad volt, az ételt tehát a tangabugyiba és Coop egyik ingébe öltözött Pamela készítette el, aki azt állította, hogy valóságos varázslója az ínyesmesterségnek. Ezt bizonyította is egy kupac kőkemény habart tojással és égett szalonnával, amit tányéron vitt az ágyba.

– Hogy te milyen édes vagy! – jegyezte meg Cooper csodálattal, aggodalmas oldalpillantást vetve a tojásra. – Ugye nem találtad a tálcát?

– Miféle tácát, szivi? – kérdezte Pamela oklahomai orrhangon. Nagyon büszke volt magára, bár elfelejtette a szalvétát és az evőeszközt. Míg visszament érte a konyhába, Coop gyanakodva megböktte az omlettet. Nem csak kemény volt, de hideg is. Pamela egy barátnőjével értekezett telefonon, miközben főzött. A főzés sose volt az erős oldala, annál inkább a lepedő, és Coopnak épp az kellett. Pamelával az volt az egyetlen baja, hogy semmiről sem tudott beszélni, kivéve a frizuráját, a sminkjét, a hidratálókrémjét és az aktuális fotózást. Roppant korlátolt volt, de hát Coopot nem is a csevegésével igézte meg. A fiatal lányok társasága rendkívül pezsdítő. Coop fantasztikusan tudott bánni a női nemnek ezzel a korosztályával: joviális volt, mulatságos, nagyvilági, rafinált, és azonkívül majdnem minden nap vásárolni vitte Pamelát! A lány még sose szórakozott ilyen pompásan. Nem érdekelte Coop kora, csak az, hogy lecserélhette az egész ruhatárát, és a férfi gyémánt fülbevalót meg gyémántos karkötőt vásárolt neki a héten. Nem kérdés, Cooper Winslow tudja, hogy kell élni.

Pamela lement a földszintre egy pohár narancsléért, Coop pedig lehúzta a vécén a rántottát. A visszatérő lány büszkén állapította meg, hogy szeretője az utolsó falatig megevett mindent. Miután Pamela is eltüntette a saját adagját, Coop rögtön visszahúzta maga mellé az ágyba, ahonnan ki se bújtak estig. Este pedig a Le Dome-ba vitte vacsorázni. Bár a lány a Spagót is szerette. Olyan izgi volt, mikor mindenki őket bámulta, mert felismerték Coopot, és találgatták, kivel lehet. A férfiak irigyen méregették Coopert, a nők felvonták a szemöldöküket. Pamelának ez is tetszett.

Vacsora után Coop visszavitte a lányt a lakására. Nagyon élvezetes volt a hétvége, de a következő hét zsúfolt lesz. Egy autóreklámot kell forgatnia, ami zsíros üzlet, busásan megfizetik érte. Azonkívül Liz is a jövő héten jön utoljára.

Igazán, komolyan örült, hogy éjszaka egyedül fekhet az ágyban. Pamela roppantul szórakoztató, de végül is gyerek, ő pedig nem az. Neki már szüksége van a szépítő alvásra. Tízkor eloltotta a villanyt, és úgy aludt, mint akit agyonvertek, amíg Paloma másnap el nem rántotta a függönyt, és fel nem húzta a rolót.

– Mi az ördögöt művel maga itt? – Fogalma se volt, mit keres Paloma a szobájában. Még szerencse, hogy felvette a selyempizsamáját, különben most meztelenül heverne az ágyon. – Miért jött be? – Paloma ezúttal tiszta, fehér egyenruhát viselt, strasszkeretű napszemüveggel és élénkpiros magas sarkú cipővel. Olyan volt, mintha egy ápolónőt kereszteztek volna egy cigány jósnővel. Coopert nem mulattatta a látvány.

– Miz Liz azt mondta, nyolckor keltem – válaszolta az asszony kihívó pillantással és leplezetlen utálattal, amit Cooper hasonló utálattal viszonzott.

– Nem tud kopogtatni? – förmedt rá a férfi, miközben csukott szemmel visszahanyatlott az ágyra. Paloma a legédesebb álmából verte föl.

– Én próbálok. Maga nem felel. Úgyhogy bejöttem. Most pedig felkel. Miz Liz aztat mondja, magának menni kell dolgozni.

– Nagyon köszönöm – felelte Cooper szertartásosan, továbbra is csukott szemmel. – Lenne szíves készíteni nekem valami reggelit? – Nem volt más, aki megtegye. – Omlettet kérek, pirított rozskenyérrel. Továbbá narancslevelet és feketekávét. Köszönöm.

Paloma morogva távozott. Coop felnyögött. Hát ez keserves együttműködés lesz. Mi az ördögnek kellett épp ezt a nőt megtartani? Miért nem egy másik szobalányt? Hát persze, azért, mert ez olcsó, állapította meg panaszosan. Ám amikor húsz perc múlva előkerült a zuhany alól, és a reggelije már az ágyra tett tálcán várta, kénytelen volt bevallani,

71

hogy a tojás jó. Jobb, mint Pameláé. Ez is valami, bár igaz, Paloma nem omlettet sütött, hanem tojáslepényt tanyasi módra. Cooper azonban nem kifogásolta, hogy nem azt kapja, amit kért, hanem bekebelezte a finomságot.

Fél órával később már kívül is volt az ajtón, szokott makulátlan öltözékében, blézerben, szürke nadrágban, kék ingben, amelyhez sötétkék Hermès nyakkendőt kötött. Kifogástalanul fésült hajával maga volt a kifinomult elegancia, ahogy beült régi Rollsába és elrobogott. A munkába tartó Mark, aki mögötte jött a felhajtón, csodálkozott is, hogy hová tart Cooper Winslow ilyen korán, rá nem jellemző módon egyes-egyedül.

Az érkező Liz mindkettőjükkel találkozott. A titkárnő intett Coopnak. Még mindig nem tudta elhinni, hogy ez az utolsó hete az Udvarházban.

6.

Keserédesre sikeredtek az utolsó napok Cooper házában. A színész még sohasem viselkedett ilyen nagylelkűen és kedvesen. Gyémántköves gyűrűvel ajándékozta meg Lizt, amelyről azt állította, hogy az anyjáé volt. Ez is azok közé a történetek közé tartozott, amelyeket a titkárnő mindig is gyanakodva fogadott. De akárki gyűrűje volt is, gyönyörű volt, és úgy ült Liz ujján, mintha ráöntötték volna. Meg is ígérte, hogy mindig viselni fogja mint emlékeztetőt Cooperra.

Pénteken este Coop a Spagóba vitte, ahol Liz túl sokat ivott. Mikor a férfi kitette a lakásánál, azt zokogta, hogy milyen szerencsétlen lesz Cooper nélkül. Ám a színész, aki már beletörődött Liz távozásába, megnyugtatta, hogy helyesen cselekszik, aztán hazarobogott, ahol új imádottja várta. Pamelát Milánóban fotózták egy magazinnak.

Charlene-t az autós hirdetés forgatásán ismerte meg. Látványos külsejű nő volt, huszonkilenc éves, tehát tulajdonképpen öregecske is Coopnak. Viszont a legdöbbenetesebb testtel volt megáldva, amit a színész valaha látott, márpedig sokat látott. Charlene teste méltó volt Cooper Winslow szerájához.

Hatalmas melle volt, állítása szerint valódi, és akkora dereka, amit Coop két kézzel átért. Hollófekete, hosszú haj, hatalmas zöld macskaszem. Azt mondta, hogy az egyik nagyanyja japán. Szédületes lány volt, és fülig beleesett Cooperba. Értelmesebb volt Pamelánál, hála istennek! Brazíliában nőtt fel, két évig élt Párizsban, a Sorbonne-on tanult, mellékfoglalkozásban modellkedett. Mámorítón egyesítette magában a nemzetközi ízeket, és a forgatás második napján lefeküdt Cooperral. Nagyon kellemes hét volt.

Coop meghívta magához a hétvégére, amit Charlene ujjongó sikkantással elfogadott. Coopnak máris az járt a fejében, hogy átmennek a Hotel du Cap-be. Charlene frenetikus látvány lesz melltartó nélkül az úszómedence mellett. Amikor hazaért a Lizzel elköltött vacsoráról, a lány az ágyban várta. Coop minden ceremónia nélkül bebújt mellé. Nagyon izgalmas, némileg akrobatikus éjszakájuk volt. Szombaton áthajtottak Santa Barbarába löncsölni, vacsorára visszajöttek a L'Orangerie-be. Coop élvezte a lány társaságát, és kezdte azt gondolni, hogy ideje búcsút venni Pamelától. Charlene sokkal többet kínált, korban is jobban illett hozzá.

Ott volt az Udvarházban még hétfőn reggel is, amikor Paloma megérkezett. Coop megkérte, hogy két személyre hozzon föl reggelit. A salvadori asszony helytelenítő, morcos arccal teljesítette a kérést. Öldöklő pillantást vetett Coopra, lecsapta az ágyra a két tálcát, majd kicsörtetett cukorrózsaszín tűsarkújában. Az egyenruhájához viselt kiegészítők valósággal megbabonázták Coopot.

– Nem bír engem – állapította meg Charlene öszszetörten. – Szerintem nem helyesli.

– Ne izgulj. Őrülten szerelmes belém, ne lepődj meg, ha féltékenységből jelenetet csap – mondta Coop gunyorosan. Gumiszerű tojást kaptak, vastag réteg borssal borítva, amitől Coop krákogott, Charlene prüszkölt. Mérföldre volt a múlt heti parasztos tojáslepénytől. Ezt a menetet Paloma nyerte, ám Coop elhatározta, hogy lesz hozzá néhány szava, mihelyt Charlene távozik, amire kora délután került sor.

– Hát ez érdekes reggeli volt, amit ma reggel szervírozott, Paloma! – Coop a konyhában állt, és hűvösen végigmérte a salvadori asszonyt. – A bors kellemes pikantéria volt, bár szükségtelen. Szalagfűrész kellett hozzá, hogy elvágjam a tojást. Mit tett bele? Cementet, vagy csak közönséges ragasztót?

– Nem tom, mirül beszél – felelte Paloma rejtélyesen. Egy ezüsttálat szidolozott, amelyet Livermore utasításának értelmében hetente ki kellett fényesíteni. Megint a strasszkeretű napszemüveget viselte, ez lehetett a kedvence. Coop is rajongott érte. Van rá bármilyen csekély esély, hogy betörje Palomát? Mert ha nincs, akkor mással kell pótolnia, mondjon akármit Abe. – Maga nem szereti a tojásomat? – kérdezte angyalarccal a salvadori asszony fancsali képű munkáltatóját.

– Tudja, hogyan értem.

– Miss Pamela telefonált Olaszországból ma reggel nyolckor – vetette oda Paloma félvállról. Coopnak tágra nyílt a szeme. Az asszony beszédéből eltűnt az idegenes kiejtés.

– Mit mondott? – Nem is annyira mit, hanem hogy hogyan?

– Aztat montam... – ártatlanul vigyorogva pillantott föl rá. – Miz Pamella telefonált reggel nyolckor. – Megint azzal a zsíros akcentussal. Szórakozik vele?

– Egy perce még nem ezt mondta, Paloma. Mi értelme ennek? – kérdezte Cooper bosszankodva. A salvadori asszony kissé megszeppent, amit hamarosan leplezett egy hetyke vállrándítással.

– Nem ezt várja tőlem? Maga meg Maríának szólított az első két hónapban. – Beszédében még kísértett Salvador emléke, de épp csak egy leheletnyit. Majdnem olyan jól beszélt angolul, mint Cooper.

– Nem mutattak be egymásnak – mentegetőzött a férfi. Nem vallotta volna be, de kissé mulattatta Paloma. Abból készített magának védőpajzsot, hogy mímelte a hiányos angol nyelvtudást. Cooper gyanúja szerint a salvadori asszony nem csak okos volt, de ördöngösen jól is főzött. – Otthon mivel foglalkozott, Paloma? – kérdezte hirtelen kíváncsisággal. Kezdte emberszámba venni az idegesítő nőszemélyt. Nem nagyon örült a fejleménynek, de a kíváncsisága erősebb volt nála.

– Ápolónő voltam – felelte az asszony, még mindig az ezüstöt dörgölve. Utálatos munka volt. Palomának legalább annyira hiányzott Livermore, mint Coopnak.

– Kár – vigyorgott a férfi. – Azt reméltem, azt fogom hallani, hogy szabónő vagy varrónő. Akkor legalább gondjaiba tudná venni a ruháimat. Az ápolónői képesítésére nem szorulok rá, szerencsémre!

– Itt több pézt keresek. Magának meg túl sok ruha – felelte Paloma, visszaesve az idegenes kiejtésű, tört angolba, amelyet akkor húzott elő, ha éppen kedve volt hozzá, mintha csúfolódna a munkaadójával.

– Köszönöm a tájékoztatást. Bár maga is rendelkezik érdekes kiegészítőkkel – vetett egy pillantást Cooper a rózsaszín tűsarkúra. – Mellesleg miért nem említette, hogy Pamela telefonált? – Már eldöntötte, hogy lecseréli régi szívszerelmét, de ő mindig jó viszonyban maradt az imádottjaival, és volt annyira bőkezű, hogy az elhagyott hölgyek megbocsássák csapongását és bűneit. Pamela is biztos meg fogja.

– Mert akkor telefonált, amikor maga épp el volt foglalva azzal a másikkal, a hogyhívjákkal. – Ismét kikopott a hangjából az akcentus.

– Charlene – segített a férfi. Palomán nem látszott, hogy értené. – Köszönöm, Paloma! – mondta nyugodtan, és úgy döntött, addig távozik, amíg ő van lépéselőnyben. Paloma egyetlen üzenetet sem jegyzett föl, és aggasztó módon kizárólag akkor közölte őket, ha eszébe jutottak. Ezzel együtt tisztában látszott lenni a telefonálók kilétével. Napról napra több érdekes dolgot árult el magáról.

Paloma a héten megismerkedett Markkal, és felajánlotta neki, hogy segít a mosásban, amikor a férfi megemlítette, hogy a vendégszárnyban se a mosógép, se a tűzhely nem működik. Az asszony felajánlotta a lakónak, hogy ha szükséges, használhatja a főépület konyháját, mert Cooper reggelente sose jön le a konyhába. Adott neki kulcsot a főépületet és a szárnyat összekötő ajtóhoz. A szárnyban egyébként a kávéfőző is elromlott. Mark listába szedte a lerobbant készülékeket, az ingatlanközvetítő megígérte, hogy mindent megjavíttatnak, ám Liz távozása óta senki sem foglalkozott az ilyesmivel, arra pedig nem számíthattak, hogy Coop vállalná magára. Mark mosodába vitte a ruháit, az ágyneműtörülközöt kimosta Paloma, és mivel a hétvégeken használhatta Coop kávéfőzőjét, nem maradt, amit kívánhatott volna. Mikrohullámúban főzött a tűzhely helyett, amelyre úgyis akkor lesz csak szüksége, ha a gyerekek itt lesznek. Addigra pedig bizonyosan megjavítják, ha másképp nem megy, maga is hajlandó szerelőt hívni, mondta az ingatlanközvetítőnek, aki azt válaszolta, majd utánanéz, mit tehet az ügyben. Coop mindenesetre egyiküket sem hívta vissza. Azon a héten is reklámfilmet forgatott valami rágógumi cégnek. Nevetséges reklám volt, de rendesen fizettek érte, és az ügynök rábeszélte Coopot, hogy vállalja el. Mostanában többet dolgozott, bár az igazi filmek még mindig nem jelentkeztek, az ügynöke hiába erőlködött. Coop túlságosan közismert volt Hollywoodban, és csakis hősszerelmeseket, férfi főszerepeket akart játszani, holott azokhoz túl öreg volt, de az apákból, pláne nagyapákból nem kért, korosodó világfiakra pedig évek óta nem írtak szerepeket.

Charlene csaknem egy teljes héten át az Udvarházban töltött minden éjszakát. Próbált házalni szerepekért, de ő még Coopnál is kevesebb munkát kapott. Mióta Hollywoodba érkezett, mindössze két pornóvideót sikerült forgatnia, amelyeknek egyikét hajnali négykor vetítették a tévében. Az ügynökének végre sikerült megértetnie vele, hogy egyik videó sem fog szépen festeni a szakmai önéletrajzában. Puhatolózott Coopnál, nem tudna-e kijárni neki valami munkát, a férfi azt felelte, majd utánanéz. Charlene a párizsi szakmai kezdetek után a Hetedik sugárúton mutatott be fehérneműt, amihez meg is volt a mesés alakja, de a színészi képességeiben Coop kételkedett. Charlene azt állította, hogy rengeteget modellkedett Párizsban, de valamiért sohase találta a referenciakönyvét. Olyasmiben mutatott kiemelkedő tehetséget, aminek semmi köze nem volt a színjátszáshoz, a fotómodellséghez vagy a tévéhez, és Coop ezt a tehetséget mindennél vonzóbbnak találta.

77

Mérhetetlenül élvezte a lány társaságát. Nagyon megkönnyebbült, amikor a Milánóból hazatérő Pamela közölte, hogy összejött a fotóssal. Az ilyen dolgok valahogy úgy maguktól rendeződtek Coop világában, ahol a futó kapcsolatok megmaradtak az altesti szinten. Kizárólag akkor táplálta a pletykákat eljegyzésről és esküvői harangokról, ha híres színésznőkkel folytatott viszonyt. Charlene-nél persze szó sem volt ilyesmiről. A lány kizárólag szórakozni akart, és gondoskodott róla, hogy Coopernak is meglegyen a maga mulatsága. Már két nagy bevásárlókörutat csináltak végig, ami meg is ette a két bérlőtől kapott csekkeket, viszont Coop szerint Charlene megérdemelt ennyit, magyarázta Abenek, miután a könyvelő telefonált, és figyelmeztette ügyfelét, hogy ha így folytatja, el kell adnia az Udvarházat.

– Okosabb lenne tartózkodnod az éhező színésznőktől és fotómodellektől, Coop. Inkább egy gazdag feleséget találj. – Cooper kikacagta, majd azt mondta, gondolkozik rajta. Sose vonzotta a házasság. Ő csak játszani akart, és ezt akarta tenni a jövőben is, a koporsója bezártáig.

A következő hétvégén Mark elutazott New Yorkba a gyerekeihez, akikről addigra már mindent elmondott Palomának. Az asszony takarítgatott nála, amit Friedman gavallérosan honorált, bár Paloma ingyen is megtette volna, annyira megsajnálta a lakót, amikor az elmesélte, hogy a felesége otthagyta egy másik férfiért. Attól kezdve készített be a vendégszárny konyhájának asztalára egy-egy tál gyümölcsöt, vagy házi sütésű tortillát. Paloma szerette hallgatni, ha Friedman a gyerekeiről mesélt, akiket látnivalóan imádott. Az egész lakást telerakta a srácok meg a felesége képeivel.

Marknak nehéz hétvégéje volt. Először találkozott a gyerekekkel azóta, hogy több, mint egy hónapja elhagyták LA-t. Janet azt mondta volt férjének, hagyhatott volna több időt is, hogy Jessica és Jason alkalmazkodhasson az új környezethez. Idegesnek, ellenségesnek tűnt. Kettős életet élt, a gyerekeknek játszotta, hogy nincs senkije, miközben titokban folytatta a viszonyát. Adam már türelmetlenkedett, hogy mikor ismerheti meg a srácokat. Janet ígérte, hogy hamarosan. Nem akarta, hogy a gyerekek kikövetkeztessék, miért költöztette át őket New Yorkba. Rettegett, hogy nem fog tetszeni nekik Adam, és ellene fordulnak, ha másért nem, hűségből az apjuk iránt, és ez pattanásig feszítette az idegeit, ami nem kerülte el Mark figyelmét. Mi lehet a baj? A gyerekek is szomorkodtak, bár az apjuk látása felvidította őket.

Átmentek Markhoz a Plazába, és rengeteg mindenfélét rendeltek a szobapincértől. Mark moziba vitte őket, vásárolni ment Jessicával, hosszú sétát tett Jasonnal az esőben, és megpróbálták helyre rakni a világot. Mark fájó szívvel búcsúzott tőlük vasárnap délután, és hazafelé összetörten gunynyasztott a repülőgépen. Komolyan kezdett gondolkozni azon, hogy átköltözik New Yorkba.

Szombaton kifeküdt napozni a medence mellé, és a következő hétvégén töprengett. Ekkor észrevette, hogy végre megérkezett a lakó a kapusházba. Odaballagott, és látta, hogy Jimmy dobozokat pakol le egy kisteherről. Megkérdezte, nincs-e szükség segítségre.

Jimmy egy hosszú pillanatig tétovázott, aztán hálásan elfogadta. Őt is meglepte, mennyi holmija halmozódott fel. A legtöbbet raktárba küldte, de így is megmaradt sok bekeretezett fénykép, néhány díj, sportfelszerelés meg a ruhák. Volt egy csomó sztereoberendezése is, amelyek között néhány darab még Maggie-é volt. Végül is valóságos hegyet hozott magával, amit még Mark segítségével is teljes két órába telt lerámolni a teherautóról. Belefáradtak, mire végeztek. Addig mindössze annyira jutott idejük, hogy bemutatkozzanak egymásnak, de most Jimmy megkínálta egy sörrel a segítőtársát a nagy munka örömére.

– Hát biztos, hogy jó sok cuccod van! – vigyorodott el Mark, és kortyolt a sörből. – Méghozzá elég nehéz. Mit hoztál ide, a tekegolyó-gyűjteményedet? – Jimmy vállat vont, és elmosolyodott.

– Vesszek meg, ha tudom. Kétszobás lakásunk volt, a legtöbb holmit raktárba tettem, mégis ennyi maradt.

A töméntelen könyvnek, papírnak, CD-nek bőven jutott hely a kapusház fiókjaiban, faliszekrényeiben, gardróbszekrényeiben, könyvespolcain. Jimmy felbontotta az első dobozt, kivette Maggie képét, és a kandalló párkányára állította. Az egyik kedvence volt. A diadalmas arcú Maggie akkor fogott ki egy halat valamelyik írországi tóból. Lángvörös haját bogba csavarta a feje búbján, és hunyorogva nézett a napba. Nagyjából tizennégy esztendősnek látszott. Ez azon a nyáron történt, mielőtt megbetegedett, körülbelül hét hónapja. Mintha egy másik életben lett volna.

Megfordult, és látta, hogy Mark figyeli. Jimmy lesütötte a szemét, és nem szólt.

– Szép lány. A barátnőd? – Jimmy megrázta a fejét, és sokáig nem válaszolt, aztán csak leküzdötte a torkát fojtogató csomót. Már megszokta. Olyan volt, mint egy kinövés, amely minden átmenet nélkül könnyekre fakasztotta. Talán sohasem múlik el.

– A feleségem – felelte halkan.

– Elnézést – mentegetőzött Mark. Azt hitte, elváltak. Úgy látszik, mostanában mindenki elválik. – Mikor?

– Holnap este lesz hét hete. – Jimmy mély lélegzetet vett. Sose beszélt róla, de tudta, hogy meg kell tanulnia; a tanulás elkezdésére ez a perc is van olyan jó, mint akármelyik más. Mark rendes pasasnak látszott, talán még össze is barátkozhatnak, ha ugyanabban a házban laknak. Lesütötte a szemét, és ráparancsolt a hangjára, hogy ne reszkessen.

– Nekem hat. Múlt hétvégén jártam a srácaimnál New Yorkban. Pokolian hiányoznak. A feleségem itthagyott egy másik hapsiért – szólt Mark sötéten.

– Az baj – mondta Jimmy együttérzőn. Úgy látta a másik férfi szemében a fájdalmat, mintha az övét tükrözné. – A gyerekek mennyi idősek?

– A lány tizenöt, a fiú tizenhárom. Jessica és Jason. Klassz kölykök, és egyelőre utálják New Yorkot. Ha a feleségemnek muszáj volt belehabarodnia valakibe, jobb lett volna, ha itt talál valakit. A gyerekek még nem ismerik. Hát te? Vannak srácaitok?

– Nincsenek, még csak tervezgettük, de nem került sor rájuk. – Megdöbbentő könnyedséggel nyílt meg a másik ember előtt. Mintha láthatatlan kötelék fűzte volna össze őket: a fájdalom, a veszteség, a váratlan tragédia köteléke, a kíméletlen taglócsapások, amelyeket nem jelent be előre az élet.

– Talán jobb is így. Lehet, hogy könnyebb válni, ha nincsenek gyerekek. Vagy mégse? Honnan tudhatnám? – kérdezte szemérmes részvéttel. Jimmy akkor jött rá, hogy félreértették.

– Mi nem váltunk el – szólt fojtottan.

– Akkor még kibékülhettek! – irigykedett Mark. Bár ha O'Connor felesége nincs itt, akkor talán mégse állnak olyan rózsásak a dolgok. Jimmy tekintetét elöntötte a keserűség.

– A feleségem meghalt!

– Jaj, istenem… ne haragudj… azt gondoltam… De hát hogyan? Baleset? – Ismét a fényképre pillantott. Olyan borzasztó elképzelni, hogy az a gyönyörű fiatalasszony a képen már nem is él. Hát nem is csoda, ha Jimmy össze van törve.

– Agydaganat. Egyszer csak elkezdett fájni a feje… migrénjei voltak… úgyhogy megvizsgálták. Két hónapra rá elment. Ennyi. Nem nagyon beszélek róla. Szerette volna ezt a házat. Cork megyei ír famíliából származott, tősgyökeres ír volt, varázslatos asszony. Bár én lehetnék fele olyan embernek, mint amilyen ő volt. – Könnyek csillogtak a szemében. Markot is a sírás kerülgette, de csak annyit tehetett, hogy részvéttel nézett a másik férfira, aztán segített befejezni a pakolást, és a dobozoknak legalább a felét ő vitte föl az emeletre. Egy darabig nem szóltak, de mire az összes doboz a megfelelő helyiségbe került, Jimmynek is sikerült összeszednie magát. – Nagyon köszönöm a segítségedet. Kicsit bolond érzés, hogy ide költöztem. Tökéletesen megfelelő lakásunk volt Venice Beachen, de onnan mindenképpen szabadulni akartam, és aztán adódott ez. Akkor úgy tűnt, hogy ez lesz a megfelelő választás. – Egy hely, ahol lábadozhat, ahol nem kell a közös élet ezernyi emlékével viaskodnia. Mark nagyon ésszerű döntésnek találta.

– Én az irodámtól kétsaroknyira laktam egy hotelban, és azt hallgattam éjszaka, hogy köhögnek mások. Van egy munkatársam, aki Coopnak könyvel: tőle tudtam meg, hogy kiadó a kapusház és a vendégszárny. Első látásra beleszerettem, és azt hiszem, a srácok is élvezni fogják. Olyan, mintha egy parkban laknánk. Két hete költöztem be. Hogy itt micsoda békesség van, akkorákat alszom, mint egy csecsemő. Nem akarod megnézni a lakásomat? Egészen más, mint ez. Ugyanazon a napon láttam először, amikor te bérbe vetted a magadét. Azt hiszem, az enyém jobban megfelel a gyerekeknek. – Másra se tudott gondolni, mint a fiára és a lányára, főleg a hétvégi találkozás óta, amelyen megállapíthatta, mennyire nem szeretik New Yorkot. Jessica örökösen veszekedett az anyjával, Jason egyre jobban magába húzódott és elfordult a világtól. Mark nyugtalanítónak találta az állapotukat. Az anyjukét nem kevésbé. Még sose látta Janetet ennyire zaklatottnak. Csak nem arra kellett rájönnie, hogy az új élet, amelynek a kedvéért ízzé-porrá zúzta a régit, nem is olyan idilli, mint várta? Meredek, tövises utat választott, nem csak nekik hármuknak, de magának is.

– Lezuhanyozom – mondta Jimmy, és elmosolyodott. – Ha itthon leszel, kicsivel később átmennék hozzád. Nem lenne kedved egy kis teniszezéshez ma délután? – Nem teniszezett Maggie halála óta.

– Dehogynem! Még nem is jártam a pályán, mert nem volt partnerem. De az úszómedencét kipróbáltam. Pazar. Ott van pont a lakrészem mellett. Azt terveztem, hogy minden nap, munka után úszom egy nagyot, de eddig még nem volt időm.

– Cooppal találkoztál már? – vigyorgott Jimmy. Mark látta rajta, hogy kicsit jobban érzi magát. Szegény ördög, épp eléggé belerokkant a felesége halálába!

– Egyelőre nem, legalábbis nem olyan körülmények között, hogy beszélgethessünk, csak távolról, mikor jön és megy. Állati klassz nőket fuvaroz. Valósággal ellepik a fiatal lányok.

– A hírnév, ugye? Egész életében az volt a vonzereje, mert filmen évek óta nem láttam.

– Úgy vélem, elfogyott a szerencséje, vagy elég szorult helyzetbe került, így lehetett belőlünk albérlő – összegezte józanul Mark.

– Ennyit én is kitotóztam, főleg a te jelenlétedből. Miért adná ki a háza szárnyépületét, ha nincs szüksége a pénzre? Egy vagyon kellhet ennek az Udvarháznak a fenntartásához.

– A könyvelője most tette lapátra a személyzetet. Még megérhetjük, hogy maga fog kertészkedni a tulajdon két kezével! – Ezen muszáj volt nevetniük. Pár perccel később Mark visszament a saját lakásába. Örült, hogy megismerte Jimmyt. Imponált neki a munka, amit a Watts gyerekeivel végez, és őszintén sajnálta a felesége halála miatt. Micsoda sorscsapás! Ez még rosszabb, mint ami vele történt. Neki legalább itt vannak a gyerekek. Janet ugyan öszszetörte a szívét és elcseszte az életét, de legalább él. Mark nem tudott elképzelni nagyobb bánatot annál, ami a szomszédját érte.

Jimmy fél órával később került elő, tisztán, ropogósan, frissen mosott hajjal. Sort és póló volt rajta, és teniszütőt hozott. Egészen elámult a szárnyépülettől. Igen, ez valóban más, mint a kapusház. Neki jobban tetszett a sajátja, de el kellett ismernie, hogy gyerekeknek ez jobban megfelel. Több benne a hely, és a srácok bizonyosan örülnek majd a medence közelségének.

– Coopnak nem volt kifogása a gyerekek ellen? – kérdezte a teniszpálya felé menet.

– Nem. Miért? – csodálkozott Mark. – Én szóltam az ügynöknek, hogy New Yorkban laknak, tehát itt nagyon keveset lesznek, sajnos, kivéve a vakációt. Kényelmesebb nekik, ha én megyek hozzájuk.

– Azt szűrtem le abból, amit az ügynök mondott, hogy Coop nem szereti a gyerekeket. Persze, megértem az okát, amilyen nívós itt a bútor. Nekem nagyon jól jött. Elég lepusztult cuccaink voltak, nem is valami sok, hogy beférjenek abba a kis lakásba. Bevágtam mindet a raktárba. Kellemes változatosság, hogy minden új és más. Nálad mi a helyzet?

– A ruháim kivételével mindent odaadtam Janetnek. Úgy gondoltam, jobb lesz a gyerekeknek, ha a megszokott holmikat láthatják maguk körül. Valóságos égi áldás ez a lakás, különben kénytelen lettem volna összevásárolni egy csomó bútort. Ha erre kényszerültem volna, inkább maradok a hotelban.

Legalábbis egy időre. Tényleg nem voltam abban az állapotban, hogy berendezzek egy lakást, vagy ilyesmin rágódjak. De ide csak besétáltam, és kicsomagoltam a bőröndjeimből. Csiribí-csiribá, nem csalás, nem ámítás, már itthon is vagyok.

– Ja – vigyorgott Jimmy. – Szintúgy.

Könnyen megtalálták a teniszpályát, amely, csalódásukra, gyatra állapotban volt. Nem lehetett tisztességesen játszani a túlságosan kemény, rögös terepen. Végül csak röptéztek egy kicsit, és az élvezetes testgyakorlás után átmentek a medencéhez. Mark fel-alá úszkált, Jimmy napozott egy darabig, majd visszament a házába, miután meghívta Markot vacsorára. Vesepecsenyét akart sütni roston, és megszokásból két szeletet vásárolt.

– Ígéretesen hangzik. Én majd a bort viszem! – ígérte Mark, és egy óra múlva megjelent egy palack márkás cabernettel. Kiültek Jimmy teraszára, és beszélgettek az életről, a sportról, a munkájukról, Mark srácairól, arról, hogy Jimmynek sajnos nincsenek gyerekei, de talán még lehetnek. A feleségeiket lehetőleg kerülték, ez a téma még mindig fájt. Mark bevallotta, hogy nincs kedve új kapcsolathoz, Jimmy nem is tudta, hogy fog-e még járni valakivel. Pillanatnyilag képtelenségnek tartotta, de hát harminchárom évesen még korai ilyet mondani. Egyetértettek abban, hogy a közeljövőben csak sodortatják magukat az eseményekkel. A társalgás egy idő után átterelődött Coopra. Miféle ember ez, kicsoda valójában? Jimmy elmélete szerint ha valaki annyi ideig éli a hollywoodi életet, mint Cooper Winslow, akkor az az élet kiold belőle mindent, ami valóságos. Abból ítélve, amit olvastak Coopról, ez bizony hihető elméletnek tetszett.

Miközben ők a teraszon ülve a színészről beszélgettek, a főépületben Coop az ágyban feküdt Charlene-nel, aki valóságos szexuális svédasztal volt.

Olyan dolgokat csináltak együtt, amikre Coop még csak nem is gondolt évek óta! Ismét harcos fiatalnak érezte magát, és ez mulattatta. Charlene az egyik percben izgató kiscica volt, a másikban bősz nőstényoroszlán, akit le kellett győzni. Szorgalmasan foglalkoztatta Coopot majdnem egész éjszaka, reggel pedig leosont a konyhába, reggelit készíteni. Csodálatos reggelit tervezett, igazi meglepetést, utána pedig újabb szeretkezést. Egyetlen tangában és piros szatén patacipőben ügyködött, amikor zár kattant, ajtó nyílt, és a következő percben ott állt Coop konyhájában az álmos Mark, egy szál alsóban, kamaszosan ágaskodó szőke hajával. A lány nem kért elnézést, nem is takargatta magát, csak vigyorgott.

– Szia, Charlene vagyok! – mondta olyan fesztelenül, mintha pongyolát és nyuszipapucsot viselne. Mark nem is látta, ki ez, annyira magának követelte minden figyelmét az egész estét betöltő kebel, a tanga, a plafonig érő lábszár. Egy teljes percbe telt, mire észrevette az arcát is.

– Jaj istenem, elnézést… Nekem Paloma azt mondta, hogy hétvégén Coop sose használja a konyhát… nem működik a sparheltem, és a kávéfőző is lerobbant… Csak egy csésze kávét szerettem volna főzni, és Paloma ideadta a kulcsot… – hebegte. Charlene a legkevésbé sem látszott feldúltnak, inkább barátságosnak és derűsnek.

– Majd én megcsinálom azt a kávét. Coop még alszik. – Mark gyanúja szerint a hölgy modell vagy színésznő lehetett. Pár hete még egy szőkével látta. Fogalma sem volt, kik lehetnek a kisasszonyok. Nyilván a lepedőakrobatika valamelyik formáját gyakorolják.

– Nem, de tényleg, már itt se vagyok… még egyszer elnézést… – Charlene állt, mosolygott, valósággal beledugva a mellét a férfi képébe.

– Semmi gáz! – Egyáltalán nem feszélyezte, hogy pucéran áll egy idegen előtt. Mark hahotázott volna, ha nem olyan kínos a jelenet. Komplett hülyének érezte magát. Charlene főzött egy csésze kávét, és a kezébe nyomta. – Te vagy a bérlő? – kérdezte a gőzölgő csészét szorongató Marktól, aki visszavonulni próbált.

– Igen, én. – Ki más lehetne? Autótolvaj? Utcáról bevetődött idegen? – De nem jövök többször. Majd veszek kávéfőzőt. Talán az lenne a legjobb, ha nem is szólnál Coopnak – mondta szorongva.

– Oké – felelte nyájasan a bombázó. Elővett egy doboz narancslevet, töltött egy pohárral Coopnak, majd a távozófélben levő Markra pillantott. – Narancslevet nem kérsz?

– Nem, kösz… Nekem ennyi elég is. Kösz a kávét – szabadkozott Friedman, és villámgyorsan elmenekült. Bezárta az összekötő ajtót, aztán csak állt a nappali szobájához vezető folyosón, és vigyorgott. Egyszerűen nem tudta elhinni, mibe csöppent bele. Mintha egy különösen vacak film lett volna! Bár azt meg kell adni, hogy tutajos alakja van a lánynak. És az a hosszú hollóhaj!

Minél többet gondolkozott a jeleneten, annál viccesebbnek találta. Kuncogva felöltözött, és egyszerűen nem tudta megállni, hogy át ne ugorjon a kapuházba, és ne számoljon be Jimmynek. Mindenesetre megesküdött rá, hogy délután vásárol egy kávéfőzőt.

Jimmy a teraszon iszogatta a kávéját, és újságot olvasott. Fölmosolygott a vigyorgó Markra.

– Ezt nem fogod elhinni, hol és kivel kávéztam reggel! – pukkadozott Friedman.

– Csakugyan nem, de az arckifejezésedből ítélve, nem lehetett rossz.

Mark beszámolt Palomáról és a kulcsról, az elromlott tűzhelyről és a kávéfőzőről, Charlene-ről, akire csak úgy rátört, és aki tangában, patacipőben és abszolút fesztelenül készített neki egy csésze kávét.

– Olyan volt, mintha egy filmből vágták volna ki. Jesszusom, képzeld el, ha Coopba szaladok bele! Valószínűleg kivág!

– Vagy még annál is rosszabb sorod lesz – vigyorgott Jimmy. Jó kis látvány lehetett: Mark, alsóban, amint egy pucér lány szervírozza a kávéját!

– Narancslével is kínált, de arra gondoltam, túlfeszíteném a húrt, ha még egy percig maradnék.

– Nem kérsz még egy csésze kávét? Bár megjegyzem, nálam kevésbé buja a kiszolgálás.

– Jó, adjál.

Olyanok voltak, mint két új fiú a bérházban, akik váratlanul megtalálták egymást. Körülményeik eléggé hasonlítottak, hogy összekössék őket. Volt valami kellemes felszabadultság ebben a szomszédságban. Mindkettőnek megvolt a saját baráti köre, de azokat elkerülték az utóbbi időben. Magánéletük tragédiája annyira elidegenítette őket a világtól, hogy még a legbizalmasabb barátaik is feszélyezték őket. Elszigetelték magukat tőlük, és most kölcsönösen társra találtak a magányban. Sokkal kényelmesebb volt, mint olyan emberekkel lenni, akik házasként ismerték őket. Ez itt olyan volt, mintha tiszta lappal kezdenének, míg a régi barátok szánalmát néha nehezükre esett elviselni.

Mark fél óra múlva visszament a vendégszárnyba, mert munkát hozott haza az irodából, de délután ismét találkoztak az úszómedencénél. Mark vásárolt magának kávéfőzőt, Jimmy végzett a kicsomagolással. Maggie fél tucat képét elhelyezte a lakás legfontosabb pontjain. Különös módon kevésbé magányosnak érezte magát, ha látta a felesége arcát. Éjszakánként néha attól félt, hogy elfelejti, milyen volt Maggie.

– Kész a munka? – kérdezte hanyagul a nyugágyból.

– Ja – felelte Mark. – Valamint vásároltam egy új kávéfőzőt. Már reggel visszaadom Palomának a kulcsot. Ez nem ismétlődhet meg. – Somolyognia kellett, ha csak felmerült előtte a tangabugyis Charlene alakja.

– Csak nem sikerült meglepnie a házigazdánknak?

– Azt nem, csak arra nem számítottam, hogy zsöllyéből nézhetem a nemi életét.

– Akkor nem fogsz unatkozni – ugratta Jimmy. Annyira belemerültek a csendes beszélgetésbe, hogy csak fél óra múlva kapták föl a fejüket. Nyíló ajtó nyikorgott, csapódott, és a következő percben megjelent egy ezüstfehér hajú, mosolygó, magas férfi. Farmert, kifogástalanul vasalt, fehér inget, meztelen lábán barna krokodilbőr mokaszint viselt. A lakók úgy ugrottak föl, mint a csínytevésen ért gyerekek, holott mindkettő szabadon használhatta az úszómedencét. Coop csak azért jött le, hogy megismerkedjen bérlőivel, akiket a teraszról vett észre. Charlene az emeleten éppen zuhanyozott és hajat mosott.

– Ne zavartassátok magatokat. Csak gondoltam, lejövök és köszönök a vendégeimnek. – A két férfit egyformán nevetésre ingerelte a „vendégeimnek" szó. Aki havi tízezret fizet, az nem vendég, hanem bérlő. – Cooper Winslow vagyok – mondta vakító mosollyal, és előbb Jimmyvel, aztán Markkal rázott kezet. – Ki hol lakik? Ismertétek előzőleg is egymást? – kérdezte kíváncsian.

– Mark Friedman vagyok, én lakom a vendégszárnyban. Nem, csak tegnap ismerkedtünk meg, amikor Jimmy beköltözött.

– Jimmy O'Connor. – Jimmy hanyagul kezet rázott a föléje tornyosuló, jóképű férfival.

A lakók úgy érezték magukat, mint az új fiúk az iskolában, amikor először találkoznak az osztályfőnökkel. Megállapították Coopról, hogy nem alaptalanul tartják elragadónak. Fesztelen és megnyerő volt, maga a tökéletesen szabott elegancia. Izmosra edzett testére, feltűnően hosszú lábára mintha ráöntötték volna a kifogástalanul vasalt farmert. Sokkal fiatalabbnak látszott a koránál, simán elment volna hatvannak. Hihetetlen, hogy ez az ember hetvenéves! Hát nem csoda, ha imádják a nők. Előkelő és választékos volt még farmernadrágban is, minden ízében hollywoodi legenda. Leereszkedett egy székbe, és mosolygott.

– Remélem, jól érzitek magatokat a lakásotokban!

– Pazarul! – vágta rá Mark, aki nagyon remélte, hogy Charlene nem számolt be a szeretőjének a reggel történtekről. Attól félt, hogy Coop épp ezért jött le hozzájuk. – Nagyszerű hely! – mondta csodálattal, és iparkodott nem gondolni a tangabugyis nőre, aki kávét főzött neki. Jimmy, aki persze tudta, mi jár a fejében, kajánul vigyorgott. Jó kis sztori!

– Mindig szerettem itt lakni – felelte Coop. – Egyszer majd fel kell jönnötök a főépületbe. Esetleg együtt vacsorázhatunk valamelyik este. – Aztán észbe kapott, hogy nincs már se szakácsa, se komornyikja. Senki, aki tisztességesen szervírozhatna. Rendezvényszervezőkhöz kell fordulnia, ha vacsoravendégeket akar hívni. Palomára, akármilyen feltűnő haladást mutat az angol nyelvben, nem bíz tacónál vagy pizzánál bonyolultabb ételt. A salvadori asszony, akcentussal vagy akcentus nélkül, rémítően lázadó és csökönyös karakter. Ki tudja, mit tenne, ha Coop arra kérné, tálalja fel a vacsorát! – Honnan jöttetek?

– Én Bostonból – felelte Jimmy. – Nyolc éve lakom itt, amióta letettem a kisdoktorit. Szeretem a várost.

– Én tíz éve érkeztem New Yorkból – magyarázta Mark. Majdnem hozzátette: „a feleségemmel és a gyerekeimmel", de nem tette. Túlságosan siralmasan hangzott volna, főleg, ha még azt is el kellett volna magyaráznia, miért nincs vele a családja.

– Helyesen döntöttetek. Magam is a keleti partról származom, de nem bírom az ottani időjárást, főleg a teleket. Itt sokkal jobb.

– Főleg egy ilyen birtokon – mondta Jimmy elismeréssel. Őt is megigézte Cooper Winslow csevegésének fesztelen eleganciája. Látnivalóan megszokta a figyelmet és tömjénezést, és tisztában van a saját kisugárzásával. Ebből él félszáz éve. Imponáló idő, főleg, ha azt vesszük, hogy néz ki, ennyi idős korára!

– Remélem, jól fogjátok érezni magatokat. Okvetlenül tudassátok, ha szükségetek lenne valamire. – Marknak esze ágában sem volt panaszkodni a kávéfőzőre, vagy az elromlott tűzhelyre. Majd megcsináltatja, és lecsípi a javítás árát a legközelebbi lakbércsekkből. Semmi esetre sem akart a reggeli kávéjáról beszélgetni, mert hátha a nagymellű nő az ígérete ellenére is kitálalt Coopnak. Mark nem bízott benne.

Coop győzedelmes mosolyt küldött feléjük, majd néhány perces csevegés után távozott. A két férfi összenézett. Percekig vártak, mielőtt megszólaltak volna, hogy a színész visszamehessen a házba, és ne hallgassa ki őket.

– Szentségit! – hüledezett Mark. – Hiszel a szemednek? Én ugyan nem merek nőhöz szólni többé. Ki versenyezhetne ezzel? – Egészen megilletődött Cooper Winslow-tól. A legszebb férfi volt, akit Friedman valaha látott. Jimmynek korántsem imponált ennyire.

– Én csak egy dolgot szeretnék tudni – felelte súgva, hogy Coop véletlenül se hallja. – Van-e szív a csáb, a zománc és a szabója zsenialitása mögött?

– Az is elég lehet – tűnődött Friedman. Janetre gondolt. Ilyen szép, szellemes, kedves férfit, mint a színész, bezzeg sose hagyott volna el. Komplett nullának érezte magát Cooper Winslow-hoz képest, aki felszínre hozta Mark összes bizonytalanságát.

– Nem elég – mondta Jimmy komolyan. – Ez az ember egy héj. Minden szava üres. Bárgyúság ezüstpapírban. Csak nézd meg, miféle nőket szed föl. Te hogy akarnád, ki hozza be a reggelidet, ha majd harminc évvel öregebb leszel? Egy tangabugyis liba, vagy egy ember, akivel beszélni tudsz?

– Kapok egy perc gondolkozási időt a válaszra? – kérdezte Mark. Nevettek.

– Ja, lehet, hogy egy darabig szórakoztató, de aztán mi van? Én meghülyülnék tőle. – Maggie remek ember volt: okos, józan, gyönyörű, mulatságos, szexi. Minden, amit Jimmy kívánt. Isten mentse meg a libáktól! Mint ahogy Marknak se kell más, mint Janet. Külsőre persze olyannak látszik Cooper Winslow, mint aki megkapott mindent, amit ember akarhat. Még Jimmyt se hagyta teljesen hidegen. – Meghagyom neki a tejcsárdát. Ha választhatnék, inkább a surranóját vinném, mert az valami oltári!

– Tied a surranó, enyém a liba. Hála istennek, házigazdánk nem említette reggeli találkozásunkat a konyhában – mondta megkönnyebbülten Mark.

– Tudtam ám, mire gondoltál! – nevetett Jimmy. Bírta Markot. Kedves, tisztességes ember. Szívesen beszélgetett vele, és örült az ígérkező barátságnak. Bár sajnálta is Friedmant. Nagy megrázkódtatáson esett át, és még a srácait se láthatja. – Na, most már ismerjük. Tisztára úgy néz ki, mint egy filmsztár, nem? Ugyan ki vasalhatja a ruháit? Az enyémek azóta gyűröttek, hogy eljöttem Bostonból. Maggie ugyan nem vasalt volna. Azt mondta, tiltja a vallása. – Szigorú katolikus volt, és vaskalapos feminista.

Amikor Jimmy először kérte meg, hogy mossa ki a cuccát, Maggie majdnem a torkának ugrott.

– Én a vegytisztítóba hordom a magamét, kivéve a fehérneműt – világosította föl készségesen Friedman. – Múlt héten elhasználtam az ingeimet, hat újat kellett vásárolnom. Nem erősségem a háztartás. Palomának fizetek, hogy tartson nálam egy kis rendet. Esetleg neked is megtenné, ha kérnéd. – Paloma rendkívül kedvesen viselkedett Markkal. Azonkívül nem csak ügyes és készséges volt, de okos és intelligens is. A férfi sokat mesélt a gyerekeiről, Paloma értelmesen, együttérzéssel válaszolgatott. Friedman nagyon tisztelte a salvadori asszonyt.

– Megvagyok én magam is – mosolygott Jimmy. – Valóságos csodákra vagyok képes egy porszívóval és egy flakon mosogatószerrel. Maggie nem is mosogatott. – Mark nem akarta megkérdezni: hát akkor mit csinált? Nyilvánvalóan más erényei lehettek, ha Jimmy ennyire odáig volt érte. Hogyha a Harvardon ismerkedtek meg, bizonyára nagyon okos lehetett.

– Én a jogi karon találkoztam Janettel. Ám ő sose praktizált. Rögtön az esküvőnk után állapotos lett, és otthon maradt a kölykökkel.

– Nekünk ezért nem születtek még gyerekeink. Ez örök vívódást jelentett Maggie-nek, aki szíve szerint lemondott volna a hivatásáról, hogy otthon maradjon a gyerekeinkkel. Ebből a szempontból nagyon ír volt. Úgy vélte, hogy az anyának a gyerekei mellett a helye. Én meg arra gondoltam, hogy előbb-utóbb elrendeződik ez is. – Csak arra nem gondolt, ami bekövetkezett.

Beszélgetésük ezután visszatért Coophoz. Hatkor Jimmy átment a kapusházba, mert barátokat hívott vacsorára. Invitálta Markot is, de ő azt mondta, dolga van, még át kell olvasnia néhány dolgot az új adótörvényekről. Ki-ki ment a maga útján, azzal a gondolattal, hogy jó hétvége volt. Új barátot szereztek, örültek új otthonuknak, és örültek, hogy találkoztak Cooper Winslow-val. Nem okozott csalódást, pont az volt, aminek mondták: a tökéletes hollywoodi legenda.

Megbeszélték, hogy a következő héten is összehoznak egy közös vacsorát. Jimmy elindult a kapusházhoz vezető ösvényen, Mark ment a vendégszárnyba, és az orra alatt somolygott, mert eszébe jutott a reggeli kávé, és a nő, aki töltötte. Micsoda szerencse fia ez a Cooper Winslow!

7.

Másnap reggel Liz hívta. Cooper boldogan hallotta a hangját. Liznek egy hete volt az esküvője, és a nászútjáról telefonált, annyira aggódott Coopért.

– Hol vagy? – kérdezte a férfi mosolyogva. Még mindig nem szokta meg, hogy délelőttönként nem látja Liz arcát.

– Hawaiin! – felelte Liz büszkén. Ha csak lehetett, az asszonynevét használta. Még mindig szokatlanul csengett, de Liz nagyon szerette, és már bánta, hogy nem tette meg korábban. Fred feleségének lenni olyan, mint egy álom!

– Micsoda plebejus ízlés! – csúfolta Coop. – Továbbra is az a véleményem, hogy dobnod kellene Fredet, és vissza kellene jönnöd. Egy perc alatt semmisnek nyilváníttathatnánk a házasságodat.

– Ne merészeld! Én szeretek tiszteletre méltó férjes asszony lenni! – Sose hitte volna, hogy ez ekkora öröm.

– Csalódtam benned, Liz. Azt hittem, erősebb egyéniség vagy. Mi voltunk az utolsó bölények. Most már csak én maradtam.

– Akkor talán neked is meg kellene nősülnöd. Nem olyan borzasztó az. Még kisebb adózási kedvezmények is járnak vele, engem legalábbis így tájékoztattak.

Liz valóban élvezte új állapotát, és a megfelelő emberhez ment feleségül. Fred csodálatos férjnek bizonyult. Coop pedig örült egykori titkárnője örömének, akkor is, ha Liz távozása kényelmetlenséget okozott neki.

– Abe is azt mondja, hogy el kellene vennem egy gazdag asszonyt. Borzasztó bárdolatlan tud lenni.

– Nem is olyan rossz ötlet – csipkelődött Liz, aki nem tudta elképzelni Coopot nős embernek. Ahhoz túlságosan élvezi a csapongást, képtelenség, hogy hozzákötné magát egy asszonyhoz. Háremre lenne szüksége, hogy ne unatkozzon.

– Időtlen idők óta nem találkoztam gazdag nővel. Nem tudom, hol bujkálnak. Különben is jobban kedvelem a lányaikat. – Illetve az utóbbi időben az unokáikat, bár ezt egyikük se mondta ki. Az évek számos vagyonos örökösnővel és dúsgazdag, érettebb asszonnyal is összehozták Coopot, de ő mindig az ifjúságra szavazott. Volt köztük még egy indiai hercegnő és két szaudi milliomosnő is, ám Coop előbb-utóbb megunta őket is, akármennyi volt a pénzük. Mindig jött valaki, aki szebb volt, izgalmasabb volt, akit nem lehetett elszalasztani. Liz gyanúja szerint Coop még százévesen se hagyja ki az alkalmat, ha elindulhat egy új ösvényen.

– Csak ellenőrizni akartam, hogy rendesen viselkedsz-e – mondta Liz olvadó hangon. Hiányzott neki a bálványa. – Hogy válik be Paloma?

– Mesésen! – válaszolta feltétlen meggyőződéssel Coop. – Gumitojást süt, megborsozza a pirítósomat, babacipőt csinált a kasmírzoknimból, és kiváló ízlése van. Imádom a strasszkeretű szemüvegét. Nem is szólva a rózsaszín tűsarkújáról, amit akkor húz fel, ha nem az ocelotmintás tornacsukáját viseli az egyenruhájához. Valóságos drágakő, Liz! Hol találtad? – Igazság szerint akármennyire bosszantotta Paloma, Cooper élvezte csodabogár házvezetőnőjét.

– Jó asszony az, Coop. Tanítsd, és tanulni fog. Egy hónapig dolgozott a többiekkel, valami csak ragadt rá.

– Úgy vélem, Livermore kurtavason tartotta a pincében. Ezt nekem is meg kellene próbálnom. Jut eszembe, tegnap megismerkedtem a vendégeimmel.

– Vendégeiddel? – csodálkozott Liz. Ezt most hallotta először.

– Akik a vendégszárnyban és a kapusházban laknak.

Szóval a bérlőkkel!

– Ó, *azokkal* a vendégekkel! Kicsodák?

– Rendesnek látszanak. Az egyik jogász, a másik szociális munkás. A szociális tisztára olyan, mint egy kölyök, és a Harvardon végzett. A jogász kicsit feszültnek tűnik, ezzel együtt nagyon kellemes ember. Értelmes, jó magaviseletű népség. Reméljük, nem dobálnak sörösüvegeket a medencébe, és tartózkodnak a kevéssé kívánatos árvák örökbefogadásától. Nem látszanak heroinistának vagy bűnözőnek. Meg merném kockáztatni, hogy szerencsénk volt.

– Úgy hangzik. Az ingatlanügynök is bizonygatta, hogy rendes emberek.

– Igaza lehet a nőnek. Én egy kicsit későbbre halasztom az ítélkezést. Egyelőre nem látok semmiféle problémát. – Nagy megkönnyebbülés volt ez Liznek. Tulajdonképpen azért telefonált, mert annyira aggódott. – Mellesleg miért hívtál? Neked őrjöngő szerelemben kellene egyesülnöd a homokon azzal a vízvezeték-szerelővel, akihez nőül mentél.

– Nem vízvezeték-szerelő, hanem tőzsdei alkusz! És most egy ügyfelével golfozik.

– Ügyfeleket hozott magával a nászútra? Liz, ez igen rossz előjel. Rögtön válj el! – nevetett Coop. Liz megkönnyebbült, hogy milyen jókedvű a hangja. Ő is nevetett.

– Itt futott össze az ügyféllel! Egy hét múlva otthon vagyok, akkor majd felhívlak. Addig is viselkedj rendesen, ezen a héten ne vásárolj briliáns karkötőt, mert Abe Braunstein gyomorfekélyt kap.

– Úgy kell neki. A legsavanyúbb, legsótlanabb ember a világon. Neked kellene küldenem egy briliáns karkötőt, csak hogy pukkasszam Abe-et. Te legalább megérdemled.

– Viselem a gyönyörű gyűrűt, amit búcsúzóul kaptam tőled – mondta Liz. – Akkor majd beszélünk, amint otthon vagyok. Vigyázz magadra, Coop!

– Vigyázok, Liz. Kösz, hogy hívtál.

Cooper örült a beszélgetésnek. Nem szívesen vallotta be, de rettenetesen hiányzott neki Liz. Csak sodródott, amióta az asszony kilépett. Kormánylapátját vesztett hajó lett az életéből és a házából. Mi lesz vele Liz nélkül?

Délelőtt belenézett a határidőnaplójába, amelyből Liz gyöngybetűi néztek vissza. Ma este vacsora Schwartzéknál, akik húsz éve ragyognak állócsillagként a hollywoodi társasági élet egén. Schwartz élvonalbeli producer volt, a felesége színésznő, az ötvenes évek egyik nagy szépsége. Coopnak nem akaródzott mennie, de a távolmaradása sértené a házaspárt. Sokkal jobban örült volna egy újabb éjszakának Charlene-nel, de őt nem viheti magával Schwartzékhoz. Charlene kissé túlságosan is pikáns ahhoz a társasághoz. Fickándozásra jó, de nem mutatkozna vele egy elegáns vacsorán. Cooper változatos kategóriákra osztotta a nőket. Charlene „otthonra való" lány volt. A premierekre és megnyitókra a filmcsillagokat tartogatta, mert együttes megjelenésük duplán hatott a sajtóra. Aztán volt egy egész nyája fiatal színésznőkből és fotómodellekből, akikkel szívesen mászkált el szórakozni, de Schwartzékhoz inkább egyedül járt.

Schwartzék mindig hívtak meg érdekes embereket, Coop sose tudhatta, kivel találkozik. Hatásosabb és kellemesebb volt egyedül megjelennie Arnold és Louise Schwartznál, akiket egyébként őszintén kedvelt.

Fölhívta Charlene-t, és közölte, hogy este nem találkozhatnak. A lány sportszerűen fogadta a bejelentést, azt mondta, különben is ráfért már egy szabad este, hogy kimosson és gyantázza a lábát. Továbbá, magyarázta, szüksége van „szépítő alvásra" is. Coop tudta, hogy ez az egyetlen, amire Charlene-nek nincs szüksége. Simán fennmaradt egész éjszaka, reggel mégis elragadóan nézett ki, Cooper pedig mindig hajlandó volt elragadtatni magát. De a mai este Schwartzéké.

Egy producerrel löncsölt, utána masszíroztatott, manikűröztetett, majd szundított egyet. Ébredés után megivott egy pohár pezsgőt, és nyolckor estélyhez öltözötten lépett ki a főbejáraton. A sofőr, akit a hasonló alkalmakra fogadott fel, a Bentleyvel várta. Coop még a szokásosnál is vonzóbb volt remekül szabott szmokingjában, ezüstös hajával.

– Jó estét, Mr. Winslow! – köszöntötte barátságosan a sofőr, aki évek óta fuvarozta Coopot és más filmcsillagokat. Ő remekül megélt szabadúszóként, Coopnak pedig, aki különben is jobb szeretett maga vezetni, éppen megfelelt egy részidős gépkocsivezető.

Mire megérkezett a Brooklawn Drive-ra, már körülbelül száz ember iszogatta a pezsgőt a Schwartzpalota előcsarnokában. Louise elegáns sötétkék estélyit és mesés zafírgarnitúrát viselt. A szokott tömeg vette körül: volt elnökök és első hölgyek, politikusok, műkereskedők, producerek, rendezők, nemzetközileg ismert jogászok és filmcsillagok, akik között voltak kapósabbak Coopnál, de az ő hírnevével egyik sem vetekedhetett. Azonnal megrohanták mindkét nembeli rajongói. Egy óra múlva kezdődött a vacsora, és Coop követte a sokaságot.

Asztalánál ült egy hasonló évjáratú, hasonlóan neves színész, két híres író, egy fontos hollywoodi ügynök, valamint az egyik nagy stúdió vezetője. Coop rögtön elhatározta, hogy vacsora után beszél vele. Hallotta, hogy forgatnak egy filmet, ami tökéletesen megfelelt volna neki. Jobbjára egy ismertebb hollywoodi nagyasszony került, aki le akarta főzni vendéglátásban Louise Schwartzot, de nem tudta, baljára egy fiatal nő, akivel Coop még sose találkozott. Nemesen kifinomult arcával, nagy barna szemével, elefántcsontszín bőrével, tarkóján szoros kontyba tűzött, sötét hajával olyan volt, mint Degas egyik táncosnője.

– Jó estét – köszöntötte Coop nyájasan. Feltűnt neki, milyen kicsi és karcsú a szomszédja; lehet, hogy csakugyan balerina? Rá is kérdezett, miután a pincérek légiója feltálalta az első fogást. A nő nevetett. Nem először hallja a kérdést, mondta, és igazán hízelgőnek találja, főleg ilyen híres asztalszomszéd szájából. A névkártyája szerint Alexandra Madisonnak hívták, ami semmit sem mondott Coopnak.

– Bentlakó vagyok – közölte olyan hangon, mintha ez mindent megmagyarázna. Coop továbbra sem értette.

– Hol lakik bent? – kérdezte derűsen. Ez a fehér szaténruhás nő nem az ő zsánere, noha megkapóan bájos. A keze is szép, bár rövidre vágja és nem lakkozza a körmét. Arca, alakja akár egy kislányé.

– Kórházban! Orvos vagyok.

– Érdekes – mondta pillanatnyi megilletődéssel Cooper. – És mivel foglalkozik? Valami hasznossal?

– Nem, hacsak nincsenek gyerekei. Gyermekgyógyász vagyok, egész pontosan neonatológus.

– Utálom a gyerekeket! Gyerekhúst szoktam vacsorázni. – Coop szélesen mosolygott, kivillantva közismerten tökéletes, hófehér fogsorát.

– Úgyse hiszem el – kuncogott a nő.

– Pedig igaz. A gyerekek is utálnak engem, mert tudják, hogy felfalom őket. Csak akkor szeretem őket, ha felnőnek, főleg a nőneműeket!

Cooper legalább nem próbált mellébeszélni. Egész életében viszolygott a gyerekektől, és gyanakodott rájuk. Általában igyekezett gyermektelen nőket választani. A gyerekekkel csak a baj van. Hány estéjét tönkretették! A gyermektelen nők jóval mulatságosabbak. Nem kell hazarohanniuk, kifizetni a bébicsőszt. A gyerekeik nem betegednek meg az utolsó pillanatban, nem locsolják le az embert a gyümölcslevükkel, nem mondják neki, hogy úgyis utálják. Többek között ezért ragaszkodott Coop a fiatal lányokhoz. Harminc fölött mintha minden nőnek gyereke lenne.

– Miért nem tud valami szórakoztatóbb lenni? Például oroszlánidomár. Vagy balerina, az illene magához. Szerintem most kellene fontolóra venni a pályaváltoztatást, mielőtt túl mélyen beleásná magát a gyógyításba!

Alexandrát szórakoztatta a szomszédja. Imponált neki a nagy színész, de nem annyira, hogy ne ugrassa. Ő is tetszett Coopnak, dacára zord frizurájának és balszerencsés pályaválasztásának.

– Ezen majd gondolkozom. Mit szólna az állatorvosláshoz? Az jobb? – kérdezte ártatlanul.

– A kutyákat se szeretem. Mocskosak! Összeszőrözik az ember nadrágját, harapnak, acsarkodnak és büdösek. Majdnem olyan rosszak, mint a gyerekek. Nem egészen, de erős versenyben vannak. Magának valami mást kell kitalálnunk. Mit szólna a színjátszáshoz?

– Azt már nem! – nevetett Alexandra, miközben egy pincér kaviárt kanalazott a palacsintájára. Schwartzéknál jól főznek. A nő láthatólag otthon találta magát náluk. Kecses fesztelenséget sugárzott magából, mintha ilyen ebédlőkhöz szokott volna. Nem viselt hivalkodó ékszereket, mindössze egy gyöngysort és egy gyémántos-gyöngyös fülbevalót, ennek ellenére rá volt írva, hogy gazdag. – Hát maga? – ment át támadásba. A férfinak tetszett, hogy a szomszédja intelligens. Ez is izgalmas kihívás volt, legalábbis a vacsoraasztalnál. – Miért lett színész?

– Mert szórakoztat. Magát nem? Csak képzelje el: minden nap játszhat, és gyönyörű ruhákat visel. Nagyon kellemes. Sokkal kellemesebb a maga foglalkozásánál. Csúnya, gyűrött, fehér köpenyt hord, amit a gyerekek összetaccsolnak, és rögtön visítani kezdenek, amint meglátják.

– Ez igaz, de akikkel én foglalkozom, olyan pirinyók, hogy nem tehetnek nagy kárt. Az újszülött intenzív osztályon dolgozom, és a legtöbb páciensem koraszülött.

– Hátborzongató! – mondta Coop mímelt iszonyattal. – Nyilván akkorák, mint egy egér. Még megkapja tőlük a veszettséget! – Pompásan érezte magát. A vele átellenben ülő férfi derűs pillantást vetett rá. Az felért egy műalkotással, ahogyan Coop rázúdította a bűvölés össztüzét egy nőre. Ám Alexandra kemény ellenfélnek bizonyult. Amilyen eszes és talpraesett volt, nem lehetett se bűvölni, se horogra kapni. – Mi mással foglalkozik még? – faggatta a színész.

– Tizennyolc éves korom óta vezetek repülőgépet. Szeretem a sárkányrepülést. Valamikor foglalkoztam ejtőernyős ugrással, de anyám kérésére lemondtam róla. Teniszezem, síelek. Versenyszerűen motoroztam, de apám kérésére lemondtam róla. És egy évig voltam betegápoló Kenyában, mielőtt beiratkoztam az orvosi fakultásra.

– Maga úgy beszél, mint egy öngyilkosjelölt, a szülei pedig, úgy látom, szívesen keresztezik atletikus foglalatosságaiban. Sokat találkozik még velük?

– Ha kell – felelte Alexandra őszintén. A férfi látta a szemén, hogy az igézően okos, érdekes nő az igazat mondja.

– Hol laknak?

– Télen Palm Beachben, nyáron Newportban. Nagyon unalmas és kiszámítható, nekem pedig kissé lázadó hajlamaim vannak.

– Férjnél van? – Látta, hogy a nő nem visel gyűrűt, és nem is várt igenlő választ. Valahogy nem érezte Alexandrát asszonynak. Coopnak príma orra volt az ilyesmihez.

– Nem. – Pillanatnyi tétovázás után folytatta: – De majdnem voltam. – Általában nem beszélt erről, de aki olyan vérlázítóan pimasz, mint Cooper Winslow, annak jó tréfa a képébe mondani az igazságot. Azonkívül a férfi fürge eszű, jó társalgó is volt.

– És? Mi történt?

Az elefántcsont arc jéggé fagyott, bár a száj tovább mosolygott. Azt csak Coop láthatta, hogy a szemét elönti a hirtelen bánat.

– Az oltárnál hagyott faképnél. Jobban mondva egy estével előbb.

– Ezt az ízléstelenséget! Ki nem állhatom az ilyen otromba frátereket! – Coop időt próbált nyerni, mert látta, a nő csakugyan szenved, és már bánta, hogy föltette a kérdést, amire Alexandra nyers és váratlan őszinteséggel válaszolt. – Remélem, utána beleesett egy kígyóverembe vagy egy várárokba, krokodilok közé, mert megérdemelte!

– Többé-kevésbé, már ami a krokodiloktól hemzsegő vizesárkot illeti. A húgomat vette feleségül. – Ez elég súlyos beszédtéma volt egy első találkozáshoz, de mivel Alexandra feltételezte, hogy soha többé nem látja viszont ezt az embert, nem tett féket a nyelvére.

– Ez kemény. Szóba áll még a húgával?

– Csak ha muszáj. Akkor mentem el Kenyába. Nagyon érdekes év volt, élveztem. – Ezzel értésére adta a férfinak, hogy nem óhajt tovább beszélni a témáról. Coop nem hibáztatta. Ő nem mert volna ilyen fájdalmasan őszinte lenni egy idegenhez. Csodálta ennek a nőnek a bátorságát. Mesélni kezdett legutóbbi szafárijának nyomorúságairól és bosszúságairól. Valami vadrezervátumba hívták meg, ahol minden rémséget el kellett viselnie. Rettenetesen utálta a szafárit, de Alexandrának úgy mesélte el, hogy viccet csinált belőle, és a nő hahotázott.

Remekül érezték magukat, tudomást sem vettek az asztaltársaságról. Vacsora után Coop mély sajnálatára Alexandra fölállt, és megköszönte a szórakoztató estét, mert át akart menni egy másik asztalhoz, ahol családjának régi barátai ültek.

– Nincs időm, hogy túl sokat járjak el, de Mrs. Schwartz, aki a szüleim barátja, volt kedves meghívni. Csak azért fogadtam el, mert ma éjszaka nem vagyok ügyeletben, de többnyire ki se mozdulok a kórházból. Most már örülök, hogy eljöttem. – Keményen kezet rázott Cooppal, aki a következő percben meghallotta maga mellett Louise Schwartz fojtott nevetését.

– Jól vigyázz vele, Coop! – figyelmeztette a háziasszony. – Kemény dió. És ha bántod, az apja megöl!

– Miért, mi az apja? Csak nem maffiózó? A hölgy teljesen tisztességes perszónának tűnik.

– Az is, azért fog megölni az apja, aki Arthur Madison. – Ezt a nevet nem kellett magyarázni: az ország legrégibb és legnagyobb vasművének tulajdonosa volt. A lánya pedig orvos. Érdekes kombináció! Abe Braunstein szavai csendültek fel Coop fülében. Ez nem csak gazdag nő, de az Államok egyik leggazdagabb nője! És hozzá milyen szerény, egyszerű, azonkívül villogóan eszes, sőt, ami ennél is több, szellemes! Ugyan ki ne találná vonzónak, mulatságosnak, vagy legalább kihívónak? Coop érdeklődve figyelte, ahogy az emberekkel diskurál. Remekül időzített távozása közben ismét összefutott vele, és a várakozó Bentleyre mutatott:

– Elvihetem? – kérdezte barátságosan, mint aki a légynek se tudna ártani. Harmincévesnek nézte Alexandrát (ebben igaza is volt), tehát pontosan negyven évvel idősebb nála, bár ő nem látszik olyan öregnek, és pláne nem érzi annyinak magát. Érdekes, Alexandrában az egyénisége vonzza, nem az, hogy ki a papája. Ez csakugyan olyan nő, aki nem tűri, hogy packázzanak vele. Valamint súlyosan sérült, tehát elővigyázatos. A családja, a származása csupán teltebb színekkel árnyalja az arcképét. Ha nem ilyen gazdag vagy előkelő, Coop akkor is elragadónak találja. Különös, de önmagáért kedvelte meg Alexandrát.

– Én is autóval jöttem, de azért köszönöm – mosolygott a nő udvariasan. Az egyik parkolóőr már hozta is a viharvert öreg Volkswagent.

– Le vagyok nyűgözve a szerénységétől. Csak csodálni tudok ennyi alázatot! – ugratta Cooper.

– Nem szeretem autókra pazarolni a pénzt. Ebbe is alig ülök bele. Sose megyek sehova, mindig dolgozom.

– Tudom, azokkal a borzalmas egércsecsemőkkel! És a szépség iskolája? Arra sose gondolt?

– Eredetileg az akartam lenni, de sorra elhasaltam a vizsgákon, mire úgy kivágtak, akár a papírmacskát! – riposztozott a nő pergő nyelvvel.

– Nagyon örültem a találkozásnak, Alexandra – mondta Coop, és ránézett mélykék szemével, amely árkolt állával együtt legendának és ellenállhatatlan mágnesnek számított női körökben.

– Szólítson Alexnek. Én is nagyon élveztem a társaságát, Mr. Winslow.

– Talán nekem is úgy kellene szólítanom, hogy dr. Madison. Azt jobban szeretné?

– Abszolúte! – Széles mosollyal bebújt a koszlott autóba. A legkevésbé sem feszélyezte, hogy olyan kocsival jött Schwartzékhoz, ami megérett rá, hogy otthagyják valahol a sztrádán. Lehet, hogy a nő eleve ott szedte fel. – Jó éjszakát! – Intett, elhúzott.

– Jó éjszakát, doktornő! – kiáltott utána Coop. – Vegyen be két aszpirint, és reggel hívjon fel! – Látta, hogy Alexandra kacag, miközben végiggurul a felhajtón. Ő is mosolyogva ment a Bentleyhez. Holnap el ne felejtsen virágot küldetni Louise-nak. Rengeteg virágot. Annyira örült, hogy úgy döntött, ma nem találkozik Charlene-nel, hogy semmi se rontsa el ezt a csodálatos estét Alex Madisonnal, aki rendkívüli teremtés, ugyanakkor az ő szempontjából rendkívül ígéretes.

8.

Másnap reggel Coop hatalmas virágkosarat küldetett Louise Schwartznak. Fontolgatta, hogy felhívja Schwartzné titkárnőjét, és elkéri tőle Alex Madison telefonszámát, aztán mégis úgy döntött, egyenesen a kórházba telefonál, hátha önállóan is megtalálja az orvosnőt. Kérte az újszülött intenzív osztályt, ahol először átnézték a bentlakók listáját, mielőtt megadták volna Alex személyi hívójának számát. Coop tárcsázott, de Alex nem vette föl. A központtól megtudta, hogy a nő bent van, de nem hívható a telefonhoz. Coop egészen elcsüggedt, amikor Alex nem hívta vissza.

Két nappal később újra estélyibe kellett öltöznie, mert szokás szerint meghívták a Golden Globe-gálára. Több, mint húsz éve nem jelölték díjra, de más csillagokkal együtt ő is izgalmasabbá és színesebbé tette az eseményt. Rita Waverlyvel kellett fölvonulnia, aki az utóbbi három évtizedben az egyik legnagyobb sztárja volt Hollywoodnak. Coop szívesen mutatkozott Ritával, mert ilyenkor a sajtó valósággal megrohanta őket, és a pletykák időnként romantikus rózsaláncokat fontak köréjük. Coop sajtóügynöke felröppentette a hírt, hogy házasok is voltak már egyszer, amitől Rita ugyancsak megorrolt. Mostanában már senki sem hitte el az ilyen szóbeszédet, ahhoz túlságosan sokat szerepeltek együtt. Coopot kimondottan megszépítette, ha Ritával kellett mutatkoznia, aki a kora ellenére tüneményes nő volt. A sajtónak fenntartott változat szerint még csak a negyvenkilencediket taposta, de Coop biztosra tudta, hogy megvan már ötvennyolc is.

Ő vette föl Beverly Hillsen Ritát, aki keresztbe szabott, testhez tapadó fehér szaténestélyit viselt. Ezt a testet az utóbbi években nem csak agyonkoplaltatták, de az összes lehetséges operációt is végrehajtották rajta, kivéve talán a prosztataírtást meg a nyitott szívműtétet, és Ritánál fenomenális eredményekkel is járt ez a sok nyesés, nyújtás, faragás, húzás és svejfolás. Derekas és ugyancsak sebészi- leg hangsúlyozott dekoltázsán a Van Cleeftől kölcsönzött, hárommillió dolláros briliáns nyakék villogott. Földig érő hermelinköpenyben vonult ki a házából. Ugyanúgy megtestesítette a hollywoodi sztár fogalmát, mint Coop. Dekoratív pár voltak, a sajtó egyszerűen megveszett tőlük a gálán, mintha huszonöt esztendősek lennének, és most nyerték volna meg az Oscart.

– Ide!!!... Ide!!!... Rita!!!... Coop!... – ordítottak a fotósok, jobb látószögekért esdekelve. Noteszt lobogtató rajongók sikoltoztak autogramért, ezernyi vaku villámlott a két, sugárzóan mosolygó arcba. Megszokták. Coop csak nevetett, amikor félméterenként állították meg őket a tévéstábok, hogy mondják már el, mi a véleményük az idei jelöltekről.

– Csodálatos... igazi mestermunka... az ember büszke, hogy ebben a szakmában lehet... – mondta föl szakértően Coop. Rita illegette magát. A rajongó közfigyelem miatt fél órába telt, mire eljutottak az asztalukhoz, mert a díjkiosztás majd csak vacsora után kezdődik. Coop látványos galantériát tanúsított Rita iránt, hozzáhajolt, nyújtotta neki a pezsgőspoharat, vitte a bundáját.

– Vigyázz, mindjárt megbánom, amiért nem mentem feleségül hozzád! – évődött Rita, bár ő is tudta, hogy ez, minden kölcsönös rokonszenvük ellenére is csak mutatvány. Jót tettek egymás hírnevének, és az évek során fel-felröppentett érzelmes híresztelések mindannyiszor rájuk irányították a közfigyelem reflektorfényét. Igazság szerint sohasem álltak közel egymáshoz. Coop egyetlenegyszer csókolta meg a nőt, kizárólag brahiból, mert az önmagát fanatikusan imádó Ritát legföljebb egyetlen hétig bírta volna ki.

Elkezdődött a műsor, a kamerák végigpásztázták a közönséget, azonnal megállapodtak rajtuk, és elég hosszú idő után mozdultak el.

– Mi a szent szar! – rikkantott Mark, aki a kapusházban sörözgetett Jimmyvel. Ő javasolta, hogy ha már nincs más programjuk, nézzék meg a gálát. Még viccelődött is, hogy látják-e vajon Coopot. De arra nem számítottak, hogy a tévé ilyen sokáig mutatja házigazdájukat és a partnerét.

107

– Ki az? Rita Waverly? Jézus, hát ez a Coop mindenkit ismer? – Ez még Jimmynek is imponált. – Korához képest egész klasszul néz ki. – Erről rögtön eszébe jutott, mennyire szerette nézni Maggie az ilyen hollywoodi felhajtást, a Golden Globe-ot, az Oscart, az Emmyt, a Grammyt, még a szappanoperák gálaestjeit is. Büszke volt rá, hogy felismeri a sztárokat. Bár Coopot és Rita Waverlyt egy vak ló is fölismerte volna.

– Nézd azt a rucust! – mutatta Mark, amikor a kamera átsiklott valaki másra. – Jó, mi? Utoljára mikor volt olyan házibácsid, aki az országos tévében szerepel?

– Bostonban volt egy, akit elvitt a rendőrség; azt mintha láttam volna egy villanásra az esti híradóban. Úgy rémlik, cracket árult. – Vigyorogtak, Jimmy felbontott egy újabb sört. Az a fajta meghitt, komótos barátság bontakozott ki közöttük, ami olyan értelmes, jóindulatú emberek között szokott, akik közel laknak, és a munkán kívül nem nagyon van más tennivalójuk. Magányosak voltak, szomorúak voltak, egyiknek sem akaródzott partnert keresni. Ilyenkor segít eltölteni az estéket egy kis közösen elköltött marhasült és néhány doboz sör. Amikor Coop eltűnt a képernyőről, Jimmy betett egy tasak pattogatni való kukoricát a mikrosütőbe.

– Kezdem úgy érezni magamat, mint a Furcsa pár egyik fele – nyújtotta Marknak a gőzölgő kukoricával teli tasakot. A tévében éppen a legjobb zene ment egy filmdrámából. Mark szélesen vigyorogva nézett föl rá.

– Én is. De most legalább még működik. Néha szeretném megkaparintani Coop telefonregiszterét, és levizsgáztatni néhány kirostált babáját, de nem most. – Ami Jimmyt illeti, ő gyakorlatilag nőtlenségi fogadalmat tett. Nem fogja elárulni Maggie emlékét, se most, se máskor. Áldásnak érezte barátságukat, amely tartalmat adott az üres estéknek.

Alex Madison ma ismét ügyeletben volt, hogy lecsúsztassa a Schwartzéknál töltött estét, amikor megismerkedett Cooppal. Cserélt a másik rezidenssel, ami nem került különösebb fáradságába, mert a kolléga randevúzni szeretett volna az imádottjával.

Idegtépően fárasztó nap után lépett be a várószobába, hogy megkeresse annak a kéthetes koraszülött kisfiúnak a szüleit, akiről már lemondtak, de azóta ismét stabilizálódott az állapota. Meg akarta nyugtatni a szülőket, hogy az életjelek jók, és az apróság elaludt. Ám a rendelő üres volt; ezek szerint a szülők kimentek enni. Ahogy körülnézett, a dünnyögő televízióra esett a pillantása, amely szokás szerint be volt kapcsolva. A képernyőről Coop nézett vissza rá. Éppen most közelítettek rá a kamerák. Alexnek fülig szaladt a szája.

– Én ismerem ám őt! – mondta az üres szobának. Coop hihetetlenül nyalkán és elbájolón feszített Rita Waverly mellett, akinek akkor nyújtott át egy pohár pezsgőt. Különös érzés volt, hogy két napja Schwartzéknál csinálta ugyanezt, ugyanezzel a mosollyal.

Cooper kétségtelenül pazar külsejű férfi, és Rita Waverly is klassz. – Ugyan hány plasztikai műtétje lehetett? – tűnődött Alex fennhangon. Muris, hogy ő mintha nem is azon a bolygón élne, mint azok ketten. Éjjel-nappal életeket próbál menteni, és vigasztalgatja a szülőket, akiknek a kicsinyeire a halál árnyéka hullik. Viszont az ilyenek, mint Coop és Rita Waverly éjjel-nappal gyönyörűek, bulikba járnak, talpig szőrmében, fölékszerezve, estélyiben. Alexnek annyi ideje sincs, hogy kifesse magát, zöld, gyűrött kórházi pizsamát visel, a mellén jókora emblémával: ÚSZIO, újszülött intenzív osztály. Nem valószínű, hogy valaha is rákerül a legjobban

109

öltözött nők listájára, de ő választotta ezt, és neki így jó az élet, ahogy van. A világért se menne vissza a szülei agyondisztingvált, hazug, képmutató világába! Nem először gondolt rá, hogy tulajdonképpen szerencsés, amiért nem ment feleségül Carterhez. Amióta elvette a húgát, és elfoglalta a helyét a társadalmi szamárlétrán, pont olyan sznob és pökhendi, mint a többi férfi, akiket Alex úgy utált a régi életében. Coop egészen másfajta. Ő filmsztár, híresség, neki legalább van ürügye, hogy úgy néz ki és viselkedik, ahogy. Coopnak ez a mestersége, de Alexnek nem ez.

Megvárta, amíg a kamera elfordult Coopról, aztán visszatért az oltalmazó biztonságba, az inkubátorokhoz, a monitorra kapcsolt, intubált csöppségek közé, és máris elfelejtette Coopot meg a Golden Globe-ot. Az üzenetét is csak másnap találta meg a személyi hívóján. Kisebb gondja is nagyobb volt a sztárnál.

Markot, Jimmyt és Alexet tehát felvidította Coop látása. Annál fancsalibb lett tőle Charlene, aki úgy bámulta a képernyőt, mint aki ölni szeretne. Coop két napja azt mondta, hogy azért nem viheti magával Schwartzékhoz, mert elefántnak hívták, különben is a lány halálra unná magát náluk. Mindig ezt mondta, ha egyedül akart menni valahova. Ez a Golden Globe-gála azonban éppen smakkolt volna Charlene-nek, és dühöngött, amiért Coop nem őt vitte, hanem Rita Waverlyvel vonult ki. Persze Charlene, legalábbis szakmai szempontból, nem emelt volna Coop megjelenésének fényén.

– Kurva! – sziszegte a tévének. – Legalább nyolcvanéves! – Magában beszélt, akárcsak Alex a váróban. A tévében látott ismerősök valahogy úgy inspirálják az embert, hogy szóljon hozzájuk. És Charlene jó sok mindent szeretett volna mondani Coopnak. Látta, amint a szeretője átkarolja Rita

Waverlyt, hozzáhajol, a nő fülébe sugdos. Rita Waverly kacarászott. Aztán a kamera átsiklott egy másik sztárra.

Charlene fél tucat üzenetet hagyott a férfinak, és tajtékzó dühbe lovallta magát, mire hajnali kettőkor sikerült utolérnie a mobilján.

– Hol vagy, Coop? – kérdezte, valahol félúton a dühroham és a sírógörcs között.

– Neked is jó estét, drágám! – mondta Coop rendíthetetlen nyugalommal.

– Itthon fekszem az ágyban. Te hol vagy? – Coop tudta, hogy a lány ki fog borulni. Várható, de elkerülhetetlen volt. Ha addig él, akkor se viszi el Charlene-t egy olyan széles körű nyilvánosságot kapott rendezvényre, mint a Golden Globe. Nem tartotta a kapcsolatukat olyan fontosnak vagy komolynak, hogy közhírré tegye. Különben is, jóval előnyösebb Rita Waverlyvel mutatkozni. Mérhetetlenül élvezte Charlene-t és a hozzá hasonlókat, de szigorúan csak a magánéletben! A világnak nem mutogatja. Persze, számított rá, hogy a lány ki fogja szúrni a tévében.

– Rita Waverlyvel vagy? – kérdezte Charlene bujkáló hisztériával a hangjában. A férfi tudta, hogy hamarosan kiállhatatlan lesz. Az ilyen faggatások kizárólag azzal az eredménnyel járnak, hogy Coop még sebesebben röppen tova a névsorában következő jelölthöz. Akármilyen gyönyörű is Charlene, az ő uralma rövidesen véget ér. Coopert mindenütt hívogatja kikötő. Ideje ismét fölszedni a horgonyt.

– Ugyan, dehogy! Miért lenne itt Rita? – kérdezte ártatlanul a férfi.

– Úgy néztél ki, mintha ott a tévé előtt akarnád megdugni! – Az idő eljött.

– Ne légy közönséges – kérte Coop olyan hangon, mintha egy undok gyerekkel beszélne, aki toporzékolni akar. Válsághelyzetben vagy kereket ol-

111

dott, vagy elsőnek toporzékolt. De Charlene-nél nem volt szükség erre. Itt mindössze annyit kell tennie, hogy diszkréten eltűnik a balfenéken. – Rém unalmas volt! – mondta élethű ásítással. – Mindig az. Ez munka, édes.

– Akkor hol van? – kérdezte Charlene, aki majdnem egy palack bort pusztított el az éjszaka, miközben hasztalanul próbálta utolérni a szeretőjét. Azonban az elővigyázatos Coop kikapcsolta a mobilját a gála előtt, és csak akkor jutott eszébe, hogy visszakapcsolja, amikor hazaért.

– Ki? – Komolyan nem tudta, kire célozgat a lány, aki, a hangjából ítélve rendesen berúghatott, miközben magát hergelte a várakozással.

– Rita! – csattant föl Charlene.

– Fogalmam sincs. Feltételezem, hogy az ágyában. Valamint én is megyek aludni, édes hölgyem. Holnap korán kell indulnom egy reklámfilm forgatására. Nem vagyok olyan fiatal, mint te. Szükségem van az alvásra.

– Egy fenét van. Ha ott volnék, fent lennénk egész éjszaka.

– Igen – mosolygott a férfi. – El is hiszem, épp ezért nem vagy itt. Mindkettőnknek szükségünk van egy kis alvásra.

– És ha átmennék? – kérdezte Charlene, kásásan elkenve a szavakat. Most még részegebbnek tűnt, mert beszélgetésük közben is nyakalt.

– Fáradt vagyok, Charlene. Te pedig, a hangodból ítélve, eléggé magad alatt vagy. Inkább hagyjuk ki ezt az éjszakát – kérte Coop, visszafojtva ingerültségét.

– Átmegyek!

– Nem jössz – mondta határozottan a férfi.

– Úgyis bemászok a kapun!

– Az kínos lesz, mert megfognak a rendőrök. Aludjunk rá egyet, és holnap megbeszéljük! – érvelt Cooper szelíden. Volt annyi esze, hogy ne akarjon veszekedni a lánnyal, főleg mikor Charlene ilyen részeg és zaklatott.

– Mit beszélünk meg holnap? Hogy megcsalsz Rita Waverlyvel?

– Amit én teszek, ahhoz semmi közöd, Charlene, a „megcsalás" pedig valamilyen kölcsönös elkötelezettséget feltételez, ilyesmiről pedig szó sincs közöttünk. Azért ebben lássunk tisztán. Jó éjszakát, Charlene – mondta határozottan, és rögtön bontotta a vonalat. Szinte azonnal megcsörrent a mobil. Coop átállította hangpostára. Ezután Charlene az Udvarház telefonján próbálkozott, teljes két órán át. Coop végül kihúzta a telefont, és akkor már tudott aludni. Utálta az erőszakos nőket, akik jeleneteket csapnak. Csakugyan ideje, hogy Charlene eltűnjön az életéből. Kár, hogy Liz már nincs itt, ő annyira ért az ilyesmihez. Ha Charlene fontosabb lenne számára, akkor egy briliáns karkötővel vagy valami hasonlóan hatásos ajándékkal köszönné meg a közös perceket. Ám az ő viszonyuk nem tartott annyi ideig, hogy ilyesmivel kelljen honorálni. Továbbá a lány csak vérszemet kapna tőle. Charlene az a fajta, akivel hirtelen kell szakítani, aztán pedig nagy ívben el kell kerülni. Igazán kár, hogy ilyen patáliát csapott, mélázott elalvás közben. Ha nem teszi, Coop örömmel megtartja még legalább két-három hétig, de annál tovább semmi esetre. Ám a mai éjszaka után Charlene-nek repülőstarttal kell távoznia. Tulajdonképpen már távozott is. Pá, Charlene!

Reggel szőrmentén szóba hozta Palomának, amikor a salvadori asszony behozta a reggelit. Paloma főztje határozottan javult, noha a lágy tojáshoz olyan erős paprikát tálalt, amit Coop hiába köpött ki, mert estig csípte a száját, és könyörgött Palomának, aki azt mondta, kedveskedni akart, hogy ne „kedveskedjen" neki még egyszer!

– Paloma, ha Charlene telefonál, mondja neki, hogy házon kívül vagyok, akár itthon vagyok, akár nem. Világos?

Az asszony elkeskenyedő szemmel figyelte. Coopnak sikerült megtanulnia, hogyan lásson át a straszszal keretezett napszemüvegen. A salvadori nő nem tudott titkolózni. Egész teste helytelenítésről, megvetésről, haragról árulkodott. A barátainak csak „vén disznó"-ként emlegette a munkaadóját.

– Már nem szereti? – Mostanában nem fáradozott azzal, hogy az idegenes kiejtéssel szekálja Coopot. Ezernyi trükkje volt még a színész őrjítésére.

– Nem erről van szó. Mindössze az a helyzet, hogy… hogy kis intermezzónk… véget ért. – Ezt Liznek sose kellett volna elmagyaráznia. A háztartási alkalmazottjának se magyarázza. Ámde Paloma láthatólag úgy döntött, hogy a női szolidaritás nevében lándzsát tör az elnyomott mellett.

– Intermezzo? Intermezzo? Ez azt jelenti, hogy már nem fekszik le vele? – Coop összerándult.

– Nyers fogalmazás, de fájdalom, pontos. Kérem, ezentúl ne szóljon, ha Charlene telefonál. – Ennél egyértelműbben nem fogalmazhatott. Fél óra múlva Paloma közölte, hogy telefonon keresik.

– Kicsoda? – kérdezte a férfi szórakozottan. Az ágyban olvasott egy forgatókönyvet, kereste, van-e benne megfelelő szerep a számára.

– Nem tudom. Olyan a hangja, mint egy titkárnőnek – felelte Paloma enigmatikusan. Coop fölvette. Charlene volt.

Hisztérikusan zokogott, és követelte, hogy azonnal láthassa Coopot, különben idegösszeomlást kap. Coopnak teljes órájába telt, mire lerázhatta. Elmagyarázta, hogy véleménye szerint a kapcsolatuk nem tesz jót Charlene-nek; okosabb lenne, ha egy darabig most nem találkoznának. Azt nem árulta el, hogy pont ezt a fajta ripacskodó hisztit kerülte egész életében, és egyáltalán nem óhajtja viszontlátni a lányt. Charlene még akkor is sírt, amikor elbúcsúztak, de már kevésbé hisztérikusan. Coop csak úgy pizsamásan rohant megkeresni Palomát, aki a nappali szobában porszívózott. Új lila bársony tornacipőt viselt, és ehhez illő szemüveget, természetesen strasszkerettel. Egy kukkot se hallott abból, amit a munkaadója mondott. Coop kikapcsolta a porszívót, és vadul végigmérte a salvadori asszonyt, aki flegmán állta a nézését.

– Maga nagyon jól tudta, hogy ki telefonált! – mondta vádló hangon a férfi. Ritkán veszítette el az önuralmát, de Paloma kihozta a béketűrésből. Legszívesebben megfojtotta volna őt is, Abe-et is, amiért kirúgta a személyzetet, de Palomát bezzeg itt hagyta neki! Elpárolgott belőle minden kezdődő jóakarat, amelyet Paloma ébresztett. Ez egy boszorkány!

– Nem én – mondta ártatlanul az asszony. – Miért, ki volt? Rita Waverly? – Ő is nézte a barátaival a Golden Globe-ot, és rögtön közölte a társasággal, hogy Winslow egy seggfej. Cooper nem örült volna Paloma jellemzésének.

– Charlene! Ez rohadt dolog volt! Borzasztóan kiborította őt is, engem is! Hisztériázott, márpedig nem szeretem hisztériás rohammal kezdeni a napomat. Figyelmeztetem, ha idejön, és maga beengedi, kivágom mindkettejüket a házból, azután telefonálok a rendőrségnek, és közlöm velük, hogy maguk betörtek ide!

– Ne legyen már ilyen idegsokkos – mondta megsemmisítő pillantással Paloma.

– Nem idegsokkos vagyok, hanem dühös! Kifejezetten közöltem magával, hogy nem akarok beszélni Charlene-nel.

– Elfelejtettem. Vagy lehet, nem tudtam, hogy kicsoda. Oké, nem veszem fel többé a telefont. –

Így tehát Paloma győzött megint. Újabb munkát rázott le magáról, amivel még inkább földühítette Coopot.

– *Fölveszi* a telefont, Paloma! És nem közli Charlene-nel, hogy itt vagyok. Világos?

Az asszony bólintott, és kihívó daccal bekapcsolta a porszívót. Nagyon értett a dachoz és a passzív ellenálláshoz.

– Nagyon helyes, akkor köszönöm! – Cooper feldübörgött az emeletre, visszafeküdt az ágyba, de nem tudott a forgatókönyvre összpontosítani. Paloma bőszítette, Charlene mérhetetlenül bosszantotta. Kezd fárasztó, hisztérikus és otromba lenni. Utálta a nőket, akik így tapadtak rá. Tudniuk kellene, hogyan távozzanak elegánsan, ha ízét veszti a románc. Csak hát Charlene-nek nem erőssége az elegancia. Coop sejtette, hogy még sok fejfájást okozhat neki. Még akkor is ingerült volt, amikor végre fölkelt, zuhanyozott és felöltözött.

A Spagóban löncsölt egy rendezővel, akivel évekkel korábban forgatott. Ő hívta föl, és javasolta a közös villásreggelit, mert ki akarta puhatolni, min dolgozik a rendező. Sose lehet tudni, mikor adódik egy fontos szerep. Amíg ezzel foglalkozott, legalább nem kellett Charlene-re gondolnia. Már útban volt a Spagóba, amikor eszébe jutott, hogy azóta se hallott Alexről, holott benne van a mobilszáma a nő személyi hívójában.

Kellemes meglepetésére Alex ezúttal rögtön fogadta a hívását. Alig tette le a mobilt az anyósülésre, máris megcsörrent a készülék.

– Itt dr. Madison. Kivel beszélek? – kérdezte a hivatalos hangján, mert nem ismerte a számot. Cooper mosolygott.

– Itt meg Coop. Hogy van, dr. Madison?

A nő meghökkent, de nem kellemetlenül.

– Láttam tegnap este a Golden Globe-on!

– Nem is gondoltam, hogy van ideje tévét nézni.

– Nincs is. Átmentem a várón, az egyik betegem
szüleit kerestem, erre ott van maga, Rita Waverly-
vel. Istenien néztek ki! – mondta őszintén. Üde
hangjából az a nyíltság áradt, amellyel az első talál-
kozáskor meghódította a férfit. Nem volt benne egy
szemernyi mesterkéltség, csak szépség és szellem.
Mennyire más, mint Charlene! Persze nem tisztes-
séges, hogy összehasonlítja őket. Charlene eleve
hátrányban van Alex Madisonnal szemben. Alex
mindent megkapott, szépséget, bájt, intelligenciát,
jó neveltetést. Egy másik világból származik. Van-
nak viszont dolgok, amelyeket Charlene tud, vi-
szont az Alex-féle nőknek sejtelmük sincs róluk.
Coop világában mindkettőnek jut hely, illetve jutott
tegnap estig. És persze lesznek még Charlene-jei.
A Charlene-ek rengetegen vannak, az Alexek keve-
sek, ritkák és távoliak. – Azt hiszem, tegnap is pró-
bált hívni – folytatta a nő. – Nem ismertem a szá-
mot, és nem volt időm viszonozni a hívást. De mi-
kor ma megismétlődött, úgy gondoltam, mégis
jobb, ha telefonálok. Attól tartottam, egy konzulens
keres. Örülök, hogy maga nem az! – mondta meg-
könnyebbülten.

– Én is örülök, hogy nem vagyok az, tekintettel
főleg azokra a szerencsétlen egérporontyokra, akik-
kel doktor nénit játszik. Inkább borbély lennék,
mint hogy azt csináljam, amit maga. – Igazság sze-
rint sokkal jobban tisztelte Alexandra foglalkozását,
mint amennyit hajlandó lett volna beismerni. A mí-
melt borzadály hozzátartozott a játékukhoz.

– Milyen volt az este? Jó volt? Rita Waverly gyö-
nyörű. Rendes ember? – A férfit megmosolyogtatta
a kérdés. A „rendes" szót aligha választotta volna
Rita Waverly jellemzéséhez, aki fel is háborodott
volna, ha ezt teszi. A rendességet nem taksálták
sokra Hollywoodban. Viszont Rita fontos, befolyá-

sos, meseszép és bűbájos volt, akkor is, ha elhányta már a csikófogait.

– Azt hiszem, találóbb lenne rá, hogy „érdekes". Mulatságos. Telivér filmsztár – fogalmazott diplomatikusan.

– Akárcsak maga – dobta vissza a labdát Alex.

A férfi nevetett.

– Talált. Mit csinál ma? – Szeretett Alexandrával beszélni, és szerette volna viszontlátni, feltéve, ha ki tudja piszkálni az újszülöttek intenzív osztályáról, bár ebben nem nagyon hitt.

– Hatig dolgozom, aztán hazamegyek, és alszom körülbelül tizenkét órát. Holnap reggel nyolcra megint itt kell lennem.

– Túlságosan keményen dolgozik, Alex – jegyezte meg őszinte aggodalommal a férfi.

– A rezidentúra ilyen. Rabszolgaság. Szerintem az a célja, hogy bizonyítsuk, alkalmasak vagyunk a túlélésre.

– Ez nagyon nemesen hangzik – jegyezte meg Coop hanyagul. – Hogy gondolja, ébren tud maradni addig, hogy velem vacsorázhasson ma este?

– Magával és Rita Waverlyvel? – ugratta Alex, de nyoma se volt a hangjában annak a komiszságnak, amit Coop csőstül kapott meg Charlene-től. Alex nem olyan. Ő jóhiszemű, tisztességes és vidám. Nagyon üdítően hatott Coopra, aki belefáradt a dekadens asszonyokba. Úgy tört be a színész agyoncsiszolt létébe, akár a friss szél. Egészen újfajta nő volt, azonkívül Arthur Madison lánya, ezt sem szabad elfelejteni! Ekkora vagyont nem lehet csak úgy figyelmen kívül hagyni.

– Meghívhatom Ritát, ha akarja – mondta –, de úgy gondoltam, inkább kettesben szeretne vacsorázni velem, ha kivitelezhető.

– Nagyon szívesen – felelte Alex őszintén. Hízelgett neki, hogy Coop hívja meg vacsorázni. – Bár nem hiszem, hogy ébren tudok maradni addig, amíg kihozzák a vacsorát.

– Alhat a pamlagon, én majd tájékoztatom, mit ettem. Hogy hangzik?

– Nagyon reálisan, sajnos. Talán korán és gyorsan kellene ennünk, valami egyszerűt. Kábé húsz órája nem aludtam. – Ez a munkaerkölcs felfoghatatlan volt Coopnak, bár csodálta érte a nőt.

– Érdekes feladat lenne megfelelni ezeknek a céloknak. Elfogadom a kihívást. Hol vegyem föl?

– Mit szólna a lakásomhoz? – Alex megadta a Wilshire sugárúton egy jó, bár korántsem fényűző ház címét. Maga tartotta el magát, nem egészen a bentlakói fizetéséből, de igyekezett nagyon kevéssel kiegészíteni, hogy ne különüljön el a kollégáitól, épp ezért egy apró garzonban lakott. – Hétre elkészülhetek, de tényleg nem akarok sokáig maradni, Coop. Holnap tökéletesen ébernek és összeszedettnek kell lennem munka közben.

– Megértem – felelte a férfi tisztelettel. – Akkor hétre ott vagyok, és megígérem, hogy valami egyszerű helyre megyünk.

– Köszönöm – mosolygott Alex, aki még most se hitte el, hogy csakugyan Cooper Winslow-val fog vacsorázni. Mások se hinnének neki, ha elmesélné. Ezek után visszatért a munkájához, és Coop is elment a Spagóba, a szórakoztató, de hiábavaló villásreggelire.

Az utóbbi időben kezdtek gyülekezni a felhők a feje fölött. Felajánlottak neki egy újabb reklámfilmet, ezúttal férfi fehérnemű témában, de nem fogadta el. Vigyáznia kellett az imázsára. De nem ment ki a fejéből Abe huhogása. Akármennyire utált anyagi kényszerből cselekedni, tudta, hogy előbb-utóbb pénzt kell csinálnia valamiből. Mindössze egy főszerepre lenne szüksége, egy szép, nagy, kövér filmben! Coop sose tartotta lehetetlen-

119

nek, sőt még valószínűtlennek sem, hogy egyszer ez is bekövetkezik. Csak idő kérdése. Addig is itt vannak az epizódszerepek és a reklámok. Meg az olyan lányok, mint Alex Madison. De nem a pénzét akarja, bizonygatta magának, mindössze tetszik neki.

Pontosan hétkor megállt a Wilshire sugárúton, de még be se mehetett az előtérbe, amikor kiviharzott az ajtón Alex. A ház rendes volt, noha kissé kopott. Alex az autóban bevallotta, hogy a garzonja elég rémes.

– Miért nem vásárol egy házat? – érdeklődött Coop, miközben robogtak a kedvenc Rollsban. Alexnek nem lehetnek anyagi gondjai, bár ő maga nagyon szerény. Nem viselt ékszert, és egyszerűen öltözködött: fekete nadrág, fekete, kámzsanyakú pulóver, diszkontban vásárolt tengerészkabát. Coop szürke nadrágot, fekete kasmírgyapjú pulóvert, bőrzubbonyt és fekete krokodilbőr mokaszint öltött. Sejtette, hogy a nő nem fogja kicsípni magát, ezért egy kínai étterembe akarta vinni, aminek Alex nagyon örült.

– Nekem nem kell ház – válaszolta a férfi kérdésére. – Sose vagyok itthon, vagy ha igen, akkor alszom. Azt se tudom, hogy itt maradok-e. Még nem döntöttem el, fogok-e praktizálni a rezidentúra után, bár nem lenne kifogásom a Los Angeles-i élet ellen. – Számára egyetlen hely létezett, ahova nem akart menni, mégpedig a szülői ház, Palm Beachen. Az a fejezet lezárult. Kizárólag ünnepeken tette be a lábát hozzájuk, de azt is a lehetséges minimumra korlátozta.

Coopnak remek estéje volt. Mindenféléről beszélgettek, Kenyáról, Indonéziáról, amit Alex bebarangolt főiskola után. És Baliról, amely a nő egyik kedvenc helye volt, Nepállal együtt. Mesélt a kedvenc könyveiről. Irodalomban igényes volt, zené-

120

ben mindenevő. Nagy tájékozottságot árult el a régiségekben és az építészetben. Érdekelte a politika, főleg az a része, amelynek a gyógyításhoz volt köze, és elképesztően sokat tudott a közelmúltbeli egészségügyi törvényekről. Coop még sose találkozott ilyen nővel. Vágott az esze, mint a borotva, és a memóriája megszégyenítette akármelyik számítógépét. A férfinak ugyancsak igyekeznie kellett, hogy lépést tartson vele, de ez is jó volt. Kérdésére Alex megmondta, hogy harmincéves. Ő azt hitte Coopról, hogy valahol az ötvenes évei végén, esetleg a hatvanasok elején jár. Tudta, hogy régóta forgat, csak abban nem volt biztos, mikor kezdte. Ugyancsak meghökkent volna, ha hallja, hogy a színész nemrég töltötte a hetvenet, mert biztosan nem látszott annyinak.

Miközben Coop hazafelé vitte, megköszönte neki a pompás estét. Még csak fél tíz volt, de Coopnak gondja volt rá, hogy Alexnek ne kelljen sokáig fentmaradnia, mert tudta, hogy ha most ő éjfélig vonszolná fel-alá, akkor nem lenne kedve a további találkozásokhoz, és Alex, akinek fél hétkor kell kelnie, olyan lenne reggelre, mint akit kifacsartak.

– Igazán jó haver volt, hogy eljött velem – mondta szívélyesen. – Nagyon csalódtam volna, ha nem teszi.

– Ez kedves magától, Coop. Pazarul éreztem magam, és az étel nagyon finom volt. – Egyszerű, de jó, éppen a kellő mértékben fűszerezve, úgy, ahogy Alex szerette. És a férfi remek társaság volt, még sokkal jobb, mint várta. Félt tőle, hogy Cooper, mint egy szakmai reklám, elárasztja csillogó-villogó bűbájjal. Ám ez egy meglepően értelmes, kellemes, tájékozott, értékes ember. Egy percig sem lehetett érezni rajta, hogy szerepet játszana.

– Szeretnék még találkozni magával, Alex, ha van ideje, és nincs lekötve. – Most kérdezte meg

121

először, hogy van-e valakije a nőnek. Nem mintha bármikor is elriasztották volna más férfiak. Volt elég önbizalma, hogy felvegye a versenyt a legkülönb-bel is, és általában győzött. Végül is ő Cooper Winslow. Erről sohasem feledkezett meg.

– Nem vagyok lekötve. Nincs rá elég időm. Ebben, fájdalom, nem lehet számítani rám. Vagy dolgozom, vagy ügyelek.

– Tudom – mosolygott a férfi. – Vagy alszik. Már mondtam, hogy szeretem a kihívást.

– Hát én az vagyok, több értelemben is – vallotta be Alex. – Kicsit ijedezem a komoly kapcsolatoktól. Illetve nagyon.

– A sógora miatt? – kérdezte Coop gyengéden.

A nő bólintott.

– Keserves lecke volt. Azóta se merészkedtem ki a mély vízbe. Inkább maradok a sekélyesben, a gyerkőcökkel. Tőlük nem félek, de a másikban nem vagyok biztos.

– Majd megkockáztatja az igazi férfiért, csak még nem találkozott vele.

– Az én életem a munka, Coop. Amíg ezt egyikünk sem felejti el, addig szívesen találkozom magával.

– Helyes! – örült a férfi. – Akkor majd felhívom. – Bár nem egyhamar. Hadd hiányolja csak Alex, hadd találgassa, miért nem telefonál. Coop tudta, hogy kell játszani az asszonyokkal. Az őszinte, becsületes Alex maga adta meg a kulcsot magához.

A nő még egyszer köszönetet mondott, de nem adott puszit. Coop megvárta, hogy biztosan belül legyen a kapun, aztán intett, és elhajtott.

Alex mélyen elgondolkozva vitette magát fölfelé a lifttel. Erősen kételkedett Coop megbízhatóságában. Milyen könnyű lenne beleesni egy ilyen kedves, bársonyos modorú emberbe, aztán isten tudja, mi jönne ki belőle. Benyitott a lakásba. Találkozzon

122

vele még, vagy túl kockázatos? Cooper Winslow nagyon dörzsölt játékos.

Levetkőzött, és egy székre dobta a ruháit, ahol már boglyában halmozódott az egész nap viselt kórházi pizsama, a tegnapi ruha és a tegnapelőtti. Sose volt ideje mosni.

Coop nagyon elégedett volt magával, miközben hazafelé hajtott. Pontosan úgy történt minden, ahogy akarta. Jó kezdet volt. Csak majd figyelemmel kell kísérnie a szelet, és mindig aszerint kell helyezkednie, ahogy fúj. Ám Alex Madison kétségtelen esélyt jelent.

Cseppet se izgult a kilátás miatt, Alexnek pedig energiája se volt izgulni. Coop még haza se ért az Udvarházba, amikor a nő már mélyen aludt.

9.

Éjszaka Charlene hatszor, délelőtt legalább tucatszor próbálta hívni Coopot, de Paloma most nem próbálta bepalizni a munkaadóját a telefonnal, mert tartott gyilkos haragjától. Két nappal később Coop végre hajlandó volt fogadni egy hívást. Ő csak tapintatosan próbálta lerázni a lányt. Ám Charlene nem úgy értelmezte a tapintatot, hogy az kétnapos mosolyszünetet jelent.

– Mi újság? – érdeklődött hanyagul. – Hogy vagy?

– Totál kivagyok, az az újság! – őrjöngött a lány. – Hol a fenében voltál?

– Külső helyszínen forgattam egy reklámfilmet. – Ez hazugság volt, de legalább egy percre lecsillapította Charlene-t.

– Legalább telefonálhattál volna! – méltatlankodott.

– Gondoltam is rá – füllentette Cooper –, de nem volt időm. Meg arra is gondoltam, hogy jót tenne egy kis távolság. Nem vezet ez sehová, Charlene. Te is tudod.

– Miért nem? Klasszak voltunk együtt!

– Azok – helyeselt a férfi. – De minden mást leszámítva, túl öreg vagyok hozzád. Olyan játszótársat kellene keresned, aki korodbeli. – Egyszer se fordult meg a fejében, hogy Charlene mindössze egy évvel fiatalabb Alexnél.

– Azelőtt sose volt akadály! – Charlene a botránylapokból és az ismerősöktől tudta, hogy Coop olyan lányokkal is járt, akik jóval fiatalabbak voltak nála. – Ez csak kifogás! – Természetesen igaza volt, de a színész ezt sohasem ismerte volna be.

– Akkor se megy – próbálkozott más harcmodorral Cooper. – A mi szakmánk mellett borzasztó nehéz kapcsolatot létesíteni. – Ez se volt hihető. Coop futott Hollywood összes csillagával és csillagocskájával, voltak, akikkel egész hosszú ideig. Egyszerűen nem akarta folytatni Charlene-nel. Ordenárénak találta, legalábbis az öltözködését, azonkívül kissé hatalmaskodónak, sőt, unalmasnak. Sokkal jobban érdekelte Alex; no meg a vagyona sem hagyta teljesen hidegen. Nem ez volt az első számú vonzereje, de bizonyosan ingerlőbbé és igézőbbé tette. Charlene-nek nincsenek ehhez fogható ütőkártyái. Cooper azt is tudta, hogy ha azt akarja, hogy Alex találkozzék még vele, akkor viszonylag tisztának kell megőriznie a nevét. Nem lenne jó, ha a botránylapok együtt emlegetnék egy lánnyal, aki pornóvideókkal kezdte a pályafutását. Rossz fényt vetne rá Alex szemében, márpedig egyelőre az orvosnő a fontos. Charlene rövid, közönséges fejezete lezárult. Sok ilyennel volt dolga, és hamar megunta mindet. Az a néhány egzotikus elem – a japán nagyanya, a párizsi évek, a brazíliai gyerekkor – nem pótolja az ízlés hiányát. Ráadásul, mint kiderült, hörcsögtermészetű, és talán egy kicsit kiegyensúlyozatlan is. Nem értette meg a tapintatos célzást, hogy párologjon el; ehelyett úgy kapaszkodik Cooperba, mint pitbull a csontba. Ez pedig utálatos. Sokkal jobban szerette a gyors, fájdalommentes befejezéseket, és haragudott Charlene-re, amiért ilyen elkeseredett konoksággal üldözi. Csapdába került vadnak érezte magát, ahányszor a lánnyal beszélt.

– Pár nap múlva majd felhívlak – ígérte, de ezzel csak még jobban megvadította Charlene-t.

– Dehogy hívsz! Hazudsz!

– Nem hazudok! – mondta Coop felháborodottan. – Keresnek a másikon. Majd telefonálok.

– Te hazug! – visította a lány. Cooper szótlanul bontotta a vonalat. Most már mindenben ellenszenvesnek találta Charlene viselkedését. Egyik napról a másikra kiállhatatlan kolonc lett belőle, és a férfi semmit sem tehetett ellene. Előbb-utóbb majd csak megunja, de Coopnak addig is bőven ki fog jutni az undokságból.

Délután telefonált Alexnek, de a nőnek három kritikus állapotú csecsemője volt, és csak este hagyott egy üzenetet Coop hangpostájában, miszerint kilenckor le fog feküdni, mert másnap hajnali négykor kell kelnie. Itt nem lesz könnyű kiépíteni a romantikus kapcsolatot, de Coop nem fogja sajnálni a fáradságot. Megéri.

Csak másnap délután sikerült utolérnie. A nőnek mindössze néhány perce volt a beszélgetésre. Több napon át be volt osztva ügyeletbe, de beleegyezett, hogy vasárnap este kimegy vacsorázni az Udvarházba, ámbár, figyelmeztette a férfit, ott is hívhatják.

– Az mint jelent? Tanácsot kérnek? – kérdezte Coop naiv reménykedéssel. Több ápolónővel, sőt, egy csontkováccsal is randevúzott, de orvosnővel még soha.

– Nem! – kacagott Alex azon a behízelgően őszinte, édes hangján. – Azt jelenti, hogy ha hívnak, másodperceken belül távoznom kell.

– Ebben az esetben el kellene koboznom a személyi hívóját.

– Vannak napok, amikor fölöttébb csábítónak találnám a lehetőséget. Bizonyos, hogy ilyen körülmények között is meg akar hívni vacsorára?

– Feltétlenül. Majd csomagolok magának, ha el kell mennie.

– Nem akarja inkább kivárni, amíg lesz egy szabadnapom? A jövő héten van egy – mondta a nő.

– Nem, Alex, látni szeretném. Majd valami egyszerűt főzök, hogy elvihesse.

– Maga főz? – kérdezte megilletődve a nő.

– Majd kitalálok valamit. – Annyit tudott, hogy kell kenyeret pirítani a kaviárhoz, vagy vizet forralni a teához. Ez megint egy új kihívást jelentett, hogy szakács nélkül kell élni. Azt találta ki, hogy felhívja Wolfgang Puckot, rendel főtt tésztát és egy lazacos pizzát. Nem is rossz ötlet! Szombaton telefonált Wolfgangnak, egyszerű vacsorát rendelt két személyre, meg egy pincért.

A nő vasárnap délután érkezett, pontosan öt órára, a saját autójával, mert, mint mondta, szüksége lehet rá, ha behívnák. Nagyon tetszett neki az Udvarház. A Charlene-hez hasonló lányokkal ellentétben, Alex bőven látott hasonló épületeket, lakott is bennük. Ez feltűnően hasonlított a szülei newporti rezidenciájára, csak kisebb volt. Ezt nem mondta Coopnak, mert nem akart goromba lenni. Nagyon szépnek találta a villát és a kertet, és örült, hogy használhatja a medencét. Coop figyelmeztette, hogy hozzon fürdőruhát. Javában úszkált fel-alá hosszú, egyenletes csapásokkal, amikor Mark és Jimmy kijött a rozzant teniszpályáról, egy kis „adogatás" után, ahogy ők nevezték. Meglepetten látták

126

házigazdájuk társaságában a szép fiatal nőt, és a víz alól felbukkanó Alex is meglepődött, hogy Coopnak társasága akadt.

A medence szélére úszott. Mark elismerően nézte. Szép lány, és jóval érdekesebb annál, akitől a kávét kapta. Titokban még mindig reménykedett, hogy Charlene nem számolt be Coopnak a korai találkozásról.

– Hadd mutassam be a vendégeimet, Alex! – mondta nagyvonalúan Coop. A nő elmosolyodott.

– Csodás dolog lehet itt lakni. Óriási szerencse!

A két férfi helyeselt, és néhány perccel később ők is csatlakoztak Alexhez a medencében. Coop ritkán úszott. A főiskolán ugyan ő volt az úszócsapat kapitánya, de most beérte azzal, hogy ült a medence mellett, felváltva beszélgetett lakóival és a nővel, botrányos hollywoodi sztorikkal traktálva őket.

Hatig lubickoltak a vízben, akkor Coop bevezette Alexet a házba, hogy a nő átöltözhessen, és ő megmutathassa a palotáját. Wolfgang pincére a konyhában szorgoskodott, hogy hét órára elkészüljön a vacsora. Beültek a könyvtárba, Cooper pezsgővel kínálta Alexet, de a nő elhárította. Ilyenkor, ha viszszahívhatják a kórházba, egy cseppet sem szabad inni. Coop nem neheztelt érte, és eddig, szerencsére, a személyi hívó is hallgatott.

– Nagyon rokonszenvesek a vendégei – mondta Alex pezsgőt szopogató házigazdájának, miközben a Spago pincére feltálalta az ínycsiklandó előételeket, majd eltűnt a konyhában. – Honnan ismeri őket?

– A könyvelőm barátai – vetette oda Coop. Ez csak féligazság volt, de eléggé indokolta a két férfi jelenlétét a házában.

– Rendes magától, hogy engedi itt lakni őket. Úgy látom, nagyon élvezik. – Mark közölte, hogy este pecsenyét süt, amire meghívta házigazdáját és

127

Alexet, de Coop azt válaszolta, más terveik vannak. Markot észrevehetően érdekelte Alex, és miután a nő visszavonult Coop társaságában a főépületbe, fojtottan odasúgta Jimmynek:

– Mutatós lány! – Jimmy azt felelte, hogy nem vette észre. Az idő nagy részében még mindig valami homályfélében ténfergett, és nem érdekelték a nők. Mark viszont, amióta egyre gyorsuló tempóban épült föl, és ezzel párhuzamosan egyre dühösebb lett Janetre, hirtelen fölfigyelt a másik nemre. Bár igaz, neki egész más csapást kellett elviselnie, mint Jimmynek. – Csodálom, hogy érdekli Coopot.

– Miért? – lepődött meg Jimmy. Nem nagyon figyelt a vendég külsejére. Az vitathatatlan, hogy intelligens. Coop szerint orvos.

– Nagy ész, kis lökhárító. Nem a szokott zsáner – magyarázta Mark.

– Talán több van Coopban, mint mi gondoljuk – vélte Jimmy. Némileg ismerősnek találta a vendéget; nem tudta, azért-e, mert olyan típus, amely gyakorinak számít Bostonban, vagy mert csakugyan találkoztak? Nem kérdezte meg a nőtől, mi a szakterülete, mert főleg Coop beszélt, ontotta a mulatságos adomákat. Kellemes társaság volt, érthető, ha szeretik a nők. Hihetetlenül behízelgő tud lenni, tagadhatatlanul jóképű, szellemes és fürge eszű.

Coop és Alex éppen letelepedett az asztalhoz, amikor Mark nekilátott a sütögetésnek a rostélyon, amelyet most használt először. Egy hete Jimmynél ettek nyálcsordító vesepecsenyét. Mark hamburgert akart készíteni, cézársalátával. Ment minden, mint a karikacsapás, addig, amíg túl sok gyújtófolyadékot nem öntött a faszénre, amiből az égig nyúltak a lángok.

– Francba! Látszik, hogy régen csináltam ilyet! – mentegetőzött, miközben megpróbálta elfojtani a lángokat, hogy megmentse a vacsorájukat. Egy perc múlva kisebb robbanás hallatszott. Az ebédlőben Coopnak és Alexnek akkor tálalták fel Wolfgang elegáns vacsoráját: pekingi kacsát, háromféle főtt tésztával, vegyes salátával és házi kenyérrel.

– Mi volt ez? – riadt meg Alex.

– Talán az IRA – felelte Coop, és zavartalanul evett tovább. – Vendégeim valószínűleg felrobbantották a szárnyépületet. – Alex hátrapillantott. Füst gomolygott a fák között, és a következő percben lángok csaptak föl egy kis bokorból.

– Jaj istenem, Coop! Azt hiszem, kigyulladtak a fák!

A férfi már mondta volna, hogy ne izguljon, de aztán ő is megfordult, és ugyanazt látta.

– Hozom a poroltót! – mondta, bár azt se tudta, van-e egyáltalán poroltó az Udvarházban, és ha van, hol tartják.

– Jobb, ha a tűzoltókat hívja! – Alex habozás nélkül előrántotta a táskájából a mobilját, és beütögette a 911-et, miközben Coop kiszaladt a házból, hogy megnézze, mi történt.

A halálra vált Mark a vendégszárny előtt állt a pecsenyesütő rostélynál. Ő és Jimmy törülközőkkel próbálta elfojtani a lángokat. Hasztalan igyekezetnek bizonyult. Mire a tűzoltóautók tíz perc múlva bedübörögtek a kapun, már rendesen ropogott a máglya. Alex rémüldözött, Coop nyugtalankodott, hogy a tűz átterjed a házra. A tűzoltók nem egészen három perc alatt eloltották. Nem történt komoly baj azonkívül, hogy a szépen ápolt sövény több helyen is megperzselődött. Munka végeztével a tűzoltók kiszúrták Coopot, aki ezután teljes tíz percen át csak autogramokat írt és adomázott, többek között arról, hogy harminc éve ő is önkéntes tűzoltó volt Malibuban.

Borral kínálta a tűzoltókat, amit azok elhárítottak, de továbbra sem volt sietős távozniuk, még fél óra múlva is csak álltak körülötte, és imádattal hallgatták a sztorijait. Mark egyfolytában mentegetőzött, Coop nyugtatgatta, hogy nem történt semmi. Ekkor megszólalt Alex személyi hívója.

A nő félrehúzódott az emberi bolyból, hogy jobban hallja a hívást. Két koraszülött kék kódot kapott, vagyis életveszélyes állapotban vannak, egy meghalt. Az ügyeletes rezidens azt se tudja, mihez kapjon. Alexnek okvetlenül be kell jönnie, mert most hoznak egy új beteget. Koraszülött, ráadásul vízfejű. A nő az órájához pillantott, és visszasietett a csoporthoz, miután megígérte, hogy igyekszik negyedórán belül a kórházba érni.

– Mi a szakterületed? – kérdezte Jimmy halkan, miközben a többiek javában diskuráltak. Coop észre se vette, mi történt, annyira belemerült a társaság szórakoztatásába, ám Jimmy fülét megütötte, miket kérdez Alex a telefonban.

– Újszülöttgyógyászat. Az egyetemi kórházban vagyok rezidens.

– Bizonyára érdekes – mondta a férfi társalgási hangon. Alex megszakította a csevelyt, és szólt Coopnak, hogy el kell mennie.

– Ne engedje, hogy ez a két gyújtogató elriassza! – mondta Coop, és rávigyorgott Markra. Félvállról vette a történteket, ami roppant nagy hatást tett Alexre. Az ő apja már rohamot kapott volna.

– Nem ijesztenek – biztosította mosolyogva a színészt. – Mi egy kis tűzvész barátok között? Telefonáltak a kórházból. Be kell mennem.

– Igen? Mikor? Én semmit sem hallottam.

– Túlságosan lefoglalták. Tíz perc múlva ott kell lennem. Igazán sajnálom.

– Legalább harapjon egy falatot, mielőtt elmegy. Egész klassz vacsorának látszik.

– Tudom, szeretnék is maradni, de szükség van rám. Két válságos eset, a harmadikat most hozzák.

Rohannom kell – mentegetőzött. Látta Coopon a csalódást. Ő sem örült, de már megszokta. – Remekül éreztem magam, és élveztem az úszást. – Majdnem három órát töltött az Udvarházban, ami rekord méretű szünet egy munkanapon. Elbúcsúzott Jimmytől, Marktól, aztán Coop elkísérte az autójához, miközben a tűzoltók berakodtak az autóikba. Alex megígérte, hogy majd telefonál, napsugarasan mosolygó vendéglátója pedig két perc alatt visszasietett a csoporthoz.

– Hát ez rövid volt, bár édes – mondta elszontyolodva a bérlőinek, akik már megszokták, hogy „vendégnek" címezik őket. Coop láthatólag meggyőzte magát, hogy neki csak vendégei vannak.

– Nagyon helyes nő – mondta Mark elismerően. Sajnos, Coophoz tartozik (legalábbis a látszat erre mutat), és nem közelíthető meg. Igaz, hozzá kissé fiatal, de hát Coophoz, aki leginkább unokája korú lányokkal randevúzik, még fiatalabb.

– Meghívhatom az urakat vacsorára? – kérdezte a színész, amikor az utolsó tűzoltó is elhúzott, és Mark hamburgerei hamuvá omlottak a balsorsú rostélyon. – Wolfgang Puck egész tisztességes kosztot küldött, amit egyedül kellene elfogyasztanom – tette hozzá nyájasan.

Fél órával később a házigazda és a „vendégek" nagy élvezettel ették a pekingi kacsát, a válogatott főtt tésztákat, a lazacos pizzát, amelyeket Coop újabb anekdotákkal fűszerezett, miközben bőségesen töltögette a bort. Tisztes mennyiségű italt elpusztítottak, és a két fiatalabb férfi azzal az érzéssel távozott este tízkor, hogy új barátra leltek Coopban, vagy most találtak rá egy régi barátjukra. Az étel mennyei volt, a bor fejedelmi, és Coop rendesen beszívott.

– Fényes pofa! – jegyezte meg Mark, miközben a vendégszárny felé ballagtak.

– Az biztos, hogy eredeti egyéniség – helyeselt Jimmy. A ködből, amely körülötte kavargott, arra következtetett, hogy pokoli fejfájással fog ébredni, bár most ezt nem bánta. Nagyon mulatságos este volt, nem is hitte, hogy ilyen jól érezheti magát egy híres filmcsillag társaságában.

A barátok jó éjszakát kívántak egymásnak, Mark bement a vendégszárnyba, Jimmy elballagott a kapusházba. Coop mosolyogva üldögélt a könyvtárban, és portóit szopogatott. Igen kellemes estéje volt, bár nem egészen erre számított. Sajnálta, hogy Alexnek idejekorán kellett távoznia, ám a bérlői meglepően szórakoztató társaságnak bizonyultak, és a tűzoltók még fűszeresebbé tették az estét.

Éjfél volt, mire Alex leülhetett kórházi irodájában egy csésze kávéval. Most már olyan későre járt, hogy nem telefonálhatott Coopnak. Ő sem ilyen estére számított. A vízfejű csecsemő nagyon beteg volt, az egyik kék kódos eset ugyan már javult, de az egész osztály siratta a halott kisbabát. Alex nem tudta, megszokja-e valaha, hogy hivatásának ez a kockázata. Elnyúlt a díványon, hogy aludjon egy kicsit, és azon tűnődött, milyen lenne komolyan venni Cooper Winslow-t. Ki az az ember, aki a bűbáj, a kellem, a sztorik mögött rejtőzik? Van-e valaki egyáltalán a homlokzat mögött? Nehéz lett volna megmondani, de Alexet arra noszogatta a kísértő, hogy próbálja ki!

Tisztában volt a korkülönbség nagyságával, de ilyen rendkívüli embernél ugyan kit érdekel az évek száma? Volt valami Coopban, amitől Alexnek kedve támadt mellőzni összes aggályát, amit egy lehetséges kapcsolat keltett benne. Mondogatta magának, hogy oktalanság lenne egy ilyen viszony. Cooper jóval öregebb, filmsztár, több nője volt, mint ahány csillag van az égen. Ennek ellenére csak arra tudott gondolni, hogy milyen elragadó a férfi.

A belőle áradó csábítás ellensúlyozta minden árnyoldalát. Alex fennakadt a horgon. Elalvóban még hallotta fejében az apró vészcsengők csörömpölését, de egyelőre úgy döntött, figyelmen kívül hagyja őket, és majd meglátja, mi lesz a dologból.

10.

Mark a legmélyebb álmát aludta, hála a hármasban megivott bornak, amikor megcsörrent a telefon. Kezdett ébredezni, de aztán úgy döntött, hogy álmodik. Alaposan a pohár fenekére nézett, biztosan cudar fejfájásra ébredne, így hát csukva tartotta a szemét, hogy folytatódjon az alvás. De a csörömpölés is folytatódott. Friedman félig kinyitotta a fél szemét, és látta, hogy négy óra van. Nyögve megfordult, és rájött, hogy nem alszik, csakugyan cseng a telefon. Ki keresi ilyenkor? A kagylóért nyúlt, és behunyt szemmel visszahanyatlott az ágyra. Fejébe máris belehasított a fájás.

– Halló? – kérdezte zsémbesen. Forgott körülötte a szoba. Csak nem sírást hall? – Ki az? – Lehet, hogy téves kapcsolás? Felpattant a pillája, és egy csapásra tökéletesen éber lett. A lánya keresi New Yorkból! – Jessie? Mi az, kicsim? Mi a baj? – Csak nem Jasonnal vagy Janettel történt valami szörnyűség? – De Jessica csak zokogott, nyüszítve-fuldokolva, mint egy megsebzett állat. Kislánykorában siratta így az elpusztult kutyájukat. – Beszélj már, Jess, mi az? – kérdezte rémülten Friedman.

– A mami… – Zokogásba fulladt a hangja.

– Baja történt? – Markon végigfutott a hideg. Felült az ágyban, és úgy érezte, főbe vágták egy téglával. Ereiben sistergett az adrenalin. Csak nem halt meg Janet? Már a gondolattól összerándult a gyomra. Hiába hagyta el a felesége, ő még mindig szerette, és összetörte volna az asszony halála.

– *Fiúja* van! – jajgatta Jessica. Mark most számította ki, hogy ha Kaliforniában négy óra van, akkor New Yorkban hét óra. – Tegnap este ismertük meg, és egy genya!

– Biztosan nem az, édesem! – próbált lojális lenni Mark, noha valahol mélyen örült, amiért Jessica nem szereti Adamet, akit ő mérhetetlenül gyűlölt, hiszen tönkretette a házasságukat és ellopta Janetet. Miféle ember ez? Rongyember. Úgy tűnik, Jessie-nek se jobb a véleménye.

– Az egy görény, apu! Próbálja játszani a nagymenőt, és úgy ugráltatja a mamit, mintha a tulajdona lenne! Mami azt mondja, hogy csak pár hete ismerte meg, de én nem hiszek neki! Tudom, hogy hazudik! A tag egyfolytában azt emlegeti, hogy miket csináltak hat hónapja, és tavaly, és mami egyfolytában úgy viselkedik, mint aki nem tudja, miről beszél, és próbálja elhallgattatni, hogy ne beszéljen! Szerinted ezért akarta, hogy költözzünk át New Yorkba? – Jessica egész világa összeomlott. Hát elég bolond volt Janet, hogy hazudott a gyerekeknek. Mark már többször gondolkozott rajta, vajon hogyan és mikor adagolja be a srácoknak. Most megtette, méghozzá Jessie zokogásából ítélve, elég vacakul.

– Nem tudom, Jess. Ezt tőle kellene megkérdezned.

– Ezért hagyott el téged? – Nehéz kérdések voltak ezek az éjszaka legsötétebb órájában, semmi esetre sem olyanok, amelyeket ilyen kapitálisnak ígérkező macskajajjal és fejfájással meg lehet válaszolni. – Te tudtad, hogy fiúja van? Ezért járkált New Yorkba a nagymami betegsége idején és a halála után?

– Nekem azt mondta, hogy aggódik nagyapa miatt. Nagymami pedig olyan súlyos beteg volt, hogy anyátoknak mellette kellett lennie – mondta Mark sportszerűen. A többit intézze el Janet a lányával, és jobb, ha megteszi, különben Jessica sose fog bízni benne. Hát nem is hibáztathatja a gyereket. Ő se bízott a volt feleségében.

– Vissza akarok menni Kaliforniába! – Jessica zajosan szipogott, de már legalább nem zokogott.

– Én is! – visszhangozta a mellékről Jason. A fiú nem sírt, de reszketett a hangja. – Gyűlölöm, apu! Te is gyűlölnéd! Ez egy seggfej!

– New York nem tett jót a stílusodnak. Csillapodjatok le egy kicsit, és majd szép nyugodtan beszéljétek meg anyátokkal. És akármennyire szívem ellenére mondok ilyet, arra kell kérnem benneteket, hogy adjatok egy esélyt ennek az illetőnek. – Nem valószínű, hogy a gyerekei lángoló rajongással övezzenek akárkit, akivel az anyjuknak viszonya lenne. Bár az ő esetleges partnerének se örülnének, már ha egyáltalán járni akarna valakivel, de hát hol van ő attól... – Lehet ez egy nagyon rendes ember, attól függetlenül, mióta ismeri anyátokat. És ha a maminak fontos, akkor talán ti is megszokjátok. Öt perc után nem lehet véleményt alkotni valakiről.

Egyformán szem előtt tartotta a gyerekek és az anyjuk érdekét, amikor igyekezett józanul érvelni, de Jessicáról és Jasonról lepergett a higgadt beszéd. Viszont ha tovább szítaná a dühüket a férfi ellen, aki miatt az anyjuk elhagyta az apjukat, azzal még szerencsétlenebbé tenné őket. Ha Janet feleségül megy Adamhez, a srácok kénytelenek lesznek elfogadni.

– Vele vacsoráztunk, apu – mesélte Jason elkeseredetten. – Úgy kezeli a mamit, mint aki úgyis megtesz mindent, amit ő mond, és a mami tényleg teljesen megbutul tőle. Ordított velünk, mikor a hapsi elment, aztán sírt. Szerintem szerelmes bele.

– Lehet, hogy csakugyan az – mondta Mark szomorúan.

135

– Haza akarok menni, apu! – követelte Jessica elgyötörten. De hát nincs otthon, ahová hazajöhetne. Eladták. – A régi iskolámba akarok járni, és veled akarok lakni!

– Én is! – visszhangozta Jason.

– Apropó, nem kéne indulnotok az iskolába? – New Yorkban már majdnem fél nyolc. Hallotta, hogy Janet mond valamit a háttérben a gyerekeknek. Mintha kiabálna. Még hangosabban kiabálna, ha tudná, miről beszéltek az apjukkal, de Mark gyanúja szerint nem sejtette. Tudja egyáltalán, hogy őt hívták föl?

– Megbeszéled mamival, hogy visszamehessünk Kaliforniába? – kérdezte Jessica fojtottan, igazolva Mark gyanúját, hogy Janet nem tudja, kit hívtak föl a srácok.

– Nem. Kénytelenek lesztek várni egy kicsit. Korán van még ahhoz, hogy valami meggondolatlanságot kövessünk el. Higgadjatok le, és próbáljatok értelmesen viselkedni. Most pedig indulás az iskolába! Majd megbeszéljük később. – Jóval később, amikor a macskajaj nem marcangolja már a szemgolyóit.

A gyerekek siralmas hangon búcsúzkodtak, és Jess azt mondta, két hónap óta először, hogy szereti az apját, de Mark tudta, hogy ezt annak köszönheti, hogy Jessica pillanatnyilag gyűlöli az anyját. De majd kihűl a düh forrósága, és ha megismerik Adamet, talán még meg is kedvelik. Janet szerint csodálatos ember. Ám a szíve mélyén továbbra is abban reménykedett, hogy a gyerekek utálni fogják az orvost, mert inkább hozzá ragaszkodnak. Azok után, ahogy Janet elbánt vele, nehéz lenne mást éreznie.

Miután letette a kagylót, sokáig feküdt az ágyában, és azon tépelődött, mit kellene tennie, majd úgy döntött, egyelőre semmit. Megül a fenekén, és

136

kivárja, mi lesz. Az oldalára fordult, és megpróbált visszaaludni, de a feje lüktetett, és aggódott a gyerekeiért. Hatkor végül nem bírta tovább a szorongást, és telefonált Janetnek, aki majdnem olyan elkeseredett volt, mint a srácok.

– Örülök, hogy hívtál – mondta. – Tegnap este a srácok találkoztak Adammel, és ocsmányul viselkedtek vele!

– Nem lep meg. Téged igen? Korai még szembesíteni őket a ténnyel, hogy van valakid. Talán azt is gyanítják, hogy régóta ismered.

– Jessica vádolt ezzel. De nem te mondtad neki, ugye? – rémült meg az asszony.

– Nem, de úgy gondolom, előbb-utóbb föl kell világosítanod őket. Különben valamelyiktek elszólja magát, és a srácok mindent kitalálnak. Máris gyanút fogtak olyan dolgokból, amiket Adam mondott.

– Honnan tudod? – riadozott Janet. A férfi úgy döntött, őszinte lesz.

– Felhívtak, és nagyon szomorúnak tűntek. Jessie a vacsora közepén elrohant az asztaltól, és bezárkózott a szobájába, Jason pedig még csak szólni se volt hajlandó, se Adamhez, se hozzám! – Mark könnyeket érzett egykori felesége hangjában.

– Jess nem gyűlöl téged. Sebzett, haragszik és gyanakszik. Te is tudod, hogy okkal.

– Ez nem a kölyök dolga! – mondta Janet vadul, mert lelkifurdalása volt.

– Lehet, hogy nem, de Jessie az ellenkezőjét gondolja. Nem kellett volna egy kicsit későbbre halasztanod a bemutatást?

Janet nem közölte, hogy csak azért került sor a vacsorára, mert már nem bírta elviselni Adam nyaggatását. Szerinte se készültek még föl lelkileg a srácok, de Adam azt mondta, nem hajlandó tovább bujkálni. Ha Janet komolyan veszi őt, akkor meg akarja ismerni a gyerekeket. Katasztrófa lett belőle.

Iszonyúan összevesztek vacsora után, Adam elrohant, és bevágta az ajtót. Lidércnyomásos este volt.

– Most mit tegyek? – kérdezte összetörten.

– Várj. Ne csinálj ügyet a dologból. Adj időt a kölyköknek. – Janet azt se merte elárulni, hogy Adam már most hozzá akar költözni, nem akarja kivárni, amíg összeházasodnak, ő pedig attól fél, hogy nem lesz ereje nemet mondani. Nem akarta elveszíteni se a férfit, se a gyerekeit. Úgy érezte, kettészakadt.

– Ez nem olyan könnyű, Mark, mint ahogy te gondolod! – mondta panaszosan, mintha ő lenne az áldozat.

– Csak a gyerekeinket el ne cseszd közben! – figyelmeztette a férfi. – Nem értem, miért várod el tőlem, hogy sajnáljalak. Te rúgtad föl a házasságunkat Adamért, és ezt előbb-utóbb a srácoknak is meg kell tudniuk. Elég nehéz lesz megemészteniük. – Akárcsak neki, főleg, hogy még mindig szereti a feleségét. – Joguk van, hogy dühöngjenek. Mindkettőtökre. – A tisztesség ennyit engedett mondania. Utálta, hogy mindig neki kell békét szereznie, de úgy látszik, ő az egyetlen, aki nem csak a saját szemszögéből képes látni a dolgokat. Ez volt az egyik erőssége – és Janettel szemben az egyik sebezhető pontja is.

– Ja, persze, csak abban nem vagyok biztos, hogy Adam megértené. Nincsenek gyerekei, és nem ismeri őket.

– Akkor keresned kéne egy másik hapsit. Itt vagyok például én. – Janet nem felelt. Mark hülyének érezte magát, amiért ilyet mondott. Most bűnhődik a borért, a portóiért, a konyakért. Fájt a feje, és amúgy istenigazából beindult a macskajaj. Elég dús program egy reggelre.

– Majd csak lehiggadnak – reménykedett Janet. Adam úgyse tűrne más magatartást. Ragaszkodott hozzá, hogy Jessica és Jason szeressék, és annyira felháborította a gyerekek viselkedése, hogy fenyegetődzésre ragadtatta magát.

– Akkor majd keressük egymást – mondta Mark, és letette. Még két óráig feküdt az ágyban, de nem bírt elaludni. Majd szétrobbant a feje. Majdnem kilenc volt, mire föltápászkodott, és tíz után jutott el az irodájáig.

A srácok ebédidőben telefonáltak másodszor, alighogy hazaértek az iskolából, és közölték, hogy vissza akarnak menni Kaliforniába. Mark kérlelte őket, hogy ne hebehurgyáskodjanak, csillapodjanak le, és próbáljanak méltányosak lenni az anyjukkal. Jessica azonban csak azt fújta, hogy gyűlöli az anyját, és soha többé nem áll szóba vele, ha feleségül megy Adamhez!

– Nálad akarunk lakni, apu! – közölte kategorikusan.

– No és ha én kezdek el járni valakivel, aki nem tetszik? Nem csinálhatod örökösen azt, Jessie, hogy elszaladsz az ilyen dolgok elől.

– Te csajozol, apu? – háborodott föl a lány. Ez a lehetőség meg sem fordult a fejükben.

– Nem, de egy napon valószínűleg fogok, és előfordulhat, hogy őt se fogjátok csípni.

– Te nem hagytad el a mamit egy másik nőért! Szerintem ő hagyott el téged Adamért! – Ha Mark nem tudta volna az igazságot, ez a közlés úgy éri, mint egy brutális pofon. A fiatalság gondolkozás nélkül vagdalkozik késsel vagy szavakkal, és Jessica gyanúja nagyon is helytálló. Az apja pedig nem akarta az arcába kiáltani, mi a helyzet, de hazudni sem akart. – Apu, ha rákényszerítesz, hogy az anyámmal lakjak, akkor én világgá megyek!

– Engem ne fenyegess, Jessie. Nem tisztességes. Több eszed lehetne ennyi idős korodban, és az öcsédet is fölhergeled. Ezt majd megbeszéljük a va-

139

káción. Addigra talán te is másképp érzed magad, és rájössz, hogy tulajdonképpen bírod Adamet.

– Soha! – tiltakozott vadul a lány.

Ez így folytatódott teljes két héten át: telefonálás, fenyegetőzés, sírás-rívás éjnek évadján. Adam elkövette az ostobaságot, hogy közölte a srácokkal, oda akar költözni hozzájuk és az anyjukhoz. Mire Mark elhozta őket New Yorkból, ott már totális háború tombolt. Egész vakáció alatt másról se beszéltek, mint az anyjukról, akinek Adammel is rendesen meggyűlt a baja. Az orvos kijelentette, hogy ha Janet nem engedi be a lakásába, kénytelen lesz úgy értelmezni ezt, mintha az asszony a gyerekeit választaná, és nem őt. Épp eleget várt rá, mondta Adam, most már vele akar élni és a gyerekeivel. Csakhogy Janet gyerekei nem kértek Adamből, és ennek következményeként Janetből se. Vakáció végeztével Mark őszintén megmondta a feleségének, hogy fogalma sincs, mivel tudná lecsillapítani a kölyköket, és rábírni őket, hogy New Yorkban maradjanak. Jessica azzal riogatta, hogy keres egy gyermekjogi ügyvédet, és a bíróságtól követeli, hogy ítéljék az apjának. Elég idős, hogy be is váltsa a fenyegetését, sőt még azt is kicsikarhassa, hogy őt is, az öccsét is visszaküldjék Kaliforniába.

– A helyzet annyira elmérgesedett, hogy ezt már nem lehet jóra fordítani. Mit szólnál hozzá, ha ennek a tanévnek a végéig átjönnének LA-be? Utána még mindig felújíthatod velük a tárgyalásokat, de ha most erőlteted őket a maradásra, azzal még jobban elrontod a dolgot. A kölykök siketek minden szóra és kompromisszumra. – Hát igen, Janet pocsékul leszerepelt. Most aztán eheti, amit főzött. Vergődött két tábor között, amelyek tiszta szívből utálták egymást.

– Visszaküldöd őket évzáró után? – kérdezte rémülten. Nem akarta elveszíteni a gyerekeit. De

Adamet se, aki nem csak azt közölte vele, hogy abban a pillanatban elveszi, amikor a házasságfelbontó határozaton megszárad a tinta, de azt is, hogy azonnal akar egy közös gyereket, esetleg kettőt. Ezt hogy fogja lenyeletni Jessicával és Jasonnal? Mindegy, ezen még ráér töprengeni. Pillanatnyilag azzal kell foglalkoznia, hogy a srácok faképnél akarják hagyni, és vissza akarnak menni az apjukhoz.

– Nem tudom, mit teszek – felelte Mark őszintén. – Ez tőlük függ. – Majdnem megsajnálta a feleségét, aki ilyen kutyaszorítóba manőverezte magát. De ő talán nem szenvedett? Janet majdnem megölte, amikor otthagyta, és az benne a legszörnyűbb, noha ezt nem fogja közölni, hogy ő még mindig szereti az asszonyt! De Janet annyira beleháborodott ebbe az Adambe, hogy nem csak a házasságukat dobta oda érte, de még a gyerekei szeretetét is kockáztatja. Nagyon rossz vásárt csinált. Mark ugyan semmiért se áldozná fel a kölykeit, akik persze tudják ezt, azért is kívánkoznak vissza hozzá.

– Vissza tudod íratni őket a régi iskolájukba? – kérdezte Janet a szemét törülgetve. Ha sejtette volna, hogy ez lesz belőle, talán sose hagyja el a férjét. Most aztán itt van neki Adam, aki mindenre képes, amivel kikényszerítheti, hogy Janet beengedje a fedele alá.

– Nem tudom. Lehet. Majd megpróbálom.

– Elég nagy a lakásod? – Janet úgyszólván már bele is törődött a gondolatba. Belátta, hogy nincs más választása, hacsak nem szakít Adammel, vagy el nem bújik előle, amit a szeretője úgyse tűrne.

– Tökéletesen meg fog felelni nekik! – biztosította Mark, és leírta az Udvarházat. Az asszony sírva hallgatta. Tudta, hogy boldogtalan lesz a fia és a lánya nélkül, de hátha megszelídíti őket az a pár hónap, amit az apjukkal töltenek! – Ha visszamentem, majd megnézem, mit tehetek az ügyben, és felhívlak.

A beszélgetés után a gyerekek megrohanták az apjukat, és tudni akarták, miben egyeztek meg a szüleik.

– Még semmiben! – felelte szigorúan. – Azt se tudom, visszavetethetlek-e benneteket az iskolátokba! De akármi történjék, addig is tessék tisztességesen viselkedni anyátokkal! Neki sem könnyű, és szeret benneteket.

– Ha szeretne minket, veled maradt volna! – tajtékzott a szép szőke Jessica. Csupa seb volt belül. Mark csak reménykedhetett, hogy módja lesz minimumra csökkenteni az ütéseket, amelyeket a gyerekeknek még el kell viselniük. Nem akarta, hogy a válás tönkretegye őket.

– Ez nincs mindig így, Jess – mondta szomorúan. – Változnak az idők, változnak az emberek. Nem mindig kaphatod meg azt, amit akarsz, és nem teheted azt, amit megfogadtál. Az élet nyesett labdákat dob. – De hiába csitította őket, Jason és Jessica tovább dühöngött az anyjukra és a szeretőjére.

Este visszarepült Kaliforniába, és a következő héten az egykori iskolával tárgyalt, hogy vegyék viszsza a gyerekeket. Nem egészen három hónapja tanultak New Yorkban, méghozzá olyan kiváló iskolában, hogy semmiről sem maradtak le. A hét végére megkapta az igenlő választ, és a többi már ment, mint a karikacsapás. Marknak annyi dolga maradt, hogy felfogad egy asszonyt, aki vigyáz a gyerekekre, amíg ő dolgozik, és délután elviszi őket a különórákra. Mark úgy látta, nem lesz itt semmi gond, és felhívta Janetet.

– Minden el van intézve. Kezdhetnek hétfőn, ha akarnak, de arra gondoltam, szeretnél legalább még egy hetet, hogy megbékélhessetek. Tőled függ, mikor küldöd őket.

142

– Kösz, Mark. Kösz, hogy ilyen rendes vagy, nem is érdemlem meg. Borzasztóan fognak hiányozni! – Janetből ismét kitört a sírás.

– Te is hiányozni fogsz nekik. Amint elmúlt a mérgük, valószínűleg hajlandók lesznek visszamenni New Yorkba, és ott kezdeni az új tanévet.

– Ebben nem vagyok olyan biztos. Nagyon utálják Adamet, akinek kialakult elvei vannak. Neki, akinek sose voltak gyerekei, borzasztó nehéz lesz betörni magát a kamaszok apjának szerepébe. – Hát ez elég pocsékul hangzott. Mark nem irigyelte az asszonyt. Úgy táncol, ahogy Adam és a kölykök fütyülnek. Janet sose bírta az éles helyzeteket. Mindent a férje intézett helyette, kivéve ezt az Adamügyet. Itt Janet lépett a tettek mezejére, de jól el is cseszte mindenkinek az életét.

Vasárnap megmondta a hírt a srácoknak, akikben annyi kímélet sem volt, hogy legalább mímeljék a bánatot az elválás miatt. Ujjongtak a boldogságtól, és Jessica fél óra múlva már csomagolt. Utaztak volna már másnap, de Janet ragaszkodott hozzá, hogy maradjanak még egy hétig. Azt is megmondta nekik, hogy nyárra vissza kell térniük New Yorkba. Úgy beszélték meg Adammel, hogy júliusban házasodnak össze, amikor lezárul a válóper, ám ezt nem árulta el a gyerekeinek, mert attól félt, hogy ha megtudnák, vissza se jönnének hozzá.

Gyötrelmes hete volt, abban a tudatban, hogy a gyerekei otthagyják. Szombaton felültette fiát és lányát egy kaliforniai repülőgépre. Marktól tudta, hogy a főbérlője házvezetőnőjét kérte meg, hogy vigyázzon a gyerekeire. A különórákra maga viszi őket, majd lecsíp a munkaidőből, ha muszáj. Jessica és Jason megér ennyit.

Janet összetörten nézett távozó gyerekei után. Kapott tőlük egy ölelést, mielőtt elmentek, és Jason mintha elbizonytalanodott volna. Nem akart New

Yorkban maradni, de sajnálta az anyját. Jessica hátra se nézett. Megpuszilta az anyját, köszönt, aztán elvonult a folyosón. Alig várta, hogy Kaliforniában legyen az apjánál.

Annál boldogabb volt az út másik vége. A gyerekek örömüvöltéssel rohanták meg az apjukat, aki könnyes szemmel szorította magához őket. Végre kezdett kiderülni az ég. Janetet örökre elveszítette, talán a saját hibájából, talán nem, de a srácait visszakapta, és neki nem kellett több.

11.

Cooper Winslow egy másik világot ismert meg Alexben. Még sose találkozott hozzá fogható nővel. Járt már dolgozó nőkkel, még két jogásznővel is, de orvosnővel még soha, főleg bentlakóval. Most pizza, hamburger, kínai készétel szerepelt a menün, és úgyszólván nem volt olyan étkezés, film és este, amit meg ne szakított volna a kórházból érkező hívás. A bentlakó orvosoknak nincs magánéletük, többségük ezért jár orvosokkal, ápolókkal, orvostanhallgatókkal vagy más rezidensekkel. Alexnek vadonatúj élmény volt, hogy egy híres filmszínésszel randevúzik. Amennyire tudott, zsonglőrködött zsúfolt napirendjével, Coop pedig alkalmazkodott, amennyire tudott. Olyan lázba hozta a nő, hogy szinte nem is gondolt annak családjára. Ha időnként eszébe jutott, még kívánatosabbnak érezte tőlük Alexet. A Madison-vagyon olyan volt, mint a piros masni a karácsonyi csomagon. Coop nagyon igyekezett, hogy ne gondoljon Alex pénzére. Egyedül az aggasztotta, hogy mit szólnak majd hozzá a Madison-szülők. Ám ezt egyelőre nem merte megvitatni a nővel.

Kapcsolatuk lassan bontakozott, részben, mert Alexnek rengeteg kellett dolgoznia, részben, mert egyszer már csúnyán megégette magát, és azóta hihetetlenül óvatos volt. Nem akart elkövetni egy újabb tévedést, és nem volt sietős neki, hogy dűlőre jusson Cooppal. A férfi az ötödik találkozás után megcsókolta, de ennél nem mentek tovább, és Cooper volt olyan okos meg türelmes, hogy ne erőszakoskodjon. Akkor akart lefeküdni a nővel, ha majd Alex könyörög érte. Ösztönösen tudta, hogy a sürgetéssel elriasztaná Alexet, azt pedig nem akarta. Készséggel kivárta, hogy a nő lépjen.

Charlene végre lelépett a színről. Miután a férfi két hétig nem hívta vissza, ő se telefonált többé. Alex még Paloma tetszését is elnyerte. Bár a salvadori asszony sajnálta, és időnként elgondolkozott rajta, hogy tudja-e Alex, mire vállalkozik, noha Coop egyelőre ildomosan viselkedett. Akkor se maradt ki éjszakára, ha éppen nem találkoztak; forgatókönyveket olvasott, vagy a barátaival töltötte az estét. Volt Schwartzéknál egy kisebb vacsorán, amelyre Alex nem mehetett el, mert dolgozott, a férfi pedig nem beszélt róla az estélyen. Úgy gondolta, nem lenne okos ötlet kikürtölni, hogy együtt járnak. Azt akarta, hogy a botránynak az árnyéka se hulljon Alexre. Egy ilyen tiszta, becsületes nő iszonyodna tőle, hogy a botránylapok meghempergessék ugyanabban a mocsokban, mint a macákat, akiktől Coop mostanában óvakodott. Ezt-azt Alex is tudott a magánéletéről, hiszen Cooper évtizedekig volt Hollywoodban a léha világfi, de a részleteket a férfi inkább elhallgatta előle.

Olyan helyeken ettek, ahol a szennylapok nemigen szúrhatták ki őket. Cooper még egyszer se vitte el a nőt egy tisztességes étterembe, mert Alexnek se ideje, se energiája nem volt egy elegáns vacsorához. Örökösen dolgozott. Hatalmas diadalnak számított, amikor eljutottak egy moziba. A nő szívesen kijárt az Udvarházba, ha a hétvégéi szabadok voltak. Úszott, egy estén vacsorát is főzött, de mielőtt egy falatot lenyelhetett volna belőle, már hívták is be a kórházba. Ő már megszokta ezt, de Coopnak rettentő nehezére esett az alkalmazkodás. Nem sejtette, mibe vág bele. Ám egy ilyen tündöklő, intelligens, izgalmas teremtésért érdemes vállalni minden kényelmetlenséget és nehézséget.

Alex élvezettel diskurált Markkal, ha összefutottak a medencénél. A férfi sokat mesélt a gyerekeiről, és egy este még a gondjaiba is beavatta. Beismerte, hogy nem szeretné, ha a srácai megkedvelnék azt az embert, aki tönkretette a házasságát, de nem akarja még ezzel is szomorítani őket. Alex nagyon megsajnálta.

Jimmyvel kevesebbet találkozott; a férfi is olyan keményen robotolt, mint ő. Esténként vagy gyámszülőkhöz járt, vagy edzést tartott egy szoftballcsapatnak. Mark nem győzte dicsérni, hogy micsoda klassz fej, és mesélt Maggie-ről, amit Alex mély részvéttel hallgatott. Jimmy egyetlenegyszer sem hozta szóba a feleségét. Többnyire félrehúzódott, és mintha zavarta volna a női társaság. Gyűlölt egyedül lenni, lélekben még mindig nős embernek érezte magát. Alex már kitalálta, hogy a két férfi bérlő, bár ezt Coop nem vallotta be, ő pedig nem kérdezett. Úgy gondolta, semmi köze Coop anyagi ügyeihez.

Három hete találkozgattak, amikor a férfi fölvetette, hogy utazzanak el egy hétvégén. Alex azt felelte, utánanéz, tud-e szakítani rá időt, bár ebben kételkedett. Elképesztő módon mégis sikerült megszerveznie. Az volt az egyetlen feltétele, hogy külön hotelszobában szálljanak meg. Még mindig nem készült föl a testi kapcsolatra ezzel az egyébként rendkívül vonzó férfival. Azt is közölte, hogy a saját kiadásait ő fizeti. Egy mexikói üdülőhelyre akartak menni, amelyet Coop jól ismert. Alex már előre örült. Nem volt szabadságon a rezidentúrája kezdete óta, pedig szeretett utazni. Valóságos mennyországnak érezte, hogy két napig süttetheti magát a nappal. Mexikóban talán a bulvárlapokat is sikerül kicselezniük. Coop nem ábrándította ki ebből a naiv meggyőződésből, mert az ő céljainak jobban megfelelt így. Azt akarta, hogy Alex vele tartson, márpedig erről lemondhat, ha elijeszti a barátnőjét a sajtóval.

Egy pénteki estén utaztak el. A szálloda még annál is gyönyörűbb volt, mint amit Cooper ígért. Szomszédos szobáik voltak, amelyekhez hatalmas nappali, terasz, saját úszómedence és egy darabka homokpart is tartozott. Csak akkor kellett embert látniuk, ha akartak. Késő délután bementek a városba, üzletekben csellengtek, kiültek a kávéházak elé, és margarítát iszogattak. Olyan volt, akár egy nászút, és a második éjszakán, pont ahogy Coop remélte, a nő csábította el őt. Alex még csak be se volt csípve. Tudatosan tette, amit tett, mert beleszeretett Cooperba. Férfi hozzá még nem volt ilyen kedves, figyelmes, gyöngéd. Nem csak csodálatos társ és nagyszerű barát, de tökéletes szerető is. Cooper Winslow értett a nőkhöz. Tudta, mit akarnak, mit szeretnek, milyen bánásmódot kívánnak, mire van szükségük. Alex még sose élvezte ennyire a vásárlást, még senkivel sem beszélgetett ilyen felszabadultan, még sose mulattatták és kényeztették ennyit. Coopnak nincs párja.

Az is meglepte, mennyi autogramot osztott ki a férfi, és hányan megállították, hogy lefényképezhessék. Mintha az egész világ ismerte volna. De senki sem ismeri annyira, mint ő, gondolta Alex. Legalábbis így érezte. Coop készségesen megosztotta vele az életét és a legféltettebb titkait is, amit Alex ugyanazzal a feltétlen nyíltsággal viszonzott.

– Mit fognak szólni a szüleid? – kérdezte Coop emlékezetes első szeretkezésük után. Meztelenül ültek a medence partján a holdfényben. A távolban zene szólt. Ez volt Alex életének legromantikusabb éjszakája.

– Isten tudja – felelte tűnődve. – Apám soha életében nem szeretett senkit, se férfit, se nőt, se a gyerekeit, se az anyámat. Gyanakszik mindenkire. De azt még róla se hiszem el, hogy ne kedvelne meg téged. Rendes ember vagy, jó családból való, udvarias, értelmes, megnyerő, sikeres. Mit lehet itt kifogásolni?

– A korkülönbségünket.

– Lehet. De vannak napok, amikor fiatalabbnak tűnsz nálam. – Rámosolygott a férfira a holdvilágnál, majd ismét csókolóztak. Coop nem mondta, hogy a helyzetük is eltérő: Alex gazdag, ő meg nem az. Fájt volna bevallani. Nem szeretett szembesülni ezzel a ténnyel. Azért az kellemes tudat, hogy Alex anyagilag független tőle. Coop ezt mindig fontosnak tartotta. Kizárólag akkor akart nősülni, ha biztos pénzügyi háttérrel teheti, márpedig ezzel úgyszólván sohasem dicsekedhetett. Ha volt pénze, az is kifolyt a kezéből. Akkor is elszórta volna, ha nem kerül olyan ijesztően sokba a legtöbb nőismerőse. Alexre bezzeg annál kevesebbet kell költenie, de hát a nő egyébként is gazdag, tehát ezt a témát leveheti a napirendről. Cooper Winslow életében először komolyan fontolgatta a házasságot, persze csak úgy érintőlegesen, feltételes módban, de már nem félt tőle annyira. Álmélkodására el tudta képzelni magát, amint megállapodik Alex mellett. Mindig azt hitte magáról, hogy előbb lesz öngyilkos, mint házas. Valahogy egyformán öldöklő hatásúnak tűnt ez a kettő. Ám Alex mindent megváltoztatott, és ezt meg is mondta neki két csók között, a mágikus mexikói éjszakában.

148

– Én még nem tartok ott, Coop – felelte lágy hangján Alex, a tőle megszokott őszinteséggel. Szerette a férfit, de nem akarta áltatni. Foglalkozása és magánéletének keserű tapasztalatai egyaránt elvették a kedvét a házasságtól. Nem akart újabb csalódást, bár nem tudta elhinni Coopról, hogy megbántaná.

– Én se – súgta a férfi. – De most már legalább nem ráz ki a hideg a gondolattól. Nálam ez már haladás. – Alexnek tetszett, hogy Coop se akar ész nélkül házasodni, olyannyira, hogy még egyszer sem kerített sort rá. Amikor Alex rákérdezett, a férfi azt felelte, még sose találkozott a megfelelő lánnyal. Bár most már kezdi azt hinni, hogy mégis bekövetkezett. Alex megéri, hogy az ember rátegye az életét.

A hétvége minden szempontból varázslatosan sikerült. Eufóriás állapotban repültek vissza LA-be, és fájó szívvel váltak el.

– Nem akarsz nálam maradni az Udvarházban? – kérdezte Cooper, miközben hazafelé vitte a nőt a repülőtérről. Alex tűnődve bámult maga elé.

– De igen, akarnék, de nem lenne okos. – Még mindig félt a sietségtől, félt, hogy megszokássá szürkül az újdonság, és akkor majd jön valami rossz, ami elrontja. – Azért hiányozni fogsz ma éjszaka.

– Te is nekem – mondta őszintén a férfi. Új embernek érezte magát, és ragaszkodott hozzá, hogy ő vigye föl Alex poggyászát a lépcsőn. Még sose járt a nő lakásán, és elhűlt a látványtól, a halomba dobált kórházi pizsamáktól, az orvosi könyvek tornyaitól és a fürdőszobától, amelyben nem volt semmi kényelem, semmi puhaság, csak szappan, vécépapír, törülköző. Bútor alig, se függöny, se szőnyeg, se kép. – Az istenért, Alex, ez egy kaszárnya! – A nő sose bajlódott a lakberendezéssel. Ideje se volt rá, de nem is érdekelte. Ő csak hálni járt ide. – Ha valaki meglátná, befalaznák az ajtót! – Coop csak nevetni tudott azon, hogy valaki így éljen, főleg, ha valaki ilyen gyönyörű és kifinomult, mint Alex. Látott már benzinkutakat, amelyek barátságosabbak voltak. – Szerintem fel kéne gyújtanod, és haladéktalanul át kellene költöznöd hozzám! – Tudta, hogy a nő sose tenne ilyet – vagy legalábbis még egy ideig nem. Ahhoz túl óvatos és független. Ám a vetetlen ágy és a sivárság ellenére is nála töltötte az éjszakát. Másnap együtt keltek. Alexnek hatkor kellett indulnia a munkába, Coop pedig visszatért az Udvarházba, és annyira hiányzott neki Alex, mint még egyetlen nő sem.

Később megjött Paloma, aki rögtön felfigyelt munkáltatója arcára. Kezdte azt hinni, hogy tényleg beleszeretett a fiatal orvosnőbe, és ettől majdnem meglágyult iránta. Talán mégis van szíve.

Coop egész délután fotózáson volt; a *GQ* címlapjához készítettek róla felvételeket. Este hatra került haza. Tudta, hogy Alex dolgozik, és másnap reggelig nem is jön el a kórházból, mert le kell csúsztatnia a mexikói utazást. Most egyfolytában több napig kell dolgoznia, cserébe azért, mert helyettesítették.

Éppen letelepedett a könyvtárban egy pohár pezsgővel, és föltett valami zenét, amikor ijesztő hang hallatszott a bejáratnál. Olyan volt, mint egy géppuska vagy egy robbanássorozat, vagy mintha összeomlani készülne a ház. Felugrott, hogy kinézzen az ablakon. Először nem látott semmit, aztán tágra nyílt a szeme az elszörnyedéstől, mert megpillantott egy kamasz fiút. A kis huligán gördeszkával pattogott lefele a márványlépcsőn. Haladását nyaktörő ugrásokkal fűszerezte, és hatalmas csattanással zuhant vissza a márványra. Coop néhány lépéssel a bejáratnál termett, és föltépte az ajtót. Ezen a márványon 1918 óta nem esett csorba, de a kiskorú bűnöző gördeszkája porrá fogja zúzni!

– Te meg mi a fenét csinálsz itt? Ha három másodpercen belül nem takarodsz innen, hívom a rendőrséget! Egyáltalán hogy kerültél ide a birtokra? – Szólnia kellett volna a riasztónak, amikor a kölyök bemászott a kapun. Miért nem szólt? A gyerek, a gördeszkát a melléhez szorítva, rémült elszörnyedéssel bámult föl rá, és csak annyit bírt kinyögni elfúló hangon:

– Apukám itt lakik. – Egy pillanatig se gondolt rá, hogy kárt tehet a márványban. Egyszerűen csak jó helynek látszott az ugrás gyakorlására, és állati klasszul érezte magát, amíg Coop rá nem ordított, hogy elviteti a rendőrséggel.

– Hogyhogy az apukád? Itt én lakom, és hála istennek, én nem vagyok az apukád! – dühöngött Coop. – Ki vagy te?

– Jason Friedman. – Reszkető kezéből kihullott a gördeszka, és akkorát csattant, hogy mindketten összerázkódtak. – Apu a vendégszárnyban lakik. – Jason és a nővére az előző estén érkeztek meg New Yorkból. A fiúnak nagyon tetszett a ház. Amióta hazajött az iskolából, nekilátott fölfedezni a birtokot. Előző este az apjuk bemutatta őket Jimmynek, és nála vacsoráztak. Jason csak az apja elbeszéléseiből hallott Coopról, aki Mexikóban volt, mikor ők megjöttek. És mintha tetézni akarta volna az arcátlanságot, fölnézett Coopra, és hozzátette: – És most már én is itt lakok, és a nővérem is. Tegnap jöttünk meg New Yorkból. – Nem akart mást, csak menekülni a letartóztatástól. Bármit és akármit hajlandó lett volna elmondani Coopnak, csak be ne vigyék a rendőrök!

– Hogyhogy itt „laksz”? Meddig maradtok? – Értsd: meddig kell elviselnie a felségvizein az ellenséges jelenlétet? Rémlett, mintha Liz mondta volna, hogy Mark gyerekei néha majd átjönnek látogatóba New Yorkból, de csak néhány napra.

– Otthagytuk a mamit New Yorkban, és átjöttünk apuhoz, hogy vele lakjunk. Mert rühelltük a mami fiúját. – Jason általában takarékosabban bánt az információkkal, de most nagyon megijedt Cooptól.

– Bizonyosra veszem, hogy ő is rühellt téged, ha az ő márványlépcsőjén is gördeszkáztál. Ha még egyszer megteszed, saját kezűleg lazsnakollak el!

– Apám úgyse engedi! – vágott vissza Jason felbőszülten, látva, hogy tébolyodottal áll szemben. Tudta róla, hogy filmsztár, de először letartóztatással fenyegette, most meg veréssel. – És akkor maga börtönbe kerül. Egyébként bocs – adta kissé lejjebb.

– Nem is tettem kárt a lépcsőben.

– De tehettél volna! Tényleg ide költöztetek? – Ez volt a legrémesebb hír, amit mostanában hallott. Remélhetőleg hazudik a fiú. Bár Coopnak volt egy olyan iszonyú sejtelme, hogy az igazat mondja. – Apátok nekem nem is szólt.

– Mert az utolsó pillanatban döntöttük el, a mami fiúja miatt. Csak tegnap érkeztünk, és ma kezdtünk újra a régi iskolánkban. A nővérem gimnazista.

– Ezt nem találom megnyugtatónak – mondta Coop sötéten. Nem lehet igaz, hogy vele történik ez! Nem lehet, hogy két gyerek lakjon a vendégszárnyban! Ki kell rúgnia őket, méghozzá minél hamarabb, még mielőtt porig égetnék a házat, vagy eltörnének valamit. Fel fogja hívni az ügyvédjét. – Majd beszélek az apátokkal – mondta fenyegetően –, azt pedig add ide! – nyúlt a gördeszkáért. Jason hátraugrott. Féltett kincse volt a gördeszka, azért is hozta magával New Yorkból.

– Mondtam, hogy bocs! – emlékeztette Coopot.

– Sok mindent mondtál te, főleg az anyád fiújáról. – Maga volt a fenség, ahogy letekintett a legfelső fokról a legalsó grádicson toporgó Jasonra. Magas ember volt, de most óriásnak látszott.

– Az egy seggfej, és rühelljük – közölte Jason.

– Nagyon sajnálatos, de ez nem jelenti azt, hogy lakhattok a házamban, legalábbis hosszú távra nem! – Öldöklő pillantást vetett a gyerekre. – Közöld apáddal, hogy reggel majd beszélek vele! – Azzal bevonult az ajtón, és becsapta, Jason pedig lóhalálában gördeszkázott vissza a vendégszárnyba, és előadta apjának a találkozást, javított változatban.

– Nem kellett volna a lépcsőn gördeszkáznod, Jase. Ez régi ház. Eltörhetted volna a márványt.

– De mondtam, hogy bocs! És olyan görény volt!

– Nagyon rendes ember az, csak nem szokta meg a gyerektársaságot, épp ezért egy kicsit elnézőnek kell lennünk vele szemben.

– Kidobhat minket?

– Azt nem hinném, mert hátrányos megkülönböztetésnek minősülne, hacsak nem követsz el valami borzalmat, amivel elfogadható okot adsz neki. Tegyél meg nekem egy szívességet, és próbálj nem csinálni ilyet!

A két gyerek az első látásra beleszeretett a házba, Mark pedig ujjongott, hogy itt vannak vele. Majd elszálltak örömükben, amikor viszontlátták régi barátaikat az iskolában. Jessica ráragadt a telefonra, hívott mindenkit, aki él és mozog. Mark vacsorát főzött. Délután találkoztak az udvaron Palomával, és elnyerték a tetszését. Paloma munkáltatója jóval kevésbé volt elragadtatva a Friedman-csemetéktől. Ő még azt sem tudta, hogy Paloma, ha van szabad ideje, Marknál is elvégez kisebb háztartási munkákat.

Coop, miután becsapta az ajtót, töltött magának egy rendes adag italt, és tárcsázta Alex személyi hívóját. A nő öt perc múlva visszahívta. Hallotta a férfi hangján, hogy valami szörnyűség történt.

– Házamat megszállták az űrlakók – mondta szinte a felismerhetetlenségig feldúlt hangon.

153

– Jól vagy? – aggódott a nő.

– Nem, nem vagyok! Beköltöztek Mark gyerekei! Az imént találkoztam az egyikkel, egy kiskorú bűnözővel. Haladéktalanul megindítom a kilakoltatást, bár lehet, hogy addig ideg-összeroppanást kapok. A kölyök az első lépcsőn gördeszkázott, és a márványon ugrált! – Alex megkönnyebbülten fölkacagott. Azt hitte, komoly baj van. Coop úgy beszélt, mintha mindjárt összedőlne a ház.

– Nem hinném, hogy kilakoltathatod őket. Mindenféle törvények vannak a gyerekes szülők védelmére – felelte józanul, titokban mulatva a férfi háborgásán. Coop tényleg utálja a gyerekeket.

– Nekem olyan törvények kellenek, amelyek megvédenek! Tudod, mennyire ki nem állhatom a gyerekeket!

– Vagyis akkor nekünk se lesznek, hm? – ugratta Alex. A férfi most kapott észbe, hogy ez még akadály lehet. Eddig nem is gondolt rá, hogy a barátnője, amilyen fiatal, akarhat gyerekeket. Pillanatnyilag nem volt hangulata, hogy ezzel foglalkozzon.

– Ezt még megvitathatjuk. A te gyerekeid mindenesetre civilizáltak lennének. Mark kölykei nem azok, legalábbis ez nem az. Állítása szerint a nővére gimnazista. Valószínűleg füvet szív, és drogot árul az iskolában.

– Ne túlozz, Coop. Meddig maradnak?

– Úgy hangzik, hogy mindörökké. De ha holnapig, az is több az elégnél. Reggel átmegyek az apjukhoz, és tájékozódom.

– Azért igyekezz nem kiborulni – intette Alex. De Coop már ki volt borulva.

– Alkoholista leszek. Súlyosan allergiás vagyok minden huszonöt évnél fiatalabb egyénre. Mark nem akarhatja komolyan, hogy a gyerekei itt lakjanak. És mi van, ha nem rúghatom ki őket?

154

– Akkor igyekszünk a legjobbat kihozni belőle, és megtanítjuk viselkedni a gyerekeket.

– Nagyon édes vagy, hogy ezt mondod, szerelmem, de vannak emberek, akiket nem lehet tanítani. Figyelmeztettem a kölyköt, hogy eltángálom, ha még egyszer gördeszkázik a lépcsőmön, mire azt felelte, hogy dutyiba csukat. – Hát ez csakugyan rázós kezdet, ugyanakkor veréssel fenyegetőzni sem helyes.

– Csak annyit mondj Marknak, hogy tartsa távol tőled a srácokat. Rendes ember az, biztosan meg fogja érteni.

Másnap Coop felkereste Markot, aki nem győzött mentegetőzni mindennemű zavarásért, amit a fia okozhatott. Elmagyarázta házigazdájának, milyen helyzetbe kerültek, és kifejezte azt a meggyőződését, hogy évzáró után a kölykök visszamennek az anyjukhoz. Több, mint valószínű, hogy mindössze három hónapot töltenek itt.

Coopnak ez fölért egy halálos ítélettel. Ő azt akarta hallani, hogy a gyerekek másnap távoznak, de hiába reménykedett. Mark esküdözött, hogy a srácok viselkedni fognak, Coop pedig, nem lévén más választása, belenyugodott, hogy mostantól öszsze van zárva velük.

Mielőtt átjött volna Markhoz, felhívta az ügyvédjét. Alexnek igaza volt. Nem szabadulhat az ifjú Friedmanektől. Semmivel sem lett jobb hangulata a bocsánatkérő levéltől, amelyet Jason apai parancsra írt neki, és tajtékzott dühében, amiért Mark becsempészte hozzá az ivadékait. Nem akart internátust, dedót, kiscserkészcsoportot vagy gördeszkás egyletet vezetni. Száz mérföldre kívánt magától és a házától mindenféle kölyköt. Remélhetőleg az anyjuk románca hamarosan véget ér, és a klambók visszatakarodnak hozzá.

12.

Coop és Jason összepattanása után Mark figyelmeztette a fiát, hogy ne menjen a főépület közelébe, és kizárólag a felhajtón használja a gördeszkáját. A fiú néhányszor látta Coopot, amikor a színész elhajtott, de nem történt több incidens, legalábbis az első két hétben. A srácok boldogok voltak, hogy visszajöhettek LA-be régi haverjaikhoz meg a régi iskolába, „királynak" találták új otthonukat, az undok házibácsi ellenére. Coop továbbra is görbe szemmel nézett rájuk, de az ingatlanközvetítő és a jogászai egybehangzóan közölték vele, hogy nem tehet semmit. A törvény szigorúan tiltja, hogy valakit hátrányosan megkülönböztessenek csak azért, mert gyereke van. Mellesleg Mark előre megmondta, hogy gyerekei vannak, akik időnként meg fogják látogatni. Friedmannek joga van együtt lakni a gyerekeivel, akár állandó jelleggel is. Coopnak nincs más választása, mint hogy elfogadja a helyzetet. Ha a gyerekek valami nem helyénvaló dolgot követnének el, akkor majd panaszt tehet. Azóta, hogy Jason az első napon gördeszkával gyakorolt a bejárati lépcsőn, semmi hasonló nem fordult elő.

Ám az első hétvégén, amelyet Alex az Udvarházban töltött, akkora zenebonára ébredtek délben, mintha elnökjelölő közgyűlés zajlana az úszómedence mellett, és legalább ötszáz ember üvöltözne. Valahonnan rap bömbölt, és a fülelő Alex akaratlanul elmosolyodott a szöveg hallatán. Abszolút trágár volt, abszolút mulatságos, és abszolút tiszteletlen a felnőttek iránt, szóval abszolút üzenet Coopnak.

– Úristen, mi ez? – kérdezte a párnáiról fölemelkedő Coop elképedt iszonyattal.

– Bulinak hangzik. – Alex nyújtózkodott, ásított,

és elfészkelte magát a férfi mellett. Négy ügyeletet vállalt, hogy itt lehessen. Kapcsolatuk szépen alakult, Coop rugalmasan alkalmazkodott a barátnője zsúfolt munkarendjéhez. Évek óta nem talált annyi örömet asszonyban, mint most Alexben, aki a jelentős korkülönbség ellenére is nagyon jól érezte magát vele. Coop éveinek száma kissé meggondolkoztatta, de nem foglalkoztatta különösebben. A színész fiatalabbnak tűnt, és jóval érdekesebb volt Alex legtöbb kortársánál.

– Nyilván megint az űrlakók! Szerintem most szállt le egy másik UFO! – Három hét alatt többször is látott kamaszokat, de Mark jól kézben tartotta őket, legalábbis máig! Azt még mindig nem tudta, hogy lakójának gyermekeit alkalmanként Paloma pesztrálja. – Süketek ezek? Ez a zene Chicagóig elhallatszik! – Kikecmergett az ágyból, és az ablakhoz baktatott. – Jézusom, Alex, ezek több ezren vannak! – A nő is kinézett az ablakon. Húsz-harminc kamasz nyüzsgött a medencében: kacagtak, rikoltoztak, mindenfélével dobálták egymást.

– Ez bizony buli – állapította meg Alex. – Nyilván születésnapja van valakinek. – Jólesett egészséges, vidám fiatalokat látnia, akik jól érzik magukat. Maga volt az áldott szabályszerűség, a rengeteg szomorúság és tragédia után, amit naponta el kellett viselnie. Coop viszont felháborodott.

– Az űrlakóknál nincsen születésnapi buli! Kikelnek a tojásból a legalkalmatlanabb időkben, aztán lejönnek a Földre, hogy szétverjenek mindent. Ezeket is azért küldték ide, hogy elpusztítsanak bennünket és a Földanyát!

– Kimenjek és megkérjem őket, hogy halkítsák le? – ajánlkozott készségesen a szélesen mosolygó Alex. Látta a barátján, hogy leginkább ezen háborog. Békés, rendezett élethez szokott, és úgy szerette, ha körülötte választékos és gyönyörű minden, ezeknek a számoknak a szövege viszont egyiknek sem volt nevezhető. Alex megsajnálta.

– Azt jó lenne! – örvendezett a férfi. Alex sortot, pólót rántott, felhúzta szandálját. Szép tavaszi nap volt. Megígérte Coopnak, hogy amint visszajön, készít reggelit. Coop hálásan elvonult a fürdőszobába, hogy zuhanyozzon és borotválkozzon reggeli előtt. Ő még ébredni is mutatósan és viszonylag fitten ébredt, nem úgy, mint Alex, aki úgy érezte, egész éjszaka lófarkon hurcolták. A haja kócosan meredezett, és sose tudta kipihenni a rengeteg munkát. Ő viszont fiatal volt, és most, amikor elindult a medencéhez, hogy átadja az üzenetet Marknak, simán elment volna kamaszlánynak.

Jessica körül bikinit és egyrészes fürdőruhát viselő lánysereg sikongott és vihogott. A fiúk játszották a flegmát, akik észre se veszik az ilyet. Mark is a medencében lubickolt.

– Szia, hát te hol jártál? Időtlen idők óta nem láttalak! – kiáltotta a nőnek. Már azt hitte, hogy Coop szakított vele. Igaz, más nővel se találkozott. Hetek óta viszonylagos szélcsend volt az Udvarházban.

– Dolgoztam. Mi a nagy alkalom? Születésnapja van valakinek?

– Jessie csak azt szerette volna megünnepelni, hogy visszajöttek. – A lány repesett a boldogságtól, hogy az apjánál lakhat, és nem volt hajlandó szóba állni az anyjával. Mark ezen elszomorodott, de egyelőre nem tudta jobb belátásra téríteni az engesztelhetetlen Jessicát. Jason legalább beszélt Janettel, de nem rejtette véka alá, mennyire boldog, hogy az apjánál élhet.

– Nem szívesen macerállak, hiszen láthatólag olyan jól érzik magukat – mentegetőzött Alex –, de Coopot zavarja kissé a lárma. Mit gondolsz, hajlandók lennének levenni egy kicsit a hangerőből a srácok? – Mark elámult, aztán fölszisszent, mert csak most érzékelte a decibelek számát. Ő annyira megszokta a gyerekekkel járó ricsajt, hogy észre se vette. Már látta, hogy figyelmeztetnie kellett volna Coopot a készülő bulira, de egyszerűen félt szóba hozni a srácokat.

– Ne haragudj, akkor csavarhatta föl valaki, amikor nem figyeltem oda. Tudod, milyenek a srácok. – Alex tudta, és örömmel állapította meg, hogy ezek szép, tiszta, egészséges kölykök. Sehol egy tetoválás, sehol egy punkfrizura, csak egy csomó fülkarika és itt-ott egy átfúrt orr, semmi ijesztő, és Coop rémüldözéseivel ellentétben, egyik se látszik narkósnak vagy bűnözőnek. Ezek rendes „űrlakók".

Mark kimászott a medencéből, és lehalkította a sztereót. Alex még állt egy percig, és mosolyogva nézte a gyerekeket. A szép Jessica, akinek egyenes szálú, szőke haja és formás alakja volt, fékezhetetlenül vihogott a barátnői koszorú közepén. Néhány kamasz úgy bámulta, hogy majd kiesett a szeme, ám Jessie tudomást sem vett róluk. Majd feltűnt Jason és Jimmy. A gyerek baseballkesztyűt viselt, labdát szorongatott, és fülig ért a szája. Jimmy irányításával most sajátított el egy korábban elérhetetlennek tűnő készséget, azt, hogy miként dobjon csavart labdát tévedhetetlen pontossággal.

– Szia! – köszönt Alex barátságosan, amikor a jövevények megálltak mellette. Jimmy félszegen bemutatta a gyereket. A tekintetében még mindig volt valami tartózkodás, mintha még az is fájna, ha rá kell néznie az emberekre. Nagyon megviselte a gyász, olyan volt, mint aki súlyos betegségen esett át. Alex sokszor találkozott ezzel az elutasítással olyan szülők szemében, akik elveszítették a gyereküket. Ám ha Jasonhoz szólt, sokkal felszabadultabban viselkedett, mint a felnőttekkel. – Mi újság? – érdeklődött Alex. – Történt az utóbbi időben valami érdekes tűzeset? Nagy élmény volt! – Elmosolyodtak az emlékre. Alex még mindig látta maga előtt Coopot, amint az égő bokrok mellett autogramokat osztogat a tűzoltóknak. Nevetnie kellett, ha eszébe jutott.

– Én nagyon jól bevacsoráztam belőle – mosolygott Jimmy félszegen. – Mi ettük meg a te adagodat. Kár, hogy vissza kellett menned a kórházba, bár ha nem teszed, akkor nekünk nem jut vacsora – állapította meg gyakorlatiasan, aztán elvigyorodott. – Jó kis este volt! Főiskolás korom óta nem lett ahhoz fogható macskajajom. Másnap csak délelőtt tizenegyre sikerült bevánszorognom a munkába. Coop mindenféle egzotikus italt szervírozott, és jó sokat.

– Úgy veszem észre, sokról maradtam le – somolygott Alex, majd a gyerekhez fordult, és megkérdezte, mi a pozíciója a baseballban. Jason azt felelte, hogy védő a második alapnál.

– Jól dob – dicsérte Jimmy –, és remekül üt. Ma már három labdát veszítettünk el, úgy kiütötte a kerítésen.

– Le vagyok nyűgözve. Akkor se tudnék elütni egy labdát, ha az életem múlna rajta.

– Akárcsak a feleségem – csúszott ki Jimmy száján. Alex rögtön látta a szemén, hogy megsebezték a meggondolatlanul kiejtett szavak. – A legtöbb nő sem elütni, se eldobni nem tudja a labdát. Nekik más erényeik vannak – próbált visszaevezni általánosabb vizekre, minél távolabb Maggie-től.

– Gyanúm szerint belőlem azok az erények is hiányoznak – mondta Alex hanyagul, hogy enyhítse a perc kínosságát. – Akkor se tudnék főzni, ha az életem múlna rajta. Viszont vastagon meg tudom kenni a mogyoróvajas szendvicset, és príma pizzát rendelek.

– Az elég. Én sokkal jobban főzök, mint a feleségem. – A fenébe! Már megint! A nő abban a pilla-

160

natban látta rajta, hogyan falazza körül magát, és burkolózik be a csendbe. Egy darabig trécselt Jasonnal, aztán a gyerek eltrappolt a nővéréhez és a haverjaihoz.

– Kedves kölykök – állapította meg Alex abban a reményben, hátha feloldhatja a férfi kínos zavarát. Látta, mennyire szenved, szerette volna megmondani neki, hogy nagyon sajnálja, de nem akarta még jobban fölzaklatni.

– Mark magán kívül van a gyönyörtől, amióta itt vannak. Borzasztóan hiányoztak neki – mondta Jimmy, megpróbálva visszarángatni magát a szakadék széléről, mielőtt ismét belezuhanna a bánat mélységeibe. Akármit mondott vagy tett, mindenről Maggie-re kellett gondolnia. – Háziurunk hogy bírja?

– Mélylélektani terápián vesz részt, és hangulatjavító gyógyszerelésben részesül – mondta ünnepélyesen Alex. Jimmyből kipukkadt a nevetés. Gyönyörű hang volt, és óriási változást jelentett megszokott kedélyállapotához képest.

– Az nagy baj.

– Még annál is nagyobb. Múlt héten majdnem megkapta a kék kódot. – A kék kód azt jelenti kórházi zsargonban, hogy minden szervrendszer öszszeomlik, a szív és a tüdő leáll. – Úgy gondolom, megússza, de föl kellett elevenítenem, amit a kardiopulmonáris élesztésről tanultam. Most már lélegeztetőgépen van. Erről jut eszembe, hogy jobb lesz visszamennem. Azért jöttem csak ki, hogy megkérjem a srácokat, halkítsák le a zenét.

– És mi lesz? – kérdezte Jimmy szórakozottan.

– Mostanáig rap ment, jó szaftos szövegekkel – vigyorgott Alex.

– Nem úgy értem, hanem a reggelire. Mogyoróvaj, vagy pizza?

– Hm, hát ez érdekes kérdés. Még nem is gon-

161

dolkoztam rajta. Részemről a maradék pizzára szavazok. Azon élek. Desszertnek fánk, lehetőleg állott. Azt hiszem, Coopnak világfiasabb ízlése van. Talán tojás lesz, szalonnával.

– Meg tudja csinálni egyedül? – kérdezte Jimmy. Kedvelte a nőt, akinek jósága, részvéte őt is megérintette. Már nem is tudta pontosan, mivel foglalkozik, mintha a csecsemőkhöz lenne köze. Nyilván azt is jól csinálja, amilyen értelmes és önzetlen. Mit keres egy ilyen nő Cooper Winslow mellett? Nem nagyon illenek egymáshoz, bár az emberek nem a logika szerint választanak maguknak társat vagy játszótársat. Sose azt teszik, amit várnak tőlük. Coop olyan öreg, hogy bőven az apja lehetne Alexnek, aki nem olyan nőnek látszik, mint aki elájul a hírnévtől vagy a csillogástól. Ezek szerint Coopban van több, mint ők gondolják, vagy, ami rosszabb, Alexben van kevesebb? Jimmy az együtt töltött este után se tartotta valami sokra Coopert. Kétségtelenül elragadó és jóképű volt, de hiányzott belőle az erő vagy a mélység.

– Felhívhatom a 911-et, hogy hozzanak reggelit? – folytatta Alex a csipkelődést. Sajnálta ezt a kedves fiút.

– Persze, csak arra legyen gondja, hogy Coop fizessen is érte – vágta rá Jimmy, majd rögtön elnézést kért a modortalanságáért. Semmi oka nem volt, hogy komisz megjegyzéseket tegyen a házigazdájukra. – Bocs, ez durvaság volt.

– Semmi baj, van neki humorérzéke, még önmagán is tud nevetni. Többek között ezért tetszik.

Jimmy szerette volna megkérdezni, mi tetszhet valakinek Cooperon a külsején kívül, aztán mégse tette.

– Nos, jobb lesz, ha visszamegyek. Úgy látom, ma nem fogjuk használni a medencét, mert az biztos, hogy Coop nem viseli el ezt a jelenetet. Kényszerzubbonyt kell majd ráadnunk. – Ezen elnevetgéltek, aztán a nő intett Marknak, és bement a főépületbe, ahol Coop morcosan viaskodott a reggelivel. A vajas sütemény kopogósra sült, a tükörtojás sárgája szétfolyt, a szalonna szénné égett, és Coop az egész asztalt telelocsolta narancslével.

– Te tudsz főzni! – ámult el Alex. Fülig szaladt a szája, ahogy nézte a káoszt. Ezt ő sem csinálhatta volna jobban! Sokkal ügyesebb volt az intenzív osztályon, mint a konyhában. – Le vagyok nyűgözve!

– Nem tudok. Hol a pokolban voltál? Már azt hittem, ott fogtak túsznak az űrlakók.

– Nagyon rendes gyerekek, Coop, úgyhogy szerintem semmi okod az aggodalomra. Csak beszélgettem egy kicsit Markkal, Jimmyvel és Mark fiával, Jasonnal. Csupa egészséges, rokonszenves, udvarias gyerek pancsol a medencében. – Coop, kezében a tojásforgató lapátkával, megfordult és rámeredt.

– Jaj istenem… a kis zöld emberek… ők cseréltek ki… most már te is zöld vagy… ki vagy te egyáltalán? – Akkorára nyitotta a szemét az iszonyattól, amit csak a tudományos-fantasztikus filmekben lehet látni. Alex kinevette.

– Még mindig én vagyok, a gyerekek pedig klaszszak. Mindössze azt szerettem volna közölni, hogy ne izgulj.

– Olyan sokáig nem jöttél, azt hittem, már meg is szöktél velük, úgyhogy magam készítettem el a reggelimet… a reggelinket – helyesbített, majd iszonyodó pillantást vetett maga köré. – Ne menjünk inkább el, hogy házon kívül harapjunk valamit? Ez éhetetlennek tűnik – fejezte be csüggedten.

– Rendelnem kellett volna egy pizzát.

– Reggelire? – szörnyedt el a férfi, és teljes hoszszúságában kihúzta magát. – Alex, rettenetesek az étkezési szokásaid! – méltatlankodott. – Táplálkozástudományt nem tanítanak az orvosi fakultáson? Pizza nem való reggelire, még egy orvosnak sem.

– Bocs – mentegetőzött a nő alázatosan. Két vajas süteményt tett a mikróba, feltörülte a kiömlött dzsúszt, majd teletöltött két poharat narancslével.

– Hiába, ez asszonyi munka – állapította meg macsó megkönnyebbüléssel Coop. – Azt hiszem, ezt rád is bízom. Nekem elég lesz a kávé és a narancslé. – Ám néhány perccel később Alex omlettet, sült szalonnát, vajas süteményt, gyümölcslevet és kávét vitt ki tálcán a teraszra. Coop legjobb tányérjait vette elő, Baccarat ólomkristályba töltötte a narancslevet, és papír kéztörlőt hajtogatott össze szalvétának.

– Az összeállítás remek, csak még a szervírozáson kell csiszolnod egy kicsit. A márkás porcelánhoz damaszt asztalkendő illik! – ugratta Coop, miközben mosolyogva letette az újságot.

– Inkább köszönd meg, hogy nem vécépapírt használtam. A kórházban azt csináljuk, ha elfogy a szalvéta. Nagyon megfelel a célnak, akárcsak a papírtányér és a műanyag pohár. Hozok is néhányat legközelebb.

– Mérhetetlen megkönnyebbüléssel hallom! – mondta Coop fejedelmi leereszkedéssel. Miután bekebelezték a finom rántottát, a férfi föltette a kérdést, amelyen rég emésztődött: – Alex, szerinted mit szólna a családod hozzám? Mármint hozzánk –, és olyan aggodalmas képet vágott, hogy a nő egészen meghatódott. Egyre inkább az volt az érzése, hogy Coop komolyan veszi ezt a kapcsolatot. Alex még mindig nem talált a férfiban semmit, ami taszította volna, de továbbra is úgy vélte, nem kell sietniük. Alig egy hónapja járnak együtt, még sok minden megváltozhat, problémák is jelentkezhetnek, ha jobban megismerik egymást.

– Mit számít az? Nem szólhatnak bele az életembe, Coop. Magammal magam rendelkezem. Én döntöm el, kivel akarom tölteni az időt.

– Nekik nincs is véleményük a dologról? Elég valószínűtlennek tűnik. – Abból, amit Coop összeolvasott Alex apjáról, nagyon úgy tűnt, hogy Arthur Madisonnak az égvilágon mindenről van véleménye; miért éppen a lányáról ne lenne? Továbbá Arthur Madison véleményei és szavai nem éppen arany szívre utaltak. Minden valószínűség szerint kifogásolná, hogy a lányának köze van Cooper Winslow-hoz.

– Családom és én nem jövünk ki egymással – mondta Alex halkan. – Részemről tartom az egészséges távolságot. Többek között ezért vagyok itt. – A szülei belekötöttek mindenbe, amit csinált, az apjának nem volt hozzá egy jó szava. Az egyetlen testvére megszöktette Alex vőlegényét az esküvő előestéjén. Nagyon kevés szeretnivaló volt a Madison családon, ha akadt egyáltalán. Az anyjának jeges víz folyt az ereiben, és évek óta ráhagyta a férjére, hogy tegyen, amit akar, úgy bánjon a gyerekeikkel, ahogy neki tetszik. Dermesztően rideg légkörben nőtt fel Alex, ahol mindenki ment a saját feje után, és nem érdekelte, kit gázol le közben. Ezen a világ összes pénze és előkelősége se változtatott. – Tulajdonképpen ők az űrlakók, akikről beszéltél. Egy másik tejútrendszerből érkeztek, hogy elhervasszák az életet a földön. Ehhez óriási előnyökkel rendelkeznek: nincs szívük, az agyuk közepes méretű, amely csak a leglaposabb tényeket dolgozza fel, és irtózatos mennyiségű pénzzel rendelkeznek, amelyet majdnem az utolsó vasig magukra költenek. A hódítás a mániájuk, és ez elég szépen sikerült. Apámat, akinek a zsebében a világ jelentős darabja, senki sem érdekli önmagán kívül. Meg ne haragudj nyers őszinteségemért, Coop, de nem szeretem őket, és ők se rajonganak értem. Nem táncolok úgy, ahogy fütyülnek, nem veszem be a süket dumájukat, sose vettem be, és nem is fogom, ennélfogva cseppet sem érdekel, mit mondanak, ha tudomást szereznek rólunk, amire alighanem sor kerül.

– Hát ez egyenes beszéd – állapította meg Coop, aki némileg meghökkent ettől az indulatos kirohanástól. Azt láthatta, hogy Alexnek sok bántást kellett elviselnie a családjától, főleg az apjától, akiről ő is hallotta, hogy könyörtelen, szívtelen ember. – Pedig én mindenütt azt olvastam, hogy mekkora filantróp az apád!

– Nagyon ért a tömegkapcsolatokhoz. Apám kizárólag olyan ügyekre adakozik, amikből haszna van, vagy gyarapítják a tekintélyét. Százmillió dollárt adott a Harvardnak! Kit érdekel a Harvard, amikor világszerte gyerekek halnak éhen, emberek pusztulnak el olyan betegségekben, amelyek gyógyíthatók lennének, csak pénz kellene hozzájuk! Nincs az én apámnak egyetlen emberséges porcikája! – Alexnek volt. Alapítványi vagyona évi hozamának kilencven százalékáról lemondott, és a minimumra csökkentette személyi kiadásait. A Wilshire sugárúti garzonlakáson kívül szinte semmilyen fényűzést nem engedett meg magának. Úgy érezte, aki azt a nevet viseli, amit ő, az felelősséggel tartozik az egész világnak. Ezért töltött egy évet Kenyában. Ott értette meg, hogy húga tulajdonképpen nagy szívességet tett neki, amikor elcsábította a vőlegényét. A gyűlöletes árulást továbbra sem bocsátotta meg, de már tudta, hogy ő és Carter úgyis megölték volna egymást. Carter pont olyan volt, mint Arthur Madison, Alex húga olyan volt, mint az anyjuk. Neki csak pénz kellett meg az előkelő név, a biztonság és a tekintély, ami a jó partival jár. Nem tudta, miféle ember a férje, de nem is érdekelte. Cartert mintha az apósáról klónozták volna: a világ ura akart lenni, senki sem érdekelte önmagán kívül. A Madison testvérek sokkal jobban elhidegültek egymástól, hogy ilyesmit megbeszélhessenek, de Alex már évek óta gyanította, hogy a húga nem boldog, és tulajdonképpen sajnálta ezt az üres, magányos, sekélyes, értéktelen teremtést.

– Azt akarod mondani, hogy apádat nem fogja érdekelni, ha a bulvárlapokból vagy máshonnan megtudja a kapcsolatunkat? – hitetlenkedett Coop.

– Nem, nem ezt. Valószínűleg nagyon is érdekelni fogja. *Engem* nem érdekel a véleménye. Nagykorú vagyok.

– Hiszen épp ez a baj – mondta a férfi, és még aggodalmasabb képet vágott. – Apád valószínűleg nem helyeselne egy filmszínész partnert, pláne az én évjáratommal. – A híréről nem is beszélve, amelyről még Arthur Madisonnak is hallania kellett.

– Meglehet – válaszolta igen kevéssé megnyugtatóan Alex. – Az apám három évvel fiatalabb nálad. – Coopot nem hangolta jobb kedvre ez az adat. Tulajdonképpen csak abba kapaszkodhatott, hogy Alexet nem érdekli az apja véleménye. Bár ha Arthur Madison eléggé méregbe gurul, komolyan árthat a lányának vagy neki. Az ilyen nagy hatalmú emberek mindig megtalálják a módját.

– Beszüntetheti az apanázsodat? – kérdezte idegesen.

– Nem – mosolygott Alex olyan békességesen, mintha ez végképp nem a barátja dolga lenne. Coop, gondolta, nem akarja, hogy Madisonék miatta kellemetlenkedjenek neki. Milyen édes, hogy enynyire aggódik érte. – Amim van, annak a többségét a nagyapámtól örököltem. A többit apám olyan letétben helyezte el, amihez nem férhetek hozzá. Mellesleg arra is fütyülnék, ha kitagadna. Megkeresem én, ami nekem kell. Orvos vagyok. – És a leg-

167

függetlenebb asszony, akivel Cooper Winslow talál-
kozott, aki nem akar semmit senkitől, főleg nem tő-
le. Nem volt szüksége Coopra, csak szerette. Még
érzelmileg sem függött tőle: élvezte a férfi társasá-
gát, de bármikor ott tudta volna hagyni. Csak iri-
gyelni lehet azt, aki ilyen helyzetben van: fiatal,
okos, szabad, gazdag, szép és független. A tökéletes
nő. Bár Coop azért nem bánta volna, ha Alex job-
ban csüggene rajta. Így viszont nem tudta mivel
magához kötni; Alex a saját elhatározásából van
mellette, addig, ameddig kedve tartja. – Elég ez vá-
lasznak a kérdéseidre? – Odahajolt a férfihoz, és
megcsókolta. Vállára omló, sötét hajával, meztelen
lábával, sortjában, pólójában beillett volna a me-
dencénél lebzselő kamaszok közé.

– Egyelőre igen. Csak nem akarom, hogy gond-
jaid legyenek miattam a családoddal – felelte a férfi
felelősségteljes és gyengéd hangon. – Túl nagy ár
lenne egy románcért.

– Én már megfizettem az árát – mondta tűnődve
Alex.

– Képzelem. – Igen, megfizette, már évekkel ez-
előtt, amikor a húga megszökött Carterral.

A nap hátralevő része kellemesen telt. Újságot ol-
vastak, napoztak a teraszon, délután szeretkeztek.
Idővel a kamaszok is annyira elcsendesedtek, hogy
már alig lehetett hallani őket. Mikor pedig végleg
abbahagyták a lubickolást, Alex és Coop úszott
egyet vacsora előtt. A medencénél példás rend fo-
gadta őket: mindent eltakarítottak és a helyére tet-
tek. Mark keményen kézbe fogta a nyáját, és rendet
rakatott, mielőtt a buli véget ért.

Este moziba mentek. Az emberek megfordultak
Coop után, amikor jegyet váltott, és ketten autogra-
mot kértek tőle, miközben pattogatott kukoricát vá-
sárolt. Alex már megszokta, hogy Coopot észreve-
szik az emberek, és mulattatta, mikor megkérték,

húzódjon félre, amíg lefényképezik a színészt, lehetőleg egy-két rajongó társaságában.

– Maga híres? – kérdezték nyersen.

– Nem, nem vagyok az – felelte Alex alázattal.

– Akkor arrébb állna? – Alex engedelmesen félreállt, és pofákat vágott Coopra a fényképező mögött. A legkevésbé sem zavarta a helyzet. Viccesnek tartotta, és élvezettel ugratta miatta a barátját.

Mozi után beugrottak egy szendvicsbárba, majd korán hazamentek. Alexnek hatkor kellett kelnie, hogy hétre a kórházban lehessen. Boldog volt, hogy az Udvarházban, a barátjával tölthette a kellemes hétvégét. Óvatosan kelt föl, nehogy felverje Coopot. A férfi észre sem vette Alex távozását, akinek üzenetét a borotvája mellett találta meg:

„Drága Coop, köszönöm ezt a remek, békés, pihentető hétvégét. Ha szeretnél egy aláírt fényképet, hívd föl az ügynökömet. Később majd kereslek. Szeretlek: Alex."

Cooper is szerette őt, épp ez volt a dologban a furcsa. Nem számított erre, azt hitte, Alex csak változatosság lesz, hiszen annyira különbözött a többi nőjétől. Olyan komoly volt, olyan becsületes és gyengéd. Cooper nem tudta, mitévő legyen ezzel az érzelemmel. Máskor élvezte volna néhány hétig vagy hónapig, aztán ment volna tovább a következő nőhöz. Most azonban a jövőre gondolt. Abe szavai nem peregtek le róla mindenestől. Ha gazdag feleséget akarna, Alex tökéletes lenne. Őt nem lenne kínos feleségül venni, sőt, nagyon sok minden szól a házasság mellett. Nem is tudta, mit érezne iránta, ha nem Madison lány lenne, az ország egyik leggazdagabb menyasszonyjelöltje. Lehet, hogy csak szórakozna vele egy kis ideig. Ez bonyolultabbá és pikánsabbá tette a kapcsolatukat. Coop még jobban gyanakodott az indítékaira, mint Alex a magáéira, és mindennek ellenére szerette a nőt, bármit jelentsen is ez a jövőre nézve.

– Miért nem tudsz lazítani, és csak élvezni a dolgot? – kérdezte a tükörképétől, miközben a borotvája után nyúlt.

Alexben az volt a kényelmetlen, hogy kételyeket ébresztett a férfiban, és önvizsgálatra késztette. Szerelmes ő ebbe a nőbe? Vagy ez csak egy dúsgazdag örökösnő, akinek a férjeként holtáig nem lenne gondja? Ha ugyan az apja engedélyezi ezt a házasságot. Coop nem hitte el feltétel nélkül, hogy Alex fütyül az apja véleményére. Végül is egy Madison nem mehet férjhez akárkihez, nem szülhet gyereket akárkinek, és a pénzével sem rendelkezhet teljesen szabadon.

Ez is... a gyerekek. Még mindig viszolygott a gondolattól, hogy gyerekei legyenek, akár ilyen gazdag nőtől. A gyerek csak tüske a köröm alá. Neki ugyan egy se kell. Soha. Alex viszont túl fiatal ahhoz, hogy végleg lemondjon a gyerekekről. Komolyan még nem került szóba közöttük a dolog, de Coop bizonyosra vette, hogy a barátnője szeretne majd gyerekeket. Szóval nagyon bonyolult és tekervényes volt ez a kapcsolat, de az volt a legrosszabb benne, hogy semmiképpen sem akarta bántani Alexet. Korábban nem voltak hasonló aggályai. Alex a legjobbat hozta ki belőle, és Coop nem is tudta, örüljön-e ennek. Súlyos kolonc ám a tisztesség!

Borotválkozás közben megszólalt a telefon. Nem vette föl. Tudta, hogy Paloma a közelben lehet, de a salvadori asszony se ment oda a készülékhez, amely tovább csörömpölt. Lehet, hogy Alex, aki most több napot fog dolgozni egyfolytában, hogy lecsúsztassa a hétvégét? Ettől a gondolattól úgy rohant a telefonhoz, hogy még a borotvakrémet sem törölte az arcáról, és rögtön ideges is lett, amint meghallotta Charlene hangját.

– Hívtalak múlt héten, és te nem hívtál vissza! – kezdte indulatosan.

– Nem kaptam meg az üzenetet – felelte őszintén a férfi. – A hangpostában hagytad? – kérdezte, és letörülte az arcáról a habot.

– Palomával beszéltem! – háborgott Charlene. Coop már a hangjától is mérges lett. Kurta flörtjüket fényévnyire érezte a mostani őszinte vonzalomtól, amely nem egy alig ismert lányhoz, hanem egy tisztességes nőhöz fűzi. Egy világmindenség választotta el egymástól a két nőt és a két érzést.

– Már értem! – felelte nyájasan, mert minél előbb le akarta rázni Charlene-t. Akkor lássa, amikor a háta közepét. Igazán örülhet, hogy a szennylapok nem fogtak szagot, bár igaz, Charlene-nel jóformán ki se mozdultak a házból, megmaradtak a hálószobában. – Paloma kizárólag akkor adja át az üzeneteket, ha kedve van hozzá, és az se gyakran fordul elő.

– Találkozni akarok veled!

– Nem tartom okos ötletnek – felelte ridegen Coop. – Azonkívül délután elutazom a városból. – Ez hazugság volt, de a nők általában meghátráltak tőle. – Szerintem nincs mit mondanunk egymásnak, Charlene. Jól szórakoztunk, de ennek most vége. – Alig néhány hétig voltak együtt, Pamela és Alex között. Ez nem alap drámázásra és hisztizésre.

– Terhes vagyok. – Charlene elhitte, hogy Coop valóban elutazik, és úgy gondolta, addig kell megmondania, amíg teheti. Hosszú, nyomasztó csend lett a vonal másik végén. Történt vele már ilyen, és mindig viszonylag könnyen sikerült elintéznie. Pár könnycsepp, egy kis érzelmi támogatás, pénz a terhességmegszakításra és kész. Azt hitte, most sem lesz másként.

– Sajnálattal hallom. Nem akarok gorombáskodni, de bizonyos vagy benne, hogy az enyém? – A nők általában utálták ezt a kérdést, de volt, akinek kételyei támadtak, mely esetben Coop rögtön mér-

171

sékelte az együttérzést. Charlene esetében bizonyosan megalapozott kérdés volt, mert Coop tudta róla, hogy a lány heves érzelmi életet élt a kapcsolatuk előtt, valószínűleg közben is, és utána mindenképpen. A szex volt Charlene elsődleges közlési rendszere, létének alapja, úgy, mint más nőknél az evés vagy a vásárlás. Rendkívüli nemi aktivitás pezsgett benne.

Charlene felháborodott. Maga volt a sértett erény, amikor válaszolt:

– Hát persze, hogy biztosan a tied! Telefonálnék, ha nem a tied lenne?

– Ez érdekes kérdés. Ebben az esetben őszintén sajnálom. Van jó orvosod? – Coop a bejelentéstől azonnal elzárkózott, és védekező állásba vonult, mint akit fenyegetnek.

– Nem, és nincs is pénzem!

– Majd küldetek a könyvelőmmel egy csekket, ami fedezi a kiadásokat. – Manapság igazán egyszerű elintézni az ilyet. Valamikor át kellett hajtani a mexikói határon, vagy Európába kellett repülni. Most már olyan egyszerű, mint a fogkő leszedetése, legalábbis Coop szempontjából. Nem kockázatos, nem is drága. – Majd megküldetem néhány orvosnak a nevét. – Ez csak egy hullámfodor volt Cooper Winslow életének óceánján, aligha szökőár. Roszszabb dolog is történhetett volna vele, például egy közbotrány, amit semmi esetre sem akart most, Alex miatt.

– Meg fogom szülni! – felelte Charlene olyan hangon, amiben Coop megátalkodott konokságot érzett. Ez egy veszélyes, fenyegető nőszemély, akitől meg kell védenie magát és Alexet. Sose szerette ezt a lányt, és most nem az emberi dilemmát látta Charlene terhességében, hanem a lehetőséget a zsarolásra. Nehéz lett volna bármit is éreznie egykori szeretője iránt. Minden oltalmazó ösztönét Alexnek tartogatta, őt akarta kímélni a csalódástól.

172

– Rossz ötletnek tartom, Charlene – mondta, igyekezve megőrizni a távolságtartást. Folyton arra kellett gondolnia, hogy a lány még egy ilyen futó kapcsolatban is jobban vigyázhatott volna. De Charlene-nek muszáj volt belerángatni őt ebbe a komédiába. Vannak nők, akik élvezik, ha hírességektől szülhetnek gyereket, mert akkor nyaggathatják őket pénzért. Charlene elég ijesztő módon azt hitte, hogy ő különböző jogcímekkel bír, és megvoltak a maga tervei, amelyekről Coop tudni sem akart. – Nem ismerjük egymást olyan jól. Te pedig túl fiatal és csinos vagy, hogy lekösd magadat egy csecsemővel. A gyerekekkel rengeteg baj van. – A múltban bevált ez a harcmodor, ám Charlene nem hajlott a szóra. Mi az ördögnek akar gyereket egy vadidegentől? Bár ha ezt az idegent Cooper Winslow-nak hívják…

– Hat abortuszom volt, nem bírok ki még egyet, Coop! Mellesleg akarom is a kisbabánkat! – *Babánkat*. Hát ez a kulcsszó. Charlene magával akarja rántani a kátrányba. Terhes egyáltalán? Vagy ez csak egy fortély, hogy pénzt szerezzen? – Találkozni akarok veled!

– Ez sem okos ötlet. – Egyéb se hiányzik, mint egy hisztériás jelenet. Charlene tulajdonképpen vissza akarja szerezni, és azt akarja éreztetni vele, hogy neki, Coopnak, kötelességei vannak iránta, de ő ebből nem kér. Egy percig sem hitt a lány őszinteségében, és nem akart olyat tenni, ami veszélyeztetheti Alexhez fűződő kapcsolatát. Charlene három hétig tartott, de Alex mindhalálig tarthat. – Nem írhatom elő, mit tegyél, de meggyőződésem, hogy meg kellene szakíttatnod a terhességet. – Nem lesz olyan bolond, hogy könyörögjön. Legszívesebben megfojtotta volna gyerekestül, már ha egyáltalán állapotos. Még azt se hitte el Charlene-nek, hogy terhes. És ha igen, miért lenne tőle a gyerek?

– Nem vetetem el! – nyüszítette Charlene, aztán sírva fakadt. Elmondta a férfinak, mennyire szereti, és hogy ő azt hitte, csak a halál választja el őket, és azt hitte, hogy Coop is szereti őt, és most mit kezdjen egy apátlan kisbabával?

– Erről van szó – mondta a férfi hidegen. Dehogy árulja el Charlene-nek a szorongását! – Egy kisbaba sem érdemel olyan apát, aki nem akarja elismerni. Nem veszlek feleségül, még csak látni sem akarlak, se téged, se a gyereket. Nem akarok apa lenni. Azonkívül sose hitettem el veled, hogy szeretlek. Felnőttek vagyunk, együtt szexeltünk pár hétig, ennyi. Lássunk tisztán a dologban.

– Hát pedig a gyerekeket így csinálják – mondta Charlene, és váratlanul fölvihogott. Coop úgy érezte, mintha egy vacak filmbe került volna, és ez egyáltalán nem tetszett neki. Most még jobban viszolygott a lánytól, amiért ennyi kellemetlenséget okoz.

– A te babád is, Coop! – gügyögte Charlene.

– Nem az enyém. Pillanatnyilag nem is baba, senki és semmi, egy sejt, akkora, mint egy gombostű feje, és nem jelent semmit. Nem is hiányozhat neked. – Tudta, hogy ez nem egészen van így, mert a hormonok elhitetik majd Charlene-nel, hogy anyai szeretetet érez, de ezzel a kérdéssel nem volt hajlandó foglalkozni.

– Katolikus vagyok! – Össze kellett rándulni attól, ahogy ezt Charlene mondta.

– Én is, de ha ez bármelyikünknek számított volna, akkor nem fekszünk össze egyházi áldás nélkül. Úgy vélem, nincs választásod. Vagy okosan viselkedsz, vagy nagyon, de nagyon bután. Ha pedig buta akarsz lenni, abból én nem kérek. Ha megszülöd ezt a gyereket, a támogatásom vagy az áldásom nélkül teszed. – E kérdésben az első perctől ki akart zárni minden félreértést. Jobb, ha a lány is tudja, és nem kerget illúziókat.

– Támogatnod *kell!* – mondta a praktikus Charlene. – A törvény is előírja! – Nocsak, a kis ravasz! – És nem dolgozhatok a terhességem alatt. Nem fotózhatok, nem is játszhatok nagy hassal. Segítened kell! – Coop magán se tudott segíteni pillanatnyilag, pláne nem óhajtott segíteni Charlene-nek. – Szerintem össze kellene jönnünk, hogy megbeszéljük a dolgot. – Váratlanul majdnem vidám lett a hangja. Coop gyanúja szerint abban bizakodott, hogy előbb-utóbb csak be tudja palizni őt, és ha a gyerek meglesz, talán még feleségül is vetetheti magát. Ő azonban ettől csak még jobban utálta. Charlene nem csak az anyagi helyzetét fenyegette, de az Alexandrához fűződő kapcsolatot is, ami nagyon drága volt neki.

– Nem találkozom veled – válaszolta jéghideg eltökéltséggel. Nem tűri, hogy a lány ezt tegye vele.

– Márpedig szerintem meg kellene tenned, Coop! – Fenyegetés lappangott Charlene hangjában. – Mit szólnak majd az emberek, ha megtudják, hogy nem törődsz velem vagy a kisbabánkkal? – Ezt úgy mondta, mintha a színész hét gyerekkel hagyta volna faképnél, tízévi házasság után. Az a lány, akivel néhány hétig lefeküdt! Most pedig zsarolja. Kész lidércnyomás!

– Mit szólnak majd az emberek, ha megtudják, hogy zsarolsz? – kérdezett vissza élesen.

– Ez nem zsarolás, hanem apaság – felelte dévajul Charlene. – Az emberek ezt szokták csinálni, Coop. Összeházasodnak, és gyerekeik lesznek. Illetve időnként gyerekeik lesznek, aztán összeházasodnak. – Ez olyan szükségszerűnek hangzott a szájából, hogy Coop legszívesebben pofon csapta volna. Ilyen hidegvérű arcátlansággal még sohasem szembesült. Eddigi női ésszerűen szemlélték a terhességüket. Charlene nem volt ésszerű, vagy nem akart az lenni. Ez volt élete nagy lehetősége.

– Nem veszlek feleségül, Charlene, ha van gyereked, ha nincs. Jobb lesz, ha ezt most rögtön tisztázzuk. Fütyülök rá, mit csinálsz. Fizetem a terhességmegszakítást, de ennél többet nem teszek. Ha pedig anyagi támogatást vársz tőlem, akkor be kell perelned. – Nem kételkedett benne, hogy a lány meg is teszi, méghozzá a lehető legnagyobb lármával.

– Azt úgy utálnám megtenni, Coop – lamentált Charlene. – Olyan rossz reklám lenne mindkettőnknek. Ártana mindkettőnk karrierjének. – A férfi nem akarta még jobban felbőszíteni azzal, hogy megkérdezi: hol van nekik karrierjük? Charlene nem dolgozik semmit, és ő sem. Már nem szerződtetik, legföljebb epizódszerepekre, vagy alkalmanként egy-egy reklámfilmre. Akkor sem akarja, hogy együtt emlegessék őket egy botrányban. Vele még nem történt ilyen. Elkönyvelhették léha világfinak, de igazi botrány szennye még nem tapadt hozzá. De Charlene meg fogja változtatni ezt, ha a dolgok az ő akarata szerint alakulnak. Mindenesetre hátborzongatóan időzített. Ennek fog csak örülni Arthur Madison! – Nem találkozhatnánk mégis, mielőtt elutazol? – esengett Charlene, a gyámoltalan ártatlanság. Szempillantás alatt változott cápából neonhalacskává. Coop már majdnem megsajnálta, de aztán ismét elhatalmasodott rajta a félelem.

– Nem, nem találkozhatunk. Még délelőtt küldök egy csekket. Aztán te döntöd el, mit teszel, de azt biztosra veheted, hogy nem barátkozom meg az ötlettel, és nem gondolom meg magamat. Engem ne rángass bele ebbe az őrültségbe, ha megszülöd a gyerekemet.

– Látod? – diadalmaskodott Charlene. – Máris úgy gondolsz rá, mint a te gyerekedre. A mi babánk lesz, Coop. Gyönyörű kisbaba! – ömlengett a lány. Coop majdnem elhányta magát.

– Te megháborodtál. Szervusz, Charlene.

176

– Szervusz, papuci – susogta a lány, és letette. Coop csak ült, és iszonyodva meredt a telefonra. Hát ez valóságos lidércnyomás.

Vajon mitévő lesz Charlene, ha megérti, hogy Coopot nem ugráltathatja tetszése szerint, és rákényszerül az abortuszra, vagy ha ragaszkodik hozzá, hogy megszülje a gyereket? Nyilvánvalóan förtelmes botrányt csap. És mit fog mondani Alex? Más körülmények között nem szólt volna neki, de most olyan sok forgott kockán, hogy úgy döntött, őszintén bevall mindent. Charlene életveszélyes, és kiszámíthatatlan dolgokra vetemedhet. Coop tudta, hogy most rögtön meg kell tennie két dolgot, akármennyire ódzkodik tőlük.

Először is küldenie kell egy csekket Charlenenek, hogy legyen miből fizetnie a terhességmegszakítást, aztán meg kell keresnie Alexet, és el kell mondania, ami történt. Meztelenül átsietett a hálószobáján, felmarkolta a csekk-könyvét, kapkodva kiállított egy csekket olyan összegről, amit megfelelőnek vélt, azután telefonált a kórházba, és üzenetet hagyott Alexnek, hogy hívja föl, ha lesz egy szabad perce. Egyáltalán nem örült, hogy beszélnie kell a nővel, de az adott körülmények között ez tűnt a legokosabbnak. Csak abban reménykedett, hogy Alex nem szakít vele azonnal.

13.

Alex csak harminc perc múlva hívta vissza. El kellett intéznie egy új felvétel papírmunkáját, azután még egy beteget hoztak, egy szívbillentyű-problémás koraszülöttet. A hiba nem látszott gyógyíthatatlannak, de a kisbaba szoros orvosi felügyeletre szorult.

– Szia, mizujs? – kérdezte szórakozottan.

– Sok a dolgod? – A férfi ideges volt, de ezt nem akarta elárulni. Most döbbent rá, milyen sokat jelent neki Alex, és nem csak a vagyona miatt. Őszintén félt, hogy sebet üt rajta, vagy elveszíti.

– Nem túlságosan. Zajlik az élet, de még nem szabadult el a bolondokháza. – Mindig örült, ha eldiskurálhatott Cooppal, ha csak egy percre is. Hát nem kedves, hogy most is hívja?

– Volna időd egy gyors löncsre? – kérdezte fesztelennek szánt hangon a férfi.

– Ne haragudj, Coop, de nem tudok elszabadulni. Jelenleg én vagyok a vezető rezidens, és holnap reggelig ki sem tehetem a lábamat az épületből.

– Nem is kell. Én nem jöhetnék be egy csésze kávéra?

– Dehogynem, ha neked megfelel. Valami baj van? – Nem mintha hallott volna valamit a férfi hangjában, de Coop még sohasem pendítette meg, hogy bejön a kórházba. Ennyire hiányolná őt?

– Nem, csak látni szeretnélek. – Ezt úgy mondta, hogy a nő majdnem megijedt. Coop azt ígérte, délre jön. Alexet elhívták egy vészhelyzethez. Javában bajlódott az adminisztrációval, amikor a recepciósnő szólt, hogy keresik.

– Ez *az*, akinek gondolom? – érdeklődött, amikor felhívta Alexet az irodájában. Olyan ámulat csengett a hangjában, hogy Alex fölkacagott.

– Gondolom.

– A mindenit, de jóképű! – mondta csodálattal a recepciós. Alex mosolyogva letette a papírjait.

– Az bizony. Szólj neki, hogy mindjárt megyek. – Fehér köpenyt dobott magára, és kisietett. Zoknit, fapapucsot viselt, sztetoszkópja csálén lógott a nyakában, zsebéből gumikesztyű fityegett. Haját copfba fonta, és festetlen volt az arca, mert munkában sohasem sminkelte magát. Olyan volt, mint egy kamaszlány, aki orvosnak öltözött.

– Szia, Coop! – köszöntötte vidám mosollyal. Az intenzív osztály körül lebzselő emberek lapos pillantásokat vetettek a színészre. Alex már megszokta ezt a figyelmet. Cooper tökéletes volt, mint mindig: tweed sportkabátjához, bézs kámzsanyakú pulóveréhez makulátlanul vasalt khaki színű nadrágot és barna szarvasbőr mokaszint viselt. Szóval mintha egy divatlapból vágták volna ki, viszont Alex úgy érezte magát, mint akit most hajtottak át a darálón.

Szólt a recepciósnak, hogy lemegy a büfébe, ott keressék, ha szükség lesz rá.

– Egy kis szerencsével tíz szabad percem is lehet egyfolytában! – Lábujjhegyre állt, és megpuszilta a férfi arcát. Coop átfogta a vállát, úgy mentek a lifthez, amely az alagsorba tartott. Alex somolygott, mert a bezáródó liftben mindenki a barátját bámulta. Hát volt is mit. – Körülbelül négyezerszeresére emelted az ázsiómat. Szenzációs vagy!

– Te is – mondta szeretettel Coop, és közelebb húzta magához. – Nagyon tekintélyesnek látszol ezzel a sok mindennel, ami rólad lóg. – Vagyis a személyi hívóval, a sztetoszkóppal és a zsebére csíptetett érfogóval, amelyet elfelejtett eltávolítani. Hivatása eszközeivel majdnem úgy nézett ki, mint egy felnőtt. Ha ez mindenszenteki jelmez, akkor nagyon jól sikerült. Coopnak imponált az a fesztelen könnyedség, ahogyan elsuhant a recepciósasztal mellett, majd bemutatta őt az egyik ápolónőnek. Alex valóban nem akárki, és ez még riasztóbbá teszi a bejelentést, amit Coop nem kerülhet meg. Mit tesz majd a nő? De akkor is el kell mondania, nehogy Alex mástól hallja meg. Húzós dolgokra számíthat, hála Charlene-nek.

Szendvicset tettek a tálcájukra, azután Alex mindkettejüknek töltött egy csésze kávét.

– Ez nagyon veszedelmes! – figyelmeztette barátját a kávéra mutatva. – A legenda szerint patkányméreg van benne, és én el is hiszem. Ha úgy gondolod, hogy szükséged lesz rá, átviszlek ebéd után a baleseti osztályra.

– Hála istennek, hogy orvos vagy! – Coop kifizette a harapnivalót, majd követte barátnőjét egy apró sarokasztalhoz. Szerencsére senki sem ült a közelükben, és eddig a büfében még senki sem látszott fölismerni a színészt. Szeretett volna néhány zavartalan percet. Alex már habzsolta a szendvicsét, amikor Coop még ki sem bontotta a sajátját. Beletelt néhány percbe, amíg összeszedte az önuralmát. A nő látta, hogy reszket a keze, amellyel a cukrot önti a kávéba.

– Mi a baj, Coop? – kérdezte higgadtan, szelíd együttérzéssel.

– Semmi... nem... ez nem igaz... reggel történt valami. – Alex merőn nézte, és várta a további magyarázatot. Látta a férfin, hogy szorong. Nem nyúlt se a szendvicséhez, se a kávéjához.

– Valami rossz?

– Valami bosszantó. Erről akartam beszélni. – Alexnek fogalma sem volt, mi lehet az. Cooper szeme semmit sem árult el. A férfi mély lélegzet vett, és fejest ugrott a zavarosnak ígérkező mély vízbe. – Alex, én követtem már el ostobaságokat. Nem sokat, de azért volt egy pár. És alaposan kiszórakoztam magamat. Sose bántottam senkit. Általában sík terepen játszom, olyan partnerekkel, akik megértik a játékszabályokat. – A nő hallgatta, és kezdett megrémülni. Bizonyosra vette, hogy Cooper azt mondja, mindennek vége közöttük. Ez nyilván a bevezető. Történt már vele ilyen, de az régen volt. Azóta nem engedte meg magának, hogy bárkit különösebben fontosnak találjon. Egészen Cooperig, akibe első látásra beleesett. Ez most úgy hangzott, mint egy búcsúbeszéd. Hátradőlt a székén, és figyelt.

180

Legalább méltósággal és bátran fogadja a csapást. Cooper figyelmét nem kerülte el a nő védekező visszahúzódása, de azért folytatta, mert nem tehetett mást. – Sose használtam ki senkit. Nem vezettem félre a nőket. A legtöbb partnerem nyitott szemmel vállalta a kapcsolatot. Elkövettem néhány tévedést, de így is büntetlen előéletű vagyok. Nem okoztam baleseteket, nincsenek áldozataim. Ha véget ért, szépen megköszöntük egymásnak, és elbúcsúztunk. Tudomásom szerint senki sem gyűlöl. A partnereim többsége kedvel, és én is kedvelem őket. A tévedéseim sem tartottak sokáig, és hamar helyesbítettem őket.

– És ez is tévedés, Coop? – És ez a helyesbítés? Úgy kellett visszaparancsolnia a könnyeit. A férfi megbotránkozva meredt rá.

– Mármint mi? Dehogy az! Hát azt hiszed, ezt mondom? Ó, bébi... dehogy rólunk van szó! Valami ostobaságról van szó, amit azelőtt követtem el, hogy megismertelek. – Alex mérhetetlenül megkönnyebbült. Coop megfogta a kezét, és folytatta. Igyekezett gyorsan túlesni rajta, mert félt, hogy félbeszakítják őket. Az borzasztó lenne. El *kell* mondania a nőnek. – Kevéssel a megismerkedésünk előtt jártam egy lánnyal, akivel nem kellett volna. Egyszerű teremtés, aki színésznő szeretne lenni, de eddig kizárólag pornóvideókban és reklámfilmekben szerepelt. Nem valami nagy szám, de kedvesnek találtam, és ez végül is csak játék volt. Ismerte a játékszabályokat, és nem egy ártatlan liliomszál. Tapasztalt már egyet-mást. Sose tévesztettem meg, sose hitettem el vele, hogy szeretem. Szexuális közjáték volt mindkettőnk részéről, és nagyon hamar véget ért. Még én se bírok sokáig egy olyan nőt, akivel nem tudok beszélni. Egyszerű és ártalmatlan dolognak tűnt.

– És? – Alex alig bírta a feszültséget. Coop bizonyosan nem azt gyónja meg, hogy szerelmes abba a lányba, de akkor mit akar közölni?

– Felhívott reggel. Állapotos.

– Francba! – mondta Alex a megkönnyebbülés tömörségével. – No de legalább nem halálos betegség. Ezt még el lehet intézni – mosolygott megnyugtatóan Coopra, aki úgy érezte, tonnás kőszikla gördült le a szívéről. Alex nem állt föl, nem hagyta faképnél, nem mondta, hogy soha többé nem akarja látni. Bár nem is tudja az egész történetet.

– Ez csak az egyik fele a problémának. Meg akarja tartani a gyereket.

– Hát ez már gáz. Noha megértem az indokait. A híresség gyereke! Zsarol téged, Coop? – Milyen jó, hogy Alex ilyen józan, intelligens, gyakorlatias. Sokkal könnyebb volt beszélni vele, mint ahogy a férfi várta.

– Többé-kevésbé. Pénzt akar. Azt állítja, hogy terhesen nem dolgozhat a szakmájában. Terhes nőkkel nyilván nem csinálnak pornóvideókat – mondta sötéten. Alex megszorította a kezét. – Azt akarja, hogy tartsam el őt és a gyereket. Megmondtam neki, hogy nekem nem kell semmiféle gyerek, se tőle, se mástól... kivéve talán téged – helyesbített siralmas mosollyal. Hülyén érezte magát, hogy Alexnek kell ilyeneket gyónnia, de semmit sem akart titkolni a barátnője elől. – Rólad nem szóltam, mert akkor végképp megvadult volna. Máris olyan, mint aki megőrült. Az egyik percben sír, a másikban fenyegetőzik, a harmadikban „a kisbabánkról" gügyög. Émelyítő, ugyanakkor ijesztő. Fogalmam sincs, mit akar tenni, hogy tényleg megtartja-e a gyereket, vagy a botránylapokat hívja-e föl. Teljesen kiszámíthatatlan, és dupla dinamit, már bocsásd meg a lapos szellemességet. Küldtem neki egy csekket a terhességmegszakítás költségeire, de ennél többre nem vagyok hajlandó, és ezt meg is mondtam. Há-

182

rom hétig tartott az egész viszony, de bár sose tör-
tént volna meg. Vén fejjel több eszem lehetett vol-
na. De unatkoztam, és ő mulatságos volt. Most már
kimondottan *nem* mulatságos. Ne haragudj, Alex,
hogy beengedtem ezt a szennyet az életünkbe, de
el kellett mondanom. Úgy gondoltam, jogod van
tudni, főleg, ha a lány elrohan a botránylapokhoz,
mert képes rá, és ők tárt karokkal fogadnák.

– Valószínűleg meg is teszi – mondta Alex sajnál-
kozva. – Biztos, hogy várandós? Nem lehet, hogy
csak puhatolózik, azt nézi, mit facsarhat ki belőled?
Nem látszik valami kíméletes teremtésnek.

– Nem is az. Nem tudom, terhes-e, vagy sem, és
ha igen, az enyém-e a gyerek. Használtam óvszert,
de hogy ne kíméljelek a többi gusztustalan részlet-
től sem, egyszer elszakadt. Úgy vélem, ez lett a lány
szerencséje. – Ő pedig legalább tudja, hogy nem
csapdába csalták, csak peche volt.

– Később kérhetsz DNS-vizsgálatot, mármint ha a
lány hajlandó alávetni magát az amniocentézisnek.
De ez még a jövő zenéje. Hányadik hónapban van?

– Úgy rémlik, két hónapot mondott.

Kapcsolatuk hat hete tartott, tehát Coop igazat
mond, amikor azt állítja, hogy pont Alex előtt volt
viszonya ezzel a lánnyal. Pontosan őelőtte. Alex
emlékeztette magát, hogy semmi köze a barátja elő-
életéhez.

– Most mitévő leszel, Coop? – kérdezte, még
mindig nem engedve el a férfi kezét. Örült az
őszinteségének, és ettől még közelebb érezte magát
a férfihoz. Tudta, hogy mennek az ilyen dolgok, fő-
leg Coop világában, ahol a híres férfiak könnyű
prédái a kapzsiknak és a zsarolóknak.

– Még nem tudom. Egyelőre nem sokat tehetek
azonkívül, hogy várok, és meglátom, mi lesz. Csak
figyelmeztetni akartalak, hogy egy akna várakoz-
hat az utunkon.

– Feleségül vennéd, ha megszülné a gyereket? – kérdezte aggodalmasan Alex.

– Megőrültél? Kizárt! Alig ismerem azt a lányt, és nem is tetszik, kivéve a klassz lábát meg az egyéb ilyen tartozékait. Nem vagyok szerelmes bele, sose voltam, és nem is leszek. Ahhoz pedig nem vagyok elég ostoba vagy emelkedett, hogy ilyen feltételekkel feleségül vegyem. A legrosszabb esetben fizetem a gyerektartást, a legjobb esetben elcsitul az egész ügy. Megmondtam neki, hogy látni sem akarom a gyereket!

Hát, ez már egy másik história. Azért felelősség és emberség is van a világon. Alex tudta, hogy a barátjának felül kell vizsgálnia az álláspontját, ha az a lány tényleg megszüli a gyereket. De ha Coop nem szerelmes belé, és nem akarja feleségül venni, akkor a várandósság ténye semmit sem változtat a kapcsolatukon. A szennylapok persze majd lármáznak, de az nem érdekelte Alexet. Neki az volt a fontos, mit érez iránta a barátja, aki most lélegzetvisszafojtva várja az ő szavait.

– Nem szívesen mondok ilyet, és bizonyosra veszem, hogy te másképp érzed, de nem nagy ügy ez, Coop. Magadfajta férfiakkal rendszeresen előfordul az ilyesmi. Kellemetlen, de ettől még nem dől össze a világ. Sokkal jobban érzem magam, amiért elmondtad, de nem tudom tragédiának tekinteni. Ha kirobban, kínos lesz, de nem először történik. Szóval csakugyan jobban érzem magamat – ismételte ragyogó mosollyal. – Már azt hittem, azt akarod közölni velem, hogy vége a dalnak!

– Döbbenetes vagy! – Cooper szusszanva hátradőlt, és hosszú, hálás pillantást vetett a barátnőjére. – Annyira szeretlek! Attól féltem, azt fogod mondani, hogy kopjak le, és kössem fel magamat.

– Nem valószínű. Úgy vélem, fennáll annak a lehetősége, hogy hozzám nőttél. – Coop ugyanezt érezte, és már majdnem ki is bökte, amikor megszólalt a személyi hívó. – Francba! – mondta Alex, és már állt is föl. – Vészhelyzet! – Sietősen felhajtott egy korty kávét. – Mennem kell. Ne aggódj, nincs semmi baj, szeretlek. Majd felhívlak! – Már a büfé közepén tartott, mire Coop felfogta, mi történt. Felpattant, és akkorát kiáltott utána, hogy a büfében mindenki felkapta a fejét.

– Szeretlek! – rikoltotta. Alex mosolyogva viszszafordult, és intett. Egy hálóval leszorított hajú ember, aki az asztalokat törülgette, rávigyorgott Coopra.

– Csak így tovább! – Coop rámosolygott a törülgetőre, és táncos léptekkel távozott, sokkal könynyebb szívvel, mint ahogy bejött. Alex nagyszerű teremtés, és akármi történt is, még mindig az övé.

14.

Jimmy a konyhájában ült a munkából hazahozott papírköteggel, és azon tűnődött, főzzön-e vacsorát. Már szinte nem is vacsorázott, kivéve, ha a munkatársai rábeszélték, vagy ha Mark állított be marhahússal és egy hatos rekesz sörrel. Nem érdekelte az étel, nem érdekelte az élet. Vonszolta magát a nappalokon és a végtelen éjszakákon át.

Három hónapja, hogy Maggie meghalt, és ő már kezdett belenyugodni, hogy sohasem lesz jobban. Bánata nem enyhült. Éjszakánként sírt, csak hajnali háromkor vagy négykor bírt elaludni, de volt, amikor egyáltalán nem jött a szemére álom.

Nem bánta meg, hogy beköltözött a kapusházba, de most már tudta, hogy Maggie-t is magával hozta. Maggie mindenhová elkísérte, benne volt a szívében, az agyában, a csontjaiban, a vérében. Összeolvadt Jimmyvel, beleszólt a gondolataiba, a döntéseibe, formálta a véleményét, a meggyőződéseit, a szándékait. Néha úgy érezte, ő már sokkal inkább Maggie, mint Jimmy. Az egész világot az ő szemével látta. Milyen sokra megtanította Maggie! Nem azért halt meg, mert megtanította a férjének mindazt, amire rendeltetett? Ám az ilyen töprengés cseppet sem zsongította özvegyének fájdalmát. Elviselhetetlenül hiányzott neki Maggie, és éjjel-nappal elviselhetetlenül szenvedett. Néha sikerült megszöknie néhány órára a gyötrelmek elől, például ha Markkal lógott, ha dolgozott, vagy a szoftballcsapatot edzette. De a szenvedés megvárta, mint egy régi barát; ott lappangott minden sarokban, és figyelmeztetés nélkül lecsapott. Jimmy nem lehetett győztes ebben a harcban. Egyelőre ellenfele állt nyerésre.

Épp úgy döntött, hogy nem bajlódik a főzéssel, amikor kopogtattak. Fáradtan, kócosan baktatott ajtót nyitni, de rögtön elmosolyodott, mikor meglátta Markot. Mostanában ritkábban jött át hozzá, mert lefoglalták az idejét a gyerekei. Főzött nekik, segített elkészíteni a házi feladatukat. Viszont gyakran invitálta vacsorára Jimmyt, aki őszintén megszerette Jessicát és Jasont. Felüdítette a gyerekek társasága, ugyanakkor még magányosabb lett tőle, mert arra kellett gondolnia, hogy ő és Maggie elszalasztották az alkalmat, amikor még lehettek volna gyerekeik. Most már soha többé nem tarthatja a karjaiban se Maggie gyerekeit, se Maggie-t.

– Most vásároltam be – magyarázta Mark. – Gondoltam, beugrok és megkérdezem, nem akarsz-e nálunk vacsorázni? – Tudta, hogy időnként az a legjobb politika, ha ajtóstul ront a házba, és kivonszolja Jimmyt a barlangjából. Jimmy elfalazta magát a Maggie utáni bánkódásba, és a szép tavasz mintha még jobban elszomorította volna.

186

– Á, nem… de azért kösz… egy stráfkocsi szart hoztam haza a melóból. Folyton családlátogatáson vagyok, és lemaradok a papírmunkával. – Olyan sápadtnak, nyúzottnak látszott, hogy Mark megsajnálta. Csúnyán elbánt az élet szegény Jimmyvel. Vele is, bár fölötte már kezd kisütni a nap, amióta a kölykök visszajöttek Kaliforniába. Csak történne már valami, ami megváltoztatja a barátja életét. Olyan értelmes, megnyerő, jó ember. Az utóbbi időben már teniszezni sincs idejük. A srácok annyi munkát adnak, hogy azt se tudja, hol áll a feje.

– Enni mindenképpen muszáj – közölte gyakorlatiasan. – Akkor meg miért nem engeded, hogy én főzzek rád is? Úgyis meg kell etetnem a kölyköket. Karajt és fasírtot sütök. – Mostanában ez volt az étrend, bár a gyerekek megígértették vele, hogy vásárol szakácskönyvet, és megtanul valami más receptet is!

– De tényleg nincs semmi bajom – szabadkozott fáradtan Jimmy. Tudta, hogy Mark az irgalmas szamaritánust próbálja játszani, hálás is volt érte, de hónapok óta nem fűlt a foga a társasághoz, és az utóbbi időben még a szokottnál is kevésbé viselte el az embereket. Abbahagyta a súlyemelést, és utoljára Maggie-vel járt moziban. Úgy viselkedett, mint aki azt hiszi, hogy ha teljes életet él, hűtlen lesz a felesége emlékéhez.

– Majd elfelejtettem! – vigyorgott Mark. – Tudok egy jó kis pletykát a háziurunkról! – Odanyújtotta Jimmynek az egyik bulvárlapot. A fűszeresnél szúrta ki, és direkt azért vásárolta meg, hogy megmutathassa a barátjának. Elég pocsék volt, de mulatságos. – Második oldal! – Jimmy kinyitotta az újságot, és kerekre nyílt a szeme.

– A mindenségit! – Az oldal felét Coop töltötte be, a másik felét egy hosszú, fekete hajú, ferde szemű, szexi nő. A cikket vastagon telezsúfolták kitalált részletekkel és célozgatásokkal Coop és a nő szenvedélyes viszonyáról, szerelemgyermekéről, megfejelték pletykákkal és Coop ismertebb barátnőinek listájával. – Nahát, nahát! – Vigyorogva viszszaadta Marknak a bulvárlapot. – Alex látta vajon? Nem nagy öröm olyan hapsival járni, aki ilyen kalamajkákba keveredik. És Alex elég karakán lánynak tűnik.

– Nem hinném, hogy túlzottan izgatná őket – mondta Mark. – Ez a lány végül is alig tíz percet töltött itt, Coop átlagosan eddig fut egy nővel. Amióta beköltöztem, legalább hármat láttam. Úgy szép az élet, ha zajlik, hm?

– Legalábbis Coopnak. Fogadnék, hogy azt se tudja, hova legyen az örömtől! – Jimmyből akaratlanul kipukkant a nevetés. – Képzeld csak el apának!

– Majdnem kilencven lesz, mire a srác főiskolára megy! – tódította Mark.

– Ja, és majd valószínűleg a főiskolás lányokat váltogatja! – kontrázott Jimmy hasonló kíméletlenséggel, de a bulvárlap cikke felpiszkálta bennük a kajánságot. Ezek után Mark távozott, de előbb még megígértette Jimmyvel, hogy átmegy hozzájuk vacsorára.

Coop korántsem mulatott ilyen jól, amikor este, vacsora mellett megvitatta Alexandrával a cikket, amely borzasztóan fölháborította. Csak annak örült, hogy előre figyelmeztette Alexet.

– De hiszen egymilliószor szerepeltél a pletykalapokban! A szakmádhoz tartozik. Ha nem az lennél, aki vagy, senkit sem érdekelne, kivel fekszel le.

– Ez mocsokság volt Charlene-től, hogy elrohant a szennylapokhoz! – tajtékzott a férfi. Alex továbbra sem jött ki a béketűrésből.

– Viszont számítani lehetett rá. – Azzal próbálta nyugtatni a barátját, hogy mutatta, mennyire nem számít ez neki. Az emberek előbb-utóbb úgyis megfeledkeznek a babáról, már ha egyáltalán tudomást vesznek róla. – Nem mindenki olvas botránysajtót! – emlékeztette Coopot. A férfi megkönnyebbült, hogy Alex ilyen sztoikus nyugalommal nézi a botrányt. Ez megkönnyítette az ő dolgát is.

Ezen az estén házon kívül ettek pizzát, és Alex minden tőle telhetőt megtett, hogy másra terelje borús kedvű barátja figyelmét. Nem volt könnyű. Miután visszamentek az Udvarházba, Coopnak hirtelen eszébe jutott valami, és megkérte a nőt, hogy kísérje el az Oscar-díj kiosztására. Alex először meglepett volt, aztán boldog, végül aggodalmas.

– Majd utánanézek, szabaddá tudom-e tenni azt az estét – mondta töprengve. – Úgy rémlik, be vagyok osztva.

– Nem tudod elcserélni? – Coop már ismerte a kórház szokásait.

– Megpróbálom. Túl sokat cserélgettem mostanában. El fogom használni az összes lehetőségemet.

– Ez fontos alkalom. – Nagyon remélte, hogy Alex eljön, nem csak azért, hogy osztozzanak az örömben. Együtt akart mutatkozni a nővel, aki növelte az ő tekintélyét, most pedig erre van szüksége, hogy ellensúlyozza a mocskot, amit Charlene köpköd. Ám ezt nem akarta megmagyarázni Alexnek. Ez Hollywood titkos machinációihoz tartozott, amelynek részleteitől inkább meg akarta kímélni a barátnőjét.

Alex ezt az éjszakát is az Udvarházban töltötte. Először vonakodott, de Coop olyan szerencsétlennek látszott, hogy inkább mellette maradt. Az ő garzonja úgyis inkább hasonlított egy óriási szennyesládára – Coop „pucerájnak" csúfolta –, mint lakásra, és különben is szerette az Udvarházat. Szeretett esténként úszni, és egyáltalán nem zavarták Mark gyerekei. Nagyon békés, megnyugtató hely volt, nem csoda, ha Coop ennyire szereti, és tűzön-vízen át ragaszkodik hozzá.

Két nappal később közölte a barátjával, hogy sikerült cserélnie az Oscar kiosztásának estéjére. Aztán pánikba esett, mert eszébe jutott, hogy nincs mit felvennie, és vásárolni sincs ideje. Egyetlen alkalmi ruhája volt, az, amit Schwartzéknál viselt, megismerkedésük estéjén. Márpedig valami feltűnőbbre lesz szüksége, ha Cooper Winslow oldalán akar felvonulni az Oscar-díj kiosztására.

– Sose hittem volna, hogy ilyesmire vetemedek – mondta kuncogva, miközben közelebb bújt a férfihoz. Coop örült, hogy a barátnője elkíséri. Valamelyik botránylap ma is közölt egy sértően otromba cikket Charlene-ről. Ám ezt leszámítva is boldog volt, hogy együtt lehetnek egy ilyen nagyszabású eseményen. – Viszont tudod, hogy nincs egy rongyom? Lehet, hogy kórházi egyenruhában és fapapucsban kell mennem. Most már egyáltalán nincsen szabad időm, hogy vásároljak.

– Ezt bízd rám – felelte Coop titokzatosan. Sokkal többet tudott a ruhákról, mint Alex. Évek óta vásárolt ruhákat nőknek, és segített nekik a választásban. Ez is az erőssége volt.

– Úgy vegyél valamit, hogy kifizetem! – figyelmeztette Alex. Nem óhajtott kitartott nő lenni, elődjeitől eltérően ki is tudta és ki is akarta fizetni, ha valamire kedve szottyant. Mindazonáltal méltányolta, hogy a barátja hajlandó elintézni a vásárlást.

Éjszaka azt álmodta, hogy bálon van, és pompás ruhája tölcsérként örvénylik körülötte, miközben egy szép herceggel táncol, aki egészen úgy néz ki, mint Coop. Alex is kezdte úgy érezni magát, mint egy tündérhercegnő, és egyáltalán nem érdekelte, hogy valaki a városban Cooptól vár gyereket.

15.

Villámgyorsan elrepült a két hét az Oscar-gáláig, amelyet az idén valamivel később, április harmadik hetében tartottak. Coop szavának állt, és mesés ruhát vásárolt a barátnőjének Valentinónál. Keresztbe szabott, sötétkék szatén volt, amely érvényre juttatta Alex kifogástalan alakját. Szinte nem is kellett igazítani rajta, csak az alját kellett fölhajtani. Coop kölcsönzött egy Dior-modell coboly kisbundát, és egy lélegzetelállító zafírgarnitúrát: nyakéket, karkötőt és fülbevalót.

– Úgy érzem magamat, mint Hamupipőke! – jelentette ki Alex. Coop hívatott fodrászt és kozmetikust is, hogy fésüljék meg és sminkeljék ki a barátnőjét, aki időmegtakarítás céljából egyenesen az Udvarházba jött.

Kórházi ruhájában érkezett, és három óra alatt tündérkirálylányt varázsoltak belőle. Illetve inkább egy ifjú királynő ereszkedett le a hálószobából a lépcsőn. Coopnak, aki az előcsarnokban várta, fölragyogott az arca. Alex elegáns, gyönyörű és döbbenetes volt, maga a testet öltött előkelőség. Amikor belenézett a tükörbe, meglepetten konstatálta, hogy az anyjára hasonlít, aki, mikor Alex kislány volt, ilyesfajta ruhákban bálozott. Még emlékezett is egy némileg hasonló kék estélyijére. De még az anyja se viselt ilyen óriási zafírokat, mint amilyeneket Coop kölcsönzött a Van Cleef és Arpelstől.

– Hú! – mondta a férfi, és mélyen meghajolt. Ő az egyik szmokingját öltötte magára, amelyet londoni szabójánál csináltatott. Öltözékét lakkbőr estélyi cipő, zafír ing- és mandzsettagombok egészítették ki, de ezek a zafírok nem kölcsönzöttek voltak, hanem az övéi. Egy szaúdi hercegnő ajándékozta neki, akit az apja inkább száműzött valami eldugott helyre, mintsem engedélyezze házasságát Cooppal. A színész szerint rabszolgának adták el. Jó sztori volt, illett a remek zafír mandzsetta- és inggombokhoz. – Döbbenetes vagy, szerelmem!

Semmi, amit Coop mesélt, nem készíthette föl Alexet a gála csillogására. Még világos volt, mikor megérkeztek. Limuzinok araszoltak hosszú sorban a hosszú, vörös szőnyeg felé, és kiontották tartalmukat, leginkább méregdrága ruhákat viselő, ékszerektől szikrázó, gyönyörű nőket. A fotósok egymást taposták, hogy lefényképezhessék őket. Többségük ismert színésznő volt, Coop rendszerint valamelyikükkel vonult ki a gálára, de az idén Alexet választotta. Maguk voltak az emelkedett előkelőség, ahogy lassan vonultak a vörös szőnyegen. Alex nyaktörően magas sarkú, kék szaténcipőt viselt, örült, hogy a barátja karjába kapaszkodhat, és félénken mosolygott a kamerákba. Eleganciájával, kifinomult szépségével a Reggeli Tiffanynál Audrey Hepburnjére emlékeztette Coopot. Amikor a színész egy külföldi államfőhöz méltó intéssel köszöntötte a fotósok újabb osztagát, nagy rivalgás támadt az Udvarház vendégszárnyában.

– Istenkém, ez ő! Na, hogy is híjják! Na, hiszen tudjátok! Alex!!! Meg ő! – mutatta Jessica. A szobában minden fej a tévé felé fordult. Jimmy most is velük nézte a gálát, akárcsak a Golden Globe-ot. A limuzinból kiszállt Coop és Alex éppen vonult befelé. – Oltárian néz ki! – Jessicát minden sztárnál nagyobb lázba hozta Alex, mert őt ismerte.

– Az biztos, hogy klassz – helyeselt Mark. – Vajon honnan szedte azt a nyakláncot?

– Nyilván kölcsönzött – vélte józanul Jimmy, aki még mindig nem értette, mit akar egy ilyen nő Cooptól. Elég bolond, sokkal különbet érdemelne, mint hogy ő legyen „a hónap szenzációja". Mikor ezt elmondta Marknak, Friedman azt felelte, Alex

192

van olyan értelmes, hogy tisztában legyen a helyzettel. Egyikük sem ismerte közelebbről a nőt, de nagyon bírták.

– Csak most látszik, mennyire csinos! Így kiöltözve egész más! – állapította meg Mark. Eddig csak sortban-pólóban látta Alexet a medence mellett, meg azon az estén, amikor felgyújtotta a bokrokat. Ám el kellett ismernie, hogy ebben a díszben nagyon hatásos. Mark már kezdett körülnézni a világban, és észrevette a női nemet. Nem úgy Jimmy, aki úgy érezte magát, mint aki lábon hordta ki az agyhalált. Maggie mintha magával vitte volna a sírba férjének minden érdeklődését a másik nem iránt. Különben Mark se járt még senkivel, csak megnézte a nőket. Nem is volt rá ideje, annyira lefoglalták minden idejét a gyerekei.

Coop és Alex addigra eltűnt a képernyőről. Később megint látták őket a nézőtéren, amikor rájuk közelített a kamera. Alex nevetett, és valamit súgott Coopnak, aki ugyancsak elnevette magát. Nagyon boldognak tűntek. Később megint mutatta őket a tévé a Vanity Fair partiján, a Mortonban. Alex a kisbundát viselte, és olyan bűbájos volt, mint akármelyik filmsztár, vagy talán még bájosabb, mert ő igazi volt.

Remekül érezte magát, nem győzött hálálkodni Coopnak, miközben hazafelé vitte őket a Bentley, amelyet ezúttal sofőr vezetett. Az Azure sportkocsi rég visszakerült a szalonhoz, mert Coopnak nem volt miből megvásárolnia. De az elegáns Bentley limuzin épp megfelelt az Oscarhoz.

– Hihetetlen este volt! – ásítozott Alex boldogan. Hajnali háromra járt. Látta az összes sztárt, akiről valaha is hallott, és noha lánykorában se volt odáig a filmcsillagokért, azért el kellett ismernie, hogy izgalmas dolog egy ilyen gála. Coop egész idő alatt ontotta a bennfentes kis sztorikat meg a hajmeresz-

193

tő pletykákat, és bemutatta mindenkinek. Alex valóban úgy érezte magát, mint Hamupipőke. – Most majd visszaváltozom úritökké – támaszkodott a férfinak. Coop nagyon büszke volt rá, és ezt meg is mondta. – Három óra múlva a kórházban kell lennem. Lehet, hogy le se fekszem már.

– Ahogy gondolod – mosolygott a férfi. – Tökéletes voltál, Alex. Mindenki azt hitte rólad, hogy új sztár vagy. Holnap legalább egy tucat producertől kapsz forgatókönyveket.

– Nem valószínű – nevetett Alex, miközben kiugrott a Bentleyből az Udvarháznál. Csodálatosan békés, kellemes érzés volt itthon lenni a hosszú este után. Bár nem is gondolta, hogy ilyen jól fogja érezni magát. Ezért Coopot illeti a hála, akinek a fodrásztól a sminkesen át a kölcsönzött zafír nyakékig az összes részletre gondja volt, hogy emlékezetes legyen az este.

– Meg kellene vásárolnom neked – sajnálkozott Coop, mikor Alex visszaadta az ékszert, ő pedig a fülbevalóval és a karkötővel együtt elzárta a páncélszekrénybe. – Bár megtehetném! – Alex látta az árcédulát: az ékszer hárommillió dollárba került. Coop először ismerte el, hogy létezik olyasmi, ami meghaladja a lehetőségeit. Igaz, ezt nem sokan engedhetnék meg maguknak, bár Alex úgyse fogadta volna el. Ilyesfélét viselt annak idején Louise Schwartz is, bár az ő kövei még ezeknél is nagyobbak voltak, és neki ugyanez a garnitúrája megvolt rubinból. Azt vette most fel a Valentinónál rendelt, káprázatos estélyihez.

– Nos, hercegnő, lefekszünk? – kérdezte Coop, miközben kigombolta a kabátját és meglazította a nyakkendőjét. Elképesztően jóképű volt, és az estély végén is ugyanolyan kifogástalan képet nyújtott, mint a kezdetén.

– Sütőtök vagyok már? – kérdezte Alex álmosan,

miközben tűsarkúját a kezében lógatva, szaténuszályát vonszolva baktatott fölfelé a lépcsőn. Nagyon fáradt hercegnőnek látszott.

– Nem, drágám – felelte Coop szelíden. – Te sohasem leszel az.

Cooppal valóban tündérmese volt az élet; néha egészen valószínűtlennek tűnt Alex szemében. Emlékeztetnie kellett magát, hogy egy kórházban gyógyít beteg koraszülötteket, és garzonban lakik, amelyet elárasztanak a koszos ruhák. Élhetett volna másképp is, de azt réges-rég elutasította. Csillogást és érdekességet kizárólag Coop adott az életének.

Nem egészen öt perc alatt elaludt, és amikor hajnali ötkor megszólalt a vekker, a másik oldalára fordult volna, és aludt volna tovább, ha Coop ki nem billenti gyengéden az ágyból. Húsz perccel később már tökéletesen éber állapotban csühögött ősrégi tragacsával a felhajtón. Az éjszaka álomnak tűnt, amíg meg nem látta a reggeli lapokban a hatalmas fényképet, amelyen ő és Coop útban voltak a gálára.

– Ez a nő pont olyan, mint maga! – állapította meg az egyik nővér. Hirtelen elkerekedett a szeme, mert meglátta a képaláírást. Alexandra Madison. Coop elfelejtette közölni a sajtóval, hogy ő *dr*. Madison, holott Alex, mint tréfásan mondta, elvárta tőle, hogy használja, mert keményen megdolgozott a címért.

– Nem mondhatnánk inkább, hogy a pszichiátriai ápolónőm vagy? – csipkelődött a férfi. Alex sugárzott a fényképeken, Coop a kezét szorongatta, és vakítóan mosolygott. Ezzel azt üzente a világnak, hogy minden a legnagyobb rendben van körülötte, és ő nem bujkál. A sajtóügynöke már délelőtt gratulált neki.

– Egy piros pont, Coop! – A fénykép egyetlen szó nélkül gátat vetett a pletykalapokban hömpölygő mocsokáradatnak. Azt üzente az olvasóközönség tudatalattijának, hogy Cooper Winslow-val még mindig szóba állnak a rendes nők, akkor is, ha egy huszadrangú pornószínésznőcske gyereket vár tőle.

A délutáni lapok egy másik képet hoztak róluk. Coop telefonált a barátnőjének, és elújságolta, hogy több szerkesztőségből – de nem a szennylapoktól, hanem a tisztességes sajtótól – is felhívták a társasági rovatok vezetői.

– Tudni akarták, ki vagy.

– Megmondtad?

– Természetesen, és ezúttal nem felejtettem el hozzátenni a doktori címedet! – közölte büszkén. – Azt is tudni akarták, összeházasodunk-e. Azt feleltem, hogy ezt egyelőre korai lenne eldönteni, de te vagy életem asszonya, és én imádlak!

– Ez majd munkát ad nekik – mosolygott Alex, miközben műanyag pohárból kortyolta a hideg kávét. Már tizenkettedik órája dolgozott. Viszonylag könnyű napja volt, mégis nagyon elfáradt. Nem szokott hozzá, hogy éjszaka kirúgjon a hámból, nappal dolgozzon. Coop tizenegyig aludt, ébredés után masszíroztatott, manikűröztetett, és megigazíttatta a haját. – A gyerek után nem érdeklődtek? – kérdezte Alex. Tudta, mennyire nyugtalanítja ez a barátját.

– Egy szóval se! – Charlene-ről se hallott. Nyilván túlságos buzgalommal nyilatkozhat a botránylapoknak.

Ám két héttel később hírt adott magáról, mégpedig az ügyvédje útján. Ez május elején történt. Charlene azt állította, hogy a harmadik hónapban van. Anyagi támogatást követelt a várandóssága idejére, és tárgyalni akart a tartásdíjról.

– Tartásdíjról? Három heti hetyegés után? Megőrült ez a nő! – panaszkodott Coop az ügyvédjé-

196

nek. Charlene arra hivatkozott, hogy olyan rosz-szullétek kínozzák, amelyeknek következtében csak a szülés után dolgozhat. Ügyvédje szerint örökösen émelygett. – Akkor bezzeg nem émelyeg, amikor interjút kell adni. Úristen, hiszen ez egy szörnyeteg!

– Imádkozz, hogy a magzat ne a te szörnyed legyen – intette az ügyvédje. Úgy egyeztek meg, hogy Coop attól teszi függővé az esetleges támogatást, ha Charlene megígéri, hogy elvégezteti a magzatvíz- és a DNS-vizsgálatot. – Van rá esély, Coop?

– Fele-fele. Ugyanúgy lehet az enyém, mint a másé. Lefeküdtem vele, és egyszer elszakadt az óvszer. Attól függ, mennyire vagyok szerencsés mostanában. Vegasban mi lenne az esély?

– Majd utánanézek – felelte komoran az ügyvéd. – Nem szívesen vagyok közönséges, de ahogy az egyik ügyfelem fogalmazott: egy kis reszelésért is holtig kell fizetni. Remélem, mostantól óvatosabb leszel. Az egy nagyon helyes nő volt, akivel az Oscaron láttalak.

– Továbbá okos! – büszkélkedett Coop. – Orvosnő!

– És remélhetőleg nem olyan cápa, mint az utolsóelőtti. Mellesleg a leendő anyu is jóképű. Eurázsiai, ugye? De akármilyen csinos, pénztárgép van a szíve helyén. Remélem, a többi testrésze megérte a dolgot.

– Nem emlékszem – felelte Coop, majd kapkodva dicsérni kezdte Alexet: – Az új barátnőm egyáltalán nem cápa! Akinek olyan a családi háttere, mint az övé, annak semmire sincs szüksége tőlem.

– Tényleg? Hát miféle családból való? – érdeklődött az ügyvéd.

– Arthur Madisonnak a lánya!

Az ügyvéd füttyentett.

– Ez igen! Arthur Madison nyilatkozott már lehetséges apaságodról?

– Még nem.

– Majd fog, ezt megígérhetem. Tudja, hogy a lányával jársz?

– Nem tudom. Nemigen van beszélő viszonyban a lányával.

– Nos, most már nem titok. Az ország összes újságja rólatok ír.

– Vannak ennél rosszabb dolgok is.

Csakugyan voltak. Az összes botránylap Charlene-ről kérődzött. Egy héttel később pedig Alexről. Charlene és Coop fényképe mellé most már odabiggyesztették az övét is, amelyen olyan volt, akár egy királynő, és a leggusztustalanabb címekkel egészítették ki. Mark továbbra is összevásárolta az újságokat, hogy legyen mit mutogatni Jimmynek. Jessica egészen belehabarodott Alexbe, akivel rendszeresen találkozott az úszómedencénél. Alex is megszerette a lányt, de nem említette barátságukat Coopnak. Volt neki épp elég baja a Friedman-gyerekek nélkül is, akikért továbbra sem rajongott.

Mostanában többször telefonált Abe is. Lamentált, hogy Coop túl sokat költ, és tördelte a kezét a gyerektartás miatt, amit majd Charlene-nek kell fizetnie.

– Ezt nem engedheted meg magadnak, Coop! Ha netán kihagynál egy részletet, a nő börtönbe csukat, mert ez így működik. Kinézem belőle, hogy képes rá.

– Kösz a jó hírt, Abe! – Épp hogy kevesebbet költött a szokásosnál, hála Alex mértéktartásának, de a könyvelő szerint még mindig túl magasa volt a rezsije. Braunstein egyfolytában azt hajtogatta, hogy ennek még meglesz a böjtje!

– Jobb lesz, ha feleségül veszed a Madison-lányt! – kuncogta. Vajon a hozományára vadászik a színész? Nehéz elképzelni, hogy ekkora vagyon ne ébresztene benne hátsó gondolatokat. Pedig Coopot a rendszeres önvizsgálatai épp arról győzték meg, hogy napról napra jobban szereti a barátnőjét.

Amikor a bulvárlapokban a legmagasabbra dagadt a szenny, telefonált a felháborodott Liz is.

– Micsoda rohadt helyzet! Sose lett volna szabad ránézned arra a nőre, Coop!

– Most mondod? – kérdezte gyászosan a színész. – Milyen a házasság?

– Remek, noha San Franciscót meg kell szokni. Itt mindig hideg van, és olyan borzasztó nagy a csend!

– Akkor hagyd ott a férjedet, és gyere vissza. Itt mindig szükség lesz rád.

– Köszönöm, Coop. – Ahhoz Liz túlságosan boldog volt a férjével. Csak azt bánta, hogy eddig halogatta a házasságot. Most döbbent rá, milyen sokat feláldozott Coopért. Arról, hogy gyereke lehessen, már lekésett. Ötvenkét évesen be kellett érnie mostohalányaival, akiket nagyon szeretett. – Alex milyen?

– Az irgalmasság angyala – mosolygott a férfi. – Audrey Hepburn. Dr. Kildare. Szenzációs! Nagyon szeretnéd.

– Hozd majd át San Franciscóba valamelyik hétvégén.

– Szívesen megtenném, de vagy dolgozik, vagy ügyel, mert ő a vezető rezidens. Nagy felelősség. – Liz eléggé különösnek találta ezt a választást, de el kellett ismernie, hogy Coop új barátnője nagyon bájos. Az újságok szerint harmincéves, és Coopnál ez a felső korhatár. Neki bármi megfelelt huszonegy és harminc között.

Ezután megkérdezte, van-e munkája, mert az utóbbi időben már reklámokban sem látta. Coop rendszeresen felhívta az ügynökét, de pangás volt. Hiába, mondta az ügynök, Coop sem lesz fiatalabb.

– Kevesebbet dolgoztam, mint szerettem volna, de tartok néhány vasat a tűzben. Csak ma délelőtt három producerrel beszéltem.

– Egy szép, nagy, kövér szerepre lenne szükséged, attól ismét beindulnának a dolgok. Attól fogva mindenki téged akarna szerződtetni. Tudod, milyen birkák a producerek, Coop! – Nem tette hozzá, hogy Coopnak egy nagy apaszerepet kellene játszania. Csak az a baj, hogy még mindig ő akar lenni a hősszerelmes, arra meg nem szerződtetik. Nem akarta tudomásul venni a korát, azért is jött ki olyan jól Alexandrával. Egyszer se gondolt rá, hogy negyven év választja el őket. Nem mintha Alexet foglalkoztatta volna. Kezdetben még töprengett a kérdésen, de ahogy jobban megismerte és megszerette a színészt, kiverte a korkülönbséget a fejéből.

Hétvégén a teraszon heverésztek és összevissza diskuráltak mindenféléről, amikor megszólalt Alex személyi hívója. Ránézett, és látta, hogy nem a kórházból keresik. Azonnal megismerte a számot. Fél óráig halogatta, hogy elővegye a mobilját. Coop mellette terpeszkedett az árnyékban egy napozóágyon, újságot olvasott, és csak fél füllel figyelte, mit beszél a barátnője.

– Igen, pontosan. Jól éreztem magamat. Hogy vagy? – Fogalma se volt róla, kivel beszélhet Alex, de összevonta a szemöldökét, és hideg volt a hangja. – Mikor?... Úgy rémlik, dolgozom... Ebédidőben találkozhatunk a kórházban. Meddig leszel itt?... Jó... Akkor viszlát kedden. – Coop nem tudhatta, ismerős vagy ügyvéd hívta-e, de Alex nem nagyon lelhette örömét a beszélgetésben.

– Ki volt az? – kérdezte zavartan.

– Az apám. Kedden jön tárgyalni LA-be. Találkozni akar velem.

– Az érdekes lesz. Rólam mondott valamit?

– Csak azt, hogy látott az Oscaron. A te nevedet egyszer se ejtette ki. Azt elteszi későbbre.

– Nem kellene meghívnunk vacsorázni? – kérdezte hősiesen Coop, bár még mindig megszeppent, ha arra gondolt, hogy Madison fiatalabb és jóval fontosabb ember nála. Nem csak pénze, de hatalma is van.

– Kizárt – mondta Alex. Napszemüveget viselt, nem lehetett látni a szemét, de a hangjában nyoma se volt a gyermeki örömnek. – Bár kösz. Ebédidőben, a kórházban találkozom vele. A megbeszélés után repül is haza a saját gépével.

– Akkor talán legközelebb! – nyájaskodott Coop. Látta a barátnőjén, hogy nem örül a találkozásnak.

Alexet tíz perc múlva elhívták a kórházba, ahonnan csak vacsoraidőben került haza, és rögtön ment, hogy ússzon egyet. A medencénél összefutott Markkal, Jimmyvel és a gyerekekkel. Ismeretségük kezdete óta Jimmy először látszott vidámabbnak. A gyerekek ujjongva köszöntötték. Jessica elrajongta, milyen gyönyörű volt az Oscar-gálán.

– Köszi, nagyon szórakoztató volt – nevetett Alex. Jessica ugyancsak beugrott a medencébe, Mark, Jason és Jimmy egy baseball-labdát dobáltak egymásnak. Jimmy magyarázta a gyereknek, hogyan tökéletesítse a dobást, Jason figyelmesen hallgatta.

Tíz perccel később, amikor Alex javában mesélte Jessicának, miben voltak a gálán a sztárok, csörömpölés hallatszott. Jason telibe találta a labdával Coop hálószobájának ablakát.

– Francba! – szisszent föl Mark.

– Príma dobás! – kurjantotta Jimmy. Örvendezését üvegszilánkok recsegése festette alá. A két férfi összenézett, Jason megrémült.

– Jujuj! – kommentálta Jessica. Néhány másodperc múlva Coop felbőszülten rontott ki a medencéhez.

– A Yankees tiszteletére gyakorolunk, vagy ez csak egy öncélú kis vandalizmus? – kérdezte nagy általánosságban. Alex restellte magát helyette. Hát ez vitathatatlan: Coop gyűlöli a rendetlenséget, a felfordulást és a gyerekeket.

– Véletlen volt – mondta nyugodtan.

– Mi az ördögnek dobálod labdával az ablakomat? – ordított rá Cooper a gyerekre. Látta a kezén a kesztyűt, ebből nem volt nehéz kikövetkeztetni, ki volt a bűnös. A fiú majdnem elsírta magát. Most aztán megkapja a magáét az apjától, aki nyomatékosan figyelmeztette, hogy ne feszítse túl a húrt, épp elég volt a gördeszka esete.

– Én tettem, Coop. Ne haragudj a vigyázatlanságomért – lépett előre Jimmy. Megfájdította a szívét kis barátjának szűkölése. – Meg fogom csináltatni.

– Remélem is, bár nem hiszek neked. Úgy gondolom, az ifjú Mr. Friedman követte el. – Pillantása végigvándorolt Jasonon, Markon, majd visszatért Jimmyhez. Alex kikecmergett a medencéből, és fölkapott egy törülközőt.

– Ha akarod, Coop, majd megcsináltatom én – ajánlotta fel. – Senki sem akart kárt okozni neked.

– Ez nem sportpálya! – dühöngött a férfi. – Egy örökkévalóság, amíg üveget vágnak ezekbe az ablakokba, és úgyszólván lehetetlen beilleszteni őket! – Az indázó körvonalú ablakszemek külön a házhoz készültek, rendelésre. Egy vagyonba került az üvegezés. – Fegyelmezze meg a gyerekeit, Friedman! – fejezte be undokul, és visszarohant a házba. Alex mentegetőzve nézett a többiekre.

– Őszintén sajnálom – mondta halkan. Ez olyan oldala volt Coopnak, amelyet nem szeretett, bár a férfi gyakran kifejtette, hogy utálja a gyerekeket.

– Ez egy hülye! – közölte Jessica jó hangosan.

– Jess! – háborodott föl az apja. Jimmy a nő felé fordult.

– Momentán egyetértek Jessie-vel, ezzel együtt elnézést kérek. Le kellett volna vinnem Jasont a teniszpályára. Honnan sejthettem volna, hogy bedobja az ablakot?

– Semmi baj! – nyugtatta Alex. – Csak az van, hogy Coop nem szokott hozzá a gyerekekhez. Abszolút békét és nyugalmat akar maga körül.

– Az élet nem ilyen – mondta Jimmy szárazon. Naponta volt dolga gyerekekkel, megtanulta, hogy ne keressen mellettük békét vagy tökélyt. – Legalábbis az enyém nem az.

– Az enyém se – felelte Alex –, de az övé az. Vagy legalábbis ő szereti azt képzelni. – Valamennyien a botránylapoktól felkavart mocsokra gondoltak. – Cseppet se izgulj, Jason. Ez csak egy ablak, nem ember. Nem a tárgyak a pótolhatatlanok, hanem az emberek. – Legszívesebben leharapta volna a nyelvét, de már kicsúszott a száján. Jimmyre sandított.

– Igazad van – mondta halkan a férfi.

– Ne haragudj, nem azt akartam... – mentegetőzött kétségbeesetten Alex.

– Dehogynem azt akartad, és igazad is van. Csak hajlamosak vagyunk megfeledkezni róla. Annyira ragaszkodunk a tárgyainkhoz, a cuccainkhoz, pedig az ember a fontos, minden más marhaság.

– Ezzel szembesülök minden nap – mondta a nő.

Jimmy bólintott.

– Én a nehezebb módszerrel tanultam meg a leckét. – Rámosolygott Alexre. Kedvelte a nőt, és nem értette, hogy egy ilyen józan, komoly teremtés mit talált egy kívül csillogó, belül üres alakon. – Köszönöm, hogy ilyen rendes vagy Jasonhoz. Az ablakot majd elintéztetem.

– Azt majd én – vágott közbe Mark. – Jason az én fiam, én fizetek. Legközelebb majd vigyázz! – mondta a gyereknek, majd Jimmyhez fordult. – És ez rád is vonatkozik!

203

– Bocs, apuka! – mentegetőzött Jimmy, aztán valamennyien elnevették magukat. Jason úgy találta, hogy ezt egész simán megúszta. Mr. Winslow ugyan ordított, de mindenki más normális volt. Pedig mikor betörte az ablakot, attól félt, hogy apu meg is öli! – Ezzel együtt príma dobás volt, Jason. Büszke vagyok rád!

– Odáig azért ne menjünk – intette Mark. Nem akart ürügyet szolgáltatni Coopnak, hogy kidobhassa őket. – Mostantól korlátozzuk a labdajátékokat a teniszpályára. Megegyeztünk? – Jason és Jimmy bólintott. Alex fölvette vizes fürdőruhájára a sortját, és belebújt a pólójába.

– Viszlát, srácok! – Hátravetette hosszú, sötét, vizes haját, és bement a főépületbe. A két férfi utánanézett. Megvárták, amíg hallótávolságon kívül kerül.

– Igaza van Jessie-nek – mondta Mark. – Winslow tényleg egy hülye, Alex viszont remek teremtés. Egyáltalán nem is érdemli meg ez a hapsi, mindegy, milyen jól néz ki. Tönkre fogja tenni Alexet.

– Szerintem feleségül fogja venni! – vágott közbe Jessica izgatottan. Örült volna, ha az apja is ilyesvalakivel jár, mint Alex.

– Remélem, nem – mondta Jimmy. Átkarolta Jason vállát, és elindultak négyesben a vendégszárnyba. Mark ismét húst akart sütni szabad tűzön, és Jimmy elfogadta a meghívást a vacsorára.

Közben a főépület emeletén Alex a tajtékzó Coopot pirongatta.

– Kisfiú, Coop! Te sose csináltál ilyesmit fiúkorodban?

– Sose voltam fiú. Öltönyben, nyakkendősen születtem, és azonnal jól nevelt férfi lett belőlem.

– Ne légy már ilyen hülye! – csúfolta a nő. Coop megcsókolta.

– Miért ne? Imádok hisztizni. Különben is tudod, mennyire utálom a gyerekeket.

– És ha most azt mondanám, hogy állapotos vagyok? – kérdezte Alex olyan pillantással, hogy a férfinak leesett az álla.

– Az vagy?

– Nem. De ha az lennék? Akkor meg kellene békülnöd a gördeszkákkal, a betört ablakokkal, a koszos pelenkákkal, a zselés-mogyoróvajas szendvicsektől ragacsos bútorokkal. Ezen érdemes lenne elgondolkoznod.

– Muszáj? Mindjárt felfordul a gyomrom. Gyilkos humora van, Madison doktornő. Remélem, az apja jól elveri, ha találkoznak.

– Azt teszi – mondta Alex hidegen. – Azt szokta.

– Akkor jó, mert megérdemled. – Úgyszólván mindent megadott volna érte, hogy jelen lehessen a találkozáson, de Alex nem hívta. – Mikor találkoztok?

– Kedden.

– Szerinted miért akar látni? – kíváncsiskodott Coop. Meg volt győződve róla, hogy ő lesz a téma.

– Majd elválik – mosolygott a nő. Egymásba karoltak, és beballagtak a hálószobába. Alexnek biztos kúrája volt dührohamokra. A baseball-labda már majdnem feledésbe merült, amikor megcsókolta Coopot, akinek a következő pillanatban kisebb gondja is nagyobb volt a törött ablaknál.

16.

Legalábbis bizonyos fokig Alex előre meg tudta volna mondani, milyen lesz a keddi találkozás az apjával: olyan, mint a többi. Arthur Madison egyféleképpen bánt a lányával.

Öt perccel előbb érkezett, és a büfében várta Alexet. Magas, vékony, szürke hajú, kék szemű, jeges tekintetű ember volt. Ha szóba állt a lányával, mindig okkal tette. Sose kérdezte, hogy van, távol állt tőle az üres fecsegés. Beszélgetéseik pontokban zajlottak, mint egy igazgatótanácsi ülésen. Madison csupán egyetlen érzelmes dolgot engedett meg magának, amely mégis elárulta rokoni kapcsolatukat: átadta Alexnek az anyja üdvözletét, aki egyébként ugyanolyan hideg volt, mint a férje, azért is bírta még mindig mellette. Madison úgyszólván teljhatalommal uralkodott a családján, kivéve Alexet. Ebből fakadt életre szóló ellenségeskedésük.

Madison tíz percet szánt a lánya ügyére, úgyhogy haladéktalanul a tárgyra tért.

– Cooper Winslow-ról akartam beszélni, az pedig nem telefontéma. – Alexnek nem számított. Ugyan mit számított az ő rideg kapcsolatukban a négyszemközti beszélgetés?

– Miért nem?

– Úgy gondoltam, ez van annyira fontos téma, hogy indokolttá tegye a személyes megbeszélést. – Alexnek az apaság is elegendő indok lett volna. Madisonnak nem volt az. Neki mindenhez ok kellett. – Ez kényes kérdés, tehát nem kerülgetem a forró kását. – Sose tette. Mint ahogy a lánya sem. Alex nem szívesen vallotta be magának, de sok tekintetben hasonlított az apjára. Könyörtelenül őszinte volt, nem hazudott se másnak, se magának. Ragaszkodott az elveihez, és tisztában volt vele, mit hisz. Abban különböztek, hogy a lány emberséges volt, az apja nem. Arthur Madison nem pazarolta az időt az érzelmekre, és sohasem válogatta meg a szavait. Ha pedig valami kellemetlen dolgot kellett tenni, ő tette meg elsőként.

– Mennyire komoly az ügy? – kérdezte nyersen. A szeme összeszűkült. Ismerte a lányát, olvasott az arcában. Tudta, hogy Alex nem fog hazudni, de az se valószínű, hogy bevallja az érzéseit, mert az a véleménye, hogy ez az ő dolga, és az apjának semmi köze hozzá.

– Még nem tudom – felelte Alex az igazságot.

– Tisztában vagy vele, hogy ez az ember fülig el van adósodva? – Coop erről sohasem szólt, de a tény, hogy bérlőket tart, azt bizonyította, hogy szűkös helyzetben van. Azonkívül évek óta nem kapott munkát. Ám Alex abban a tévhitben élt, hogy a barátjának van spórolt pénze. Azonkívül az Udvarház is sokat ér. Madison azt is tudta, hogy Winslownak az Udvarház az egyetlen vagyona, de azon is hatalmas a jelzálogteher.

– Nem szoktunk az anyagi helyzetéről beszélgetni – felelte Alex kurtán. – Semmi közöm hozzá, mint ahogy neki sincs köze az enyémhez.

– Firtatta a jövedelmedet, vagy az örökségedet?

– Természetesen nem! Annál ő sokkal udvariasabb és finomabb modorú.

– És sokkal ravaszabb. Nyilvánvalóan apróra ellenőrizte a pénzügyi helyzetedet, akárcsak én az övét. Ujjnyi vastag aktám van róla, és nem szép dolgok vannak benne. Évek óta fuldoklik az adósságban, és annyira nincs hitele, hogy szerintem a kölcsönkönyvtárból se vehetne ki egy könyvet. Továbbá nagyon ért a gazdag nőkhöz. Legalább öt menyasszonya volt.

– Nagyon ért *minden* nőhöz – helyesbített Alex. – Azt akarod mondani, hogy a pénzemet akarja? Így van? – Apjához hasonlóan ő is szerette eltalálni a szög fejét. Méltó ellenfelek voltak. Fájt neki, hogy apja szerint a barátja őt csak prédának tekinti. Alex meg volt győződve róla, hogy Coop szereti őt. Az csak egy szerencsétlen mellékkörülmény, hogy a férfinak adósságai vannak.

– Így. Szerintem nagyon lehetséges, hogy az indokai egyáltalán nem olyan tiszták, mint te szeretnéd gondolni, és félrevezet téged, akár ha öntudatlanul is. Talán még ő sincs tisztában magával. Rettenetes helyzetben van, Alex, és a kétségbeesés rossz tanácsadó. Akár arra is rákényszerítheti, hogy megpróbáljon feleségül venni, ha nem marad más kapaszkodója. Mindent leszámítva, túl öreg is hozzád. Szerintem fogalmad sincs róla, mibe keveredtél. Én egészen addig nem is tudtam, kivel jársz, amíg anyád föl nem fedezett benneteket az Oscargálán. Meg voltunk botránkozva. Feltételezem, hogy a pornósztár törvénytelen gyerekéről magad is tudsz. Ez csak a hab a tortán.

– Ilyesmi bárkivel megtörténhet – felelte a nő higgadtan. Gyűlölte az apját minden kimondott szaváért, de ez nem látszott az arcán. Évek óta megtanulta eltitkolni előle az érzéseit.

– Felelős emberekkel nem. Ez egy léha fráter, Alex. Az egész élete erkölcstelen kicsapongásokból áll. Egy vasat sem tett félre. Az adósságai kétmillió dollárra rúgnak, és akkor még nem is szóltam a házát terhelő jelzálogról.

– Kifizeti az összes adósságát, amint kap egy tisztességes főszerepet – védte Coopot Alex. Szerette a barátját, akármit mondott is róla az apja.

– Nem fogja, mert nem kap munkát. Túlságosan öreg. De még ha hozzájutna is valami hatalmas gázsihoz, ami nem valószínű, vélhetőleg azt is eltékozolná, szokása szerint. Ehhez az emberhez akarsz feleségül menni, Alex? Olyan emberhez, aki elveri minden pénzét? És valószínűleg a te pénzedet is? Mit gondolsz, miért akaszkodik rád? Csak nem képzeled, hogy csakugyan nem tudja, ki vagy te és ki vagyok én?

– Dehogynem tudja. Nem adtam neki egyetlen vasat sem, és ő nem kérte. Hallatlanul büszke.

– Hőzöngő hólyag. Fenn az ernyő, nincsen kas, ahogy Texasban mondják. Se téged, se magát nem képes eltartani. És mi van azzal a nővel, aki a gyerekét várja? Abban az ügyben mit óhajt tenni?

– Támogatja a nőt, ha kénytelen lesz – felelte őszintén Alex. – Egyelőre azt se tudja, az övé-e a gyerek. Júliusban esedékes a genetikai vizsgálat.

– A nő nem vádaskodna, ha nem Winslow lenne az apa.

– De igen. Mellesleg engem nem érdekel. Nem kellemes ügy, de ettől még nem dől össze a világ. Előfordul az ilyesmi. Nekem sokkal fontosabb, hogy kedves hozzám.

– Miért ne lenne? Gazdag vagy, egyedülálló vagy, arról nem is szólva, hogy nagyon mutatós vagy. De őszintén megmondom, ha nem Madison lenne a családi neved, rád se nézne.

– Ezt nem hiszem. – Alex farkasszemet nézett az apjával. – Bár ezt sose tudhatjuk meg, ugye, apa? Vagyok, aki vagyok, és nem a bankszámlájuk szerint fogom kiválogatni a partnereimet. Coop jó családból származik, és jó ember. Vannak olyan emberek is, akiknek nincs pénzük, mert ilyen a világ, én meg fütyülök rá.

– Őszinte hozzád, Alex? Említette valaha, hogy adósságai vannak? – Madison alá akart aknázni mindent, ami fontos volt a lányának, de Alexet nem érdekelte. Tudta, ki Coop, még ha nem is látta a bankszámlakivonatát, ismerte hóbortjait, hibáit és erényeit, és olyannak szerette, amilyen. Az az egy dolog nyugtalanította, hogy Coop nem akar gyerekeket.

– Már megmondtam, hogy nem szoktunk pénzről beszélni.

– Negyven évvel öregebb nálad. Ha, ne adj isten, feleségül mész hozzá, a végén majd ápolhatod.

– Lehet, hogy vállalnom kell a kockázatát. Ettől se dőlne össze a világ.

– Ezt mondod most. Mire betöltöd a negyvenet, ő nyolcvan lesz, kétszer annyi, mint te. Kész nevet-

209

ség, Alex! Használd az eszedet. Úgy gondolom, hogy ennek az embernek nem a szíved kell, hanem a pénztárcád.

– Gusztustalan dolgokat mondasz! – vágta rá indulatosan Alex.

– De ki is hibáztathatná? Tulajdonképpen csak egy kis biztonságot szeretne öreg napjaira, és ez az egyetlen módja, hogy megszerezhesse. Nem maradt más útja. Te vagy a nyerő ló. Az a lány, akinek gyereke lesz tőle, ugyan nem fogja eltartani. Nem hangzik szépen, Alex, de ez a könyv simán kiolvasható.

– Nem mondom, hogy ne találkozz vele többé, ha jelent neked valamit, de az ég szerelmére, légy óvatos, és nehogy feleségül menj hozzá! – folytatta a leckéztetést. – Ha mégis megtennéd, ha lennél olyan ostoba vállalni a kockázatot, akkor biztosíthatlak, elkövetek mindent, ami módomban áll, hogy ezt megakadályozzam. Ha kell, megkeresem Winslow-t, és lebeszélem. Nagyon befolyásos ellenséget szerezhet a személyemben.

– Tudtam, hogy rád lehet számítani, apa – mondta Alex fáradt mosollyal. Lehet, hogy az apja jót akar, de nagyon sértő, megalázó modorban teszi. Különben mindig így bánt vele. A hatalom volt a lényeg meg a parancsolás. Amikor alig néhány órával az esküvő előtt Carter megszöktette a menyasszonya húgát, Arthur Madison akkor is Alexet hibáztatta. Azt mondta, ha ügyesebben bánik a vőlegényével, soha nem következik be ez. Mindig, mindenben Alex volt a hibás. Bár Arthur Madison újabban már nem rajongott a vejéért. Carter tőzsdézett a felesége pénzével, és az utolsó vasig elveszítette az összeget, amit befektetett. Szerencsére az ifjabb Madison-lánynak bőven maradt még vagyona, de az eset akkor is bebizonyította, hogy Carter nem egy észkombájn.

– Tudom, most azt gondolod, hogy nagyon kíméletlen dolgokat mondok. Nem is tagadom, de aggódom érted. Amikor elkezdtem utánanézni Winslow ügyeinek, a hajam égnek állt attól, amit találtam. Lehet mutatós, bizonyosan elragadó is, és vitathatatlanul szórakoztató, csupa olyan tulajdonság, ami nagyon csábító a te korodban, de különben kész katasztrófa. Nem hinném, hogy hosszú távon boldoggá tudna tenni téged, akkor se, ha feleségül vesz. Még sose volt felesége, mert nem kellett nősülnie. Kiszórakozza magát, és megy tovább a másik nőhöz. Nem komoly ember, Alex. Nem ilyet akarok neked, aki körbemutogat, levesz a lábadról, aztán eldob, vagy ami még rosszabb, feleségül vesz, és kihasznál anyagi céljaira. Nem hinném, hogy ne lenne igazam – mondta Madison sötéten. Ám ezzel nem vette el a lánya kedvét Cooptól. Az atyai beszéd épp fordított hatással járt. Alex egészen megsajnálta a barátját, mikor hallotta, mennyire el van adósodva.

Szerencsére megszólalt a személyi keresője. Nem vészhelyzet volt, de kapott az alkalmon, hogy véget vessen a családi összejövetelnek. Egy falatot sem ettek, mert Madison sokkal fontosabbnak érezte, hogy előadja azt, amire apaként köteles. Megvitatta a kérdést a feleségével, aki szokása szerint nem akart belefolyni a dologba, de arra buzdította Madisont, hogy beszéljen Alex fejével. Valakinek meg kell tennie, Madison pedig mindig szívesen vállalkozott a piszkos munkára, és elviselte ezt az órát, amely nagyon kínos volt mindkettőjüknek.

– Vissza kell mennem dolgozni – mondta Alex. Az apja fölállt.

– Szerintem, Alex, arra kellene törekedned, hogy az újságok lehetőleg ne emlegessenek együtt ezzel az emberrel. Árt a jó hírednek. A világ összes hozományvadásza téged fog üldözni. – Ezt a társaságot

Alexnek eddig sikerült elkerülnie, amit főleg magának köszönhetett. Munkatársainak fogalmuk sem volt, kicsoda és ki az apja, neki pedig pont megfelelt így. – Rögtön megérzik a vízben a vér szagát. – Újabb bájos metafora. Az apja tehát nyers húsnak tekinti, amit odavetnek a cápáknak. Tudta, hogy az apja törődik vele, de gyomorkavaró, ahogy teszi. Az pedig, ahogyan Madison a világot nézi, egyszerűen szánalmas. Gyanakszik mindenkire, és a legrosszabbat feltételezi az emberekről. Coop híre, szorult helyzete miatt el se tudja hinni, hogy őszintén szeretheti a lányát. Alex pedig hisz neki. – Átjössz nyáron Newportba? – próbálkozott Madison az oldottabb hangnemmel. Alex megrázta a fejét.

– Nem szabadulhatok a munkából. – De még ha szabadulhatna, akkor is inkább LA, mint Newport. Nem vágyott látni se az anyját, se a húgát, se Cartert, se az apját, se a barátaikat. Rég eldobta az útlevelét, amellyel beutazhatott abba az országba. Kaliforniában marad Cooppal.

– Hát majd keressük egymást – mondta az apja mereven. Alex megcsókolta az arcát.

– Jó. Mondd meg anyának, hogy szia. – Az anyja sose jött el hozzá. Azt várta, hogy Alex viziteljen Palm Beachben, noha semmi sem akadályozta az utazásban, és be is utazta az egész világot, ha a barátait kellett látogatni. De hát nem volt egyetlen közös tulajdonságuk, és egyszerűen nem tudott mit mondani csodabogárnak tartott idősebb lányának. Sose értette, miért kell egy Madison lánynak orvosnak mennie. Miért nem maradt otthon Palm Beachben, és ment feleségül valamelyik rendes fiúhoz? Még ha Carterrel nem is jött be, bőven talált volna magának hozzá hasonlókat. Alex pont ezért jött el hazulról. Nem kellett neki olyan férfi, mint Carter, és egyelőre, mindennek dacára, amit az apja mondott, nagyon boldog volt Cooppal.

Apja a liftig kísérte. Amikor becsukódott az ajtó, Madison megfordult és elment, Alex pedig behunyta a szemét, úgy vitette föl magát az emeletre. Mindene elzsibbadt. Az apja mindig ilyen hatással volt rá.

17.

Miközben Alex találkozott az apjával, Coop a medence mellett lustálkodott egy fa alatt. Nagyon vigyázott a bőrére, sose ment napra. Ez volt a titka annak, hogy miért látszott mindig fiatalabbnak a koránál. Élvezte az egyedüllét zavartalan békességét. Bérlői dolgoztak, Mark nyavalyás kölykei iskolába mentek. Elnyúlt az árnyékban, és azon tűnődött, mit mondhat az apa a lányának. Úgyszólván bizonyosra vette, hogy ő a téma, legalábbis részben. Az kétségtelen, hogy Arthur Madison nem helyesli gyermekének választását. Reméljük, a vénember nem zaklatja föl Alexet túlságosan. Bár azt még Coop is elismerte, hogy Madisonnak van oka az aggodalomra. Ő momentán nem a legjobb parti, amit nyilván Alex apja is tud, ha úgy döntött, hogy utánanézet Cooper Winslow-nak.

Életében először foglalkoztatta a mások véleménye. Mindkettejük érdekében, anyagi nehézségei ellenére az önkínzásig lelkiismeretesen bánt a barátnőjével. Ilyen becsületes teremtést, mint Alex, nagyon rosszul esne kihasználni. Nem mintha nem gondolt volna rá, de eddig még sikerült fegyelmeznie magát. Mellesleg kezdte komolyan gyanítani, hogy szerelmes Alexbe, mármint úgy, ahogy Cooper Winslow értelmezi a szerelmet, mert nála ez a fogalom is változott az évek során. Az utóbbi időben fejfájásoktól mentes, felszabadultan vidám, komótos kapcsolatot jelentett. Időnként beérte a puszta rokonszenvvel is. Annyi Charlene-szerű hárpia nyüzsög a világban.

Mennyivel kényelmesebb egy olyan nő, mint Alex. Tisztességes, kedves, mulatságos, és nem követel sokat. Az is rokonszenves benne, hogy a végletekig önálló. Coop tudta, hogy az anyagi összeomlásban, végső kétségbeesésében nyugodtan fordulhatna Alexhez. A barátnője vagyona az ő életbiztosítása. Most nincs szüksége rá, de egy napon még lehet. Nem a pénzéért választotta, de azért jó tudni, hogy van neki. Hátha szükség lesz rá. Coop rögtön nyugodtabbnak érezte magát a ténytől.

Csak az nem volt ínyére – és ezért nem kérte még meg a kezét –, hogy Alex még bőven benne van a szülőképes korban, és egy napon majd bizonyosan akar gyerekeket. Ami bizony baj, és sötét szeplő a kapcsolatukon. De hát nem tökéletes a földi lét. Ezt még ellensúlyozhatja, hogy Alex apját Arthur Madisonnak hívják. Coop még nem fontolta meg a kérdést alaposabban. Majd sort kerít rá. Barátnője úgyse sürgeti. Ez is jó. Kapcsolatukban nyoma sincs kötelmeknek. Alexnek annyi jó tulajdonsága van, hogy az már szinte sok.

Barátnőjén tűnődve ballagott vissza a házba, ahol egyenesen beleszaladt Palomába. A salvadori nő a bútorokat porszívózta, és egyidejűleg szendvicset evett. A szendvicsből a szőnyegre cseppent a majonéz. Coop a foltra mutatott.

– Bocs! – mondta Paloma, és rálépett ocelotmintás tornacipőjével a pecsétre.

Coop már lemondott róla, hogy megnevelje Palomát. Megpróbáltak létezni egymással párhuzamosan, anélkül, hogy meggyilkolnák egymást. Pár hete a színész rájött, hogy a salvadori asszony Friedmanéknek is dolgozik, de nem érdekelte. Amíg Paloma nála is elvégzi a munkáját, addig nem érdemes veszekedni. Coopot megszelídítette a szükségszerűség. Talán Alex hatása volt. Délután az üvegesek munkába vették a nappali szoba ablakát, de neki még mindig megkeseredett a szája, ha a baseball-labdára gondolt. Ha születnek valaha gyerekeik, neki és Alexnek, remélhetőleg nem fiúk lesznek! Már a gondolattól is felfordult a gyomra. De akkor is, ha arra az átkozott Charlene-re gondolt. Szerencsére ezen a héten nem őt sztárolják a szennylapok.

Töltött egy pohárral a jeges teából, amelynek készítésére ő tanította meg a salvadori asszonyt. Paloma egy nagy kancsóval hagyott a hűtőszekrényben. Megcsörrent a telefon. Coop azt hitte, Alex lesz az, de egy ismeretlen női hang mutatkozott be Taryn Doughertyként, és azt mondta, találkozni szeretne vele.

– Ön producer? – kérdezte a színész. Még akkor is szorongatta a teás poharat. A Charlene-incidens óta kissé lanyhábban járt a munka után. Más dolgai voltak.

– Nem, divattervező vagyok, de nem ezért telefonáltam. Szeretnék megbeszélni önnel valamit. – Coop arra gondolt, hátha igazából újságíró. Rögtön megbánta, hogy fölvette a telefont, és nem tagadta le magát. Most már késő azt mondania, hogy ő a főkomornyik, és Mr. Winslow házon kívül van. Néha megcsinálta, amióta Livermore kilépett.

– Mit? – kérdezte hidegen. Mostanában senkiben sem bízott. Mintha mindenki tőle követelt volna valamit. Legalábbis Charlene ezt tette.

– Személyes dolog. Levelet hoztam egy régi barátjától. – Nagyon titokzatosan hangzott. Ez nyilván valami fortély vagy ármány. Talán Charlene mesterkedik. Bár a nőnek kellemes volt a hangja.

– Kitől?

– Jane Axmantől. Ön bizonyosan nem emlékszik a nevére.

– Nem is. Ön az ügyvédje? – Adósa lenne az illetőnek? Sokan hívták ilyen ügyekben is. Átpasszolta őket Abe-nek. Tartozásoknál régebben Liz falazott neki, de most magának kell intézkednie.

– A lánya vagyok. – Ennél többet nem volt hajlandó mondani a telefonáló nő, de erősködött, hogy fontos dologról van szó, és nem venne igénybe sok időt. Coopban feltámadt a kíváncsiság. Vajon csinos a telefonáló? Kedve lett volna azt mondani, hogy találkozzanak a Beverly Hills hotelban, de lusta volt kimozdulni. Különben is, várta, hogy Alex megtelefonálja, mit végzett az apjával. Eddig még nem hívta. Coop aggódott érte, hátha fölzaklatta a családi megbeszélés. Nem akarta egy étteremben, mobiltelefonon fogadni a hívását.

– Honnan hív? – kérdezte, mintha ez olyan fontos lenne.

– A Bel Air hotelból. Most érkeztem New Yorkból. – Na, legalább jó szállodában lakik. Nem sok, de mégis valami. A színészen végre győzött a kíváncsiság.

– A közelben lakom. Nem jönne át?

– Köszönöm, Mr. Winslow – felelte udvariasan a nő. – Nem fogom elrabolni sok idejét.

Csak látni akarja. Egyetlenegyszer. És meg akarja mutatni az anyja levelét, az ő közös kis szeletüket a történelemből. Tíz perccel később Coop már be is engedte a távirányítós kapun.

Amikor kiszállt a bérelt autóból, Coop látta, hogy magas, szőke, és a negyedik ikszhez közeledik. Valójában harminckilenc éves volt ez a mutatós, vékony, rövid szoknyás, kiváló ízléssel öltözködő asszony. Valahogy ismerősnek rémlett, de Coop nem tudta, mitől. Nem gondolta, hogy találkoztak volna. A nő mosolyogva odajött hozzá, és kezet rázott vele.

– Köszönöm, hogy fogad. Nagyon nem szívesen

zavarom, de le akartam már zárni ezt a kérdést. Sokáig fontolgattam, hogy levelet írok önnek.

– Mit keres Kaliforniában? – Bevezette a könyvtárba, és borral kínálta, amit a nő elhárított. Inkább vizet kért. Rekkenő hőség volt kint.

– Még magam se tudom. New Yorkban divattervezéssel foglalkoztam, most adtam el a vállalkozásomat. Mindig szerettem volna jelmezt tervezni egy filmhez, bár lehet, hogy ez is csak egy hóbortos ötlet. Arra gondoltam, átjövök és körülnézek.

– Akkor tehát nincs férjnél – állapította meg Coop, és átnyújtotta Baccarat-pohárban a vizet. Paloma ugyanilyen metszett ólomkristályból öntözte a növényeket.

– Elváltam, eladtam a vállalkozásomat, az anyám meghalt, mindez alig néhány hónap alatt. Ez egyike azoknak a ritka pillanatoknak, amikor az embert semmi sem fogja vissza, hogy azt tegye, amit akar. Nem is tudom, örülök-e neki, vagy halálosan félek tőle. – Ám ezt mosolyogva mondta. Nem olyannak látszott, mint akinek higgadtságát túlzott félelmek zavarnák.

– Tehát mi van abban a levélben? Netán pénzt örököltem valakitől? – nevetett Coop.

A nő elmosolyodott.

– Fájdalom, nem. – Egyetlen szó nélkül átnyújtotta annak az asszonynak a levelét, akire a színész már nem emlékezett. Hosszú levél volt, Coop többször is felpillantott olvasás közben, és amikor befejezte, egy hosszú pillanatig ült, mereven bámulta a nőt, mert nem tudta, mit mondjon most, és a jövevény mit akar tőle. Elkomolyodva visszaadta a levelet. Ha újabb zsarolásról van szó, eltévesztették a házszámot. Egy éppen elég.

– Mit akar tőlem? – kérdezte nyersen. A nő elszomorodott. Szívesebb fogadtatásra számított.

– Az égvilágon semmit. Látni akartam magát.

217

Egyszer. Azonkívül reménykedtem, hogy nem fordul el tőlem. Elismerem, hogy megrázkódtatás lehetett. Nekem is az volt. Anyám sose mondta. Csupán a halála után találtam meg a nekem szánt levelét. Apám évek óta halott. Fogalmam sincs, tudta-e valaha.

– Remélem, nem – mondta Coop ünnepélyesen. Még mindig nem ocsúdott föl a megrendülésből, de megkönnyebbült, mikor hallotta, hogy a nő semmit sem akar. Hitt neki, becsületes teremtésnek látszott. Ráadásul csinos. Akár vonzónak is találhatná, ha nem lenne kissé túlkoros.

– Nem hinném, hogy jelentőséget tulajdonított volna neki. Nagyon jó volt hozzám. Majdnem az egész vagyonát rám hagyta. Nem volt más gyereke. Ha tudta is, nem haragudott érte se anyámra, se rám. Nagyon jó ember volt.

– Szerencséje – mondta Coop. Alaposabban megnézte a nőt, és rádöbbent, miért ismerős. Hiszen Taryn Dougherty őrá hasonlít, amire meg is van minden alapja. A levél szerint az anyjának negyven éve futó viszonya volt Cooppal. Londonban vendégszerepeltek, a kapcsolat nem volt hosszú életű, és amikor Jane Axman visszatért Chicagóba, rájött, hogy állapotos. Kizárólag általa ismert okokból eltitkolta a terhességét Coop előtt. Úgy érezte, nem ismerik egymást eléggé ahhoz, hogy „ráakaszkodjon", mint megfogalmazta. Feleségül ment egy másik férfihoz, megszülte a kislányát, és sose árulta el neki, hogy nem az az apja, akit annak hisz, hanem Coop. Taryn csak a hátrahagyott levélből tudta meg. Most pedig itt ültek, és kémlelték egymást. A férfinak, aki gyermektelennek hitte magát, hirtelen két gyereke is támadt: ez a váratlanul betoppant, harminckilenc éves asszony, és az, akit Charlene hordoz. Nagyon különös érzés volt ez egy olyan embernek, aki utálta a gyerekeket. Ám

218

Taryn nem gyerek. Felnőtt nő, tekintélyes, értelmes, pénze is van, és nagyon hasonlít rá. – Milyen volt az anyja? Van képe róla? – Azt szerette volna tudni, hogy emlékszik-e még egyáltalán Jane Axmanre.

– Hoztam egyet szükség esetére. Azt hiszem, még abban az időben készült. – Óvatosan kifejtette a retiküljéből, és átnyújtotta Coopnak. A színész ránézett, és az emlékezetében zökkent valami. Határozottan ismerős arc. Nem véste be magát élethoszsziglan, de akkor is emlékezetes. Coop már azt is tudni vélte, melyik szerepet játszotta. Eredetileg beugrásra szerződtették, de a színésznő, akit helyettesítenie kellett volna, örökösen berúgott, ezért Jane Axmannek kellett kiállnia a színpadra. Másra nemigen emlékezett vele kapcsolatban. Jómaga is duhaj legény volt akkoriban, és rendesen ivott. És hány asszony jött még Jane Axman után! Tehát harmincéves volt, amikor Tarynt nemzette.

– Hát ez nagyon különös. – Visszaadta a fényképet Tarynnek, és még egyszer megnézte a lányát. Igen mutatós volt a maga klasszikus módján, bár ugyancsak magasra nőtt. Coop majdnem elérte a százkilencvenet, Taryn a száznyolcvanat. Mintha Jane Axman is magas lett volna. – Nem is tudom, mit mondjak.

– Semmit – felelte lágyan Taryn Dougherty. – Mindössze látni szerettem volna. Szép életem volt, egy csodálatos apa és egy nagyon szeretett anya mellett, akiknek egyetlen gyereke voltam. Nincs mit a szemére vetnem. Nem tudhatta, hiszen anyám eltitkolta ön elől, de őt se vádolom. Nem bántam meg semmit.

– Vannak gyerekei? – kérdezte Coop riadtan. Épp elég megrázkódtatás egy felnőtt leány. Unokákat már nem bírna elviselni.

– Nincsenek. Örökösen dolgoztam, és szégyenkezve be kell vallanom, hogy sose akartam gyereket.

– Ne szégyenkezzen. Genetikai örökség – vigyorgott vásottan a színész. – Én se akartam. A gyerekek lármásak, piszkosak és büdösek! – Taryn kacagott. Tetszett neki Cooper Winslow, már látta, miért szeretett bele az anyja, és miért döntött úgy, hogy megtartja a gyerekét. Elragadó és mulatságos, igazi régi vágású úriember. Nagyon fiatalos volt, nehezen lehetett elhinni, hogy egykorú az anyjával, aki évek óta szenvedett a betegségétől. Ez az ember évtizedekkel fiatalabbnak látszott a koránál.

– Marad egy darabig? – kérdezte kíváncsian. Tetszett neki Taryn, akarata ellenére úgy érezte, valami összefűzi őket, csak azt nem tudta, mi ez a kötelék. Olyan új volt, hogy ezt még körül kellett járnia.

– Azt hiszem. – Taryn még nem döntötte el, mit fog tenni. Ez a találkozás mindenesetre felszabadító hatással volt rá. Ledobhatta magáról a titok nyomasztó súlyát. Most, hogy találkozott vér szerinti apjával, szabadon mehet tovább a maga útján.

– Megkereshetem a Bel Airben? Jó lenne ismét összejönni. Nem vacsorázunk együtt valamelyik estén?

– Szívesen. – Taryn fölállt. Híven a szavához, pontosan fél órát töltött az Udvarházban, és nem is próbált tovább maradni. Elvégezte, amiért jött, találkozott Cooppal, most pedig visszatér a saját életébe. Komolyan pillantott az apjára. – Arra az esetre, ha aggályai lennének: nem óhajtom kikürtölni a sajtónak. Ez a kettőnk ügye.

– Köszönöm – felelte Coop meghatottan. Taryn valóban rendes teremtés: nem követelőzött, csak találkozni akart vele. Mindkettejüknek tetszett, amit láttak. – Biztosan szamárság ilyet mondani, de aranyos kislány lehetett, az anyja pedig nagyon jó asszony volt. – Főleg azért, mert nem okozott fejfájást a gyereke apjának, és magára vállalt minden felelősséget. Kedvelte egyáltalán azt a színésznőt?

220

Már nem is tudja. De a lánya, a lányuk, nagyon tetszik neki. – Szívből sajnálom, hogy meghalt – mondta őszintén. Különös érzés volt, hogy miközben ő élte az életét, nem is tudta, hogy van valahol egy lánya.

– Köszönöm. Én is sajnálom az anyámat. Nagyon szerettem. – Coop könnyű csókot lehelt távozó lánya arcára; Taryn megfordult, rámosolygott, azzal a mosollyal, amelyet a színész naponta látott a tükörben, amit a barátai olyan jól ismertek. Látta a hasonlóságot, úgy, ahogyan Taryn anyja láthatta. Fura lehetett. A férje tudta vajon? Remélhetőleg nem.

Coop nagyon csendes volt a nap hátralevő részében. Sok mindenen kellett gondolkoznia. Még akkor is elmerült töprengéseiben, amikor hétkor megjött Alex. A nő megkérdezte, jól van-e. Coop visszakérdezett, hogy milyen volt találkozni az apjával, Alex azt felelte, rendben lezajlott minden, de ennél többet nem mondott.

– Komisz volt? – kérdezte Coop aggodalmasan. Alex vállat vont.

– Ő az, aki. Talán nem az az apa, akit választottam volna, ha tehetem, de nekem ez jutott – felelte sztoikusan, és töltött magának egy pohár bort.

Hosszú nap volt ez mindkettőjüknek. Coop csak a vacsoránál hozta szóba Tarynt. Paloma hagyott nekik egy kis csirkesültet, Alex főzött hozzá tésztát, és összecsapott egy salátát. Nekik ez éppen elég volt. Coop furcsa pillantással tekintett föl az ételről.

– Van egy lányom – mondta tömören. Alex ránézett.

– Korán van még ahhoz, hogy tudni lehessen a nemét. Charlene csak hazudik, hogy megpuhítson – jegyezte meg bosszúsan.

– Nem az övé. – Coop valahogy olyan kábának látszott. Egész délután Tarynen töprengett. Mély hatást gyakorolt rá a találkozás.

– Másnak is gyereke lesz tőled? – botránkozott meg a nő.

– Már megvolt. Harminckilenc éve. – Ezután már elmesélte Tarynt, nem is palástolt megindultsággal.

– Elképesztő! – hüledezett Alex. – Hogy volt képes az anyja eltitkolni, ennyi éven át? És milyen? – kérdezte kíváncsian.

– Kedves, rokonszenves. Nagyon hasonlít rám. Persze mutatósabb – ismerte el gavallérosan. – Igazán tetszett nekem. Olyan... – keresgélte a szót – ... olyan méltóságteljes... nemes... ilyesmi. Ebből a szempontból rád emlékeztet. Nagyon őszinte és becsületes. Semmit sem követelt, és közölte, hogy nem tárgyal a sajtóval. Csak látni akart. Egyetlenegyszer, mint mondta.

– Miért nem hívod meg ide? – javasolta Alex. Látta a barátján, hogy legszívesebben ezt szeretné.

– Meg is fogom!

Ám végül is közös ebéd lett belőle a Bel Airben a következő napon. Apa és lánya elbeszélgettek, és ámultan állapították meg, mennyire hasonlítanak, milyen sokban azonos az ízlésük, még olyan apróságokban, mint a kedvenc fagylalt, édesség, olvasmány. Hátborzongató hatalmuk van a géneknek! Ebéd végeztével Coopnak támadt egy ötlete.

– Nem akarsz átköltözni az Udvarházba, amíg LA-ben leszel? – Több időt szeretett volna tölteni Tarynnel, akit hirtelen ajándéknak érzett, és nem akarta elveszíteni. A közelében szerette volna tudni, ha csak néhány napra, esetleg hétre is. Tarynnek tetszett a javaslat.

– Nem szeretnék a terhedre lenni – mondta tapintatosan.

– Hogy lennél? – Már bánta, hogy bérlőket fogadott be a vendégszárnyba és a kapusházba. Menynyivel szebb lenne, ha Taryn lakna ott! Szerencsére

222

a főépületben is van egy hatalmas vendéglakosztály. Alexnek biztosan nem lesz ellenvetése. Már mesélt a barátnőjéről Tarynnek, aki csodálatosnak találta Alexet.

Taryn megígérte, hogy másnap átköltözik az Udvarházba. Coop este beszámolt Alexnek, aki nagyon örült, és izgatottan várta, hogy megismerhesse a barátja lányát. Még mindig nem szólt Coopnak arról, amit az apja mondott, és nem is akarta elárulni. Utólag megértette, hogy az apja csak jót akart, de Coopnak akkor is megszakadna a szíve, ha hallaná, milyen szörnyűségeket állított róla Arthur Madison. Nem kell ilyeneket tudnia a barátjának. Az apja csak nem érti, milyen ember Coop.

Tarynt pedig nyilvánvalóan a gondviselés küldte. Ismeretségük néhány hónapjában még sose látta Coopot ennyire békésnek és nyugodtnak.

18.

Taryn nagyon csekély poggyásszal és még annál is csekélyebb feltűnéssel költözött be az Udvarházba. Tapintatos, kellemes, udvarias, alkalmazkodó lakótársnak bizonyult. Semmit sem kért Palomától, és őrizkedett attól, hogy ráakaszkodjon az apjára. Alex és ő azonnal megkedvelték egymást. Mindketten megbízható, erős, becsületes, jóságos asszonyok voltak. Alexnek első pillantásra feltűnt, mennyire hasonlít Taryn az apjára, és nem csak külsőleg: ugyanaz az ösztönös előkelőség áradt belőle. Csupán két dologban különbözött Cooptól: minimális poggyásszal utazott, és stabil anyagi helyzetnek örvendett. Egyébként olyan egyformák voltak, mint két tojás. Coop nagyon örült a lányának.

Napok teltek el csak azzal, hogy ismerkedtek. Elmesélték egymásnak az életüket, megbeszéltek minden megbeszélhetőt, izgalmas hasonlóságokat és eltéréseket találtak egymásban. Amikor már eléggé összeismerkedtek, Taryn megkérdezte az apját, mennyire komolyak a szándékai Alexet illetően, mire Coop azt válaszolta, hogy nem tudja. Ez volt életének legbecsületesebb válasza. Noha nagyon rövid ideje ismerték egymást, Taryn még Alexnél is több jó tulajdonságot hozott ki belőle. Mintha azért jött volna el az apjához, hogy egész emberré tegye. De Coop is adott neki valamit. Amióta Taryn megtudta, ki az apja, azt is tudni akarta, miféle ember, és tetszett neki, noha nem eszményítette.

– Súlyos dilemma elé állít Alex – vallotta be Coop.

– Mert olyan fiatal? – kérdezte Taryn. Az árnyékban feküdtek, a medence mellett. Mindenki más dolgozott. Taryn is kerülte a napot, mert ugyanolyan alabástrombőre volt, mint az apjának, a távoli brit elődök bőre, ahogy Coop mondogatta.

– Nem, azt már megszoktam, engem nem zavar a fiatalság – vigyorgott Coop. – Alex majdhogynem öreg már hozzám. – Ezen elnevetgéltek. Taryn tudott Charlene-ről is. – Arthur Madison az apja, neked nem kell magyaráznom, mit jelent ez. Sose lehetek tisztában az indokaimmal, és fülig el vagyok adósodva. – Alexnek még sose mondott ilyet. Taryn megnyerőnek találta az őszinteségét. – Néha azon nyugtalankodom, hogy csak a pénze kell. Máskor bizonyos vagyok benne, hogy nem erről van szó. Olyan könnyű és kézenfekvő megoldás lenne. Túlságosan is könnyű. Az a kérdés, hogy szeretném-e, ha egy vasa sem lenne. Ebben nem vagyok biztos. És amíg nem vagyok biztos, addig nem léphetek. Pokoli egy kérdés.

– Talán nem olyan fontos az – mondta józanul Taryn.

224

– Talán mégis – vitatkozott Coop. Taryn volt az egyetlen, akivel tökéletesen őszinte lehetett, mert az ő kapcsolatuk mentes volt minden érdektől. Semmit sem akart a lányától, csak azt, hogy ne lépjen ki az életéből. Még ez az érzése közelítette meg legjobban a feltétlen, önzetlen szeretetet. És mindez egyik napról a másikra következett be, mintha csak tudta volna, hogy Taryn él valahol, és már csak arra várna, mikor léphet be az ő életébe. Szüksége volt Tarynre, és valamilyen váratlan, furcsa módon talán a lányának is szüksége volt rá. – Taryn, ahol belép a szex és a pénz, ott rögtön teljes lesz a zűrzavar. Ilyen volt az egész életem. – Meglepő öröme telt benne, hogy megosztotta a titkait a lányával.

– Lehet, hogy igazad van; nekem is ez volt a problémám a férjemmel. Közösen építettük fel a vállalkozást, és a végén ez tett tönkre. A férjem több pénzt akart kivenni belőle, mint én, holott én voltam a tervező, én kaptam minden elismerést. Ő meg féltékeny lett rám. A válóperünk idején meg akarta kaparintani a vállalkozást. Tényleg egyszerűbb volt eladni, és menni tovább. Továbbá lefeküdt a titkárnőmmel, és össze is költözött vele, mihelyt kivonult az életemből, nekem pedig majd megszakadt a szívem.

– Látod? – bólogatott Coop. – Pénz és szex. Mindig ez cseszi el a kalapácsnyelet. Köztünk bezzeg eleve kizárt az ilyesmi, és mennyivel egyszerűbb tőle a dolog! – És mennyivel jobb!

– Mennyire vagy eladósodva? – kérdezte aggodalmasan Taryn.

– Elég csúnyán. Alex nem tudja, neki sose mondtam, nehogy azt gondolja, csak a pénzét akarom, az adósságaim törlesztésére.

– Azt akarod?

– Nem tudom – felelte őszintén a férfi. – Feltétlenül egyszerűbb lenne, mint reklámokban és más vacakokban keccsölni. De Alex olyan jóravaló, hogy nem bírnám elszedni a pénzét. Ha más lenne, megtehetném. Tőled sem kérek pénzt! – tette hozzá nyomatékosan. Nem óhajtott még nagyobb zűrzavart, nem akarta elrontani a kapcsolatukat, amely így a jó, ahogy most van. Ha rajta múlik, meg is tartja ilyen tisztának. – Mindössze egy szerepre lenne szükségem, egy jó szerepre egy tisztességes filmben, és azonnal összeszedhetném magamat! De hát isten tudja, hogy lesz-e belőle valami. Talán soha. Ki mondhatná meg? – fejezte be sztoikusan.

– Tehát? – kérdezte nyugtalanul Taryn. Apja kissé elnagyolta a vagyoni nyilatkozatot.

– Mindig adódik valami. – És ha nem, még mindig ott van Alex, bár ez nagyon helytelen lenne. Javában magyarázott Tarynnek, amikor váratlanul elharapta a szót, és a nő lábára mutatott.

– Mi a baj? – kérdezte ő. Mostanában pedikűröztetett, és rózsaszínre volt lakkozva a körme. Azt hitte, hátha az apjának jobban tetszik a piros. De ő mindig rózsaszínt használt. A piros körömlakk a vérre emlékeztette.

– Az én lábamat örökölted! – Odadugta a lábát a lányáé mellé, és ezen kacagni kellett, mert a két lábfej hajszálra egyforma volt, ugyanolyan hosszú, elegáns. – Meg a kezemet is! – Le se tagadhatta volna a rokonságot, nem mintha akarta volna. Először megfordult a fejében, hogy unokahúgaként fogja bemutatni Tarynt, de ahogy múlt az idő, és ők mind jobban megismerték egymást, úgy lett Coopnak egyre nagyobb a kedve az apaság vállalásához. Kérdezte Tarynt, mit szól hozzá.

– Nekem megfelel, de csak akkor, ha nem baltázza el a dolgaidat.

– Miért tenne ilyet? Azt mégse mondhatjuk, hogy túlfejlett tizennégy éves vagy.

– Majd nem árulom el a koromat – nevetett Taryn.

Még a nevetésük is egyformán csengett. – Nekem is jó lesz. Az én koromban cikis, hogy hirtelen megint egyedül találja magát az ember. Mindjárt negyvenéves leszek, és úgy állok itt, mint az ujjam. Huszonkét évesen mentem férjhez.

– Jaj, de unalmas! – fitymálta Coop. Taryn megint nevetett. Pompásan szórakoztak egymás társaságában. Az első napokban mást se csináltak, mint egy nyelésre próbálták felhörpölni egymás életét. – Bőven ideje volt változtatni rajta. Majd itt keresünk neked valakit.

– Még ne – mondta nyugodtan Taryn. – Nem készültem fel rá. Hadd jussak lélegzethez. Pár hónap alatt elveszítettem a férjemet, a vállalkozásomat, az anyámat, és szert tettem egy apára. Most egy darabig lassan akarok járni, mert sok mindent kell megemésztenem.

– Hát a munka? Keresel valamit?

– Nem tudom. Mindig szerettem volna kipróbálni a jelmeztervezést, bár ez csak olyan hóbort. Igazából nem is kell dolgoznom. Szép pénzt kaptunk a vállalkozásért, és anya rám hagyta mindenét. Apám… a *másik* apám – helyesbített mosolyogva – bőkezűen ellátott. Ráérek még kitalálni valamit. Esetleg segíthetek, hogy *neked* kitaláljunk valamit. Elég jól értek a dolgok rendbe tételéhez és a rendetlenség felszámolásához.

– Ez nyilván az anyai gén benned, mert én fordítva működök. Fogom a rendet, és rendetlenséget csinálok belőle. Nekem eddig bevált. Létélelmem a csőd! – mondta annyi szerény derűvel, amivel ismét megnyerte Taryn szívét.

– Majd szólj, ha szeretnéd, hogy megnézzem, és hallani akarod a véleményem.

– Te talán képes lennél értelmezni, amit a könyvelőm mond, habár tulajdonképpen pofonegyszerű. Könyvelőm egyszemélyes zenekar, és mindig ugyanazt fújja: ne vásároljak semmit, és adjam el a házat. Rémes, micsoda unalmas kis ember!

– A hivatás kockázata – jegyezte meg Taryn.

Ugyanilyen jól érezték magukat, ha Alex is velük volt. Együtt főztek vacsorát, moziba jártak, és rengeteget beszélgettek. De a tapintatos Taryn mindig tudta, melyik pillanatban kell lelépnie. Nem akarta zavarni az apját és a barátnőjét. Nagyon kedvelte Alexet, és mérhetetlenül tisztelte a munkáját.

Egy szombati délelőttön Taryn és Alex épp a medence szélén beszélgettek, amikor Mark és gyerekei kijöttek a vendégszárnyból. Coop a főépület teraszán ült, és olvasott. Megfázott, nem akart úszni.

Alex bemutatta Tarynt Friedmanéknek, de nem közölte, kicsoda. Nem is kellett, mert Mark tüstént megkérdezte, hogy rokona-e Taryn Coopnak? És hogy Alex is észrevette, milyen kísértetiesen hasonlítanak? A nők kacagtak.

– Coop az apám – felelte Taryn nyugodtan. – Csak rég nem láttuk egymást. – Ez rendkívül enyhe fogalmazás volt. Alex kuncogott.

– Nem is tudtam, hogy Coopnak lánya van! – hökkent meg Mark.

– Ő se – mosolygott Taryn, azzal fejest ugrott a medencébe.

– Ezt meg miért mondta? – értetlenkedett Mark.

– Hosszú história ez. Egyszer majd elmesélik.

Néhány perc múlva beállított Jimmy. Forró nap volt, mindenki úszni akart. Taryn és Mark a nő vállalkozásáról és New Yorkról beszélgettek, a srácokhoz megérkezett néhány barátjuk. Alex megkérte őket, hogy most ne muzsikáljanak, mert Coop beteg, így az ifjúság megszállta a medence túlsó végét, ott fecsegtek és kacarásztak. A nyugágyban elterülő Alexnek így módja volt néhány csendes szót váltani Jimmyvel.

– Hogy megy a munka? – kérdezte hanyagul. Jimmy napolajjal kenegette a karját, mert világos bőre volt a sötét hajához. Alex felajánlotta, hogy bekeni a hátát. Jimmy néhány pillanatig habozott, aztán köszönettel elfogadta. Senki se kente be a hátát, amióta Maggie meghalt.

– Jól. Hát te? Sokat dolgozol? – kérdezte.

– Sokat. Néha úgy rémlik, más sincs a világon, mint koraszülöttek meg beteg csecsemők. Már nem is látok egészséges kisgyereket.

– Nyomasztó munka lehet – mondta Jimmy együttérzőn.

– Nem igazán. Többségük meggyógyul. Bár van, aki nem. Ezt a részét még mindig nem szoktam meg. – Hogy gyűlölte, mikor gyászolniuk kellett az elvesztett kicsinyeket! Annál édesebbek voltak a győzelmek. – Azok a srácok se a napos oldalról jöttek, akikkel te dolgozol. Rettenetes elgondolni is, mit művelnek egyesek a gyerekeikkel.

– Ezt meg én nem tudom megszokni – felelte Jimmy. Sok mindent láttak ők, ki-ki a maga foglalkozásában, és a maguk módján mindketten életeket mentettek.

– Kinek a hatására lettél orvos? – kérdezte a férfi. Először volt kíváncsi Alexre.

– Az anyáméra – telelte Alex egyszerűen.

Jimmy mosolygott.

– Ő is orvos?

– Nem. Tökéletesen üres életet él. Vásárol, vacsorákra jár, manikűröztet. Ennyi. Akárcsak a húgom. Mindenre kész voltam, csak ne ezt kelljen tennem. – Továbbá az is eldöntötte a pályaválasztását, hogy kivételes érzéke volt a természettudományokhoz. – Kölyökkoromban pilóta akartam lenni, de ez is elég unalmas. Egy idő után annyi, mint buszt vezetni. Amit most csinálok, sokkal érdekesebb. Nincs két egyforma nap.

– Akárcsak nálam – mosolygott Jimmy. – Amikor a Harvardra jártam, profi jéghokizó akartam lenni a Bruinsnél. De a barátnőm meggyőzött, hogy pocsék lennék kivert fogakkal, és úgy döntöttem, igaza van. Bár korcsolyázni még mindig szeretek. – Nem akart arra gondolni, milyen sokat korcsolyázott Maggie-vel. – Ki az a nő, aki Markkal beszélget? – Alex elmosolyodott.

– Coop lánya. Egy darabig itt fog lakni. Most érkezett New Yorkból.

– Nem is tudtam, hogy lánya van! – hökkent meg Jimmy.

– Őt is meglepte.

– Mostanában sok meglepetés éri.

– De ez kellemes volt. Taryn igazán kedves. – Úgy látszik, Marknak is ez volt a véleménye. Már egy órája diskuráltak. Alex észrevette, hogy Jessica alaposan megnézi magának a nőt. Jason a barátait próbálta vízbe fojtani. – Olyan jó gyerekek ezek – mondta. Jimmy egyetértett.

– Azok, Mark pedig szerencsés fickó, legalábbis a gyerekeivel. Ha jól tudom, ők is hamarosan visszatérnek az anyjukhoz. Hogy fognak hiányozni Marknak!

– Talán ő is visszamegy. Hát te? Itt maradsz, vagy visszautazol a keleti partra? – Tudta, hogy a férfi bostoni. Hirtelen arra gondolt, hátha ismerte az ő unokatestvérét, aki nagyjából ugyanakkor járt a Harvardra.

– Szeretnék maradni – töprengett Jimmy –, de sajnálnám a mamát. Egyedül van, amióta papa meghalt, és rajta kívül nincsen senkim. – Alex bólogatott, és rákérdezett az unokatestvérére. Jimmy vigyorgott. – Luke Madison? Az egyik legjobb barátom volt az iskolában. Egy koleszban laktunk. Végzős korunkban együtt rúgtunk be minden hétvégén.

230

– Ez Luke-ra vall! – nevetett Alex.

– Szégyenkezve vallom be, hogy tíz éve nem láttam. Úgy rémlik, Londonba ment diploma után, és azóta elveszítettem a nyomát.

– Még mindig ott lakik, és hat gyereke van. Hat fiú, ha jól tudom. Én se sokat találkozom vele, legföljebb esküvőkön, olyanokra meg ritkán járok.

– Van rá valamilyen okod? – Érdekelte ez a nő, és nem értette, miért ragaszkodik Coophoz, akit, maga se tudta miért, nem kedvelt túlságosan. Egyfajta zsigeri ellenszenv volt. Talán féltékenység. A szoknyavadászat, az élveteg önimádat szöges ellentétben állt Jimmy természetével.

– Romlott gyümölcsöt ettem egyszer... mármint egy lakodalmon – magyarázta Alex. Jimmy fölnevetett.

– Az baj, mert az ép gyümölcs nagyon finom. Az enyém az volt. Mármint nem az esküvő, hanem a házasság. A városházán esküdtünk. Isteni nő volt.

– Őszinte részvétem – mondta Alex komolyan. Nagyon sajnálta Jimmyt. Bár mostanában mintha jobban nézne ki. Kevésbé elgyötört, van egy kis színe, fel is szedett valamicskét. Jót tettek neki Friedmanék vacsorái, a jó étel, és mindenekelőtt a gyerekek társasága.

– Különös dolog a gyász. Vannak napok, amikor az ember azt hiszi, belehal, máskor elviseli. Sose tudhatod, melyik változatra ébredsz. Jó nap is végződhet szarul, és jóra fordulhat az olyan nap is, amelyiknek a reggelén még meg akartál halni. Olyan, mint a fájdalom vagy a betegség, nem jósolhatod meg, mi történik a következő pillanatban. Úgy tűnik, kezdem megszokni. Egy idő után ebből is lehet életmód.

– Szerintem nincs jobb orvos az időnél. – Ez ugyan közhely, de azért igaz. Amikor öt hónapja

Jimmy beköltözött, olyan volt, mint egy élőhalott. – Gyakoriak ezek a dolgok, bár talán egy se ilyen kemény. Nekem is sok időbe – hosszú évekbe – telt, amíg túltettem magamat a füstbe ment házasságomon.

– Szerintem az más, ott a bizalomról van szó, nálam a veszteségről. Ez tisztább, mert nincs kit vádolni. Éppen csak pokolian fáj. – Elképesztő nyíltsággal beszélt a gyászáról; Alex gyanúja szerint jót tett neki a beszéd. – Mennyi idő van még hátra a rezidentúrádból?

– Még egy év, de néha örökkévalóságnak tűnik. Rengeteg nap, rengeteg éjszaka. Ha végeztem, valószínűleg maradok az egyetemi kórházban, feltéve, ha kellek nekik. Remek újszülött intenzív osztályuk van. Ez nehéz szakma, nem kapkodnak érte. Eredetileg rendes gyermekgyógyász akartam lenni, de megragadtam itt. Garantált a magas adrenalinszint, az ember nem engedheti el magát. De azt hiszem, unatkoznék is, ha másképp lenne.

Ráérős léptekkel közeledett Mark és Taryn. Adóügyi jogszabályokról, adóparadicsomokról beszélgettek. Coop lánya meghökkentő tájékozottságot árult el a témakörben, és érdeklődéssel hallgatta Markot. Alex elmosolyodott a szép pár láttán. Majdnem egykorúak és majdnem egyforma magasak voltak.

– Hát ti miről diskuráltok? – kérdezte Mark, miközben letelepedtek.

– Mi másról, mint a munkáról?

– Mi is. – Miközben csevegtek, valóságos kamaszhorda csobbant bele a medencébe. Alex örült, hogy a barátja nem jött le, mert most meg is őrülne! Neki az való, hogy akkor ismerje meg az egyetlen gyermekét, mikor az már betöltötte a harminckilencet. Gyerekben Coopnak ez a megfelelő kor. Tegnap mondta ezt Tarynnek, és nagyon megnevettet-

232

te vele. Coop valósággal tüntetett a gyerekek iránti utálatával. Öt perc múlva Mark és Jimmy is beszállt vízilabdázni a srácokhoz.

– Jó ember ez a Mark – jegyezte meg Taryn. – Nagyon összetörhetett, mikor a felesége elhagyta. Szerencséje, hogy a gyerekei visszajöttek hozzá.

– Coop kevésbé rajongott értük – mondta nevetve Alex. – Pedig olyan helyes gyerekek!

– Hát Jimmy milyen? – érdeklődött Taryn.

– Szomorú. Csaknem öt hónapja veszítette el a feleségét. Keserves lehetett.

– Szintén elvált? – Alex megrázta a fejét.

– Rák. Harminckét éves volt a felesége – tompította suttogássá a hangját, mert Jimmy közelebb úszott hozzájuk. Épp most szerzett egy pontot, és átpasszolta a labdát Jasonnak, aki újabb gólt dobott. Nagyon hangos, pancsolós meccs volt. Alex észrevette, hogy Coop integet, őket hívja. – Hív az úr – mondta Tarynnek. A nő felnézett, elmosolyodott. Alex még ebből a távolságból is megállapíthatta, hogy Coop örül a lánya látásának. Szép ajándék volt Taryn a sorstól.

– Boldog vagy vele, Alex? – kérdezte Taryn. Az apja rengeteget beszélt a barátnőjéről, de Alextől még nem hallotta, mit jelent neki ez a kapcsolat.

– Igen. Kár, hogy ennyire utálja a gyerekeket. Egyébként megvan benne minden, amit kívánok.

– Nem zavar a korkülönbség?

– Kezdetben foglalkoztatott, de most már nem számít. Coop néha egészen olyan, mint egy gyerek.

– De nem az – mondta az okos Taryn. – Egyszer majd számítani fog, hogy idősebb.

– Apám is ezt mondja.

– Nem helyesli? – Taryn nem volt meglepve. Cooper, mint vő, nem éppen egy apai álom, hacsak az az apa nincs belegárgyulva a filmsztárokba, ami Arthur Madisonról aligha feltételezhető.

233

– Apám semmit sem helyesel, amit én teszek. Vagy, mondjuk, nem sokat. Coop pedig aggasztja.

– Joggal. Apám nagy életet élt. Zavar téged a lány, aki állítólag gyereket vár tőle?

– Nem. Többek között azért, mert nem fontos Coopnak. Azonkívül még azt sem tudjuk, tényleg ő-e az apa.

– És ha igen? – Alex vállat vont.

– Akkor Coop majd küld minden hónapban egy csekket. Látni se akarja a gyereket, és nagyon haragszik a nőre.

– Megértem. Kár, hogy a lány nem akarja megszakíttatni a terhességét. Mindenkinek könnyebb lenne a helyzete.

– Valóban az, de ha anyád ezt tette volna, te sem lennél itt. Örülök, főleg Coop miatt, hogy nem szánta rá magát. Nagyon sokat jelentesz neki – mondta Alex.

– Nekem is sokat jelent ő. Nem is sejtettem, hogy ilyen drága lesz nekem. Vagy talán mégis, és azért jöttem ide. Kezdetben csak kíváncsi voltam, de most már megkedveltem. Nem tudom, miféle apám lett volna, amíg kicsi voltam, de barátnak csodálatos. – Alex maga is láthatta a barátján Taryn üdvös hatását. Coop mintha egy elvesztett darabját találta volna meg, egy olyan darabot, amelynek elvesztését eddig nem is sejtette.

A két nő intett a többieknek, és lassan elsétáltak a főépülethez, ahol Coop várta őket.

– Nagyon zajonganak! – panaszkodott. Pocsékul érezte magát a náthától.

– Mindjárt kijönnek a medencéből – nyugtatta Alex –, és elmennek ebédelni.

– Mi hárman nem ebédelnénk az Ivyben? – vetette fel Coop. A nőknek tetszett az ötlet. Húsz perc alatt rendbe szedték magukat, és felöltöztek az ebédhez.

234

Az öreg Rollsszal mentek North Robertsonba. Végigfecsegték és végignevetgélték az utat. Kiültek a teraszra, és élvezték egymás társaságát. Felszabadult, kellemes délután volt. Alex ránézett a barátjára, összemosolyogtak, és tudták, hogy így kerek a világ.

19.

Vége felé közeledett a május. Alex épp egy kétnapos műszakot húzott le a kórházban, amikor a recepciós szólt neki, hogy keresik. Ez egy pihentető hétvége után történt, amikor a változatosság okáért a kórházban sem adódott különösebb felfordulás.

– Ki az? – nyúlt a kagylóért Alex, aki akkor jött vissza az ebédszünetből.

– Nem tudom – felelte a lány. – Belső vonal.

Alex úgy sejtette, egy másik orvos lehet.

– Itt dr. Madison – mondta a hivatalos felnőtt hangján.

– Le vagyok nyűgözve!

Alex nem ismerte meg.

– Ki az?

– Jimmy vagyok. A laborban kellett elintéztetnem valamit, és gondoltam, felhívlak. Van időd dumálni egy kicsit, vagy túl sok a munkád?

– Jókor jöttél, mindenki alszik. Nem akarom elkiabálni, de ma még nem volt válság. Hol vagy? – Örült Jimmynek, mert olyan élvezetes volt az a múltkori beszélgetés. Elkeserítő, hogy épp egy ilyen kedves embert verjen így a sors. Akkor legalább jó barátai legyenek. Szerencséjére Mark személyében már talált egyet, és Alex is mindig készen állt, ha lelki vigaszt kellett nyújtani.

– A központi laborban. – Vajon miért jött? Nyilván megviselte a stressz meg a gyász.

– Nem akarsz feljönni? Én nem mehetek el az emeletről. De megkínálhatlak egy csésze ihatatlan kávéval, ha beveszi a gyomrod.

– Köszönöm – felelte Jimmy. Pont ebben reménykedett, amikor vett egy nagy lélegzetet, és felhívta a nőt. Kis lelkifurdalása is volt, amiért zavarja. Alex elmagyarázta, merre jöjjön, és integetett neki, mert nem mehetett oda a nyíló lifthez. Éppen egy anyával beszélt, aki nemrég vitte haza egészséges csecsemőjét. A kislány, Alex egyik sztárja, öt hónapot töltött az intenzív osztályon, mire kiadhatták a szüleinek.

– Szóval itt dolgozol! – állapította meg Jimmy, és ámulva körülnézett. A recepció mögötti üvegfalon át gépek és csövek útvesztőjét látta. Kórházi uniformist, maszkot viselő emberek járkáltak az inkubátorok között. Alex is ilyen zöld pizsamát hordott, a nyakában maszk lógott a sztetoszkóp mellett. Jimmynek minden oka megvolt a megilletődésre. Ennek a közegnek Alex volt a sztárja, aki úgy mozgott itt, mint a hal a vízben.

– Örülök, hogy látlak, Jimmy! – köszöntötte barátságosan. Bekísérte a férfit a parányi irodába, amelynek vetetlen díványán aludt. A szülőket csak a váróban fogadta. – Ha nem veszed tolakodásnak a kérdésemet, miért jöttél be?

– Csak a szokásos. A munkahelyemen megkövetelik, hogy évente vessem alá magamat egy alapos kivizsgálásnak. Mellkasi röntgen, tüdőszűrés, ilyesmik. Alaposan elmaradtam, egyre csak kaptam az értesítőket, de sose volt rá időm. Végül megüzenték, hogy jövő héten már be se menjek dolgozni, ha nem csináltatom meg a vizsgálatokat. Úgyhogy itt vagyok. Ki kellett vennem miatta az egész délutánt, mert az ilyesminél sose lehet tudni, meddig tart, azért is halogattam idáig. Valószínűleg szombaton is dolgoznom kell, hogy lecsúsztassam.

– Mintha csak magamat hallanám – mosolygott Alex. Megkönnyebbült, hogy a férfinak nincs komoly baja. Ha pedig belenézett abba a sötétbarna szempárba, rögtön megfájdult a szíve. Jimmy tekintetén még mindig látni lehetett, min ment keresztül. – Pontosan mivel is foglalkozol? – kérdezte, miközben átnyújtott neki egy műanyag pohárra valót a gyilkos löttyből. Jimmy ivott egy kortyot, és elvigyorodott.

– Látom, nálatok ugyanazt a patkánymérget adják, mint nálunk! Mi homokot teszünk a magunkéba, az ad neki egy kis extra zamatot. – Alex nevetett. Megszokta a kórházi kávét, de ettől nem szerette jobban. – Mivel foglalkozom? Kiemelek srácokat olyan családokból, ahol ütik-verik őket, vagy análisan közösül velük az apa, a nagybácsi és még két fivér... Kórházba viszek srácokat, akiknek a bőrén nyomják el a cigarettát... Meghallgatok alapjában véve rendes mamákat, akik halálosan félnek, hogy egyszer kiborulnak, és kárt tesznek a srácaikban, mert hét van nekik, és még kajajeggyel sem lehet jóllakatni őket, a fatertól meg nem kapnak mást, csak verést... Programokat szervezek olyan kölyköknek, akik tizenegy évesen lövöldöznek, de van, hogy kilencévesen... néha csak figyelek... vagy focizok velük. Nagyjából azt teszem, amit te, próbálok jobbítani a világon, ahol tudok, többnyire nem tudok, csak kívánom, hogy bár tehetném.

– Én nem lennék képes erre. Iszonyúan letörne, ha ezt kellene látnom nap, mint nap. Ezek a cseppek, akikkel foglalkozom, eleve lépéshátrányban jönnek a világra, mi pedig tőlünk telhetően próbáljuk elegyengetni nekik a pályát. De attól tartok, a te foglalkozásodban örökre megundorodnék az emberiségtől.

– Nem így van – mondott ellen Jimmy. Kortyolt a kávéból, és elfintorodott. Akármilyen hihetetlen,

237

de ez még annál is rosszabb, mint amit ő iszik a munkában. – Az az érdekes, hogy néha reményt ad. Az ember mindig abban bizakodik, hogy majd csak megváltozik valami, és ez be is következik egyszer-másszor. Ez pedig ad annyi erőt, ami hajtson. Különben akármit érzel, állnod kell a vártán, mert ha nem teszed, akkor okvetlenül még rosszabbra fordulnak a dolgok. És ha még ennél is rosszabb helyzetbe kerülnek a kölykök... – Elnémult. A két szempár összekapcsolódott. Alexnek támadt egy ötlete.

– Nem szeretnél körülnézni? Láthatnál érdekes dolgokat.

– Az intenzíven osztályon? – döbbent meg Jimmy. A nő bólintott. – Meg lehet csinálni?

– Ha bárki kérdezne, majd azt mondom, látogató orvos vagy. Annyit tegyél, hogy ne menj oda, ha valaki bekódol. – Odaadott egy fehér köpenyt a férfinak. Jimmy nehezen tudta belesajtolni széles vállát, amitől a köpeny ujja kissé fölkapott csuklóban, de ez senkinek sem fog feltűnni. Az intenzív osztály személyzete különben is úgy festett, mint a madárijesztők gyülekezete. Itt a tett számított, nem a külső.

– Ne aggódj, válság esetén úgy elszaladok, mint akit puskából lőttek ki!

Szerencsére nem történt baj. Alex körbekalauzolta Jimmyt, ismertette az összes esetet, elmagyarázta, mit tesznek az inkubátorban fekvő pici páciensekért, akik olyan parányik voltak, hogy többségüket be sem lehetett pelenkázni. Jimmy még sose látott ennyi csövet ekkorka lényecskéken. A legkisebb alig volt hetvenöt deka, nem is lehetett remélni, hogy életben marad. Alex elmondta, hogy kezelt már kisebb súlyú koraszülötteket is. Annál nagyobb az esélyük, minél többet nyomnak, de ez nem azt jelenti, hogy a termetesebbeket ne kellene félteni.

Szívszakasztó volt ránézni az anyákra, ahogy üldögéltek az inkubátorok mellett, simogatták a miniatűr ujjacskákat, és vártak valamilyen változásra. Az élet legboldogabb eseménye torzult el szörnyűséggé. És gyakran hónapokig tartó gyötrődés hozta csak meg a végkimenetelt! Jimmy mélyen megillető dve hagyta el az intenzív osztályt.

– Istenem, Alex, ez hihetetlen! Hogy bírod a feszültséget? – Ha hibát követtek el, ha csak egy töredék másodpercre kihagyott a figyelmük, veszélybe került egy élet, és örökre megváltozott egy család története. Jimmy nem vállalt volna ekkora terhet, és annál inkább csodálta a nőt, aki vállalkozott rá. – Én frászt kapnék, ha minden nap ide kellene jönnöm dolgozni!

– Dehogy kapnál. Amivel te foglalkozol, az ugyanolyan kemény. Ha kihagysz valamit, ha nem látod meg, mi történik, ha kapkodsz, valami szegény kölyök belehal, vagy örök életére sérült marad. Neked ugyanazokra az ösztönökre van szükséged, mint nekem. Ugyanaz az eszme, más-más helyen.

– Nagy szív kell ehhez – mondta Jimmy gyöngéden, és Alexnek valóban nagy szíve volt. Jimmy ezért is nem értette, hogy mit akar Cooptól, aki maga az önzés, míg Alex maga az önzetlenség. Talán épp ezért bírják egymással?

Beszélgettek egy darabig, aztán Alexet elhívták, mert értékelnie kellett az egyik beteg állapotát és beszélnie kellett egy orvossal; Jimmy tehát elbúcsúzott.

– Köszönöm, hogy fölengedtél – mondta megillető dve. – Nem vagyok magamnál!

– Csapatmunka – felelte a nő szerényen. – Én csak egy rész vagyok benne, nagyon kis rész! – Jimmy egy pillanatra átölelte, aztán elment. Még intett, aztán becsukódott a lift ajtaja, és Alex visszatért a munkájához.

Legközelebb szombat délután találkoztak. Csodálatos módon Alex kapott még egy szabad szombatot, de vasárnap már dolgoznia kellett. A medence mellett lustálkodott Tarynnel, Cooppal, Markkal és a srácokkal, amikor Jimmy előkerült a kapusházból. Taryn hatalmas kalapot viselt, Coop behúzódott a kedvenc fája árnyékába. Fiatalos külsejét, hibátlan bőrét annak tulajdonította, hogy sohasem napozott, és örömmel látta, hogy Taryn követi a példáját. Szüntelenül piszkálta a barátnőjét, hogy túl sokat sütteti magát a nappal.

Alex automatikusan fölmérte Jimmy állapotát, és megállapította, hogy ismét pihentebbnek látszik. Megszokta, hogy orvosként nézze a világot, és nehéz volt nem észrevennie, hogyan festenek, viselkednek, mozognak mások. Mulatott is rajta, hogy sose tudja visszahúzni orvosi csápjait. Jimmy rögtön elmosolyodott, ahogy meglátta a nőt. Mark és Taryn elmerülten diskuráltak valami rendkívül lebilincselő témáról, és mivel most az egyszer a srácok sem hívták át úszni a haverjaikat, viszonylagos csend uralkodott az Udvarházban. Amióta beköszöntött a jó idő, úgyszólván folyamatosan zajlott a bulizás, ezúttal azonban, Coop megkönnyebbülésére, csak az Udvarház lakói tartózkodtak a medence mellett. Ez is épp elég népes csoport volt.

Coopot nagyon felvidította Taryn jelenléte. Rengeteg időt töltöttek együtt, Coop ebédelni vitte a Spagóba, a Le Dome-ba és más törzshelyeire. Élvezettel vonult föl Tarynnel, és mindenkinek úgy mutatta be, mint a lányát. Senki sem hüledezett, magától értetődően feltételezték, hogy mindig is tudtak a színész felnőtt lányáról, csak elfelejtették. Taryn fellépése mindenkinek tiszteletet parancsolt. Vidáman lubickolt Hollywoodban, és Alexnek részletesen beszámolt, hol jártak, mit csináltak. Ez egészen új és mulatságos világ volt Tarynnek. Már el

kellett volna döntenie, hogy visszatér-e New York-
ba, vagy LA-ben keres magának valamilyen elfog-
laltságot, de ő nem sietett. Ahhoz túlságosan jól
érezte magát.

Alex úgy találta, hogy Taryn jó hatással van
Coopra. Noha barátja korábban is maga volt az el-
ragadó kedvesség, mostanában megfontoltabbnak
tűnt, és hirtelen feltámadt benne az érdeklődés a
mások élete iránt. Már nem önmaga körül forgott a
világa. Őszinte kíváncsiság csengett a hangjában,
ha megkérdezte Alexet, mit dolgozott. De amikor a
nő elmagyarázta, Coopnak még mindig üres volt
egy kicsit a tekintete. Meghaladta a felfogását a bo-
nyolult orvosi beavatkozás, bár ezzel a legtöbb em-
ber ugyanígy lett volna. Ezzel együtt nagyon de-
rűsnek és simulékonynak látszott mostanában.

Dolgozott egy kicsit, de még mindig nem eleget.
Abe tovább szekálta. Telefonált Liz, akinek szeme-
szája elállt, mikor hallotta, hányan laknak az Ud-
varházban. Aggódott, hogy a Friedman-srácok túl-
ságosan idegtépők lesznek, és meghatódott, mikor
meghallotta Taryn történetét.

– Öt percre otthagylak, Coop, és te máris egy új
világot építesz magad köré! – Alexhez hasonlóan
Liz figyelmét sem kerülte el, hogy a férfi hangja
sokkal békésebb és elégedettebb. Még sohasem hal-
lotta ilyennek. Érdeklődött Alex után, de Coop csak
hímezett-hámozott. Ebben a témában neki is meg-
voltak a maga kérdései, de azokat senkinek sem
árulta el. Állandóan kísértette a gondolat, hogy ha
feleségül venné a barátnőjét, élete végéig nem kel-
lene dolgoznia többé. Nagy csábítás volt, de ő még
ennyi idős fejjel is viszolygott a könnyebb megol-
dástól. Egy gyakorlatiasabb része azon erősködött,
hogy ő megérdemel ennyit. De akkor is, gyűlölt
volna kihasználni egy ilyen keményen dolgozó,
tisztességes, becsületes nőt. Szerette Alexet, de na-

gyon kísértette a könnyű élet. Anyagi gondjai örökre megoldódnának, viszont attól félt, hogy akkor alárendelné magát Alex uralmának. A nőnek joga lenne rákényszeríteni az akaratát, Coop pedig borzadt a lehetőségtől. Tehát a kérdés függőben maradt, Alex nem is sejtette, mivel viaskodik a barátja, azt hitte, semmi baja a kapcsolatuknak. Coopnak közben egyre többször kellett mérkőznie a lelkiismeretével. Úgy növekedett benne a bűntudat, mint egy jóindulatú daganat. Azelőtt sose kellett ilyesmivel bíbelődnie, de Alex új elemet hozott az életébe; fehér tüzének fényében egyes dolgok megnőttek, mások összezsugorodtak. És Taryn fölerősítette a folyamatot. A két rendkívüli nő nem álmodott és nem kívánt módon felforgatta Coop életét. Milyen egyszerű volt korábban, amikor nem kellett vonszolnia a lelkiismeret koloncát! Most már, ha tetszik, ha nem, meg kell keresnie a válaszokat a fejében lármázó hangok kérdéseire.

Estébe hajlott a szombat délután. Jimmy és Jason elment sportszert vásárolni, Jessie a medence túlsó végén manikűrözött, Taryn és Mark csendesen beszélgettek, és Coop elszundított a fa alatt. Mark odafordult Alexhez, és meghívta a főépület lakóit vacsorára. Alex gyors pillantást vetett Tarynre, és az alig észrevehető bólintás láttán elfogadta valamennyiük nevében az invitálást. Miután a többiek elmentek, szólt a meghívásról az ébredező Coopnak.

– Így is túl sokat látjuk őket! – zsörtölődött a férfi. Mark és Taryn lementek teniszezni a rozzant pályára, senki sem volt a közelben, így Alex nyugodtan beszélhetett.

– Szerintem Tarynnek tetszik Mark – mondta –, és a tetszés kölcsönös. Azért is szerette volna Taryn, hogy elfogadjam a meghívást. Nekünk nem kell mennünk, ha nem akarsz. Taryn egyedül is odatalál.

242

– Ugyan, dehogy, megteszek én mindent az egyetlen lányomért! – vigyorgott Coop. – Nincs az az áldozat, amit az ember meg ne hozna a gyerekéért!

Nagyon kedvére volt ez a majdnem negyvenéves leánygyermek, de Tarynről ismét eszébe jutott Charlene, aki már megint pénzt követelt. Nagyobb lakást akart nívósabb környéken, lehetőleg Coop közelében Bel Airben, és érdeklődött, használhatná-e az Udvarház úszómedencéjét, mert azt állította, olyan súlyos rosszullétek kínozzák, hogy nem mehet sehova. Coop szabályos dührohamot kapott, amikor az ügyvédje felhívta. Azt mondta, az égvilágon semmit sem hajlandó adni, amíg öt-hat hét múlva meg nem ejtik a DNS-vizsgálatot. Addig pedig és viselkedése miatt az után is Charlene jelenléte nem kívánatos az Udvarházban, egyáltalán sehol, ahol Coop tartózkodik! Az ügyvéd szalonképessé csiszolta a dühös üzenetet, és kötelességtudóan átadta az ellenségnek.

Alex sajnálta a barátját. Természetes, hogy utálja ezt a helyzetet, amely a kapcsolatukat is megviseli. Tudta, hogy a színészt aggasztják a botrány anyagi vetületei. Nemrég egy lány havi húszezer dollár gyerektartást csikart ki egy férfitól, akivel összesen két hónapig volt viszonya. Csakhogy, mutatott rá Alex, ott a rock egyik legfényesebb csillaga volt az apa, aki iszonyatos összegeket kaszált. Coop nincs ilyen helyzetben. Az apjával folytatott beszélgetés után különös élességgel tudatosodott benne, hogy Coop sose emlegeti az adósságait, viszont két kézzel szórja a pénzt. Ám Alex tudta róla, hogy valahol tudat alatt szorongania kell attól, mennyit kell adnia Charlene-nek gyerektartás címén, ha kiderül róla, hogy ő az apa.

Este hétkor átmentek a vendégszárnyba. Taryn halványkék selyempizsamát viselt, ami nagyon jól állt neki. Maga tervezte, mielőtt megszüntette volna a vállalkozását. Alex piros selyemnadrágot, fehér blúzt viselt, magas sarkú aranyszandált húzott, és jobban emlékeztetett modellre vagy táncosnőre, mint valaha. Ez a jelenség mérföldnyire volt a copfos-fapapucsos orvosnőtől.

Jimmy, aki ugyancsak részt vett a vacsorán, elmesélte látogatását az intenzív osztályon, miközben Taryn és Jessie segített felszolgálni Mark fenséges szénégető-spagettijét. Jimmy hozta a salátát. Desszertnek tiramisut ettek, Coop hozott két palack Pouilly-Fuissét. Mindenki lenyűgözve hallgatta, amit Jimmy mesélt az intenzív osztály munkájáról. Alexre mély hatást tett, hogy a férfi milyen sokat megjegyzett és megértett. Neki mindössze egyszer kellett helyesbíteni, egy súlyos szív- és tüdőelégtelenségben szenvedő kisbabánál, egyébként Jimmy pontosan emlékezett mindenre.

– Úgy veszem észre, nagyon tájékozott a tevékenységedben – jegyezte meg Coop szárazon, miután fölmentek az emeletre. Éjfél elmúlt, Taryn még maradt, mert élvezte, ha Jimmyvel és Markkal diskurálhat, a srácok elhúztak a haverjaikkal, és házon kívül aludtak. – Mikor járt nálad a kórházban? – kérdezte olyan fagyosan, hogy Alex összerezzent. Csak nem féltékeny? Teljességgel fölösleges, bár megható. Azért jó tudni, hogy ennyire fontos a barátjának.

– A héten valamilyen laboratóriumi vizsgálatokat kellett végeztetnie a munkájához. Utána feljött egy csésze kávéra, és körbevezettem az intenzív osztályon. Ugyancsak figyelhetett. – Jobban, mint Alex hitte. Coop ezt jobban érezte a barátnőjénél. Értett a férfiak viselkedéséhez, és nem csak azt vette észre, hogy Jimmy a vacsoránál Alex mellé ült, de azt is, hogy az este túlnyomó részében kisajátította magának az ő barátnőjét. Alexnek föl sem tűnt, ő mindegyre a Taryn és Mark között ülő Coopot nézte. Ám a színész mindent látott az asztalfőről, és egész este Jimmyt figyelte.

– Szerintem gerjed rád – mondta nyers rosszkedvvel. Jimmy sokkal közelebb áll korban és szakmájában Alexhez. Coop egy másik világrendszerhez tartozik, és nem most kezd el versengeni fele annyi idős férfiakkal. Ezt a sértést nem tűri, sohasem tűrte. Megszokta és elvárta, hogy ő legyen az egyetlen csillag az égen. Azt szerette, ha minden körülötte forgott.

– Ne légy már szamár, Coop! – dorgálta a nő. – Jimmy túlságosan le van törve, hogy bárkire is gerjedjen. Roncs, amióta a felesége meghalt. Azt mondja, hogy még mindig rosszul alszik, és nincs étvágya. Aggódtam is érte, amikor a múltkor szóba hozta. Szerintem szednie kellene valamit depresszió ellen, de ezt persze nem közöltem vele. Nem akartam fölzaklatni.

– Miért nem írod fel neki te? – kérdezte Coop undokul. Alex átkarolta a nyakát, és megcsókolta.

– Nem vagyok az orvosa. Neked viszont föl akarok írni valamit. – Kezét a férfi inge alá csúsztatta, mire Coop megenyhült egy kicsit. Látnivalóan rosszul érezte magát a vacsorán. Alex annál jobban élvezte a társaságot és a beszélgetést. Vicces, hogy itt az Udvarházban talált rá azokra az emberekre, akikkel ennyire egy hullámhosszon van. – Ha már a romantikánál tartunk, szerintem Mark és Taryn nagyon vonzódnak egymáshoz. Neked mi a véleményed?

A férfi egy pillanatig tétovázott, aztán bólintott. Részéről unalmas alaknak tartotta Friedmant.

– Szerintem Taryn jobb partnerre is akadhat, amilyen pompás lány. Majd én bemutatom néhány producernek. Nagyon egyhangú, áporodott életet élt, a férje pedig, aki otthagyta, kimondott idiótának tűnik. Tarynnek szüksége van egy kis fényre és izgalomra. – Ebben téved, gondolta Alex. Többek között azért kedvelte Tarynt, mert komoly, józan teremtésnek találta. Tarynnek komoly társra van szüksége. Persze, az apjától el sem képzelhető nagyobb bók, mint hogy barátainak és üzlettársainak akarja bemutatni a lányát, akire mérhetetlenül büszke.

– Majd meglátjuk – mondta diplomatikusan.

Lefeküdtek, szeretkeztek. Utána Coop jobban érezte magát, mint aki visszafoglalta a birodalmát. Idegesítette, hogy fiatalabb férfiak merészkedtek be a felségterületére, ráadásul olyanok, akiket Alex leplezetlenül kedvel.

Mire fölébredt, Alex már elment dolgozni. Coop és Taryn átruccantak Malibuba, meglátogatni a férfi barátait. Coop csak este tízkor hívta föl a barátnőjét, aki mögött zsúfolt nap állt. Hangjában nyoma sem volt az éjszakai nyűgösségnek. Alex megígérte, hogy másnap este hatkor ott lesz az Udvarházban, mire Coop is megígérte, hogy elviszi arra a filmre, amelyet a nő borzasztóan szeretett volna látni.

Alex beszélgetett egy percet Tarynnel is. Tisztára olyanok voltak már, mint egy család. Taryn azt tervezte, hogy másnap Markkal vacsorázik. Alex örömmel hallotta.

Ezután ledőlt, hogy szundítson egy kicsit. Ha dolgozott, sose vetkőzött le az alváshoz. A fapapucsot szépen odakészítette a dívány mellé, hogy rögtön beletaláljon, ha rohanni kell. Ilyenkor sose aludt mélyen, mert még álmában is a telefonra figyelt. Szempillantás alatt ébren volt és felmarta a kagylót, mihelyt megcsörrent a készülék.

– Itt Madison! – szólt bele. Megdöbbenésére Mark hangja válaszolt. Alex arra gondolt, talán valamelyik sráccal vagy Cooppal történt valami. Bár ha Coop lenne, akkor Taryn telefonált volna. – Valami baj van? – kérdezte gyorsan. Kérdeznie sem kellett volna, tudhatta a választ a hívás időpontjából.

– Baleset történt – felelte Mark rémülten.

– A házban? – Lehet, hogy Tarynnek is baja esett, nem csak Coopnak? De Tarynnek már csak azért sem eshetett baja, mert nem Cooppal volt, hanem Mark hálószobájában aludt. Késő este benézett Friedmanhez egy pohár italra, és mivel a gyerekek ismét a barátaiknál aludtak, kihasználták a váratlan szabadságot.

– Autóval – vágta rá Mark.

– Coop? – Visszafojtotta a lélegzetét. Most ébredt csak rá, mennyire szereti a barátját.

– Nem. Jimmy. Nem tudom, hogy történt. Múltkor beszélgettünk róla, hogy nincs olyan helyi rokonunk, akit értesíthetnének, ha valamelyikünk megbetegszik. Jimmy nyilván engem írt be a személyi okmányaiba, mert nekem telefonáltak. Az egyetemi kórházba vitték. Úgy vélem, a baleseti sebészeten lehet. Arra gondoltam, te talán utánanézhetnél. Mi máris indulunk Tarynnel.

– Mondták, milyen állapotban van? – kérdezte aggodalmasan Alex.

– Nem, csak annyit, hogy komoly. Malibuban lesodródott az útról, és kábé harminc métert zuhant. A kocsi totálkáros lett.

– Francba! – Rögtön arra gondolt, hogy talán nem is baleset volt. Jimmy nem lábalt ki a depressziójából, amióta elveszítette a feleségét. – Mark, te találkoztál vele ma?

– Én nem. – Tegnap este jó kedve volt, de az nem jelent semmit. Az öngyilkosjelöltek gyakran felderülnek, sőt, valósággal ujjonganak, miután rászánták magukat a tettre. De a szombat esti vacsorán semmi rendelleneset nem tapasztalt a férfi állapotában.

– Rögtön lemegyek a balesetire, mihelyt találok valakit, aki helyettesít!

Ahogy letette a kagylót, azonnal hívta az egyik rezidenst, egy kedves fiút, aki korábban is helyettesítette. Elmagyarázta, mi történt, és hogy fél órára lenne szüksége, amíg leugrik a baleseti osztályra, és utánanéz, mi történt. Semmi probléma, felelte a kolléga, és tíz perc múlva már jött is, álomtól bedagadt szemmel. Addigra Alex beszélt a baleseti osztállyal, de ott csak annyit válaszoltak, hogy a páciens teljes órája kritikus állapotban van, és egész csapat dolgozik rajta.

A balesetin megkereste a vezető rezidenst, aki közölte, hogy Jimmynek eltört mindkét lába, az egyik karja, a medencecsontja; fejsérülése is van, és kómába esett. Ez csúnyán hangzott. Alex beosont a műtőbe, de nem ment közelebb, hogy ne zavarja a sebészeket. Jimmyből csövek sokasága vezetett legalább tucatnyi masinához. Az életjelei szabálytalanok voltak, az arca annyira összezúzódott, hogy Alex, akinek majd megszakadt láttán a szíve, alig ismerte meg.

– Milyen súlyos a fejsérülése? – kérdezte a vezető rezidenstől, amikor megint találkoztak. A férfi megrázta a fejét.

– Még nem tudjuk. Talán megússza. Az EEG-je elég jó. Viszont mély kómában van. Attól függ, milyen fokú lesz az agy ödémája, és ezt nem jósolhatom meg. Kérdés, felébred-e a kómából. – Egyelőre nem akarták műtéttel csökkenteni az agy nyomását, mert abban reménykedtek, hátha magától is enyhül. Minden az időn és a szerencsén múlik. Egy szélcsendes percben Alex odament hozzá. A törött végtagokat már összeillesztették, ennek ellenére lesújtó állapotban volt.

Kiment a váróba, ahol már ott volt Mark és Taryn. Rémülten néztek rá.

– Mennyire rossz? – előzte meg Taryn a kérdezésben Markot.

– Nagyon – felelte Alex halkan. – És rosszabbodhat, mielőtt javulna. – Nem tette hozzá: „ha egyáltalán javul".

– Szerinted mi történt? – kérdezte Mark. Jimmy nem volt ivós fajta, valószínűtlen, hogy részegen vezetett volna. Ám Alex nem akarta megosztani velük a gyanúját. Csak a kezelőorvosnak szólt, nem mintha ez most olyan fontos lett volna, de később még lehet. Ha Jimmy öngyilkosságot kísérelt meg, akkor nagyon szemmel kell tartani, ha felébred a kómából.

– Ismeri az ürgét? – kérdezte az orvos. Alex azt felelte, barátok, aztán beszélt Maggie-ről. Az orvos följegyezte az adatokat a lázlapra, rajzolt egy kérdőjelet, és bekeretezte pirossal.

Alex a lehető legegyszerűbb szavakkal elmagyarázta, milyen veszélyekkel jár az agy ödémája.

– Azt akarod mondani, hogy agyhalott is lehet belőle? – szörnyedt el Mark. Nagyon összebarátkozott Jimmyvel az utóbbi hónapokban, nem akarta, hogy ilyen borzalmak történjenek vele.

– Bizony lehet, de reméljük, nem lesz az. Minden attól függ, mikor és milyen gyorsan tér magához a kómából. Vannak agyhullámai, és rákapcsolták monitorokra, tehát rögtön észlelnek minden változást.

– Jézusom! – Mark beletúrt a hajába. – Nem kéne telefonálni az anyjának?

– De igen – mondta Alex halkan. – Akarod, hogy megcsináljam? – Nagyon kínos az ilyen hívás, és a rossz hírek bejelentése az ő foglalkozásához tartozik, nem mintha élvezné, de neki talán könnyebben megy.

– Nem, majd én telefonálok. Tartozom ennyivel Jimmynek. – Mark nem az az ember volt, aki meghátrál a kötelesség elől. Rögtön ment a telefonhoz, elővette a levéltárcájából a telefonszámot, amelyet, épp ilyen alkalmakra számítva, Jimmy írt föl neki. Sose hitte, hogy egyszer még szükség lesz rá, és most tessék, mindjárt meg kell mondania Jimmy anyjának, hogy a fia kómában fekszik!

– Milyen az állapota? – kérdezte Taryn fojtott hangon, miután Mark elment.

– Csúnya – felelte szomorúan Alex. – Rettenetes, hogy ez történt vele! – Megfogták egymás kezét, úgy várták, hogy Mark visszatérjen. A férfi a szemét törülgette, és egy percig is eltartott, amíg viszszanyerte az önuralmát.

– Szerencsétlen asszony! Úgy éreztem magamat, mint egy szekercés gyilkos. Senkije sincs a fián kívül. Özvegyasszony, Jimmy az egyetlen gyereke.

– Nagyon öreg? – aggodalmaskodott Alex.

– Nem tudom, sose kérdeztem Jimmytől. A hangja után nem tűnt öregnek, már amennyit hallottam belőle, mert rögtön sírni kezdett, ahogy megmondtam neki. Azt mondta, a következő géppel jön, tehát nyolc-kilenc óra múlva itt lesz.

Alex még egyszer megnézte a változatlan állapotú Jimmyt, és megállapította, hogy nem történt változás. Vissza kellett térnie a munkájához, ezért elbúcsúzott Marktól és Taryntől. Mielőtt otthagyta volna őket a váróban, Mark megkérdezte, telefonále az Udvarházba. Hajnali öt óra volt, kissé korai még ahhoz, hogy Coopot felhívják.

– Várok néhány órát, és nyolc körül fogok telefonálni. – Megadta mellékét, személyi hívója számát, és a lelkükre kötötte, hogy telefonáljanak, ha történne valami. Átkarolták egymást, és a távozó Alex még látta, amint Taryn ráhajtja a fejét Mark vállára.

Szerencséjére délelőtt szélcsend volt az osztályon. Nyolc óra után telefonált Coopnak, aki még aludt, és el is csodálkozott a korai híváson, bár azt mondta, nem is baj. Mindenképpen fel akart kelni, és el akarta költeni Paloma reggelijét, mielőtt megérkezne kilencre az edzője.

– Jimmyt baleset érte az éjszaka – mondta sötéten Alex.

– Honnan tudod? – Furcsán gyanakvó volt a hangja.

– Mark felhívott. Ő és Taryn itt vannak nálunk, lent, a baleseti osztályon. Jimmy lesodródott a Malibu Canyon Roadról, többszörös csonttörése van, és kómában fekszik.

Coopot megrendítette a hír. Sok csúnyaságot és szomorúságot látott az évek során. A reményekkel és hiedelmekkel ellentétben, mindig a jó emberekre sújtanak le a csapások.

– Mit gondolsz, megússza?

– Egyelőre nehéz megmondani. Minden megtörténhet. Sok múlik azon, mekkora kárt tesz az agyban az ödéma, és milyen gyorsan ébred föl Jimmy a kómából. A csonttöréseibe nem hal bele. – De a többibe belehalhat.

– Szegény ördög! Ugyancsak veri a sors, hát nem? Először a felesége, most meg ez! – Alex nem mondta, hogy gyanúja szerint Maggie volt az előzmény, ez a következmény. Nem volt más alapja a következtetéshez, mint a megérzései és az a kevés, amit a férfiról tudott. – Majd tájékoztass.

– Nem akarsz bejönni Markhoz és Larynhez? – Alex azt hitte, magától fog ajánlkozni, de Coopnak eszébe se jutott ilyesmi. Jimmyért úgyse tehetett semmit, a kórházakat pedig utálta. Azt a néhány alkalmat leszámítva, amikor Alexandrával találkozott, idegesítette a kórházi légkör.

– Mi hasznomat vennék? Különben is késő már lemondani az edzőmet. – Alex elég sajátos ürügynek találta azt, ami ösztönösen csúszott ki Coop száján. Nem akarta úgy látni Jimmyt, hogy csövek lógnak ki belőle. Az ő gyomra nem bírta az ilyet.

251

– Nagyon fel vannak dúlva! – erősködött Alex, de Coop nem kapta be a csalit. Nem óhajtott szembesülni a valósággal.

– Érthető – mondta higgadtan. – Évekkel ezelőtt rájöttem, hogy senkin sem segítünk azzal, ha kórházi folyosókon ücsörgünk. Végképp kétségbeesünk tőle, és mérgesítjük a doktorokat. Szólj Tarynéknak, hogy elviszem ebédelni őket, ha még ebédidőben is ott vannak, bár azért reménykedem az ellenkezőjében! – Muszáj volt tagadnia önmaga előtt a helyzet komolyságát.

– Nem gondolnám, hogy egyedül akarnák hagyni Jimmyt. – Továbbá nem lenne hangulatuk ebédelni, de Coop úgyse tűri, hogy a lánya vagy Alex bevonja a tragédiába. Azt aztán kerüli, mint a tüzet. Túlságosan megviselné az idegeit.

– Ha igaz az, amit mondasz, márpedig ebben nem kételkedem, akkor Jimmynek úgyse számít, hogy Tarynék a váróban gunnyasztanak-e, vagy a Spagóban esznek. – Alex ezt ízléstelennek találta, de nem szólt. Coopnak ez az álláspontja. Azt pedig tapasztalatból tudta, hogy vannak, akik furcsán reagálnak a feszültségre. Coopnál ez a merev hárításban nyilvánul meg.

Tízkor ismét telefonált a baleseti osztályra. Még mindig semmi. Mark annyit tudott, hogy Mrs. O'Connor már repülőgépen ül. Ha semmi sem jön közbe, kevéssel déli tizenkettő után érkezik a kórházba. Alex egy szünetben lement a balesetire. Mark és Taryn ugyanott gunnyasztott. Markra siralom volt ránézni, Taryn cigarettázott. Alex odaköszönt nekik, aztán besietett a balesetes intenzívre. Jimmyt izolálták és szoros felügyelet alatt tartották. Az ápolónőktől Alex megtudta, hogy Jimmy mélyebbre süllyedt a kómába. Nem nagyon látszott reménysugár a szemhatáron.

Alex némán állt a férfi mellett, és gyöngéden

252

megérintette Jimmy csupasz vállát, amelyre monitorok és gépek huzaljait erősítették ragtapasszal. Korábban vérátömlesztést kapott, most mindkét karjába infúzió csöpögött intravénásan.

– Szia, haver – mondta csendesen. Az egyik ápolónő átadta neki a helyét, abban a biztos tudatban, hogy Alex is képes értelmezni a monitorok jelzéseit.

– Mi a fenét keresel te itt? Nem kéne már fölkelned?... – Csípték a szemét a könnyek. Naponta látott tragédiákat, de ez más, ez itt az ő barátja, és ő nem akarja, hogy most haljon meg. – Tudom, menynyire hiányzik Maggie... de mi is szeretünk ám téged... neked itt kell élned... Jason totál ki fog borulni, ha valami történik veled... Vissza kell jönnöd, Jimmy, muszáj! – A könnyek kibuggyantak. Fél órát töltött Jimmy mellett, beszélt hozzá, szelíden, de határozottan, végül megcsókolta az arcát, megsimogatta a vállát, és kiment a váróba.

– Hogy van? – Mark riadtnak, Taryn elcsigázottnak látszott. Széke támlájára hajtotta a fejét, és behunyta a szemét, ám Alex hangjának hallatán felpattantak a pillái.

– Nagyjából ugyanúgy. Talán segít rajta, ha meghallja az anyja hangját.

– Szerinted számít ez? – csodálkozott Taryn. Hallott már erről, de sose hitte el igazán.

– Nem tudom – felelte Alex őszintén. – Beszéltem emberekkel, akik azt állították, hogy kómás állapotban hallották, amint mások szólnak hozzájuk. Furcsább dolgok is hoztak már vissza embereket a halál küszöbéről. A gyógyítás legalább annyira művészet, mint tudomány. Részemről égetnék tyúktollat és áldoznék kecskét, ha azt hinném, hogy ez fog segíteni valamelyik babácskámon. Az nem árthat Jimmynek, ha beszélnek hozzá.

– Talán valamennyiünknek azt kellene – vélte Mark szorongva. Rettenetesen félt Jimmy anyjától,

253

és Alex nem nyugtatta meg. Nem tudta, hány éves Mr. O'Connor; egy törékeny öregasszonynak túl sok lehet ez, ami történt. – Megnézhetjük? – Egyszer látták egy futó pillanatra, az ajtóból. Jimmy körül mintha lanyhult volna a nyüzsgés. Alex bement érdeklődni, aztán intett barátainak.

Ő jobban hozzáedződött a kórházi jelenetekhez, mint Taryn, aki egy-két percig bírta, mielőtt patakzó könnyekkel kimenekült. Mark hősiesen állt a barátja mellett, és beszélt hozzá, ahogy Alex tanácsolta, de pár perc után elcsuklott a hangja. Jimmy vértelen bőre alól még nem sejlett elő a koponya, mégis annyira látszott rajta a halál közelsége, hogy Mark is észrevette.

Hármasban ültek a váróban, és siratták a barátjukat. Megrémítette és agyongyötörte őket a rettenetes reggel.

Mielőtt Alex távozott volna, Mark megkérdezte, eljön-e a kórházba Coop.

– Nem hiszem – felelte halkan a nő. – Megbeszélése van délelőtt. – Nem volt szíve hozzátenni, hogy Coop az edzőjét várja. Tudta, hogy ez csak ürügy, és megérezte, hogy a barátja nem mer idejönni.

Óránként telefonált a baleseti osztályra, és ellenőrizte Jimmy állapotát. Fél egykor Mark kereste a személyi hívóján. Megérkezett Mrs. O'Connor, és most bent van a fiánál.

– Hogy van? – kérdezte Alex. Nagyon aggódott a sose látott asszonyért. Ez a látvány össze fogja roppantani.

– Roncs. De ki nem az? – Marknak olyan volt a hangja, mint aki sírt. Hajnal óta nem mozdult a kórházból, amit Alex mélységesen megindítónak talált. Vagy itt van Taryn. Alig ismeri Jimmyt, mégis kétségbe van esve. Bizony, tragédia ez, de Jimmy után legalább nem maradnának árvák. Ez is valami, bár nagyon sovány vigasz.

– Pár perc múlva lejövök – ígérte Alex, de majdnem két óra volt, mire elszabadulhatott, mert vészhelyzet állt elő. – Hol a mamája? – kérdezte szapora mentegetőzés után.

– Még mindig mellette. Majdnem egy órája már.

– Nem tudták eldönteni, hogy ez jó jel-e, vagy rossz. Alexnek nem is volt ellenvetése. Mrs. O'Connornak még mindig kisbaba ez a harminchárom éves férfi. Ebben ugyanolyan, mint azok az elgyötört anyák, akik az újszülött intenzív osztályon gunnyasztanak, csak éppen Mrs. O'Connor régebben ismeri a fiát, több ideje volt szeretni, és többet veszít Jimmy halálával. Alex el tudta képzelni, milyen állapotban lehet.

– Nem akarok tolakodni – szabódott, de Taryn és Mark rábeszélték, hogy nézzen csak be, így tehát bement, de megfogadta, hogy csak akkor mutatkozik be, ha nem lesz túl kínos.

Meglepő látvány fogadta. Nem volt itt semmiféle öregasszony, csak egy ötven-egynéhány éves, nagyon szép, filigrán, fiatalos nő, aki lófarokba kötötte sötét haját, és nem volt festék az arcán. Farmerban és fekete, kámzsanyakú pulóverben érkezett Bostonból. Nőiesen bájos változata volt a fiának, akitől csak abban különbözött, hogy az alakja nem kisportolt volt, hanem törékeny, és nagy szeme kék volt, nem sötétbarna.

Csendesen állt Jimmy fejénél, és halkan beszélt hozzá, akárcsak Alex délelőtt. Odanézett a belépőre, és azt hitte, egy ápolónő vagy valamelyik orvos jött.

– Valami baj van? – Rémülten pillantott a monitorra.

– Nem, ne haragudjon… Én csak Jimmy barátja vagyok… Itt dolgozom, és nem hivatalosan jöttem ide. – Valerie O'Connor szomorúan nézett rá. A két tekintet egy hosszú pillanatra összeforrt, azután az

255

anya elfordult, és tovább beszélt a fiához. Mikor fölpillantott, Alex még mindig ott volt. – Köszönöm – mondta Valerie. Ekkor Alex is kiment. Hálát adott a gondviselésnek, hogy Jimmy anyja ennyire fiatal, és kibírja a csapást. Szinte ki se nézni belőle, hogy ekkora fia van. Húszesztendősen szülte Jimmyt, és jobb napokon simán letagadhatott egy évtizedet az ötvenháromból.

– Kedves asszonynak látszik – jegyezte meg, miközben fáradtan leroskadt. Mennyivel nehezebb egy orvosnak a barátokkal, mint a páciensekkel!

– Jimmy imádja – mondta Mark fahangon.

– Ti ettetek? – kérdezte Alex. Mark és Taryn a fejét rázta. – Le kéne mennetek a büfébe, harapnotok kéne valamit.

– Én nem bírok enni – felelte Taryn.

– Én se – csatlakozott Mark. Szabadnapot vett ki, és teljes kilenc órája nem mozdult el a váróból. – Coop jön? – kérdezte még egyszer. Csodálkozott, hogy még mindig nincs itt.

– Nem tudom. Majd felhívom – felelte a nő. Három és fél órát kellett még lehúznia, de azt tervezte, hogy bent marad munka után, hátha történik valami Jimmyvel. Marknak úgyis haza kell mennie a gyerekeihez, Tarynnek pihennie kell, borzasztóan kimerült, de Alex viharedzett veterán.

Visszament a saját osztályára, és telefonált Coopnak. A férfi akkor jött be a medencétől, ahol szundított egy jót, és rózsás kedvében látszott lenni.

– Mi újság, dr. Kildare? – ugratta a nőt. Alex öszszerándult, annyira nem volt most helyénvaló ez a megszólítás. Coop tehát még mindig nem fogja fel, mennyire súlyos Jimmy állapota? Akkor részletesebben elmagyarázza. – Tudom, bébi, tudom! – intette le gyengéden a férfi. – De mivel úgysem segíthetek rajta, akár azt is megtehetem, hogy nem lógatom az orromat miatta. Ti hárman épp eléggé fölhergeltétek magatokat, nem kell még nekem is tetézni. Jimmyn nem segíthetek azzal, ha most elkezdek hisztizni. – Ebben természetesen igaza volt, de Alexet akkor is felbosszantotta a nyilatkozatával. Mindent félvállról vesz, holott most itt kellene lennie a barátnője mellett, akármennyire utálja a kórházakat. Itt bármikor meghalhat egy ember, egy ismerősük, amit még Alex sem tud orvosi objektivitással nézni. Talán Coop korában kevésbé megrázó a halál. Vagy sokkal ijesztőbb. Alexet akkor is megbotránkoztatta ez a fitogtatott közöny. – Egyébként gyűlölöm a kórházakat, kivéve, mikor hozzád megyek. Különben frászt kapok attól a sok orvosi ketyerétől. Olyan kellemetlen. – Néha az élet is az, gondolta a nő. Mennyi „kellemetlenséggel" kellett megbirkóznia Jimmynek a felesége haldoklása idején. Mesélte Alexnek, hogy ő ápolta Maggie-t az utolsó percig, nem engedett a közelébe ápolót vagy gondozót. Úgy érezte, ennyivel tartozik neki. De hát nem vagyunk egyformák. Coop csak azt szereti, ami gyönyörű és kellemes. A kóma és a közlekedési baleset kellemetlen. Jó, hogy Coop menekül a kellemetlenségtől, de ezzel tőlük is megtagadja a támogatást.

– Mikor jössz haza? – kérdezte, mintha semmi sem történt volna Jimmyvel. – Akkor megyünk moziba? – És mikor ezt kimondta, Alexben elpattant valami.

– Nem bírom, Coop. Most nem tudok gondolkozni. Itt maradok egy darabig, hátha segíthetek az anyjának. Mark és Taryn nemsokára hazamegy, és kíméletlenség lenne magára hagyni azt az asszonyt egy idegen városban, a kómás állapotú fiával.

– Milyen megható – jegyezte meg Coop némi éllel. – Nem gondolod, Alex, hogy túlzásba viszed egy kicsit? Nem a fiúd, az ég áldjon meg, legalábbis remélem, hogy nem az. – A nő nem ereszkedett le odáig, hogy válaszoljon erre az otromba, sértő megjegyzésre. Itt most semmi helye a féltékenységnek, pláne az olyannak, aminek semmi alapja. Csak annyit mondott:

– Majd jövök.

– Talán Tarynnek kedve lesz elkísérni a moziba – zsémbelt Coop. A nő összerázkódott. Coop nem úgy viselkedett, mint egy felnőtt, hanem mint egy elkényeztetett kölyök. Persze ez az időnkénti gyerekeskedés is hozzátartozott a varázsához.

– Nem hinném, de azért csak kérdezd meg. Viszlát később – mondta kimérten, azzal letette. Nagyon elszomorította Coop reagálása.

Hatkor végzett. Mark és Taryn éppen menni készült, mire Alex lejutott az intenzívre. Jimmy anyja csendesen ült mellettük a várószobában. Fegyelmezettnek, bár szomorúnak látszott, de jobb állapotban volt, mint Taryn és Mark. Neki is hosszú napja volt, ami a hírrel kezdődött, majd a bostoni hosszú repülőúttal folytatódott, ám ez nem kezdte ki csöndes erejét. Mark és Taryn néhány perc múlva távozott. Alex fölajánlotta Mrs. O'Connornak, hogy hoz neki levest és egy szendvicset, vagy egy csésze kávét.

– Nagyon kedves – mosolygott Valerie –, de attól félek, nem bírnám megenni. – Végül csak elfogadta a sós kekszet és a csésze levest, amelyet Alex a nővérszobából kerített. – Milyen szerencse, hogy maga legalább ismeri a járást – mondta hálásan. Elfogadta a csészét, és belekortyolt. – Nem tudom elhinni. Szegény fiam, nagyon rájár a rúd. Először Maggie betegsége és halála, aztán ez. Aggódom érte.

– Én is – mondta Alex halkan.

– Nagyon hálás vagyok, hogy ilyen jó barátai vannak itt. Hála istennek, hogy Jimmy megadta Marknak a telefonszámomat!

Egy darabig beszélgettek. Valerie kérdezősködött Alex munkájáról. Coopról még a fiától tudott. Mark előre megmagyarázta neki Alex helyzetét, nehogy Mrs. O'Connor félreértésből a fia barátnőjének higgye az orvosnőt. Bár ilyesmit Jimmyről nem is lehetett feltételezni. Maggie halála óta rá se nézett más nőre, és az anyja attól félt, hogy már nem is fog. Jimmy és Maggie tökéletesen kiegészítették egymást. Olyan jó házasság volt, mint annak idején Valerie-é. Tíz éve megözvegyült, és rég lemondott arról, hogy még találkozhat férfival, aki fontos lehet a számára. Jimmy apjának nem volt párja a földön. Huszonnégy évig voltak házasok, Valerie úgy döntött, ez épp elég egy életre. Nem is próbálkozott, hiszen a férjét úgysem pótolhatta senki.

Hosszas beszélgetés után megkérte Alexet, hogy legközelebb kísérje be Jimmyhez, mert, mint bevallotta, bátorságot merít a társaságából. Sírva jött ki az elkülönítőből. Nem tudta elképzelni, mitévő lesz, ha Jimmy itthagyja. Már csak a fia maradt neki, noha elejtett megjegyzéseiből arra lehetett következtetni, hogy nem ül ölbe tett kézzel. Önkéntes munkát végzett a bostoni vakok intézetében és a hajléktalanok mellett. De Jimmy volt az egyetlen gyermeke, aki még akkor is értelmet adott Valerie életének, ha nem volt mellette.

Tíz óra tájban Alex szólt az egyik ápolónőnek, hogy tegyenek be Mrs. O'Connornak egy ágyat az egyik hátsó folyosóra. Valerie nem akart megválni a fiától, noha Alex felajánlotta, hogy elviszi a kapusházba. Szívesebben maradt a kórházban, arra az esetre, ha történik valami.

Fél tizenegykor Alex felhívta Coopot. Barátja nem volt otthon, Taryn szerint moziba ment. Ez megdöbbentette Alexet.

– Szerintem megijeszti ez a dolog a kórházzal – vélte Taryn. Erre Alex is rájött. De akkor is bőszítette, hogy Coop még csak meg se próbál felnőni az alkalomhoz. Úgy tesz, mintha semmi sem történt volna!

– Mondd meg neki, hogy ma éjszaka otthon alszom. Ötkor itt kell lennem a kórházban, könnyebb lesz, ha közelebbről indulok. Nem akarom fölverni kelésnél – magyarázta. Taryn mindent értett.

– Hagyok majd neki egy cédulát. Magam is hulla vagyok.

Jimmy állapota nem változott. Nem javult, nem rosszabbodott, nem adott okot reményre. Mire Alex megkereste Valerie-t, hogy elköszönjön, Jimmy anyja már elszenderedett. Alex lábujjhegyen húzódott vissza.

Álmatlanul feküdt az ágyában, Coopra gondolt, elemezni próbálta az érzelmeit. Mire nagy sokára megjött szemére az álom, megértette, hogy nem haragszik a férfira, mindössze csalódott benne. Ez az arca, amelyet Jimmy balesete óta mutatott, egyáltalán nem tetszett Alexnek. Bármennyire szereti, nem tudja tisztelni többé. Ez pedig ugyanolyan szomorú fejlemény, mint Jimmy balesete.

20.

Reggel telefonált a kórházból Coopnak. A férfi ellelkendezte, micsoda szenzációs filmet hagyott ki. Alexnek leesett az álla. Ez már a hárítás klinikai esete. Annyit se kérdezett, él-e Jimmy! Alex kérdés nélkül is elsorolta az adatokat, és azzal fejezte be, hogy Jimmy állapota változatlan. Coop azt felelte, nagyon fájlalja, de tüstént másra próbálta terelni a beszélgetést, amilyen sebesen csak tudta.

– A saga folytatódik! – jegyezte meg olyan komolytalanul, hogy Alex a legszívesebben megrázta volna. Nem fogja föl, hogy itt emberélet függ egy hajszálon? Mit nem ért? Úgy látszik, semmit. Coopnak túl sok volt Jimmy helyzetének valósága.

Később meg is említette Tarynnek, amikor ismét találkoztak a baleseti osztályon. Mark és Valerie bent volt Jimmynél.

– Szerintem teljesen idegenek tőle a nehéz helyzetek – mondta Taryn, akit ugyancsak meghökkentett egy kicsit az apja viselkedése. Reggelinél mondott valamit az ellenállás szükségességéről a „negatív energiával" szemben, mert azt nagyon veszélyes beengedni az életünkbe. Ám Tarynnek volt egy olyan gyanúja, hogy Coopnak lelkifurdalása van. Akármennyire természetesnek tartja a hárítást, tudja, hogy ez nem szép, akkor is, ha nem ismeri be. Alex főleg azért neheztelt, hogy milyen címen engedi meg magának Coop ezt a teljes hárítást. Ezzel azt is megtagadja, hogy segítsen. A nő úgy érezte, becsapták. Végül bele kellett törődnie, hogy Cooptól ennyi várható. És ha vele történik valami „negatív" egy napon? Akkor is moziba megy majd Coop? Ijesztő és elszomorító nézni, hogyan igyekszik menekülni minden erejéből.

Munka után visszament az Udvarházba, otthagyva a többieket a kórházban Valerie-vel. Nem akarta túlfeszíteni a húrt. Coop kedélyes vidámsággal fogadta. Finom vacsorát rendelt kettejüknek a Spagóból. Ez volt az ő mentegetőzése azért, amit nem tett meg. Coop nem foglalkozott a kellemetlen dolgokkal. Ő csak azzal foglalkozott, ami szép. És könnyed. És mulatságos. És elegáns. És kecses. Valahogyan sikerült kigyomlálnia az életéből minden visszatetszőt és ijesztőt, és csak azt hagyta meg, amit szórakoztatónak és élvezetesnek talált. Csak az a baj, hogy az élet nem ilyen, az életben sokkal több a kellemetlen, mint a szórakoztató. Ám Coop világában nincs így. Oda ő nem engedi be a csúnya dolgokat. Azt játssza magának és mindenkinek, hogy csúnyaságok nem léteznek, aminek nagyon sajátos felfogás és viselkedés lesz az eredménye. És egy Cooper Winslow nem is megy csődbe. Nem ismeri el. Él tovább, tékozol és játszik.

Mindezek ellenére szép, kellemes estét töltöttek együtt, amelyet Alex teljesen irreálisnak talált. Felhívta a kórházat, érdeklődött Jimmy állapotáról, de ezt nem mondta Coopnak. Még mindig nem volt változás, csak a remény kezdett apadni. Jimmy majdnem negyvennyolc órája feküdt kómában. Minden nap csökkenti a felépülés valószínűségét. Még egy nap, esetleg kettő, és örökre lemondhat a teljes gyógyulásról. Élhet, de nem az lesz, akinek ők ismerték. Alex most már nem tehetett mást, legföljebb imádkozhatott érte. Nehéz szívvel bújt be az ágyba Coop mellé; nem csak Jimmy nyomasztotta, de az is, hogy Coop nem teljes ember, hiányzik belőle valami, mégpedig, legalábbis Alex szemében, egy óriási nagy darab.

Másnap szabadnapos volt, ettől függetlenül bement a kórházba, hogy Valerie mellett legyen, és megnézze Jimmyt. Most is kórházi pizsamáját viselte, hogy akadálytalanul bejusson a szentélybe.

– Köszönöm, hogy bejött! – hálálkodott Valerie. Egész nap kettesben voltak. Mark visszament dolgozni. Coop reklámfilmet forgatott egy gyógyszergyárnak, és ragaszkodott hozzá, hogy Taryn kísérje el.

Valerie és Alex váltották egymást Jimmy mellett. Fáradhatatlanul beszéltek hozzá, mintha a férfi hallhatná őket. Valerie a fejénél állt és beszélt, Alex a lábánál, és akkor látta, hogy megmozdul egy lábujj. Először reflexnek hitte. Aztán az egész lábfej mozgott. Alex a monitorra pillantott, majd az ápolónőre. Ő is látta. Aztán Jimmy az anyja keze után nyúlt, és megragadta. A nők szeméből megindultak a könnyek. Valerie tovább beszélt. Nagyon nyugodtan, nagyon csendesen elmondta a fiának, mennyire szereti, és mennyire boldog, amiért Jimmy jobban érzi magát, bár ennek még nem volt jele, de az asszony úgy viselkedett, mintha bekövetkezett volna. Újabb félóra múlva Jimmy kinyitotta a szemét, és az anyjára nézett.

– Szia, mama – suttogta.

– Szia, Jimmy – mosolygott Valerie a könnyein át. Alex alig bírta visszafojtani a zokogását.

– Mi történt? – károgta Jimmy. Ez a cső hatása volt, amelyet ma reggel eltávolítottak a torkából, mert már eszméletlen állapotban is tudott magától lélegezni.

– Mazsola vagy – mondta az anyja, amitől még az ápolónő is elnevette magát.

– Mi van a kocsimmal?

– Rosszabb állapotban van, mint te. Nagyon örülök, hogy most vehetek neked újat.

– Oké – mondta Jimmy, és behunyta a szemét. Mikor ismét kinyitotta, meglátta Alexet. – Te mit keresel itt?

– Szabadnapos vagyok, úgyhogy beugrottam látogatni.

– Kösz, Alex – mondta a férfi, azzal elaludt. Néhány perc múlva bejött az orvosa, hogy megvizsgálja.

– Bingó! – vigyorgott Alexre. – Nyertünk! – Nagy győzelem volt ez az egész csapatnak. A vizsgálat idején Valerie Alex karjaiban zokogott a folyosón. Már azt hitte, meghal a fia, és most minden erejét elvette a megkönnyebbülés, a szabadulás a feszültségtől.

– Jól van… most már nincs semmi baj… – vigasztalgatta Alex. Rettentő megpróbáltatás volt, és hatalmas megkönnyebbülés.

Később sikerült rábeszélnie Valerie-t, hogy ma éjszaka már hagyja magára a fiát, és elvitte a kapusházba. Coopnál talált egy tartalék kulcsot, azzal engedte be az asszonyt. Mikor megérkeztek, Coop még forgatott. Alex gondoskodott róla, hogy Jimmy anyjának meglegyen mindene, amire szüksége lehet.

– Olyan csodálatos vagy hozzám! – mondta könnybe lábadó szemmel Valerie, aki most már mindentől elsírta magát az embert próbáló két nap után. – Bár lenne egy ilyen lányom!

– Bár nekem is ilyen anyám lenne – mondta Alex tiszta szívből. Mérhetetlen megkönnyebbüléssel tért vissza a főépületbe. Megfürdött, hajat mosott. Este tizenegykor megérkezett a kimerült Coop. Neki is hosszú napja volt.

– Jaj istenem, de ki vagyok facsarva! – lamentált, miközben pezsgőt töltött magának, Alexnek és Tarynnek. – A Broadwayn kevesebb idő alatt zavartam le színdarabokat, mint amennyi ehhez a rémes reklámhoz kell! – De legalább szépen fizettek érte, és Taryn is érdekesnek találta a forgatást. Addig sem kellett Jimmyvel foglalkoznia, kivéve azokat a rendszeres időközöket, amikor felhívta a kórházat. – Neked milyen napod volt, drágám? – érdeklődött vidoran Coop.

– Kiváló – mosolygott Alex. – Jimmy felébredt, és előbb-utóbb teljesen fel is gyógyul. Egy ideig bent kell maradnia a kórházban, de megússza. – Elcsuklott a hangja. Megtörte ez az eset valamennyiüket, kivéve Coopot.

– És boldogan éltek, amíg meg nem haltak – válaszolta kissé leereszkedő mosollyal Cooper. – Látod, édesem, maguktól is rendbe jönnek a dolgok, ha nem liheged túl őket. Sokkal egyszerűbb, ha rábízod Istenre, te pedig a magad ügyeivel foglalkozol. – Ez szöges ellentéte volt Alex hivatásának. Természetesen Istené a hatalom, de azért ő is elvégezte a munkát, ami rá jutott.

– Így is nézhetjük – mondta csendesen.

– Jimmy anyja hogy van? – kérdezte aggodalmasan Taryn.

– Roskadozik, de még nem omlott össze. A kapusházba vittem.

– Az ember azt képzelné, az ő korában szívesebben megy szállodába, ahol kiszolgálják – jegyezte meg Coop. Ugyanolyan makulátlan és elegáns volt, mint reggel, amikor elment forgatni.

– Talán nem engedheti meg magának – vélte a gyakorlatias Alex. – És egyáltalán nem olyan öreg, mint gondoltuk.

Coop kissé meglepődött, bár nem érdekelte túlzottan a dráma. Bőven elege volt belőle.

– Hát hány éves?

– Nem tudom. Negyvenkettő-negyvenháromnak, legföljebb negyvenötnek tűnik... de az ötvenes évei elején járhat.

– Ötvenhárom – szólt közbe Taryn. – Megkérdeztem. Elképesztően fiatalos, sokkal inkább Jimmy nővérének látszik.

– Na, legalább azért nem kell izgulnunk, hogy elesik a kapusházban, és combnyaktörést szenved – tréfálkozott a színész. Örült, hogy lezárult a sztori, természetesen megkönnyebbülés volt neki Jimmy állapotának javulása is, de viszolygott a melodrámától. Most már visszazökkenhetnek a normális kerékvágásba. – Holnapra mi a program? – érdeklődött vidáman. Ő, ha egy kis pénz volt a zsebében, úszott a boldogságban. Jimmy meg fog gyógyulni, aminek még ő is örült. Alexet határozottan megnyugtatta, hogy barátja azért nem teljesen érzéketlen.

– Én dolgozom – mondta nevetve.

– Már megint? – csüggedt el a férfi. – De unalmas! Arra gondoltam, kivehetnél egy napot, és elmennénk vásárolni a Rodeo Drive-ra.

– Boldogan megtenném – mosolygott Alex. Barátja olyan fiúsan kedves volt néha, hogy nem lehetett haragudni rá. Pedig nagyon feldúlta, ahogy Cooper Jimmy balesetére reagált. Ez olyan arca volt, amely ugyancsak megdöbbentette Alexet. – De azt hiszem, a kórházban megorrolnának, ha azért nem jelentkeznék munkára, mert vásárolni mentem. Azt nehezen tudnám megmagyarázni.

– Mondd nekik, hogy megfájdult a fejed. Mondd, hogy szerinted azbesztet használtak a kórház építéséhez, és be fogod perelni őket.

– Lehet, hogy egyszerűen csak bemegyek dolgozni – mosolyodott el a nő. Éjfélkor lefeküdtek, szeretkeztek. Coop reggel még aludt, nem is érezte, hogy a munkába induló Alex megcsókolja. Már megbocsátotta neki, amiért olyan érzéketlen volt Jimmy iránt. Vannak emberek, akik nem tudják feldolgozni a vészhelyzeteket vagy a betegségeket. Alex annyira megszokta őket, hogy számára az ellenkező viselkedés volt az érthetetlen. De nem szabad elfelejtenie, hogy nem mindenki képes arra, amire ő.

Alex tehát mindenképpen mentségeket akart találni Coopernak, és hajlandó volt elnézést tanúsítani ebben a dologban. Ezt kellett tennie, a saját lelki egyensúlya érdekében. A szerelemhez, legalábbis az ő szemében, hozzátartozott a részvét, a kompromisszumkészség, a megbocsátás. Coop felfogása kissé más. Neki a szerelem szépség, elegancia, romantika. És legyen gondtalan! Itt volt a bökkenő. Alex tudta, hogy a szerelem nem mindig gondtalan. Ez bizony komoly gikszer.

Ebédszünetben leugrott Jimmyhez. Valerie éppen a büfébe ment szendvicsért, így Alex elmondhatta a férfinak, milyen nagyszerű teremtésnek találja az anyját, Jimmy pedig helyeselt. Másnap reggel akarták elszállítani az intenzív osztályról.

– Kösz, hogy itt voltál, amíg én ki voltam ütve. Mama mondja, hogy vele töltötted az egész tegnapot. Ez kedves volt tőled, Alex. Köszönöm.

– Nem akartam, hogy egyedül legyen egy ilyen helyen, ami tökéletesen alkalmas arra, hogy megrémítsen bárkit. – A férfira pillantott. Úgy döntött, megkockáztatja. Jimmy elég jól van ahhoz, hogy föltehesse a kérdést, amely kezdettől nem hagyja nyugodni. – Tehát hogy is volt ez a baleset? Mert azt nem hiszem, hogy ittál. – Nagyon közel ült az ágyhoz. Jimmy öntudatlanul a keze után nyúlt, és megszorította.

– Nem, nem ittam... nem tudom. Azt hiszem, az autó vált kormányozhatatlanná. Ócska volt a gumi... a fék... vagy valami...

– Ezt akartad? – kérdezte a nő halkan. – Te idézted elő, vagy hagytad, hogy bekövetkezzék? – Majdnem suttogássá tompult a hangja. A férfi egy hosszú percig hallgatott, mielőtt felnézett volna.

– Megmondom őszintén, Alex, hogy nem tudom... Ezt a kérdést én is föltettem magamnak. Teljesen kába voltam... ő járt a fejemben... vasárnap lett volna a születésnapja... azt hiszem, egy töredék pillanatra hagytam, hogy megtörténjék. Úgy lehetett, hogy megcsúsztam, és nem fékeztem, mire pedig próbáltam megállítani, már késő volt. Aztán mindennek vége lett, és itt ébredtem. – Pontosan, ahogy Alex gondolta. Jimmy ugyanazzal az iszonyattal nézett rá, amit ő érzett. – Rettenetes dolog ilyet bevallani. Soha többé nem tenném meg még egyszer, de arra az egy másodpercre odadobtam a gyeplőt a végzetnek... amely szerencsémre visszadobta.

– Pokoli kockázatot vállaltál – mondta szomorúan Alex. Fájt arra gondolnia, hogy Jimmy ennyire és ilyen rég szenved. – Szerintem rád férne egy tisztességes terápia.

– Ja, szerintem is. Gondoltam is rá mostanában. Úgy éreztem, fuldoklom, és nem tudok feljönni a víz alól. Hülyeség ilyet mondani – pillantott a gipszkötéseire és a monitorokra –, de komolyan jobban érzem magamat. – Jobb színben is volt.

– Örömmel hallom – mondta Alex megkönnyebbülten. – Mostantól rajtad tartom a szememet. Addig nyaggatlak, amíg nem látom, hogy tánclépésben mész a felhajtón a kapusházig.

Jimmy elnevette magát.

– Nem hinném, hogy nagyon táncolhatnék. – Egy ideig tolószékre, azután pedig mankóra volt kilátása. Anyja máris felajánlotta, hogy marad, és gondot visel rá, amíg nem áll a lábára. Az orvosok hat-nyolc hetet jósoltak. Jimmy máris nyűgösködött, hogy minél előbb szeretne visszatérni a munkájához, és ez jó jel volt. – Köszönöm, Alex, hogy ennyit törődsz velem. Honnan tudtad, mi történt?

– Elfelejtetted, hogy orvos vagyok?

– Ja, persze! De a koraszülöttek nem vezetik az autójukat a szakadékba!

– Kitaláltam. Fogalmam sincs, miből, de abban a pillanatban sejtettem, amikor Mark elmondta. Talán megéreztem.

– Okos nő vagy.

– Fontos vagy nekem – felelte Alex komolyan. Jimmy bólintott. Neki is fontos volt a nő, csak félt kimondani.

Mrs. O'Connor visszatért a szendvicsével, így Alex is elment dolgozni. Valerie valóságos dicshimnuszt zengett az orvosnőről, akire nagyon kíváncsi volt.

– Mark azt mondja, hogy Cooper Winslow barátnője. Nem öreg az egy kicsit Alexandrához? – kérdezte. Még nem találkozott Cooppal, de tudta, kicsoda, mert már sokat hallott róla.

– Alex láthatólag nem így gondolja – felelte Jimmy.

– Milyen ember? – érdeklődött Valerie, miközben a pulykasültes szendvicsét majszolta. Jimmy, akinek csak puhát volt szabad ennie, éhes lett, ha csak ránézett. Hosszú idő óta azt se tudta, mi az éhség. Talán igazat mondott, sikerült elűznie végre a démonait. Elment a végsőkig, levetette magát a mélységbe, és biztonságosan földet ért, amit nem magának köszönhet. A baleset valamilyen eszelős módon talán még áldásnak bizonyulhat.

– Pökhendi, jóképű, elbájoló, kedélyes, és a végtelenségig önző – felelte. – Csak az a baj, hogy Alex nem látja – tette hozzá bosszúsan.

– Azt ne vedd ilyen biztosra – mondta az anyja csendesen, miközben azon töprengett, hogy beleszeretett-e Jimmy az orvosnőbe, és ha igen, tudatában van-e vajon. – Van az úgy, hogy a nők látnak dolgokat, mégis úgy döntenek, majd később foglalkoznak velük. Iktatják őket, de ez nem azt jelenti, hogy vakok. Alexandra pedig rendkívül értelmes.

– Ragyogó koponya! – lelkesedett Jimmy, igazolva anyja gyanúját az öntudatlan érzésekről.

– Szerintem is. Nem fog hibázni. Egyelőre talán megfelel neki Cooper Winslow, bár meg kell mondanom, abból ítélve, amit a színészről hallottam, elég sajátos ez a párosítás.

Másnap, amikor Jimmyt átköltöztették egy különszobába, Coop hatalmas virágcsokrot küldött neki. Ez még Valerie-nek is imponált. Először azt hitte, Alextől származik a virág, aztán rájött, hogy mégse. Ilyen bokrétát nem nő küld, hanem férfi, olyan férfi, aki megszokta, hogy leveszi a nőket a lábukról. Coop nem kevesebb, mint tizennégy rózsát köttetett csokorba!

– Szerinted feleségül akar venni? – ugratta Jimmy az anyját.

– Remélem, nem! – kacagott Valerie. És azt remélte, hogy a színész nem akarja feleségül venni

269

Alexet sem, aki különbet érdemel egy öregedő filmsztárnál. Neki fiatalra van szüksége, aki szereti, törődik vele, kitart mellette, és megajándékozza gyerekekkel. Ám bölcsen elhallgatta, amit gondolt.

Alex naponta meglátogatta Jimmyt, akár dolgozott, akár nem. Hozott könyveket, hogy a férfi ne unatkozzon, viccekkel traktálta, sőt még egy távirányított fingópárnával is megörvendeztette, hogy legyen mivel őrjítenie az ápolónőket. Nem volt valami stílusos ajándék, de Jimmy imádta. Késő este is beosont hozzá, és órákig beszélgettek a legfontosabb dolgokról: munkájukról, Jimmy szüleinek házasságáról, életéről Maggie-vel, az özvegység kínszenvedéséről. Alex mesélt Carterről és a húgáról, a szüleiről, a gyerekként áhított szülői szeretetről, amit sohasem kapott meg ettől az érzelmekre képtelen két embertől. Fokozatosan megosztoztak titkaikon, és együtt hajóztak ismeretlen vizeken. Ha valaki firtatta volna a kapcsolatukat, okvetlenül azon erősködnek, hogy ez csak barátság. Valerie-t azonban nem tették bolonddá. Ő nem hitt a címkének, amivel azonosították ezt az érzést. Itt sokkal részegítőbb főzet forr, akár tudja ezt a két fiatal, akár nem. Ő mindenesetre örült neki. Itt, legalábbis Valerie szerint, Coop volt az egyetlen csepp üröm az örömben.

A hét végén maga is megnézhette az ürmöt. Cooppal most találkozott először, és el kellett ismernie, hogy nagyon hatásos jelenség. Pontosan az volt, aminek Jimmy mondta: önző, hiú, pökhendi, mulatságos és elbűvölő. De nem csak ennyiből állt. Jimmy nem volt sem elég öreg, sem elég érett, hogy észrevegye vagy megértse. De az anyja meglátta Coopban a sebezhetőséget és a félelmet. Akármennyire megőrizte fiatalos külsejét, akárhány fiatal nővel vette körül magát, tudta, hogy neki bealko-

270

nyult, és rettegett tőle. Rettegett a betegségtől, az öregségtől, a megcsúnyulástól, a haláltól. Mi másért utasította volna el olyan mereven, hogy Jimmy balesetével foglalkozzék? A szeméből is ki lehetett olvasni. Egy szomorú ember takargatta magát a nevetés pajzsával. Valerie szánta, akármilyen elbűvölő volt. Ez az ember fél szembenézni a démonaival. Ez a lényeg, minden más csak szemfényvesztés. Ám Jimmy ezt úgyse értené meg, hiába magyaráznák. És ez a badarság a lányról, aki Cooptól vár gyereket, csak még jobban hizlalja a színész hiúságát. Hiába lamentált miatta, Valerie érezte, hogy valahol hízeleg neki a botrány, és csak azért emlegeti, hogy Alexet bántsa: alattomban emlékezteti, hogy vannak más nők, akik igenis vállalják az ő gyerekét, vagyis Cooper Winslow nem csak fiatal, de talpig férfi!

Valerie szerint Alex nem volt igazán szerelmes ebbe az emberbe. Imponál neki, benne látja a szerető apát, akire vágyott, de sose kapott meg. Szóval furcsa páros ez. Mark és Taryn viszont tökéletesen illenek egymáshoz.

Furcsa módon Valerie elbűvölőnek találta Coop ellentmondásait, ő viszont teljesen hidegen hagyta a színészt. Nem az ő zsánere volt, Coop olyan nőknek udvarolt, akik a lányai lehettek volna Mrs. O'Connornak. Később az ágyban, miközben az estéről beszélgettek, megmondta Alexnek, hogy neki Valerie stílusa, finomsága tetszik. Szürke nadrágjában, szürke pulóverében, egyetlen gyöngysorával maga volt az egyszerű elegancia. Hiányzott belőle mindennemű hivalkodás, nem erőltette a fiatalos külsőt, épp ettől látszott fiatalnak. Az ízlés és a jó neveltetés légköre lebegte körül.

– Kár, hogy nincs pénze – sajnálkozott Coop. – Ilyen nő megérdemelné, hogy gazdag legyen. De hát ki nem érdemli? – kérdezte nevetve. Az Udvarház lakói közül egyedül Alexnek volt annyi pénze, mint a pelyva, de neki is minek. Nem is érdekli a gazdagsága. A fiatalokba kár a fiatalság, a túlságosan emberséges emberekbe kár a gazdagság. Ez volt Cooper véleménye. A pénz arra való, hogy elverjék, és nagy mulatságot csapjanak belőle. Alex eltitkolja a vagyonát, vagy figyelmen kívül hagyja. Meg kell tanítani a használatára. Coop megtaníthatta volna, de még mindig nem tudta rászánni magát. Már megint az az átkozott lelkiismerete! Még mindig nem tudta legyőzni. Új dolog volt ez a lelkiismeret, ami nagyon kezdett tüske lenni a körme alatt.

Másnap ismét találkozott Valerie-vel a medencénél. Az asszony az ő kedvenc fájának az árnyékában üldögélt. Nappalra szabadságot adott magának, este akart bemenni a fiához. Nyugágyon hevert, és rendkívül egyszerű, fekete bikini volt rajta, amit a legnagyobb nyugalommal viselhetett, mert igen jól konzervált alakja volt. Alex meg Taryn versenyt irigyelték, és nagyon remélték, hogy ők legalább fele ilyen csinosak lesznek ennyi idős korukban. Amikor hangot is adtak reményeiknek, Valerie azt felelte, ez puszta szerencse, a gének jóteteménye, ő nagyon keveset tett a formája megőrzéséért. De azért jólesett neki a két fiatalabb nő dicsérete.

Coop meghívta egy pohár pezsgőre. Valerie csak azért ment fel a főépületbe, hogy elmondhassa, miszerint ezt is látta. Meglepte az udvarház mértéktartó szépsége. Nem volt benne semmi hivalkodás. A pompás régiségek, a gyönyörű kelmék kiváló ízlésre vallottak. Ez egy felnőtt ember háza, jellemezte az asszony, amikor később erről beszélgetett Jimmyvel, és ismét arra gondolt, hogy Alex nem való ide. Bár mindenesetre boldognak látszanak együtt.

Sőt, Valerie kezdett hajlani arra a véleményre, hogy a színész komolyan veszi Alexet. Olyan figyelmes, olyan előzékeny, olyan gyöngéd. Nyilvánvalóan odáig van az orvosnőért, épp csak Coopnál azt nehéz megállapítani, mennyire mélyek az érzései. Egész élete a felszínen mozgott, különös tekintettel a vonzalmaira. Valerie simán el tudta képzelni, hogy a férfi feleségül veszi Alexet, akár helytelen okokból is, például, hogy bizonyítson valamit, vagy ami még rosszabb, hogy hozzáférjen a Madison-vagyonhoz. Alex érdekében remélte, hogy Coopert őszintébb érzelmek vezérelik, de ezt nehéz volt megállapítani. Alex nem tűnt nyugtalannak. Kapcsolatukban tökéletes harmónia látszott uralkodni, és ő nagyon jól érezte magát az Udvarházban, főleg Tarynnel.

– Elragadó barátaid vannak – mondta Valerie a fiának, amikor este meglátogatta a kórházban. Elmesélte, mennyire tetszett neki Coop lakása és a kapusház. – Megértem, ha szereted. – Ő is megszerette a rusztikus, békés kapusházat.

– Hajtott rád Coop? – kérdezte Jimmy.

– Ugyan dehogy! – nevetett az asszony. – Körülbelül harminc évvel több vagyok a kelleténél. Különben is több esze van annál. A korombeli nők átlátnak rajta. Tulajdonképpen jót tenne neki, de nekem már nincs energiám az ilyen Coop-féle férfiakra. – Rámosolygott Jimmyre. – Túl nagy strapa betörni őket. – Nemhogy energiája nem volt a férfiakhoz; nem is csábították. Az az idő már elmúlt, mint többször kifejtette. Beérte azzal, hogy önállóan éldegélhet, és láthatja a fiát. Megígérte, hogy mellette marad a lábadozása alatt. Jimmy már alig várta. Évek óta nem élvezhette Valerie társaságát, aki nem csak az anyja volt, de a legjobb barátja is.

21.

Júniusra Mark *és* Taryn *románca* rohamléptekkel
haladt. Olyan diszkréten viselkedtek, amennyire
tudtak, mert egyikük sem akarta fölzaklatni a gye-
rekeket. Jessica és Jason különben annyira megked-
velte Tarynt, hogy évzáró után nem akartak vissza-
menni New Yorkba az anyjukhoz, akivel kaliforniai
tartózkodásuk alatt mindössze egyszer találkoztak.
Janet felhívta Markot, és követelte, hogy a gyerekek
térjenek vissza Keletre, sőt, azt akarta, hogy marad-
janak New Yorkban az esküvőig, ami a július ne-
gyedike utáni hétvégére volt kitűzve.

– Nem megyek! – mondta Jessica konokul. Jason
eleve közölte, hogy ő azt teszi, amit a nővére, Jess
pedig még mindig dühös volt az anyjára. – Itt aka-
rok maradni veled és a barátaimmal. Az esküvőre
pedig nem megyek!

– Az más téma, amit később is megbeszélhetünk.
Jessica, nem tagadhatod meg, hogy találkozz az
anyáddal!

– De megtagadhatom! Otthagyott téged azért a
seggfejért!

– Az az anyád és az én dolgom, nem pedig a tied! –
mondta Mark határozottan, de nem hunyhatott sze-
met a tény fölött, hogy Janet fölégette a hajóit, vagy
legalábbis csúnyán meglékelte őket, Adam pedig nem
volt a segítségére. Pöffeszkedve, erőszakosan bánt a
srácokkal, félreérthetetlenül tudatta velük, hogy már
akkor viszonya volt az anyjukkal, mielőtt elhagyták
volna Kaliforniát, ami a legfinomabban fogalmazva is
ostobaság. Janet és a gyerekek között is Adam robban-
totta ki a háborúságot. De Mark úgy érezte, hogy
Jessnek és Jasonnak előbb-utóbb meg kell bocsáta-
niuk az anyjuknak. – Nektek akkor is találkoznotok
kell vele. Ugyan már, Jessie, mami szeret téged!

– Én is szeretem – mondta őszintén Jessica –, de pipa vagyok rá! – Tizenhat éve lázas indulatával tört pálcát az anyja fölött. Jason inkább megmaradt szemlélőnek, de nem rejtette véka alá, hogy súlyosan csalódott Janetben. Mindketten sokkal boldogabban laktak az apjuknál. – És az ottani iskolába sem akarok járni! – Mark még csak szóba se merte hozni, hogy az anyjuk azért is akarja New Yorkban tudni őket, hogy ősszel mindenképpen ott kezdjék az iskolát.

Végül csak kénytelen volt visszahívni a feleségét.

– Nem megy, Janet. Próbálom, de a kölykök megmakacsolták magukat. Nem akarnak New Yorkba utazni, és kategorikusan kijelentették, hogy nem lesznek ott az esküvőn.

Janet könnyekben tört ki.

– Azt nem tehetik! Rá kell venned őket!

– Nem kábíthatom el és nem rakhatom fel őket a gépre kényszerzubbonyban! – haragudott Mark. Mérges volt mindkét pártra. Janet maga vetette meg az ágyát, akkor most feküdjön bele, akármilyen kényelmetlen! Ezt nem a káröröm vagy a bosszúvágy mondatta vele. Itt volt neki Taryn a boldogsághoz.

– Miért nem te jössz át, hogy beszélj a fejükkel? Az talán megkönnyítené a dolgot. – Az asszony értelmére próbált hatni, de Janet hallani sem akart róla.

– Nincs időm! Túlságosan lefoglal az esküvő előkészítése! – Már kibéreltek egy connecticuti házat, és kétszázötven vendéget hívtak a fogadásra.

– Hát pedig a gyerekeid nem lesznek ott, hacsak nem teszel valamit, amivel megváltoztatod ezt a fennállást. Én megtettem, amit tehettem.

– Kényszerítsd őket! – dühöngött Janet. – Perre viszem a dolgot, ha kell!

– Elég idősek ahhoz, hogy a bíróság őket hallgassa meg. Már nem csecsemők. Az egyik tizenhat éves, a másik tizennégy.

– Úgy viselkednek, mint a fiatalkorú bűnözők!

– Nem – tiltakozott Mark nyugodtan. – Sebzettek. Azt hiszik, hogy becsaptad őket Adammel kapcsolatban, mint ahogy azt is tetted. Adam az értésükre adta, hogy te hagytál el őmiatta. Nyilván a hiúságát kellett jóllakatnia, mindenesetre a srácok vették az üzenetet.

– Adam nem szokott hozzá a gyerekekhez! – védelmezte leendő férjét Janet, ám tudta, hogy Mark igazat mondott.

– Az őszinteség a legjobb stratégia. – Mark sose hazudott a gyerekeinek, és nem hazudott Janet sem, amíg bele nem hibbant Adambe. Most már mindenben azt tette, amit Adam parancsolt, még a gyerekeivel is szembefordult. – Ebben én nem segíthetek, magadnak kell segítened magadon. Miért nem jössz át egy hétvégére?

Janet végül ráfanyalodott. A Bel Airben szállt meg, és Mark rábeszélte a gyerekeket, hogy két napra költözzenek át a hotelba. Semmi sem oldódott meg, a srácok annyira voltak hajlandók, hogy június végéig visszamennek New Yorkba. Janet megígérte, hogy ha nem akarnak elmenni az esküvőre, nem kényszeríti őket. Szentül meg volt győződve róla, hogy majd ő jobb belátásra téríti a kölyköket, csak egyszer legyenek New Yorkban. Jessica kategorikusan közölte, hogy vissza fognak térni LA-be, mert itt akarnak tanulni, Jason pedig mindenben egyetértett a nővérével. Janet belátta, hogy nem kényszerítheti őket az ellenkezőjére, de azt mondta a férjének, hogy azzal a feltétellel egyezik bele, ha kidolgoznak valami időbeosztást, hogy a gyerekek havonta egy vagy inkább több hétvégére átjöhessenek New Yorkba. Mark egyetértett, és megígérte, hogy megpróbálja rábeszélni a srácokat. Jason és Jessica a következő héten sokkal derűsebb kedvvel elutaztak négy hétre New Yorkba. Ahogy kitették a lábukat, Taryn áthurcolkodott a vendégszárnyba Markhoz. Úgy ment minden, mint a karikacsapás. Jessica egészen összemelegedett Tarynnel, akire ő is, az öccse is egész más szemmel néztek, mint Adamre. De hát Taryn nem is hazudott nekik, és nem dúlta föl a szüleik házasságát, ami kimondott jó pont.

Taryn, aki korábban nem rajongott a gyerekekért, egészen elámult azon, hogy milyen jól kijön Mark csemetéivel, akiket jólneveltnek, szórakoztatónak, melegszívűnek és kedvesnek talált. Őszintén megszerette őket, amit Jessica és Jason tárt szívvel viszonzott.

– Tudod – tűnődött Mark néhány nappal a gyerekek távozása után –, ha végleg velem maradnak, akkor néznem kellene egy házat. Itt nem maradhatok örökre. Saját otthonra lesz szükségünk. – Noha semmi sem sürgette, azt tervezte, nyáron keresni kezdi ezt az otthont. Ha pedig az új házat át kell alakítani, februárig még mindig lakhatnak a vendégszárnyban, ami nagy könnyebbség. Mark bevallotta, hogy sajnálattal távozik majd az Udvarházból.

Ez a mégoly általános tervezgetés szükségszerűen elvezetett hozzá és Tarynhez.

– Lenne kedved nálunk lakni? – kérdezte komolyan. Milyen váratlan vargabetűket ír le az élet! Öt hónapja még porba sújtotta Janet hűtlensége, és mostanra megtalálta ezt a csodálatos asszonyt, aki nem csak neki volt nagyszerű társa, de a gyerekeit is meghódította.

– Izgalmasan hangzik – állapította meg Taryn. A férfihoz hajolt, és megcsókolta. – Úgy vélem, kellő feltételek mellett hagynám rábeszélni magamat. – Nem volt sietős másodszor is férjhez mennie. Coop azt mondta, hogy ha a bérlői elköltöznek, megkaphatja a vendégszárnyat, vagy akár a kapusházat. Ám ő jobban szeretett volna Markkal és a gyerekeivel élni, mindegy, hol. – Arra vigyázz, Mark, nehogy a gyerekek haragudjanak érte. Nem akarok betolakodó lenni.

– Szívem, a betolakodó nem te vagy, hanem Adam – mondta a férfi bánatos mosollyal. Valószínűtlennek tartotta, hogy Jess és Jason ott maradjon az anyja esküvőjére. Nem is nagyon hibáztatta őket. Keserű falat volt ez a két gyereknek.

Az idő, amit Jessie és Jason távollétében együtt töltöttek, még jobban megszilárdította kapcsolatukat, és arra ösztökélte őket, hogy minél előbb vegyék kézbe a sorsukat. Taryn beszélt az apjával. Coop nem lepődött meg, bár cseppnyi csalódást érzett.

– Izgalmasabb férjet kívántam neked – mondta olyan hangon, mintha pici kora óta nevelné a lányát, akit minden eszközzel óvni kell. Taryn három hónap alatt bevette magát a szívébe. Coop azt szerette volna, ha vele marad az Udvarházban.

– Nekem nem kell „izgalmasabb" – felelte az okos Taryn. – Van egy izgalmas apám, izgalmas férjre már nincs szükségem. Nyugalmat, szilárdságot, kitartást akarok. Markban mindez megvan, és ráadásul jó ember. – Ezt még Coop sem tagadhatta, bár részéről halálosan unalmasnak találta az adózás jogi szabályozását.

– Hát a gyerekei? Elfelejtetted genetikai iszonyodásunkat az utódoktól? Tudnál élni ezekkel a fiatalkorú bűnözőkkel? – A világért nem vallotta volna be, hogy az utóbbi időben sokkal tapintatosabbnak, majdhogynem szeretetre méltónak találja a Friedman csemetéket. Majdnem. Fenntartásokkal.

– Én bírom őket. Nem, ez nem pontos. Szeretem őket.

– Uramisten, csak ezt ne! – Coop mímelt iszonyattal forgatta a szemét. – Ez végzetes lehet, vagy

278

még annál is rosszabb! – Most jutott eszébe egy új fejlemény. – Az unokáim lesznek a kis szörnyetegek! Megölöm őket, ha el merik árulni valakinek! Én sose leszek senki nagypapája! Szólíthatnak Mr. Winslow-nak. – Taryn kacagott. Beszélgettek még egy darabig arról, hogy télre tervezik a házasságukat. Gyanították, hogy a gyerekeknek nem lesz ellenvetése.

– Hát te és Alex? – kérdezte Taryn, amikor már minden elhangzott Markról és róla.

– Nem tudom – felelte Coop idegesen. – A szülei meghívták Newportba, de nem hajlandó menni, pedig szerintem azt kellene. Én semmiképp se tarthatok vele. Az apja nem lelkesedik a kapcsolatunkért, amit én jobban megértek, mint Alex. Nem tudom, Taryn! Azt hiszem, nem bánok tisztességesen vele. Korábban sose zavart az ilyesmi. Szerintem kezdek meszesedni, vagy egyszerűen csak öreg vagyok.

– Vagy most nősz fel – válaszolta a lánya gyengéden. Mostanra tisztában volt Coopnak úgyszólván minden gyarlóságával, de ettől semmivel sem szerette kevésbé. Nagyon különbözött attól az apától, aki Tarynt fölnevelte, de azért rendes ember volt, csak olyan világban élt, amely körülötte forgott, és ez elkényeztette. Nem csoda, ha bizonyos területeken nem fejlődött ki a jelleme. Nem volt szüksége rá. Ám Alex rákényszerítette, hogy olyan dolgokról is vegyen tudomást, amelyekre korábban ügyet sem vetett, és vizsgálja felül egész értékrendszerét. Amit Alex elkezdett, Taryn fejezte be, és Coop, ha tetszett, ha nem, megváltozott tőlük.

Még akkor is ezen tűnődött, amikor délután leballagott úszni. Taryn és Mark elment valahova, Alex dolgozott, szokása szerint, Jimmy néhány napja tért haza, a kapusházban feküdt, átengedve magát az anyai ajnározásnak. Coop előre örült, hogy egyedül lehet, zavartalanul gondolkodhat egy kicsit, ezért meglepődött, mikor meglátta Valerie-t, amint a medencében úszkált. Összecsavart haját feltűzte a feje búbjára, alig volt kifestve, és egyszerű fekete fürdőruhát viselt, amely érvényre juttatta fiatalos alakját. Vitathatatlanul jóképű asszony, sőt, ismerte be Coop, kimondottan szép. Épp csak idősebb az ő zsánerénél, épp ezért kényelmesen lehet diskurálni vele. Mrs. O'Connor értelmes teremtés volt, célirányos gondolkodása késként hasított át a ködön, amelyben időnként mintha eltévednének mások, Cooper Winslow-t sem kivéve.

– Jó napot, Cooper – köszöntötte mosolyogva Valerie. A férfi letelepedett az egyik nyugágyba, és úgy döntött, mégsem úszik, inkább nézi az asszonyt. Kicsit sajnálta, hogy nincs egyedül, mert sok mindenen kellett volna gondolkoznia. Itt volt Alex, és Charlene is, aki pár hét múlva megcsináltatja a DNS-vizsgálatot.

– Jó napot, Valerie. Hogy van Jimmy? – kérdezte udvariasan.

– Megvan. Mérges, mert nem tud járni. Jelenleg alszik. Elég nehezen boldogul ezekkel a súlyos gipszekkel.

– Fogadhatna mellé egy ápolónőt. Nem végezhet mindent maga. – Csodálta Valerie-t, de csacsinak is tartotta, amiért az egész ápolást magára vállalja.

– Szeretek vele foglalkozni. Rég nem volt rá módom, és ez talán az utolsó alkalom. – Coop észbe kapott, hogy tapintatlan volt. Mrs. O'Connor valószínűleg nem engedheti meg magának, hogy ápolónőt fogadjon a fia mellé. Kifinomultsága ellenére is nyilvánvaló, hogy nem lehetnek bőviben a pénznek. Ennek látszólag ellentmondott, hogy Jimmy rendes bért fizetett a kapusházért, de Coop úgy sejtette, Maggie életbiztosításából finanszírozza a lakását, az az összeg pedig előbb-utóbb elfogy. Minden más, amit Coop látott, arra utalt, hogy O'Connoréknak pókhálós az erszénye, noha ez az erszény Valerie esetében selyemből készült. Nagyon disztingvált nő volt.

– Alex dolgozik? – érdeklődött Valerie barátságosan. Kikapaszkodott a medencéből, és letelepedett a férfi mellé. Nem akart sokáig maradni, semmi esetre sem akarta zavarni a színészt, aki gondterheltnek látszott.

– Persze. Az a szegény lány örökösen robotol, de ha egyszer ezt szereti. – A maga módján csodálta is érte. Alexnek egyáltalán nem volt szüksége rá, hogy így hajtson, amitől még nagyobb léleknek vagy még nagyobb szamárnak tűnt, attól függ, honnan nézzük.

– Tegnap este láttam egy régi filmjét – jegyezte meg Valerie. Éjszaka nézte meg, miközben Jimmyt ápolta. – Maga megdöbbentően jó színész, Coop, a film pedig remek. – Mérföldekre volt a mostani reklámoktól és epizódszerepektől. – Még mindig viszszatérhetne az élvonalba.

– Túlságosan lusta vagyok én ahhoz – felelte a férfi fáradt mosollyal. – És túlságosan öreg. Az olyan filmekhez rettentő keményen kell dolgozni, én pedig el lettem kényeztetve.

– Talán mégse – mondta Valerie több meggyőződéssel, mint amennyire Coop hitt magában. Mrs. O'Connor még nem látta ezt a filmet, nem is hallott róla. Körülbelül ötven éve készülhetett, a színész ugyanolyan szédületesen jóképű volt benne, mint most, de akkor még az ifjúság varázsa is növelte a bűverejét. – Szereti a munkáját, Coop?

– Szerettem. Ezek a mostani dolgok nem jelentenek túl nagy kihívást. – Semmilyen szinten. Arra jók, hogy pénzt lehessen keresni velük, gyorsan és fáradság nélkül. Olyan régen eladta magát, hogy már nem is emlékezett arra az időre, amikor nem volt megvásárolható. – Sokáig vártam, hogy beköszöntsön a nagy szerep, de nem jött – fejezte be csüggedt szomorúsággal.

– Talán még önmagát is sikerülne meglepnie, ha egy kicsit strapálná magát. A világ megérdemli, hogy ismét láthassa egy nagy szerepben. Ez a filmje igazi örömet szerzett nekem.

– Boldogan hallom – mosolygott a férfi. Szótlanul ültek egy darabig. Coop azon töprengett, amit Jimmy anyja mondott. – Sajnálom a fiát – szólalt meg végül. – Iszonyú lehetett ez magának. – Ahogy elnézte ezt az asszonyt, ezt az önfeláldozó anyát, először kezdett derengeni benne a megértés.

– Az volt. Ő a mindenem – felelte Valerie. – Hajítófát sem érne az életem, ha elveszíteném. – Coop szinte el tudta képzelni azt a kínt, amit neki kellene elszenvednie, ha elveszítené Tarynt, pedig ők csak most ismerték meg egymást. Egy ilyen életre szóló érzelmi közösség után, amelyben O'Connorék osztoznak, bele sem érdemes gondolni a gyötrelembe. Amióta Jimmyt baleset érte, ez volt az első alkalom, amikor Cooper Winslow, ha csak egy villanásra is, át tudta élni a mások bánatát. Valerie megsejtette, és hálás volt érte.

– Mióta özvegy? – kérdezte a férfi.

– Tíz éve, de örökkévalóságnak tűnik. – Megbékélten mosolygott, mint aki elfogadta osztályrészét a sorstól. Nem küzdött a végzete ellen, póztalanul belenyugodott abba, amit kapott. Coop úgy látta, hogy Mrs. O'Connor nagyon erős asszony, és helyesen mérte föl Jimmy anyját. – Már megszoktam.

– Még sose gondolt rá, hogy ismét férjhez menjen? – Különös párbeszéd volt ez az életről és az élet jelentéséről a fák alatt, a medence szélén, egy meleg júniusi napon. Valerie elég idős volt, hogy

Coop szempontjából lássa a dolgokat, de nem olyan öreg, hogy elveszítse az életkedvét, ne méltányoljon egy jó tréfát vagy a boldogságot. Nagyon kellemes volt beszélgetni ezzel a bölcsessége ellenére is meglepően fiatal asszonnyal. Mrs. O'Connor tizenhét évvel fiatalabb nála. Alex negyvennel.

– Eszembe se jut – felelte Valerie. – Nem is keresem. Mindig úgy képzeltem, hogy ha tartogat még valakit nekem a sors, az úgyis megtalál. Nem talált, de nem is bánom. Volt egy jó férjem, másik nem is kell.

– Talán érheti még meglepetés.

– Talán – mondta hanyagul Valerie. Nem nagyon csinált gondot a kérdésből. Coopnak ez is tetszett. Utálta a kesergést. – Magának sokkal több energiája van az ilyesmire – somolyogta, mert az jutott eszébe, hogy ha magára alkalmazná Coop párválasztásának életkori megfontolásait, a kis Jasonnal kellene járnia. Ezt persze nem mondta ki.

– Mit csinál ma este? – kérdezte hirtelen a férfi. Alex dolgozott, neki nem volt mit csinálnia, és egyedül érezte magát. Időnként nehéz hűnek maradni egy olyan nőhöz, aki örökösen elfoglalt. Valaha mindig egyszerre több nővel randevúzott, sose voltak a mostanihoz hasonló estéi. Még magányosabb lenne Taryn nélkül, akit valóban az Isten küldött.

– Jimmynek főzök. Nem akar csatlakozni hozzánk? A fiam biztosan örülne magának. – Amióta Jimmy hazatért, Coop egyszer járt a kapusházban, ahonnan villámgyorsan távozott, mert mint Alexnek kifejtette, gyűlöli a betegszobákat.

– Ha akarja, hozathatok a Spagóból vacsorát – ajánlotta föl Cooper. Hirtelen valósággal elöntötte a hála, amiért meghívják. Rokonszenvesnek találta Valerie-t, élvezte rügyező barátságukat. Majdnem olyannak látta, mint a húgát.

– Én sokkal jobb tésztát főzök, mint ők! – büszkélkedett Valerie. A férfi kacagott.

– Nem árulom el Wolfgangnak, hogy maga mondta, de szeretném kipróbálni.

Jimmy ugyancsak meglepődött, amikor este házigazdája is beállított vacsorára, mert anyja elfelejtette említeni a vendéget. Kezdetben kissé feszengett a jelenlététől. A kórházban rengeteg időt töltött Alexandrával, nem volt titka a nő előtt, aki ugyancsak sokat beszélt magáról. Tudja ezt Coop? Féltékeny vajon? Ám a színészt sokkal jobban látszott érdekelni, hogy az anyjával diskurálhat, akinek főzési tudományát készséggel elismerte.

– Éttermet kellene nyitnia! – dicsérte. – Ne alakítsuk át gyógyszállóvá vagy hotellá az Udvarházat? – Abe már megint azzal fenyegette, hogy ha nem tesz szert pénzre, mégpedig sürgősen, el kell adnia az Udvarházat, neki pedig kezdett elfogyni a szuflája, ami ahhoz kellett, hogy szemébe nevethessen a sorsnak. Akármit gondolt is Abe, ő nem tekintette Alexet mentőövnek.

Vacsora után Jimmy lefeküdt. Miután Valerie mindent előkészített éjszakára, visszajött a nappaliba, és órákig beszélgettek, Bostonról, Európáról, Coop filmjeiről, ismerőseiről, és meglepetten konstatálták, hogy sok közös ismerősük van. Valerie saját állítása szerint nagyon eseménytelen életet élt, ehhez képest egészen előkelő embereket ismert. Férjéről annyit árult el, hogy bankár volt, de nem bocsátkozott részletekbe, Coop pedig nem kérdezte. Annyira örült Valerie társaságának, hogy csak hajnali kettőkor kapott észbe. Akkor elbúcsúztak, és a férfi széles jó kedvvel visszatért a főépületbe.

Alex többször is telefonált ezen a csodálatos estén, de egyszer sem találta a barátját. Coop egy szóval sem magyarázta a távollétét, de a nő megjegyezte, hogy az utóbbi időben nyughatatlan, amit Alex nem tudott hova tenni. Az meg se fordult a fejében, hogy hajnali kettőkor rátelefonáljon, vagy hogy Coop a kapusházban is lehet O'Connoréknál. Ő csak annyit érzett, hogy öt hónapja tartó kapcsolatuk megzökkent.

Coop sokáig feküdt álmatlanul, és azon tépelődött, amiről Valerie-vel beszélgetett. Sok mindenen kellett gondolkoznia, sok döntést kellett hoznia. Elalvás után is többször felriadt, mert Charlene-ről és a gyerekéről álmodott.

22.

A Jimmyvel és Valerie-vel elköltött vacsora után erősen beborult Cooper feje fölött az ég. Másnap megbeszélése volt Abe-bel, aki kereken közölte, hogy ha három hónapon belül nem következik be valamilyen változás, okvetlenül el kell adni az Udvarházat.

– Adóhátralékod van, tartozol a boltoknak, tartozol a szállodáknak, csak a londoni szabódnak nyolcvanezer dollárral tartozol! Tartozol az ékszerészeknek, tartozol nagyjából a Föld egész lakosságának. És ha év végéig nem fizetsz az adóhivatalnak, és nem törleszted a hitelkártyás tartozásaidat, akkor meg sem engedik, hogy te add el az Udvarházat, hanem lefoglalják és elárverezik! – A dolgok még annál is rosszabbul álltak, mint hitte. Coop most az egyszer figyelt a könyvelőjére. Amióta Alex a társa, valahogy megjavult a hallása. – Szerintem feleségül kellene venned! – javasolta Abe gyakorlatiasan. Coop megbotránkozott.

– Abe, a szerelmi életemnek semmi köze az anyagi helyzetemhez! – mondta méltóságteljesen. Abe égbekiáltó ostobaságnak tartotta ezt a finnyáskodást. Itt a príma lehetőség, miért nem használja ki? Alex hozná magával az aranyesőt, amire Coopnak rettentő nagy szüksége van.

Alex egy este hullafáradtan esett be az Udvarházba. Három napig dolgozott egyhuzamban. Ebben a három napban két embert helyettesített, zsinórban jöttek a vészhelyzetek, bekódolt koraszülöttek, hiszterikus anyák. Rendőrök vittek el egy férfit, mert pisztollyal fenyegette meg az egyik orvost, miután a gyereke váratlanul meghalt. Torkig volt, mire elvergődött az Udvarházig. Taryn és Mark elutazott két napra, és Alex nem akart mást, mint fürödni, bebújni az ágyba Coop mellé, és aludni egy nagyot. Még ahhoz se volt energiája, hogy elmondja a barátjának, min ment át.

– Rossz napod volt? – kérdezte Coop könnyedén. A nő megrázta a fejét. Majdnem sírt a kimerültségtől. Jimmyt akarta látni, de még ahhoz is fáradt volt, hogy meglátogassa, pedig reggel megígérte a telefonban. Jimmy kezdett begolyózni a bezártságtól. Alex olyan gyakran telefonált neki, ahányszor tudott, de az előző két napban még arra sem volt ideje. Úgy érezte magát, mint akit túszul fogtak egy idegen bolygón.

– Három rossz napom. – Coop felajánlotta, hogy vacsorát főz. – Olyan fáradt vagyok, hogy úgyse bírnám megenni – hárította el a nő. – Nincs más vágyam, mint a fürdőkád és aztán az ágy. Ne haragudj, Coop. Holnap majd jobban leszek.

Reggel a férfi furcsán csendes volt. Bámult maga elé a reggelizőasztalnál, amelyre Alex angolszalonnás tükörtojást tálalt, és barátja egyik kedvenc Baccarat ólomkristály poharába töltötte a narancslevet. Coop elköltötte a reggelit, azután szerencsétlen ábrázattal nézett a nőre.

– Jól vagy? – kérdezte csendesen Alex. Ő sokkal

jobban érezte magát a pihentető éjszaka és az ízletes reggeli után. De hát jóval fiatalabb volt Coopnál, gyorsabban magához tért.

– Valamit mondanom kell neked – felelte a férfi elgyötörten.

– Baj van? – Coop nem válaszolt. Alex maga se tudta, miért érzi úgy, hogy kapcsolatuk zsákutcában toporog az utóbbi időben.

– Alex… vannak dolgok, amelyeket nem tudsz rólam. Dolgok, amelyeket nem akartam elmondani neked. Én sem akartam hallani őket – mosolygott szomorúan. – Óriási adósságaim vannak. Fájdalom, kissé olyan vagyok, mint a tékozló fiú, aki mindenét elverte „tobzódó életére". Sajnos, a tékozló fiúval ellentétben, nekem nincs atyám, akihez hazamenjek. Atyám rég meghalt, és különben se volt már pénze. Mindenét elveszítette a harmincas világválságban, én pedig nyakig ülök a lekvárban. Tartozás, adó. Előbb-utóbb fizetnem kell a cechet. Talán még az Udvarházat is el kell adnom.

Alex egy pillanatig arra gondolt, hogy Coop tőle fog pénzt kérni. Nem ütközött volna meg, ha ez történik. Vannak olyan közel egymáshoz, hogy a férfi őszinte legyen hozzá. Az igazság, még ha kellemetlen is, jobb a titkolózásnál. Volt alkalma megtanulni az apjától.

– Ez bizony sajnálatos, Coop, de ezzel még nincs vége a világnak. Ennél rosszabb dolgok is vannak. – Mint a halál, a betegség, a rák, és az, ami Maggievel történt.

– Számomra nincsenek. Nekem fontos az életstílus. Annyira fontos, hogy alkalmanként eladtam a lelkemet érte. Rossz filmeket csináltam, vagy egyszerűen csak dobáltam a pénzt, ami nem is volt az enyém, hogy úgy élhessek, ahogy akarok, amit érzésem szerint megérdemlek. Nem vagyok büszke rá, de akkor is ezt tettem. – Könnyíteni akart a lelkén. Tudta, hogy ezt kell tennie. Megszólalt a lelkiismerete, és egy ismeretlen tartomány üzent a szavával.

– Akarod, hogy segítsek? – kérdezte Alex gyengéden. Komolyan megszerette ezt az embert, akkor is, ha az nem akar gyerekeket tőle. Már eldöntötte, hogy ha a barátja kéri, ezt az áldozatot is meghozza érte. Coop ér ennyit.

Ám a férfi megdöbbentő módon azt válaszolta:

– Nem, nem akarom. Épp ezért akarok beszélni veled. Téged feleségül venni, az lenne a legegyszerűbb megoldás. És hosszú távon a legnehezebb. Ha elvennélek, sose tudhatnám, miért tettem: érted-e, vagy a pénzedért.

– Talán nem is kell tudnod. A kettő együtt jár. Nem kell válogatnod.

– Megmondom őszintén, még abban sem vagyok bizonyos, hogy szeretlek-e. Annyira semmi esetre sem, hogy feleségül vegyelek. Szeretek veled lenni, szórakozni. Senkit se ismertem, aki hozzád fogható. Csakhogy mentőöv lennél nekem, válasz fohászaimra, megoldás minden gondomra. És aztán mi lenne? Az egész világ azt mondaná rám, hogy strici vagyok, és alighanem igazuk lenne. Előbb-utóbb ugyanerre a következtetésre jutnál te is, az apádról már nem is szólva! Még a könyvelőm is azt hiszi, hogy meg kellene kérnem a kezedet. Sokkal egyszerűbben törleszthetném az adósságaimat, mintha csak dolgozok. Én viszont nem akarok strici lenni, Alex. És talán mégis szeretlek, mert vagy annyira fontos, hogy megmondjam, nem akarlak feleségül venni.

– Komolyan beszélsz? – kérdezte iszonyodva a nő. – Miket hordasz itt össze? – Értette, de nem akarta hallani.

– Túl öreg vagyok hozzád. Nagyapád lehetnék. Nem akarok gyereket, se tőled, se Charlene-től, senkitől. Isten kegyelméből van már egy lányom: érett asszony, drága teremtés, akiért soha, egyetlen szalmaszálat sem tettem keresztbe. Túl vén, túl fáradt és túl szegény vagyok, te pedig túl fiatal és túlságosan gazdag vagy. Ennek véget kell vetnünk.

Alex úgy érezte, torkán akadt a reggeli, az fojtogatja.

– Miért? Még csak nem is kérem, hogy végy feleségül! Nem kell nekem a házasság, Coop! Az pedig hátrányos megkülönböztetés, hogy a gazdagságomat veted a szememre! – A férfi elmosolyodott erre a kacifántos érvelésre, bár az ő szeme is ugyanolyan könnyes volt, mint Alexé. Gyűlölte, hogy ilyet tesz, de meg kellett tennie.

– Neked férjhez kell menned, és gyerekeket kell szülnöd, méghozzá jó sokat. Szenzációs anya leszel. Az a riherongy Charlene úgyis bármelyik percben a botrány fertőjévé változtathatja az életemet. Nem tehetek ellene, de azt legalább megakadályozhatom, hogy velem együtt neked is benne kelljen fuldokolnod. Ezt nem tehetem meg veled. Nem hagyom, hogy te oldd meg az anyagi problémáimat. Komolyan, ha feleségül vennélek, sose tudnám, miért tettem. Őszinte leszek: több, mint valószínű, hogy a pénzért. Ha nem lennének ezek a gondjaim, meg sem fordulna a fejemben a házasság, csak szórakoznék. – Még sose volt ennyire őszinte, de ezzel tartozott Alexnek.

– Hát nem szeretsz? – Úgy kérdezte, mint egy kisleány, akit most hagynak ott az árvaházban. Annak is érezte magát. Coop eltaszította. Mint a szülei. Mint Carter. A világ ólomsúllyal nehezedett a vállára. Coop azonban könyörtelenül őszinte volt, úgy, ahogy ígérte.

– Nem tudom. Még az is kétséges, hogy egyáltalán tudom-e, mit jelent a szerelem. De akármi legyen, semmi helye egy korodbeli lány és egy korombeli férfi között. Nem természetes, tehát hazug. Ellentmond a dolgok rendjének. Ezen az se változtatna, ha feleségül vennélek azért, amit tőled várhatok. Csak rontanék vele a helyzetünkön. Életemben először tisztességesen akarok viselkedni, nem csak játszani akarom a tisztességet. Helyesen akarok cselekedni, mindkettőnk érdekében. És itt az a helyes, ha szabadon engedlek, és magam takarítom el a szemetemet, kerül, amibe kerül. – Herkulesi erőfeszítésébe került kimondani ezeket a szavakat, mert majd megszakadt a szíve, ha Alexre nézett. Annyira szerette volna átölelni, és megmondani neki, hogy mennyire szereti! Annyira szereti, hogy nem rontja el az életét azzal, hogy magához láncolja. – Szerintem most haza kéne menned, Alex – folytatta szomorúan. – Nehéz ez mindkettőnknek, de higgyél nekem, így helyes.

A nő szégyenkezés nélkül sírt, miközben leszedte a reggelizőasztalt. Aztán fölment az emeletre, és összecsomagolta a holmiját. Mire lejött, Coop halálra vált arccal gubbasztott a könyvtárban. Gyűlölte önmagát azért, ami történt, de mi mást tehetett volna? – Rémes dolog a lelkiismeret, mi? – Ez is Alex ajándéka volt meg Taryné. Coop nemigen tudta, hálás-e nekik érte, de mióta megvolt, engedelmeskednie kellett neki.

– Szeretlek, Coop! – mondta Alex, abban reménykedve, hogy a férfi mindjárt meggondolja magát, és arra kéri, maradjon vele. Coop nem kérte. Nem volt szabad.

– Én is szeretlek, kicsim... vigyázz magadra. – Nem mozdult, hogy odamenjen hozzá. Alex biccentett, és kibaktatott az ajtón. A tündérhercegnői élet véget ért. Elzavarták hazulról, ki a sötét magányba. Nem értette, miért művelte ezt Coop. Lenne valakije? Igen, van: önmaga. Megtalálta magát, azt a darabját, amely hiányzott belőle, amelyet rettegett megtalálni.

Alex sírva hajtott a kapuig, és amikor az feltárult előtte, cáfolhatatlan bizonyossággal tudta, hogy most változott át sütőtökké. Ő legalábbis így érezte, noha maradt, aki volt. Itt Coop változott át végleg herceggé, méghozzá igazivá.

23.

Jimmy nem értette, hova tűnt Alex. Nem telefonált, nem jött látogatóba. Valerie azt mondta, egész héten nem látta a medencénél, mint ahogy Cooppal sem. Amikor végre találkoztak, házigazdájának olyan komor volt az arca, hogy Valerie-nek nem akaródzott megszólítania. Hallgatagon úszkált, és kivárta, hogy a férfi szóljon hozzá. Coop azt kérdezte, hogy van Jimmy.

– Jobban, bár örökösen panaszkodik. Kezd torkig lenni velem. Jót fog tenni neki, ha végre mankón járhat. – Coop csak bólogatott. Akkor Valerie rákérdezett Alexre. Végeérhetetlen csend következett, majd mikor Coop ránézett vendégére, az asszony olyat látott a szemében, mint eddig még soha: reménytelen boldogtalanságot, ami egyáltalán nem volt jellemző a színészre. Mindig képes volt elrejteni mindent, még önmaga elől is. Ragyogóan értett hozzá. Valamikor. Már nem. Már nem isten volt, hanem halandó. És a halandók szenvednek. Néha nagyon.

– Már nem találkozunk – mondta szomorúan. Valerie nem szólt, a haját dörgölte törülközővel. Látta a férfin, hogy fáj neki még a beszéd is.

– Nagyon sajnálom. – Nem merte megkérdezni, mi történt. Coop beszámolt Tarynnek, aki ebédre hívta Alexet, aztán beszámolt az apjának, hogy milyen boldogtalan egykori barátnője. Sajnálta mindkettejüket, de úgy vélte, az apja helyesen döntött, elsősorban Alex szempontjából. Alexnek azonban idő kell, hogy belássa. Coop rögtön jobban érezte magát a lánya szavaitól. Most szüksége volt minden támogatásra.

– Én is sajnálom – felelte Valerie-nek. – Lemondani róla annyi volt, mintha utolsó illúziómról mondtam volna le. De jobb így. – Nem részletezte az asszonynak az adósságait, nem mondta el, hogy nem akarja a pénzéért feleségül venni Alexet. Elég volt tudnia, hogy nem tette meg. Az erény önmaga jutalma, vagy hogy is mondják ezt. Elég sokszor elismételte magának az éjszaka, és életében először nem volt kedve kirohanni az utcára, és fölszedni egy másik nőt, minél fiatalabbat.

– Csúnya dolog felnőttnek lenni, ugye? – kérdezte Valerie részvéttel. – Hogy én mennyire utálom!

– Én is – mosolygott a színész. Milyen kedves asszony. És milyen kedves volt Alex, azért is nem volt hajlandó kihasználni. Talán valóban szerelmes volt, életében először.

– Nem akar velünk vacsorázni? – ajánlotta föl a nagylelkű Valerie. A férfi megrázta a fejét. Senkit sem akart látni. Nem akart beszélni, mulatni, szórakozni. – Elüldögélhetne Jimmyvel, sajnálhatnák magukat, és moroghatnának egymásra.

– Nagy a kísértés – nevetett Coop. – Talán majd pár nap múlva. – Vagy pár év múlva. Esetleg pár évszázad múlva. Megdöbbentő, mennyire hiányzott Alex. Élvezetes szokás lett belőle. Túlságosan élvezetes. Idővel a torkán akadt volna. Vagy nagyon megbántotta volna, és ő ezt sem akarta.

Valerie néhány napig nem szólt Jimmynek, de amikor a fia ismét zsörtölni kezdett Alex hallgatása miatt, végre engedett.

– Úgy hiszem, most neki fáj a szíve – mondta gyengéden.

– Ez meg mit jelent? – vicsorgott Jimmy. Belebetegedett, hogy egy tolószékben kell gunnyasztania, begipszelt lábbal, és dühös volt Alexre, aki elfelejtette.

– Azt hiszem, nem találkoznak többé Cooppal. Illetve biztos vagyok benne. Pár napja láttam Coopot a medencénél, akkor mondta. Úgy vélem, nagyon elkeserítette mindkettejüket. Gyanúm szerint ezért nem hallasz Alexről.

Jimmy nagyon csendesen ült egy darabig. Néhány napig gondolkozott, aztán telefonált a kórházba, de mondták neki, hogy Alex szabadnapos. A garzonja számát nem tudta, a személyi hívóján hiába kereste, mert nem válaszolt. Még egy hétbe telt, mire sikerült utolérnie a kórházban.

– Mi van veled? Meghaltál vagy micsoda? – ripakodott rá. Az anyjával is kaffogott egész reggel. Megviselte, hogy nem beszélgethet a nővel, az egyetlen emberrel, aki előtt kitárta a szívét, és aki erre csak úgy eltűnik.

– Ja, meg... valahogy úgy... sok dolgom volt. – Könnyektől kásás, rettenetes hangon beszélt. Két hete csak sírt.

– Tudom – lágyult el Jimmy. Hallotta, hogy Alex szenved. – Anyám elmondta, mi történt.

– Honnan tudja? – hökkent meg Alex.

– Azt hiszem, Cooptól. Találkoztak a medencénél, vagy micsoda. Sajnálom, Alex. El tudom képzelni, milyen boldogtalan vagy. – Magában azt gondolta, hogy ez épp jól jött a nőnek, de nem akarta ki is mondani, nehogy még jobban fölzaklassa.

– Az vagyok. Bonyolult dolog ez. Coop valami lelkiismereti válságba vagy micsodába esett.

– Jó tudni, hogy van lelkiismerete! – A szakítás se hangolta jobb szívre a színész iránt. Főleg, hogy így

293

megbántotta Alexet. Bár ilyen helyzetekben elkerülhetetlen a kín. Az mindig fáj, ha elválik két lélek, amelyek bármily rövid időre is egyek voltak. – Jövő héten leszedik a lábamról a kötést, és járógipszet kapok. Akkor bemehetnék hozzád?

– Persze, gyere csak! – Ő nem akarta meglátogatni az Udvarházban, ahol összefuthatott volna Cooppal. Túlságosan fájt volna neki, és talán a férfinak is.

– Felhívhatlak majd később? Nem tudom, hogy érjelek utol. Mindig dolgozol, az otthoni számodat pedig nem ismerem.

– Nekem nincs otthonom. Egy szennyeskosárban alszom, egy halom koszos ruhán – mondta siralmas hangon Alex.

– Elbájolóan hangzik!

– Nem az. Francba, Jimmy, olyan nyomorult vagyok! Azt hiszem, Coopnak igaza van, de én komolyan szerettem. Azt mondja, vén hozzám, és nem akar gyerekeket, és... van egy csomó más problémája is, és nem akarja, hogy segítsek. Nyilván a fejébe vette, hogy nemes lélek lesz, micsoda marhaság!

– Szerintem becsületesen viselkedett – mondta Jimmy korrektül –, és a helyes dolgot cselekedte. Igaza van. Túl öreg hozzád, neked pedig gyerekekre van szükséged. Kilencven lesz, mikor te még csak ötven.

– Az talán nem is fontos – mondta panaszosan Alex. Még mindig hiányzott neki a férfi, akihez foghatót nem ismert.

– Talán igen. Tényleg le akarsz mondani a srácokról? És ha még rá is tudtad volna beszélni, érzelmileg sose vállalta volna az apaságot. – A nő tudta, hogy Jimmynek igaza van. Amikor őt érte baleset, Coop mereven elzárkózott tőle, mert „kellemetlen" lett volna meglátogatni a kórházban. Alexnek pedig olyan férfira volt szüksége, aki a kellemetlent is vállalja a kellemes mellé. Coop sose tett volna ilyet. Alex nem is szerette ezt az oldalát.

– Nem tudom. Ocsmányul érzem magamat. – Jó volt ismét megnyílnia Jimmy előtt. Hiányzott neki a barátsága. A szakítás óta egyedül Tarynnel beszélt, aki nagyon megértő volt, de helyeselte, amit az apja tett. Valahol mélyen különben Alex is elismerte ennek a helyességét, de akkor is borzasztó volt!

– Egy darabig így is lesz – mondta együttérzőn Jimmy. Ő csak tudta: ugyanezt érezte Maggie halála után. De a baleset óta sokkal jobban volt, mintha megújult volna. – Ha leszedik rólam a gipszet, elviszlek vacsorázni és moziba!

– Förtelmes társaság vagyok – mondta mély önsajnálattal Alex. A férfi mosolygott.

– Többnyire én is. Anyám fejét már leharaptam. Nem is tudom, miért visel el.

– Az a gyanúm, hogy szeret téged.

Jimmy megígérte, hogy másnap is telefonál. Alexnek akkor már valamivel nyugodtabb volt a hangja. A férfi naponta hívta, addig, amíg le nem vették a lábáról a gipszet. Ezt azzal ünnepelte, hogy meghívta Alexet vacsorára. Valerie vezetett, aki megkönnyebbülten látta, hogy a fiatal nő a vártnál is jobban néz ki. Csúnya ütést kapott, bár hosszú távon még üdvösnek bizonyulhat. Mrs. O'Connor legalábbis ebben reménykedett. Cooppal is beszélgetett nemrég a dologról. A színész sorozatban készítette a reklámfilmeket, hogy ne kelljen gondolkoznia. Jelenleg Charlene DNS-tesztje nyugtalanította. Épp egy eltartandó gyerek kellett most neki, nem is szólva Charlene-ről, akire még mindig dühöngött.

– Esküszöm, Valerie – fogadkozott tegnap –, soha többé nem nézek rá nőre! – A szó szoros értelmében tajtékzott. Az asszony kinevette.

– Miért is nem tudom elhinni? Akkor se hinném el, ha kilencvennyolc évesen mondaná, a halálos ágyán. Coop, a maga egész élete a nőkről szólt! – Nagyon összebarátkoztak néhány hét alatt, egyikük se félt attól, hogy megnyíljon a másik előtt.

– Igaz – tűnődött Cooper –, de az esetek többségében a rossz nőkről. Alex nem volt rossz, és ha nem tudok a vagyonáról, talán másképp alakul a dolog. Csakhogy az első perctől tudtam, és ez mindig befolyásoltam az érzelmeimet. Sose voltam képes szétválasztani a kettőt: az érzést és a szükségletet. A végén már teljesen összezavart. – Ezerszer tette mérlegre a kérdést, de mindig ugyanaz az eredmény jött ki. Zűrzavar. Most már bizonyosra vette, hogy helyesen cselekedett, sőt, még azt is beismerte, hogy Alex túl fiatal volt hozzá. Valerie volt az első kívülálló, aki ezt hallhatta Cooper Winslow-tól.

– Akkor is azt hiszem, hogy helyesen járt el, Coop – mondta az asszony. – Bár azt is megérteném, ha feleségül venné. Nem mindennapi lány, és szereti magát. – Titokban azért reménykedett – Alex érdekében –, hogy erre nem kerül sor.

– Én is szeretem, de az az igazság, hogy *nem akarom* feleségül venni. Nem igazán. És bizonyosan nem akarok gyereket tőle. Úgy éreztem, hogy el *kell*, vagy el kellene vennem, mert szükségem van a pénzre. A könyvelőm folyton ezzel nyaggatott.

– És most mit tesz, hogy megoldja a gondjait? – kérdezte Valerie aggodalmasan.

– Csinálok egy nagy filmet – felelte tűnődve Coop –, vagy egy rakás nagyon vacak reklámot. – Már szólt az ügynökének, hogy olyan szerepeket is vállal, amelyekre korábban nem volt hajlandó, vagyis karakter- vagy apaszerepet. Már nem akart hősszerelmes lenni. Úgy jött ki a száján a nyilatkozat, hogy majd' vele ment a lelke is. Az ügynök először hápogott, de aztán olyan vérmes remények ébredtek benne, amire tíz éve nem volt példa.

Július elsejéig tartott, hogy Coop visszanyerje a régi arcát, és Alex is felderüljön egy kicsit. Valerie többször elfuvarozta a fiát a kórházba, hogy megnézze Alexet. Egy hétvégén, amikor tudta, hogy Coop nincs otthon, Alex a kapusházban vacsorázott O'Connorékkal, Markkal és Tarynnel. Július negyedike után várták haza a srácokat, akik Mark örömére mégis beleegyeztek, hogy részt vesznek az anyjuk esküvőjén. Adamet továbbra is seggfejnek tartották, de megtették az anyjuk kedvéért.

– Mi meg összeházasodunk – jelentette be Mark, és büszke pillantást vetett Tarynre. Sugárzott róluk a boldog szerelem.

– Gratulálok! – mondta Alex, bár összeszorult a szíve. Még mindig hiányzott Coop és az együtt töltött idő. Sose hitte, hogy ilyen fájdalmas hirtelenséggel ér véget a kapcsolatuk.

Jimmyt, aki mankón botorkált a szobában, az anyja arra próbálta rábeszélni, hogy nyár végén jöjjön át a Cape Cod-i házukba.

– Nem hagyhatom itt a munkát, mama. Előbb-utóbb vissza kell mennem. – Már megígérte, hogy egy héttel később bemegy dolgozni, ha mankón is. Családlátogatásokról persze szó sem lehet, de még mindig fogadhat embereket az irodájában. Úgy tervezték, hogy Valerie viszi be a munkahelyére autóval, aki addig marad a fia mellett, amíg Jimmy ismét képes lesz segítség nélkül járni és vezetni.

– Úgy érzem magam, mint egy kölyök, akit az anyja furikáz mindenhova és viszi ki a mosdóba – vallotta be Alexnek gyászos vigyorral.

– Inkább légy hálás a sorsnak az anyádért! – torkolta le Alex.

Mikor véget ért a szép este, és Alex hazafelé autózott, azon töprengett: mit csinálhat most Coop?

297

Tudta, hogy két napra elrepült Floridába, ahol reklámot forgatnak egy vitorlás fedélzetén. A színész nem telefonált neki, mert úgy vélte, jobb, ha nem beszélgetnek egy darabig, bár azt remélte, hogy még lehetnek jó barátok. Nem volt szívderítő kilátás, mert Alex még mindig szerette.

Július negyedike után megérkeztek Mark srácai. Három nappal később Alex belenézett a naptárjába, és látta, hogy ma esedékes Charlene DNS-tesztje, amelynek eredményeire tíz nap múlva számíthattak. Most vajon mi lesz? Megtudja valaha?

Két héttel később maga Coop hívta föl, mert ezt a mámoros örömet meg kellett osztania. Ahogy meghallotta az eredményt, rögtön felmarta a telefonkagylót, és hívta Alexet.

– Nem az enyém! – ujjongta. – Azért telefonálok, mert úgy gondoltam, te is tudni szeretnéd. Hát nem csodálatos? Kint vagyok a vízből!

– Akkor kié? Nem tudod? – Alex osztozott a színész örömében, bár még mindig megfájdult a szíve a hangjától.

– Nem tudom, és fütyülök rá! Engem csak az érdekel, hogy nem az enyém. Még sose éreztem ehhez fogható megkönnyebbülést! Öreg vagyok én már a törvénytelen gyerekekhez, de a törvényesekhez is – tette hozzá vigasztalón. Emlékeztetni akarta egykori barátnőjét, vagy talán önmagát is, hogy nem ő a megfelelő társ egy fiatal teremtésnek. Neki is hiányzott Alex, de minden nappal erősödött a meggyőződése, hogy helyesen cselekedett. Most már sziklaszilárdan hitte, hogy Alexnek olyan férfi mellett a helye, aki gyerekeket akar tőle.

– Képzelem, mekkora csalódás lehet ez Charlene-nek –, tűnődött a nő. Tudta, hogy Coop menynyire megkönnyebbült, hiszen hónapok óta ezen emésztette magát.

– Biztos, hogy a plafonon van. Nyilván valami

benzinkutas a gyerek apja, ő pedig nem kap gyerektartást, és nem lesz lakása Bel Airben. Úgy kell neki! – Hónapok óta nem kacagott ilyen felszabadult jókedvvel. A következő héten már a vegyesboltokba kerültek a botránylapok, amelyek címoldalon hozták: NEM COOP WINSLOW A SZERELEMGYEREK APJA! Nyilván Coop sajtóügynöke helyezte el a hírt.

Coop tehát elégtételt kapott, de továbbra se volt se pénze, se munkája, csak kifizetetlen számlái és egy boldogtalan barátnője. Legutóbbi telefonbeszélgetésük során a színész félreérthetetlenül közölte, hogy nem tér vissza Alexhez. Mindkettőjüknek jobb így. Helytelen dolog negyven évvel fiatalabb nőkkel viszonyt folytatni. Megváltoztak az idők, és megváltozott Coop is.

– Oké, oké! – felelte Alex, amikor Jimmy dorgálta, mert még a szokottnál is többet robotol, sose lehet találkozni vele. – Még mindig hiányzik. Nem sok ilyen ember akad.

– Még szerencse! – csúfolódott Jimmy. Újból munkába állt, és rég érezte magát ilyen jól. Ismét tudott aludni, és azt állította, hogy hízik az anyja kosztjától, bár ez nem látszott rajta. Még egy hónap fizikoterápia várt rá, csak az után szabadulhatott a gipsztől. Ragaszkodott hozzá, hogy elvigye Alexet vacsorázni és moziba. Továbbra is Valerie fuvarozta őket, de Jimmynek már sokkal jobb volt a kedve, és ahogy telt az idő, Alex is fölvidult lassan. Kezdett ismét a régi önmaga lenni, és örült a Jimmyvel töltött perceknek. Hat hónap telt el Maggie halála, egy hónap a szakítás óta, a szívek sebei lassan gyógyultak.

– Figyelj – mondta Jimmy egy estén a kínai vendéglőben, ahova kivételesen taxival fuvarozta el Alexet, mert az anyjának meghívása volt vacsorára –, szerintem ismét fiúznod kellene.

– Tényleg? – derült Alex. – És kit választottál, ha már egyszer felcsaptál érzelmi életem őrének?

– Arra valók a barátok, nem? Túl fiatal vagy még, hogy gyászt viselj egy hapsiért, aki négy-öt hónapig járt veled. Ki kell menned a világba, elölről kell kezdened – mondta csaknem apás hangon. Mindig remekül érezték magukat egymással; közöttük nem volt tabu téma. Alex tökéletesen őszinte volt Jimmyhez, Jimmy tökéletesen őszinte volt Alexhez. Különleges barátságuk nagyon sokat jelentett mindkettejüknek.

– Hát nagyon köszönöm, dr. Strangelove. Tájékoztatásodra közlöm, hogy még nem állok készen.

– Marhaság, engem ne etess ezzel a rizsával. Egyszerűen nyuszi vagy.

– Nem vagyok! Oké, az vagyok – engedett Alex –, valamint rengeteg dolgom van. Nincs időm kapcsolatokra. Orvos vagyok.

– Nekem ez nem imponál. Akkor is orvos voltál, mikor Cooppal jártál. Az miért volt más?

– Miattam. Most sérült vagyok. – De a szeme kacagott, miközben ezt mondta. Igaz, hogy még nem talált kedvére valót, de Coop után nehéz is partnerre lelni. Coop elbűvölő volt, akkor is, ha viszonyuk nem tarthatott örökké. Ezt most már Alex is kezdte látni, noha néha még mindig azt kívánta, bár tartott volna holtig!

– Szerintem te nem sérült vagy, hanem lusta és majrés.

– No és te? – ment át támadásba a nő, miközben elpusztították a főtt gombócot.

– Én rettegek, és az más. Különben is gyászolok – mondta komolyan Jimmy, bár egyáltalán nem tűnt olyan összetörtnek, mint ismeretségük kezdetén. Ismét egészségesnek látszott. – De előbb-utóbb én is járni fogok valakivel. Sokat beszéltünk róla a mamával. Ő is átment ezen, amikor a papa meghalt.

Azt mondta, súlyos hibát követett el, amikor elzárkózott a világtól. Szerintem már bánja.

– Anyád páratlan teremtés – szólt Alex csodálattal. Nagyon szerette Valerie-t, és számtalanszor mondta Jimmynek, hogy mennyire szerencsés.

– Ja, tudom, és szerintem iszonyúan magányos. Úgy sejtem, élvezi, hogy most velem lehet. Mondtam neki, hogy ide kellene költöznie.

– Szerinted megteszi? – kérdezte kíváncsian Alex.

– Azt már nem. Szereti Bostont, ott érzi magát jól, és szereti a cape-i házunkat. Általában kint tölti az egész nyarat. Ahogy leveszik rólam a gipszet, rögtön indul. Nyilván alig várja már. Imád pepecselgetni a nyaralón.

– Te szeretsz ott lenni?

– Hellyel-közzel. – Cape-en még mindig elevenen élt Maggie emléke. Ezzel nehéz lesz megbirkóznia. Jimmy úgy döntött, hogy Cape-et elkerüli a következő nyárig. Valerie megértette. Mindig megértette a fia minden tettét. Főleg most. Neki elég volt, hogy Jimmy él.

– Én utálom a newporti házunkat. Olyan, mint Coopé, csak nagyobb. Mindig ostobaságnak tartottam, hogy egy nyaraló ekkora legyen. Hányszor kívántam kicsi koromban, hogy bár lenne olyan egyszerű, mint a többi srácoké! De nekem mindig a legnagyobb, a legjobb és a legdrágább volt meg mindenből. Kínos. – A ház Palm Beachen még a newportinál is nagyobb volt, és Alex még jobban utálta.

– Borzasztó lelki törés lehetett! – ugratta Jimmy tea mellett. Alex lamentált, hogy túl sokat evett. Olyanok voltak, mint két gyerek. – Viszont nézd meg magad most, soha sincs rajtad tisztességes ruha. Van neked olyan farmerod, ami nem szakadt? Az autód olyan, mintha a bontóból vetted volna, a lakásodat meg, abból ítélve, amit meséltél, nyilván a kukából rendezted be. Látnivalóan betegesen irtózol mindentől, ami rendes vagy költséges. – Meg se fordult a fejében, hogy ugyanezt a prédikációt többször megtartotta Maggie-nek is.

– Nem tetszik a kinézetem? – Alex a legkevésbé sem látszott sértettnek.

– Nem, tulajdonképpen klassz vagy, ahhoz képest, hogy időd kilencven százalékában kórházi pizsamát viselsz. A fennmaradó időben oltárian nézel ki. Az autód és a lakásod ellen van kifogásom.

– Valamint a szerelmi életem, illetve annak hiánya ellen. Erről ne feledkezzünk meg. Van még valami panasza, Mr. O'Connor?

– Ja – mondta a férfi. Mélyen belenézett a barna szempárba, és megállapította, hogy olyan, mint a bársony. – Nem veszel komolyan engem, Alex – közölte furcsa hangon.

– Mit kellene komolyan vennem? – hökkent meg a nő.

– Azt, hogy szerintem beléd fogok szeretni – felelte Jimmy nagyon halkan, mert nem tudta, mit szól ehhez a nő, és rettegett, hogy meggyűlöli érte. De az anyja tegnap este annyira bátorította, hogy majd egy komoly beszélgetésben vallja be Alexnek!

– Hogy mi? Megőrültél? – hápogott a nő.

– Nem egészen ebben a válaszban reménykedtem, és igen, talán csakugyan őrült vagyok. Gyűlöltem, amikor Cooppal jártál. Sose tartottam hozzád valónak. Csak nem álltam készen, hogy méltó társad legyek. Még most is kétlem, hogy az vagyok, de egyszer majd az szeretnék lenni. Vagy legalábbis szeretném megpályázni az állást.

– Lehet, hogy először nehéz lesz – folytatta Jimmy. – Maggie miatt. De talán mégse olyan nehéz, mint gondolom. Olyan, mint ha majd leveszik a lábamról a gipszet, és megint tudok járni. De az összes nőismerősöm között te vagy az egyetlen, aki ugyanolyan érzelmeket kelt bennem, mint Maggie. Állati klassz nő volt, és te is az vagy... Már nem is tudom, mit mondok, csak azt, hogy itt vagyok, és fontos vagy nekem, és megnézném, mi lesz belőle, ha mindketten adunk magunknak egy esélyt. Most nyilván eszelősnek tartasz, mert összevissza zagyválok, mint egy hülye – makogta.

Alex megsimogatta a férfi kezét.

– Nem baj – mondta lágyan. – Én is nagyon félek... és te is tetszel nekem... mindig kedveltelek... Rettegtem, mikor azt hittem, hogy nem ébredsz föl a kómából, és nem volt más vágyam, mint hogy ébredj föl, és gyere vissza... és megtetted... most pedig Coop is elment. Én se tudom még, mi lesz. Csináljuk csak ráérősen, oké?... Aztán majd meglátjuk...

Jimmy csak ült és mosolygott. Szinte azt se tudta, mit mondanak, az volt az egyetlen bizonyosság, hogy tetszenek egymásnak. De talán ennyi is elég. Jó emberek voltak mindketten, megérdemelték a méltó társat. Hogy azok lesznek-e egymásnak, az majd elválik. De legalább már elkezdődött valami. Próbát tesznek, hátha lesznek olyan szerencsések, hogy egy napon beleszeretnek egymásba. Mindketten megnyitották ajtajukat, és ott álltak az új kezdet küszöbén. Ebben a pillanatban ennyit reméltek, többet nem kívánhattak, és be is érték ennyivel. Egyelőre egyikük sem állt készen ennél többre.

Vacsora után, amikor Alex hazavitte a férfit a kapusházba, egyszerre voltak fesztelenek, félszegek, reménykedők és rémültek. Alex kisegítette Jimmyt az autóból, és feltámogatta a lépcsőn. Jimmy mosolyogva feléfordult, lehajolt és megcsókolta. Közben megcsúszott, és majdnem elesett.

– Megbolondultál, hogy épp itt csókolsz meg? Ha leestél volna a lépcsőn, megölhetted volna magadat és engem is! – kiáltott rá Alex, miközben az ágyához vezette. Jimmy csak nevetett. Most még jobban tetszett neki minden, amit a nő csinált.

– Ne ordíts velem! – lökte meg játékosan.

– Akkor ne csinálj ilyen ostobaságokat – pirongatta Alex, mire a férfi megint megcsókolta. Néhány perccel később Alex elment, de még visszakiáltott a lépcsőről: – Azt üzenem anyádnak, hogy köszönöm! – Azt köszönte, amit Valerie tett értük, amiért bátorította Jimmyt, hogy kezdjen el élni ismét, és legalább egy kicsit szakadjon el Maggie-től. Nem történt ígéret, fogadkozás, de mindkettejüknek felcsillant egy reménysugár. Fiatalok voltak, még előttük állt az élet. Alex csendesen mosolyogva hajtott hazafelé, és a férfira gondolt. Jimmy ugyancsak mosolygott a kapusház hálószobájában. Időnként veszélyes út az élet, bánatok és démonok az útonállói. De igazat mondott az anyja: ideje, hogy adjon az életnek egy újabb esélyt. Elérkezett az újrakezdés ideje.

24.

*A*zon az estén, amikor Jimmy és Alex a kínai étteremben vacsorázott, Coop a L'Orangerie-be vitte Valerie-t. Mrs. O'Connor majdnem két hónapja ápolta a fiát, Cooper szerint most már ráfért egy szabad este erre az asszonyra, akinek a barátságát ő olyan sokra becsülte. Mellesleg ő is magányos volt a szakítás óta. Máskor ész nélkül sietett volna más románcokkal kúrálni szerelmi bánatát, de most, merőben szokatlan módon, egyedül akart lenni egy kis ideig.

Ő se járt étteremben egy teljes hónapja. Valerie nagyszerű társaságnak bizonyult. Számtalan dologban egyezett a véleményük. Ugyanazokat az operákat, ugyanazt a zenét, ugyanazokat az európai városokat szerették. Cooper legalább annyira ismerte Bostont, mint Valerie, és mindketten rajongtak New Yorkért. A színész boldog volt, ha Londonba mehetett, ahol Valerie lakott a férjével Jimmy születése előtt. Sőt még ételben és éttermekben is ugyanazok voltak a kedvenceik.

Kellemes, felszabadult estéjük volt. Tarynről és Markról beszélgettek, Cooper elmesélte, hogyan toppant be az életébe a lánya. Valerie arról mesélt, mennyire emlékeztet Jimmy a néhai férjére. Sorra vették a fontos témákat. Azután a férfi rátért Alexre.

– Őszintén bevallom, Valerie, hogy meg voltam veszve érte, de akkor is fonáknak éreztem néha a dolgunkat. Szerintem ő még nem elég idős, hogy belássa, de úgy vélem, boldogtalanná tettük volna egymást. Sokat gondolkoztam ezen az elmúlt hónapban, de amilyen önző vagyok, nem akartam lemondani Alexről. – Végül azonban mégis jobb érzés volt feladni az önzést.

Valerie-vel még azt is meg tudta beszélni, mekkora baklövést követett el, mikor fölszedte Charlene-t. Nem volt titkuk egymás előtt. Alextől tanulta, hogy legjobb az őszinteség, és annyira hozzászokott, hogy még az anyagi nehézségeit sem titkolta. Nemrég eladta az egyik Rolls Royce-ot, ami nagy lépés volt az ő számára. Életében először nem fordult el a tényektől. Liz büszke lett volna rá, de Abe tiszteletét is majdnem sikerült kivívnia. Ügynöke azt állította, hogy most vadászik egy jó szerepre, de hát ő mindig ezt mondta.

– Talán nem is olyan rossz felnőttnek lenni. – Ez épp az ellenkezője volt annak, amit egy hónapja mondott, a szakítás után. – Számomra mindenesetre újdonság. Még sose voltam felnőtt. – Bár az ő varázsához mindig hozzátartozott a felelőtlenség. Csak hát ezért előbb-utóbb drágán meg kell fizetni.

– Európába akartam menni ezen a nyáron. – Annak idején a Hotel du Cap-be akarta csábítani Alexet, de a nő nem hagyhatta ott a munkáját. Most meg már Coop sem engedhette meg magának. – De inkább itthon maradok, és hajtom a munkát.

– Coop, nem akarna átjönni Cape Codra néhány napra, miután én hazatérek? Van ott egy kényelmes, öreg házam. A nagyanyámé volt, de én korántsem tartom olyan rendben, mint ő. Manapság sokkal nehezebb. Eléggé düledezik a ház, de nagyon bájos. Gyerekkorom óta ott töltök minden nyarat. – Nagyon szerette a házát, és szívesen mutatta volna meg Coopnak. A színész bizonyosan méltányolná.

– Szívesen – felelte a férfi meleg mosollyal. Örült, ha Valerie-vel lehetett. Mrs. O'Connor olyan asszony volt, aki sokat szenvedett, ám tanult a szenvedéseiből, és a legjobbat hozta ki belőlük. Nem lett szomorú vagy csüggeteg: békés, nyugodt és bölcs volt, Coopnak pedig már az is jót tett, ha a közelében tartózkodhatott. Kezdettől így érezte magát Jimmy anyja mellett. Élvezte barátságukat, elképzelhetőnek tartotta, hogy idővel átalakul más érzelemmé. Nagyon régen volt az, hogy vonzónak talált egy hasonló korú nőt, ám most egyre több értéket fedezett föl az ilyen kapcsolatban. A Charlene-féle nőktől megundorodott, és senkinek sem akart olyan fájdalmat vagy csalódást okozni, mint Alexnek. Most már valóban eljött az ideje, hogy olyan játszótársai legyenek, akik korban közelebb állnak hozzá. Valerie is csaknem húsz évvel fiatalabb, de hol van ő azoktól a lányoktól Coop közelmúltjában, akik feleannyi idősek voltak, mint ő, vagy harmadannyik, mint Cooper!

– Van valakije, Valerie? – érdeklődött gyengéd kíváncsisággal. Mielőtt kezdeményezett volna, bizonyosságot akart, hogy senki sem vár Jimmy anyjára

Bostonban vagy Cape Codon. Az asszony megcsóválta a fejét, és mosolygott.

– Senkit sem engedtem közel magamhoz azóta, hogy a férjem tíz éve meghalt.

– Micsoda tékozlás! – botránkozott meg Coop. – Ilyen szép asszony megérdemelné, hogy legyen valakije.

– Kezdem én is ezt gondolni – ismerte be Mrs. O'Connor. – Féltem, hogy Jimmy ugyanezt teszi. Sokat nyaggattam miatta. Időre van szüksége, de nem gyászolhatja örökké Maggie-t. Csodálatos lány volt és nagyszerű feleség, de elment. Jimmynek tudomásul kell vennie ezt a tényt.

– Azt fogja tenni – mondta magabiztosan Coop. – Majd ráveszi a természet. Engem épp elégszer rávett, attól tartok, túlságosan is sokszor! – Elkomolyodott. – De engem még sohasem ért ekkora tragédia. – Mérhetetlenül tisztelte az anyát és a fiát. Nagyon hosszú utat kellett megjárniuk – bár a maga módján neki is. Csak azt remélte, hogy Alex nem gondol rá túlzott keserűséggel a csalódásért, amit neki okozott. Tudta, hogy Carter milyen mély sebeket ütött rajta, amelyeket nem akart még ő is tovább mérgesíteni. Remélhetőleg Alex hamarosan rátalál a saját útjára.

Szép, kellemes este volt. Miután visszaértek az Udvarházba, sétálgattak egy kicsit. Gyönyörű, békés volt a kert a meleg nyári éjszakában. Leültek az úszómedence mellé, és beszélgettek. A vendégszárnyból nevetés hallatszott. Taryn volt ott Markkal és a gyerekekkel.

– Szerintem illenek egymáshoz – szólalt meg Coop. A lányára és Markra gondolt. Valerie helyeselt. – Mulatságos, hogy alakul az élet, igaz? Mark bizonyosan össze volt törve, amikor a felesége elhagyta. Most pedig itt van neki Taryn, és a gyerekei is nála akarnak lakni. Nem hinném, hogy valaha is számított ilyesmire. Csodálatos tud lenni néha a végzet.

– Én is ezt mondtam Jimmynek. Bíznia kell benne, hogy majd csak kialakulnak a dolgok, még ha nem is úgy, mint ő gondolta.

– Hát maga, Valerie? Magának kialakulnak a dolgok? – kérdezte szelíden a férfi, miközben szomszédos székeiken üldögéltek a medence mellett, és fogták egymás kezét. Coop látta a holdvilágnál az asszony szép szemét, fénylő sötét haját.

– Nekem megvan mindenem – válaszolta Valerie elégedetten. Nem követelt és nem várt sokat az élettől. Jimmy megvolt és élt. Ez most éppen elég. Nem is mert többet kérni.

– Meg-e? Hát ez ritkaság. A legtöbb ember sose mondaná ki. Talán nem kíván elég sokat.

– Dehogynem. Esetleg kellene valaki, akivel osztozhatok. De ha nem kapom meg, úgyis jó.

– Ha komolyan gondolta, amit vacsoránál mondott, szeretnék elmenni Cape Codra látogatóba – mondta halkan a férfi.

– Komolyan gondoltam. Én is örülnék neki.

– Szeretem a régi házakat, és mindig tetszett a Cape. Van benne valami elbűvölően ódon. Nem olyan dölyfös, mint Newport, amelyet kissé oda nem illőnek érzek, bár a házai fenségesek. – Szívesen megnézte volna a Madison rezidenciát, de hát ebből már nem lesz semmi. Talán majd egyszer, ha olyan jó barátok lesznek Alexandrával, mint reméli. Annak viszont örült, hogy elmehet Valerie-hez Cape Codra. Jó is lesz egy szimpla hétvége egy kényelmes házban, egy rokonszenves asszonnyal, akivel tud beszélni. Pillanatnyilag nem jutott eszébe különb időtöltés. Még kellemesebbé tette a tudat, hogy nem akarnak egymástól semmit. Amit adtak és adnak egymásnak, ahhoz csak a szívnek van köze. Tiszta kapcsolatukban nem játszik szerepet az érdek.

Még egy darabig üldögéltek szótlanul, azután Coop hazakísérte Valerie-t. Az ajtóban rámosolygott az asszonyra. Most nem akart kapkodni, semmi sem hajtotta. Egy élet van még előttük. Jimmy anyja visszamosolygott rá. Ő is ezt érezte.

– Jól éreztem magamat, Valerie. Köszönöm, hogy velem vacsorázott.

– Én is jól éreztem magamat. Szép álmokat, Coop.

– Holnap majd jövök – ígérte a férfi. Valerie intett, bement. Erre a fejleményre és erre a barátságra nem számított, de hálás volt értük. Ebben a pillanatban nem volt szüksége többre, és ki tudja, lesz-e még. Most ez volt az ő közös kincsük.

25.

Valóban át akart menni Valerie-hez, ahogy ígérte, de reggel kilenckor telefonált az ügynöke, és arra kérte, jöjjön be az irodájába, amilyen gyorsan csak tud. Mondani akar valamit, de nem telefontéma. A férfit bosszantotta ez a hűhó és titkolózás, de azért tizenegykor beállított az irodába, ahol az ügynök átnyújtott neki egy forgatókönyvet.

– Mi ez? – kérdezte unottan Coop. Egymillió forgatókönyvet látott már életében.

– Olvasd el, aztán mondd el a véleményedet! A legjobb forgatókönyv, ami a kezemben volt valaha! – Coop újabb statiszta- vagy epizódszerepre számított. Mást se kapott évek óta.

– Hajlandók beleírni? – kérdezte.

– Nem szükséges. Ezt rád írták.

– Mi az árajánlat?

– Ezt akkor beszéljük meg, ha elolvastad a forgatókönyvet. Hívj vissza délután.

– Kit fogok játszani?

– Az apát. – Ennél többet nem volt hajlandó elárulni az ügynök. Még azt se mondta meg, ki lesz a férfi főszereplő. De Coop nem panaszkodott. Nem volt abban a helyzetben.

Hazament, elolvasta a forgatókönyvet. A szerepben óriási lehetőségek rejlettek. Minden attól függ, ki lesz a rendező, és mennyi pénzt hajlandók a filmbe fektetni. Most már többet szeretett volna tudni. Visszahívta az ügynökét.

– Oké, elolvastam! – Felkeltette az érdeklődését a forgatókönyv, de még nem tudott eleget ahhoz, hogy ugráljon örömében. – Most mondjad a többit.

Az ügynök hadarni kezdte a neveket.

– Schaffer a producer, Oxenberg rendezi. A férfi főszereplő Tom Stone, a női vagy Wanda Fox, vagy Jane Frank. Téged akarnak apának, Coop. Ilyen szereposztással biztosan megvan az Oscar!

– Mekkora gázsit kínálnak? – kérdezte higgadtnak szánt hangon. Évek óta nem játszott ekkora nevekkel. Az egyik legjobb filmje lesz, ha elfogadja a szerepet! De biztos, hogy neki nem fizetnek sokat. A neve kell nekik, de talán még így is megéri. New York és LA lesz a helyszín, és az ő szerepének a nagyságából ítélve, három-hat hónapig tarthat a forgatás. Úgy sincs más dolga, kivéve a reklámokat, amelyekhez semmi kedve. – Mennyit? – ismételte, és megacélozta magát, hogy el tudja viselni a rossz hírt.

– Ötmillió dollárt, a tévéváltozat után öt százalékot. Hogy hangzik, Coop?

Hosszú, döbbent csend következett.

– Komolyan beszélsz?

– Komolyan. Valakinek te kellesz, Coop. Sose gondoltam, hogy ekkora szerepet ajánlhatok neked. A tied, ha akarod. Még ma választ várnak.

– Telefonálj nekik. Ha akarják, este aláírom a szerződést. Ezt el ne szalaszd! – Alig kapott levegőt

310

a megdöbbenéstől. Nem hitte, hogy ekkora szerencséje lehet! Végre!

– Nem szalad ez sehova, Coop. Mindenképpen téged akarnak. Tudják, hogy tökéletes leszel ebben a szerepben.

– Ó, istenem! – Reszketett, amikor letette a kagylót. Megkereste Tarynt, hogy beszámoljon neki, mert nem volt más, akinek elmondhatta volna. – Felfogod, mit jelent ez? Megtarthatom az Udvarházat, kifizethetem az adósságaimat, még félre is tehetek egy keveset öreg koromra! – Valóra vált az álom, megkapta az utolsó esélyt. Befutott a hajó! Hirtelen elakadt a szava, és mereven nézte a lányát. Most már Alexnek is elmondhatná, hogy el tudja tartani magát. De már nem akarja elmondani. Úgy rohant ki az ajtón, hogy Taryn nem győzött utánakiabálni:

– Gratulálok, Coop! Hová mész? – Apja még csak nem is válaszolt. Hosszú léptekkel végiglohalt a kapusházhoz vezető ösvényen, és kopogtatott.

Jimmy dolgozni ment, de Valerie otthon volt. Fekete nadrágban, fehér pólóban nyitott ajtót, és elkerekedett a szeme, amikor megpillantotta az űzött tekintetű Coopot. Még sose látta ilyennek. De őt nem érdekelte ez. El kellett mondania az asszonynak.

– Valerie, most kaptam egy döbbenetes szerepet egy olyan filmben, amely learatja jövőre az összes Oscart! De ha nem is, eleget tudok tenni belőle az összes, izé, kötelezettségemnek... Ez tényleg csoda! Fel nem foghatom, mi történt. Megyek is az ügynökömhöz, hogy aláírjam a szerződést! – Majdnem hebegett az izgatottságtól. Valerie szélesen elmosolyodott.

– Nagyszerű, Coop! Senki se érdemli meg jobban!

– Biztosra veszem az ellenkezőjét – nevetett a színész –, mindazonáltal örülök, hogy én kaptam.

Pontosan az van, amit maga mondott: az apát játszom, nem a hősszerelmest.

– Egészen biztosan mesés lesz benne! – mondta őszintén Jimmy anyja. Coop csak vigyorgott.

– Köszönöm. Velem vacsorázik ma este? – Ezt meg kellett ünnepelni. És meg fogja hívni Jimmyt, Tarynt és Markot. Egy pillanatra sajnálta, hogy nem hívhatja meg Alexet, de tudta, hogy oktalanság lenne egyelőre még. Talán majd idővel. De azt mindenesetre a tudtára adja, hogy kikerült a kutyaszorítóból.

– Biztosan ezt akarja? Tegnap is együtt vacsoráztunk. Unalmas leszek.

– Velem kell vacsoráznia! – törekedett szigorúságra Coop, de nem volt hiteles, amilyen boldogan mosolygott.

– Na jó, nagyon szívesen.

– És hozza el Jimmyt.

– Nem lehet, programja van estére. – Tudta, hogy ismét Alexandrával találkozik. Most derítik fel egy régi kapcsolat új síkjait. Jimmy pedig nem hozhatja magával Alexet, mert ez túlságosan nehéz próba lenne a nőnek. – De majd tolmácsolom neki a kérését. – Jimmy úgyse akar majd jönni, mert többre becsüli Alex társaságát Coopénál. Nem haragudott a színészre, de jobban érdekelték a saját érzelmei. Ez így egészséges és logikus.

– Ha visszajöttem, beugrom magáért, és majd akkor mondom meg, hova megyünk, alighanem a Spagóba! – kiáltott vissza Coop, miközben elsietett az ellenkező irányban az ösvényen.

Öt perc múlva már robogott is az ügynökéhez, ahonnan egy órával később már haza is került. Aláírta a szerződést, szólt Valerie-nek és Tarynnek, hogy este nyolcra asztalt foglaltatott a Spagóban, azután telefonált a kórházba Alexnek, aki azonnal fogadta a hívást. Majdnem egy hónapja volt, hogy utoljára

312

beszéltek, amikor Coop tájékoztatta Charlene DNS-eredményéről. Alex reszkető kézzel fogta a telefont, és hangosan lüktetett a szíve, de megpróbált higgadtságot erőltetni magára.

Coop részletesen elmesélte, mi történt, Alex azt felelte, nagyon örül. Azután hosszú csend támadt. A férfi tudta, mire gondol egykori barátnője, és mi erre a válasz. Ugyanezen tépelődött a hazaúton, egy-két percig erősen kísértésbe is esett.

– Változtat ez valamin közöttünk, Coop? – kérdezte a nő. Lélegzet-visszafojtva várta a választ. Maga se tudta, akarja-e még, de meg kellett kérdeznie.

– Én is gondolkoztam ezen, Alex, és szeretnék igent mondani, de nem tehetem. Köztünk nincs helye ennek. Még ha kifizetem az adósságaimat, akkor is túl öreg vagyok hozzád. Az emberek mindig úgy néznének rám, mint egy hozományvadászra. Ilyen fiatal nőnek, mint te, semmi keresnivalója egy magamfajta ember mellett. Neked férjre, gyerekekre, igazi életre van szükséged, olyan ember oldalán, aki a te világodból való, esetleg olyanén, aki ugyanazt a munkát végzi, mint te. Óriási tévedés lenne, ha megpróbálkoznánk az állandó kapcsolattal. Bocsásd meg, ha bántottalak. Sokat tanultam tőled, bár ez elég siralmas mentség arra, hogy a tanulás a te rovásodra történt. Talán nem is a pénz volt itt a fő baj, de akkor sem érzem helyesnek. Talán mindkettőnknek olyan társra van szüksége, aki korban közelebb áll hozzánk. Nem tudom, miért, de minden ösztönöm azt súgja, hogy menekülnünk kell ebből, mielőtt igazi nagy baj lesz belőle. Ha ez vigasztal, magaddal vittél egy darabot a szívemből. Tartsd meg, mint egy arcképes medaliont, vagy egy hajfürtöt, de ne kezdjük elölről, és ne tegyünk olyat, amint mindketten megbánnánk. Úgy gondolom, hogy előre kell lépnünk, nem vissza.

Közös múltjuk után Alex más feleletre számított, bár nem tudott nem egyetérteni a férfival. Ő csak nem akart veszíteni. Ám az elmúlt hetekben sokat tépelődött ő is, és nagyjából ugyanilyen következtetésekre jutott. Iszonyúan hiányzott Coop, az együtt töltött csodálatos idő, de valamilyen ösztönös tilalom hatására nem próbálta győzködni egykori szerelmét, akkor se, ha ezt a kérdést ki kellett mondania.

Igazság szerint őt már jobban érdekelte Jimmy, akinek társaságát még Coopénál is sokkal természetesebbnek találta. Egyeztek a szenvedélyeik, egyformán szerették a gyerekeket, ami meghatározta pályaválasztásukat. Jimmy el volt ragadtatva az ő foglalkozásától, amitől Coop mindig fanyalgott. És ő tulajdonképpen sose tartozott Coop világához. Szórakoztatta a színész társasága, de mindig látogatónak, turistának érezte magát, nem tudta elképzelni, hogy örökre ott lakjon. Sokkal több közös tulajdonságuk volt Jimmyvel, ami persze nem szavatolja automatikusan a jó kapcsolatot, ebben még egyikük sem lehet biztos. Cooppal mindenesetre nem működött, legalábbis a színész szempontjából. Lehet, hogy igaza van: most előre kell lépni, nem vissza.

– Értem, Coop – szólt csendesen. – És akármennyire nem szívesen is, de ki kell mondanom, hogy egyet is értek. Az eszem egyetért, és előbb-utóbb a szívem is csatlakozik hozzá. – Egy része nem akarta elengedni a férfit, talán azért, mert Coop volt az a szerető szívű, derűs apa, akit Alextől megtagadott a sors.

– Bátor lány vagy – mondta a férfi.

– Köszönöm – felelte Alex komolyan. – Meghívsz a bemutatóra?

– Igen. Valamint eljöhetsz és megnézhetsz, amikor átveszem az Oscart.

314

– Megegyeztünk – mosolygott Alex. Örült Coop örömének.

Jobban érezte magát a beszélgetés után. Olyan volt, mintha Coop szerencséje mindkettőjüket felszabadította volna. Milyen borzasztó nagy szüksége volt erre a férfinak! Nem csak a kifizetetlen számlák, de a lelki nyugalma, az önbecsülése miatt is. Végre azt teheti, amit akart, és ennek Alex őszintén örült. Már este jobban érezte magát, amikor munka után meglátta a taxival érkezett Jimmyt. Azt tervezték, hogy együtt vacsoráznak, és utána moziba mennek. A férfi rögtön észrevette a változást.

– Boldognak látszol – jegyezte meg, miközben átültek Alex autójába. – Mi történt?

– Ma beszéltem Cooppal. Fontos filmszerepet kapott, amitől, hogy úgy mondjam, helyrezökkentek bizonyos dolgok. – Jimmy azonnal pánikba esett, bár tudta, hogy a színész ma este az ő anyjával vacsorázik. De ezt nem hozta szóba.

– Miféle dolgok? Kettőtöké?

– Ja, és másfélék. – Nem akart beszélni Jimmynek a színész adósságairól. Ennyivel tartozik Coopnak. – Azt hiszem, mindketten rájöttünk, hogy nem volt tökéletes ez a kapcsolat. Jól szórakoztunk, de hosszú távon mindkettőnknek másra van szüksége. – A szakítás óta még egyszer sem érezte magát ennyire szabadnak.

– Hogy kell ezt érteni, hogy másra van szükséged? Mire? – szorongott Jimmy.

– Például rád, szamár – mosolygott a nő.

– Ezt Coop mondta?

– Nem, ennyire magamtól is rájöttem. Orvos vagyok, mint tudod. – Jimmy föllélegzett. Egy-két percig komolyan aggódott. Coop félelmetes ellenfél minden férfinak. Jimmy komoly hátrányban érezte magát vele szemben. A színész az égig ér, és maga a megtestesült csáb. De Alexnek többet jelentett a lélek és a gondolkodás jósága, amit Jimmy kínált. Igaza van Coopnak: neki olyasvalakire van szüksége, aki a hivatásban is társa. Jimmyt és őt tulajdonképpen az Isten is egymásnak teremtette.

Coop, Valerie, Mark és Taryn a Spagóban vacsoráztak fényes jókedvvel. Coop valósággal részeg volt az örömtől. Emberek álltak meg mellettük, és szóba elegyedtek vele, mert a hír már kiszivárgott. Másnapra várták a cikket a szakmai sajtóban, de máris Coop volt a szenzáció.

– Mikor kezdődik a forgatás? – kérdezte Mark.

– Októberben utazunk New Yorkba, karácsonykor érkezünk vissza ide, és akkor kezdődnek a műtermi felvételek. – Tehát két teljes hónapja maradt a szórakozásra. – Kezdés előtt szeretnék átruccanni Európába – pillantott Valerie-re. Talán sort keríthet rá a Cape Cod-i látogatás után. Most már megengedheti magának. Abban reménykedett, hogy az asszonyt is rá tudja beszélni. – Maga mit szólna hozzá? – kérdezte később fojtott hangon, miközben Mark és Taryn egymással beszélgettek.

– Érdekes lenne – felelte Mrs. O'Connor egy Mona Lisa mosolyával. – Tegyük függővé attól, hogyan sikerül Cape Cod. – Sok volt még a megválaszolatlan kérdés.

– Ne legyen már ilyen józan! – dorgálta Coop. Úgy érezte, végre megtalálta azt az asszonyt, akit a sors rendelt neki. – Úgy szeretnék megszállni a Hotel du Cap-ben!

Ezen elnevetgéltek. Ugyanaz a szinte ellenállhatatlan erő sodorta egymáshoz őket. Ha ez rendjén való, úgyis maguktól megoldódnak a dolgok. Semmi sem sürgette őket, mondta később Valerie, miközben a parkban sétálgattak, és Coop egyetértett. Épp csak olyan sok minden történt, hogy édességboltba szabadult gyereknek érezte magát, és nem győzte kínálgatni az asszonyt a nyalánkságokkal.

Elmondta, hogy délután fölhívta Alexet, és hogy felszabadultabbnak érzi magát a beszélgetés óta. Most már mindkettejükben tudatosodott, hogy a mégoly fájdalmas szakítás volt a helyes megoldás.

– Azt hiszem, mostanában Jimmyvel találkozgat – fogalmazott óvatosan Mrs. O'Connor. Nem akart tapintatlan lenni, de azt sem akarta, hogy a fia félszegen feszengjen Cooppal szemben. A színész egy darabig töprengett, aztán hangos sóhajjal ránézett Valerie-re. Egy pillanatra felágaskodott benne a féltékenység, de rögtön el is simult.

– Örömmel hallom, Valerie. Mindkettejüknek jobb így. Mint ahogy nekünk is. – Mosolyogva megfogta az asszony kezét, és ezen az éjszakán csókkal vett búcsút tőle.

Az élet kitárta előttük az újrakezdések kincsesbányáját. Ha az embernek van türelme a váráshoz, akkor úgy alakulnak a dolgok, mintha elrendeltettek volna. Valerie sokáig várt, Coop kevesebb ideig, de azért meglelték egymást, mint ahogy a férfit is meglelte az igazi film. Úgy érezte, a sorsát csókolja meg. Aztán az asszony csendesen eltűnt a kapusházban. Tulajdonképpen nem Cooper Winslow-t várta, de azért örült, hogy belépett az életébe. Nem is érezte magát Hamupipőkének, hanem önmagának, olyan nőnek, aki beleszeret a legjobb barátjába. Coop ugyanezekkel a gondolatokkal ballagott viszsza a főépületbe, és alig várta, hogy együtt legyenek Cape Codon.

26.

Augusztus elején Jimmy megszabadult a gipsztől. Addigra minden újság Coop filmjéről írt. Ő volt LA szenzációja. Mindenki gratulált neki, egyszerre több ajánlatot is kapott, ám ő mindenképpen el akart szabadulni Valerie-vel néhány hétre a városból. Utána Európa volt az úti célja, vagy kettesben, vagy egyedül. Valerie azt mondta, ő majd Cape Cod után dönt.

Mire elutaztak, Jimmy már egész szépen járt. Sokat találkozott Alexandrával, kapcsolatuk biztatóan alakult. Mark és Taryn elvitték a srácokat két hétre a Tahoe-tóhoz. Csupán Jimmy és Alex maradt a városban, mert nekik dolgozniuk kellett.

Távozásuk előestéjén Valerie újabb emlékezetes spagettilakomát tálalt. Úgy tervezték, hogy repülőgéppel mennek Bostonig, és onnan autóval hajtanak Cape-ig. Alex nem jött el a vacsorára, különben is dolga volt. Ám Valerie bement a kórházba búcsúzkodni. Viszont velük vacsorázott Mark, Taryn és a két gyerek. Coop úgy tett, mintha morogna rájuk. Megkérdezte Jasontól, tört-e be ablakot mostanában, amitől a fiú majd elsüllyedt, aztán fölvidította azzal, hogy meghívta a helyszíni forgatásra. Jessica megkérdezte: jöhet-e ő is, és elhozhatja-e néhány barátját?

– Nem hinném, hogy lenne választásom – felelte a színész, és fancsali képpel sandított Markra meg Tarynre. – Valami azt súgja, hogy rokonságba keveredünk az elkövetkező hónapokban. Megteszek mindent, amit akartok, azzal a feltétellel, hogy sose neveztek se nagyapátoknak, se mostohanagyapátoknak. Jó hírem számos ütést állt ki az évek során, de ezt nem bírná ki. Attól fogva kilencvenéves szerepekkel kínálgatnának – fejezte be gyászosan, mindenkit megnevettetve. Jason és Jessica lassan kezdték megszokni. Tarynt annyira imádták, hogy vele együtt a színészt is hajlandók voltak elfogadni. Valóban fennállt a lehetősége, hogy előbb-utóbb, így vagy úgy valamennyien rokonok lesznek. Akár neki is lehet rokona Alex, ha a Jimmy-ügy és az övé Valerie-vel komolyra fordul, mely utóbbit nagyon remélte. Lesz az egésznek valami kis vérfertőző zamata, de végső soron mindenki jól jár vele, még a Friedman gyerekek is.

– Remélem, az idén működni fognak Marisol angolvécéi! – csipkelődött Jimmy a desszert után. Coop felkapta a fejét, Valerie rászólt a fiára, hogy ne ijesztgesse a házigazdájukat.

– Nem olyan rossz az. Mindössze öreg a ház.

– Hé, várjunk csak egy pillanatra! Ki az a Marisol? – kérdezte Coop.

– Nem „ki", hanem „mi" – helyesbített Jimmy. – Mama háza Cape Codon. A dédszüleim építtették, az ő nevükből kombinálták az elnevezést. Marianne és Solomon. – Coop olyan arcot vágott, mint akit villám sújtott.

– Úristen, Marisol! Ezt nem is mondtad! – háborgott olyan hangon, mintha Valerie azt titkolta volna el, hogy az utóbbi évtizedet börtönben töltötte. Még azt is könnyebb lett volna tudomásul vennie.

– Mit? – kérdezte az asszony ártatlanul, és töltött neki még egy pohár bort, ám Coop most nem tudott törődni a remek vacsorával.

– Nagyon jól tudod, hogy mit! Hazudtál nekem, Valerie! – szólt komoran. A többiek kissé aggodalmasan pillantottak rájuk. Történt itt valami, amit senki sem értett Jimmy anyján kívül.

– Nem hazudtam, csak nem beszéltem róla. Nem tartottam fontosnak. – Pedig tudta, hogy az, és előre félt tőle.

– Akkor a lányneved nyilván Westerfield. – Valerie bólintott, de csak valami zümmögésfélét hallatott válaszul. – Te csaló! Szégyelld magad! Azt színlelted, hogy szegény vagy! – Coop meg volt rendülve. Westerfieldék a leggazdagabb emberek közé tartoztak az Államokban, sőt, az egész világon.

– Nem színleltem semmit, csak nem beszéltem meg veled – erősködött Valerie. Megpróbálta higgadtság mögé rejteni az idegességét. Már egy ideje nyugtalanította, hogy fogja megemészteni Cooper ezt a nagy falatot.

– Egyszer jártam Marisolban. Anyád hívott meg, amikor a közelben forgattam. Hiszen az a ház nagyobb, mint a Hotel du Cap, és ha szállodává alakítanád át, többet kérhetnél érte! Ez nagyon csúnya dolog volt, Valerie. – De egyáltalán nem látszott olyan haragosnak, mint amitől az asszony tartott. Westerfieldék voltak a legnagyobb bankárcsalád a keleti parton. Ők voltak a fiatal Egyesült Államok Rotschildjai, rokonságban álltak az Astorokkal, a Vanderbiltekkel, a Rockefellerekkel, az Államok – sőt az egész világ – arisztokráciájának fele részével. Hozzájuk képest ágrólszakadtnak tűntek Madisonék, de nem is ez a lényeg, hanem az, hogy Valerie érett asszony, aki senkinek sem tartozik számadással. Most, hogy Cooper pénzügyei rendbe jöttek, illetve a legjobb úton vannak a rendbejövetel felé, már nem is tűnt olyan égbekiáltónak a kapcsolat. Akkor is elképesztő, hogy Valerie nem hozta szóba. A legszerényebb asszony az egész világon. Coop a csekély jövedelméből éldegélő özvegynek hitte. Így már érthető, hogy Jimmynek volt pénze a kapusház bérleti díjára, hogy Valerie bejárta a világot, és híres embereket ismer. Cooper még sohasem találkozott ilyen szolid, egyszerű teremtéssel. Csak ült, bámulta Jimmy anyját, aztán hátradőlt a székén, és hahotázott. – Mondok neked valamit: én már nem is sajnállak! – Ám azt sem engedi, hogy Valerie tartsa el. Ha összeházasodnak, ő tartja el a feleségét. Így akarja, tehát így is lesz. Valerie olyan szerény házat vihet, amilyet óhajt, de a hóbortjaikat, márpedig abból jó sok lesz, Coop fizeti. – És ha Marisolon nem tudom lehúzni a vécét, szerelőt hívok, te kis boszorkány! Akkor mi lett volna, ha nem kapom meg ezt a szerepet? – Akkor ugyanúgy járt volna, mint Alexnél. Bár ott nemcsak a pénz volt a baj, hanem a korkülönbség, az ő viszolygása a gyerekektől, és az, hogy az emberek, Arthur Madisonnal az élen, stricinek tartották volna. Ám Valerie-nél valahogy elvesztették a súlyukat az érvek, mert ő pont az az asszony, aki hozzá illik, és ráadásul ő is rendbe jött anyagilag.

– Anyám rohamot kap, ha szerelőt hívatsz Marisolba – figyelmeztette a vigyorgó Jimmy. – Szerinte hozzátartozik a ház varázsához, hogy beázik a plafon, és lógnak a zsalugáterek. Tavaly majdnem eltörtem a lábamat, amikor beszakadt alattam a déli tornác. Anyám maga szereti barkácsolni az otthonát.

– Alig várom, hogy lássam – nyöszörögte Coop. Holott azóta szerelmes volt Marisolba, amióta Valerie anyja meghívta. A birtok a házak, csónakházak, vendégházak útvesztője volt, a garázsban olyan muzeális autók álltak, hogy Coop képes lett volna közöttük tölteni az egész hétvégét. Marisol a leghíresebb házak egyike volt a keleti parton. Gyakran vendégeskedtek benne a Kennedyek, amikor Hyannis Portban időztek, sőt megszállt Marisolban maga az elnök is. Coop még akkor is a fejét csóválgatta, amikor a többiek rég elmentek.

– Soha többé ne hazudj nekem! – dorgálta Valerie-t.

– Nem hazudtam, tapintatos voltam – felelte komolyan az asszony, de a szeme vásottan csillogott.

– Kissé talán túl tapintatos – mosolygott Cooper. Tulajdonképpen örült, hogy csak most tudta meg. Jobb így.

– Az ember sose lehet elég tapintatos – szögezte le szigorúan Valerie. Ám Cooper ezt is szerette benne. Szerette eleganciáját, egyszerűségét, szerette azt a kifinomultságot, amitől arisztokratikusan hatott még farmerban és fehér pólóban is. És hirtelen ráeszmélt, mit jelent ez Alexnek. Jimmy pont az a férfi, akire szüksége van: az ő világához tartozik, de szakadár is, mint Alex. Jimmy ellen még Arthur Madisonnak sem lehet kifogása. Örömmel állapította meg, hogy pontosan úgy alakulnak a dolgok, ahogy kell: nem csak az ő életében, de egykori barátnőjéében is. Alex, még ha most nem is tudja, rálépett a helyes ösvényre. Ránézett Valerie-re, aki leszedte az asztalt, és az edényeket rakosgatta a mosogatógépbe.

– Alex tudja?

– A fiamat ismerve, biztosan nem – mosolygott Valerie. – Jimmynek ez még annyira sem számít, mint nekem. – Azért nem számított nekik, mert hozzájuk tartozott, a csontjuk velejéig átitatta őket. Nem ők csinálták, nem ők halmozták fel, nem ők szerezték házassággal. Beleszülettek, és attól fogva úgy élhettek, ahogy nekik tetszett: szegényen, gazdagon, diszkréten, lármásan. Alexet ugyanebben a bordában szőtték. Neki sem volt fontos a vagyon, és szeretett úgy élni, mintha szegény lenne.

– Hogy férek én bele ebbe a képbe? – kérdezte a férfi, és magához ölelte Valerie-t. Ez itt az az asszony, akit Cooper Winslow-nak rendelt az élet, akkor is, ha benne még nem tudatosult. De Coop majd meggyőzi róla. Nem a pénzéért, hanem azért, aki, és azért, amit neki jelent.

– Nagyon simán. Ehhez szoktál. Lehet, hogy talán nem is találsz minket elég elegánsnak. – Coopnak nagyon jó élete volt, nagyon sokáig, sőt, meglehetősen el volt kényeztetve. Hála új filmszerepének, most tovább kényeztetheti magát és Valerie-t. Ezt is szándékozott tenni.

– Majd alkalmazkodom – mondta nevetve. – Látom, már ki van jelölve a helyem. Költhetem minden pénzemet a régi házad tatarozására.

– Azt ne – mosolygott az asszony. – Én ilyen rozogának, düledezőnek szeretem. Ez benne a varázslatos.

– Te is varázslatos vagy – szorította magához a férfi –, holott nem vénülsz és nem düledezel. – De ha ezt tenné, Coop akkor is szeretné. Különben is valószínűbb, hogy őt éri utol hamarabb ez a sors, hiszen tizenhét évvel idősebb Valerie-nél. Ez a dúsgazdag asszony jóval fiatalabb, de nem túl fiatal. És lehet akármekkora vagyona, Coopot nem érdekli, mert neki is van pénze. Ehhez egy Westerfield kellett, hogy elszipkázza és lekösse Cooper Winslow-t. De végül csak megtörtént, és jól történt.

– Feleségül jössz hozzám? – kérdezte. A somolygó Jimmy lábujjhegyen felosont az emeletre. Vicces, mennyivel rokonszenvesebbnek találja Coopot, amióta nincs köze Alexhez. Kezdi azt gondolni, hogy egész rendes pasas.

– Előbb-utóbb – felelte Valerie. Coop megcsókolta, aztán eljött a kapusházból. Kora hajnalban akartak indulni.

A sofőr a Bentleyvel vitte őket a repülőtérre. Coopnak nagy fáradsággal sikerült négyre csökkenteni bőröndjei számát, de hát ő át akart ruccanni még Európába is. Valerie egyetlen bőröndöt vitt, ugyanazt, amelybe Bostonból való sietős indulásakor bedobálta a holmiját.

Távozóban Coop elbúcsúzott Taryntől, Valerie átölelte, összecsókolta Jimmyt, és legalább tízszer a lelkére kötötte, hogy vigyázzon magára.

Jókedvűen mentek a repülőtérre. Végigaludták az utat, és mire felébredtek, már majdnem Bostonban voltak. Valerie mindenfélét mesélt Marisolról, amiket Coop még nem hallott. Már alig várta, hogy lássa a birtokot, az emlékeiben élő elegáns, elbűvölő, régi házat és gyönyörű kertjét.

A bostoni repülőtéren autót bérelt, és ráérősen elindultak a Cape irányába. Marisol ugyanaz volt, mint amire emlékezett, illetve még annál is szebb, mert most megoszthatta Valerie-vel.

Segített neki szögezni, zsalugátereket igazítani, fonott bútorokat javítani. Három hetet töltöttek a birtokon. Coop még sose volt ilyen boldog, bár ilyen keményen se dolgozott még világéletében. Valerie-nek folyton festékes volt az arca, és folyton szög meg kalapács volt a zsebében. Coop imádta őt, imádta együttlétük minden percét.

Szeptemberben, a munka ünnepe után Londonba repültek, ahol ugyancsak három hetet töltöttek. Coop onnan repült New Yorkba, mert kezdődött a forgatás. Valerie néhány napra visszatért Bostonba, majd csatlakozott a férfihoz New Yorkban. A Plazában laktak, és mikor véget ért a forgatás, együtt utaztak Kaliforniába, közvetlenül a hálaadás napja előtt. Taryn és Mark akkor már férj és feleség volt. Az előző héten, a Tahoe-tónál házasodtak össze; Jason és Jessica volt az egész násznép. Sok mindent meg kellett ünnepelni. Alex és Jimmy a kapusházban lakott. Alex otthagyta a garzonját, jelenleg Jimmy hálószobáját változtatta át szennyeskosárrá. Rezidensi ideje majdnem letelt, és az egyetemi kórház állományba akarta venni mint neonatológust. Szóba került közöttük a házasság, bár Jimmy még nem találkozott Arthur Madisonnal.

Coop mindenkit meghívott hálaadásnapi vacsorára, még Alexet is, és jólesően látta, milyen boldog Jimmyvel. Wolfgang átküldött egy pulykát, amelyet az ocelotmintás tornacipőt és új rózsaszín formaruhát viselő Paloma szervírozott. Télre letette a strasszkeretű napszemüveget. Általános megkönnyebbülésre nagyon kedvelte Valerie-t, amit ő hasonlókkal viszonzott.

A bulvárlapok a karácsony előtti héten röppentették föl a sztorit, de nem maradt le a *People*, a *Time*, a *Newsweek*, a jó nevű újságok, távirati irodák, sőt a

CNN sem. A főcím nagyjából ugyanaz volt: ÖZ-VEGY KELETI ÖRÖKÖSNŐ FÉRJÜL VESZI A FILMSZTÁRT! Vagy: COOPER WINSLOW FELE-SÉGÜL VESZI A WESTERFIELD-ÖRÖKÖSNŐT! A fényképeken, amelyeket Coop ügynöke szállított a sajtónak, boldogan mosolyogtak a szűk körű fogadáson. Másnap Valerie egy nyaláb törülközővel jött le a lépcsőn, amelyet a hálószoba fehérneműs szekrényében talált.

– Hát mi csakugyan megütöttük a főnyereményt, Coop! – Férjének éppen volt egy szabad hete a műtermi felvételek előtt, és arról győzködte Valerie-t, hogy utazzanak el Sankt Moritzba, de ő nem akart, nagyon jól elvolt otthon Cooppal.

– Hogyhogy? – A férfi éppen a forgatókönyv változtatásait nézte át. A forgatás prímán haladt, és máris kapott új ajánlatokat tavaszra. Ez természetesen növelte az ázsióját, és Abe úszott a boldogságban.

– Most találtam egy csomó monogramos törülközőt, amiket te nem is használtál, és miután ismét W vagyok, úgy gondolom, átküldethetnénk őket Marisolba, ahol borzasztó szükség van törülközőre.

– Úgy sejtem, ezért lettél a feleségem – vigyorgott Coop. – Isten ments, hogy új törülközőt vásárolj Marisolba. Rendeljek neked egy tételt nászajándékul?

– Ugyan, dehogy, ezek épp jók lesznek. Minek új törülközőt vásárolni, amikor a régi is megteszi?

– Szeretlek, Valerie! – mosolygott a férfi. Felállt, odament a feleségéhez, átölelte és magához szorította, hogy az asszonynak le kelljen tennie a törülközőket. – Tied az összes, amit csak akarsz! Kerül talán néhány ócska, monogramos lepedő is. Ha nem, még mindig mehetünk a diszkontba.

– Köszönöm, Coop – mondta az asszony, és megcsókolta. Csakugyan jó volt ez az év.

ISBN 963 203 076 1

Maecenas Könyvkiadó, Budapest
Felelős kiadó: a *Maecenas Könyvkiadó* igazgatója
Tipográfia és műszaki szerkesztés: *Szakálos Mihály*
Szedte és tördelte az *Alinea Kft.*
Nyomta és kötötte a *Kinizsi Nyomda* Kft., Debrecen
Felelős vezető: *Bördős János* ügyvezető igazgató
Terjedelem: 19 (A/5) ív